Sadie Matthews a écrit, sous pseudonyme, six romans dans lesquels elle décrit des univers décadents où la démesure règne en maître. Sa trilogie *Fire After Dark* est sa première tentative d'exploration d'un aspect plus intime – et plus intense – des relations et de la vie. Sadie vit à Londres avec son mari.

Du même auteur, chez Milady :

Fire After Dark
1. *L'Étreinte de la nuit*
2. *L'Étreinte des secrets*
3. *L'Étreinte des promesses*

Ce livre est également disponible
au format numérique

www.milady.fr

Sadie Matthews

L'Étreinte des secrets

La trilogie *Fire After Dark* – 2

Traduit de l'anglais (Grande-Bretagne) par Laurence Boischot

Milady Romantica

Milady est un label des éditions Bragelonne

Titre original : *Secrets After Dark*

ISBN : 978-2-8112-1089-2

Bragelonne – Milady
60-62, rue d'Hauteville – 75010 Paris
E-mail : info@milady.fr
Site Internet : www.milady.fr

Remerciements

Un grand merci à toutes celles et ceux qui m'ont accompagnée au cours de ce merveilleux voyage : Harriet, pour sa sagacité éditoriale et ses encouragements ; Justine, pour son sens du détail et ses précieuses suggestions ; Lucy, pour son soutien sans faille et ses mille et une idées éclairées. Merci également à toute l'équipe de Hodder pour son travail colossal.

Je tiens aussi à remercier Lizzy, qui m'a épaulée et conseillée, et mon mari, qui rend cette aventure possible.

Enfin, je vous salue chaleureusement, vous qui m'avez envoyé tant d'adorables messages *via* Twitter pour me faire part de votre enthousiasme. Vous n'avez pas idée de ce que cela signifie pour moi. Merci à toutes et à tous !

À H.B.

Prologue

Chaque matin, je me réveille avec le même mot en tête. Un seul et unique mot.

Dominic.

Chose étrange : c'est parfois une affirmation sereine, comme une sorte de mantra, l'expression de ma foi toujours renouvelée. Parfois, c'est une question – *Dominic ?* –, comme si j'espérais entendre sa voix faire écho à mes pensées et m'assurer que tout va bien, qu'il ne m'a pas oubliée – qu'il m'appartient toujours. D'autres fois encore, c'est un cri, un appel éperdu lancé dans la nuit au moment où celle-ci laisse place au jour.

J'ai beau tendre l'oreille, je ne perçois jamais la moindre réponse.

Je suis parfois tentée de céder au désespoir et de le croire perdu à jamais, pourtant je sais qu'il me reviendra.

Mais quand ?

Chapitre premier

Je lance un regard courroucé à l'homme qui me fait face, puis je rassemble toutes mes forces – les poings serrés, les mâchoires crispées – et je contracte les muscles de ma jambe d'appui pour concentrer toute ma puissance dans le coup que je m'apprête à donner. Je pivote légèrement, remonte le genou au niveau de la poitrine et…

BAM !

Je détends la jambe comme un ressort, et mon pied rencontre le plastron que porte mon entraîneur. Je remarque avec satisfaction qu'il vacille légèrement sous le choc.

— Bien ! C'est très bien, Beth.

Je repose le pied par terre, essoufflée.

— Encore un ?

Sid éclate de rire.

—Je pense que ça suffit pour aujourd'hui. C'est à se demander si tu n'as pas mis du *speed* au lieu d'un sucre dans ton café, ce matin. Où est-ce que tu trouves toute cette énergie ?

Je retire mon casque et secoue la tête pour décoller mes cheveux, humides de sueur.

—Oh, j'ai besoin de relâcher la pression, c'est tout.

Et quelle pression ! J'ignore quelle en est la source exacte, mais elle est tenace. Je passe la moitié de mes entraînements à essayer d'évacuer mon désir pour Dominic, et l'autre à imaginer que c'est le visage de son employeur que je frappe de toutes mes forces. C'est à cause de ce type que Dominic est loin de Londres. Je ne sais même pas à quoi il ressemble, mais ça n'a guère d'importance : vu la férocité que je mets dans mes coups, à la fin de la leçon, ses traits sont réduits en bouillie.

—C'est bien, Beth, tu progresses vite, reprend Sid en retirant ses protections. À la semaine prochaine.

—Pfff ! Je suis en nage ! s'écrie Laura.

Avec une grimace rieuse, elle défait sa queue-de-cheval et se passe une main dans les cheveux.

—On dirait que toi aussi, tu t'es bien dépensée, ajoute-t-elle.

—Tu m'étonnes ! Je suis crevée…

Je ne sais pas de quoi j'ai l'air, mais je devine que mes joues sont d'une jolie teinte rose et que la transpiration perle sur mon front et dans mes cheveux.

— Je me sens super bien, cela dit.

— Moi aussi ! renchérit Laura.

C'est elle qui a eu l'idée de s'inscrire à des cours de boxe française. Elle vient tout juste de commencer sa carrière, et la vie de bureau lui donne des fourmis dans les jambes. Après trois ans d'études et plusieurs mois passés à sillonner l'Amérique du Sud son sac au dos, elle a du mal à s'adapter aux exigences de la vie professionnelle.

— Je commence super tôt, le matin ! s'est-elle écriée un soir en s'affalant dans le canapé.

Elle venait de troquer sa tenue de travail contre un vieux jogging tout doux, et a poussé un soupir avant de reprendre :

— Je suis censée rester bien sagement derrière mon ordinateur et y passer mes soirées pour montrer au patron que je prends mes responsabilités au sérieux. Tout ça pour trois semaines de vacances par an ! Je ne sais pas comment je vais faire pour tenir. Tu as vraiment de la chance d'avoir trouvé un boulot aussi passionnant, a-t-elle ajouté en me lançant un regard faussement grincheux, que je lui ai rendu.

— Oui, enfin, je ne touche pas un salaire de consultante, moi.

— Mouais, a-t-elle râlé avec une grimace de dégoût. Reste à voir si ça vaut vraiment le coup.

Son trop-plein d'énergie devait vraiment commencer à lui peser. Quand elle a vu qu'un dojo proposait des cours de boxe française tout près de chez nous, elle nous a inscrites toutes les deux, sans même me demander mon avis. Heureusement, l'idée m'a plu. Moi aussi, j'avais besoin de me défouler, même si mes raisons différaient un peu des siennes. Je suis tout de suite devenue accro à ce sport – j'en retire une impression de puissance que je trouve réellement enivrante. Après chaque entraînement, je me sens forte et sûre de moi, bercée par les endorphines et par une saine fatigue qui ne doit rien au stress du travail ou des transports en commun.

— Je n'arrive toujours pas à y croire ! lance Laura tout en ouvrant la porte de notre appartement. C'est vrai, quoi : nous voilà en colocation à Londres, avec chacune un boulot et tout ! J'ai l'impression qu'hier encore on était deux pauvres étudiantes qui passaient leurs soirées au pub, à faire durer une pinte aussi longtemps que possible. Regarde-nous aujourd'hui ! C'est la classe, tu ne trouves pas ?

J'éclate de rire et la suis à l'intérieur, mais ne réponds pas à sa question. Laura ne sait presque rien de l'été que j'ai passé – ni des aventures incroyables qui me sont arrivées depuis que j'ai rencontré Dominic. Si elle trouve que notre trois pièces légèrement miteux d'East London a la classe, c'est parce qu'elle n'a pas vu l'appartement luxueux de Mayfair où j'ai aperçu Dominic pour la première fois, ni le petit boudoir qu'il avait aménagé avec beaucoup de goût au dernier étage du même immeuble pour que l'on s'y retrouve.

Le boudoir. Rien n'a bougé, là-bas. Je pourrais y retourner. J'en revois la clé, soigneusement rangée dans une pochette de velours noir, dans ma boîte à bijoux. *Non, je n'en ai pas la force – pas sans Dominic.*

— Pas mal de choses ont changé, depuis, fais-je remarquer tout en allant dans la cuisine pour me servir un verre d'eau.

— À commencer par toi, confirme Laura avec un regard lourd de sens. Je me demande parfois ce qui t'est vraiment arrivé pendant que j'étais en Amérique du Sud. Quand je suis partie, tu semblais bien décidée à t'enterrer dans ta province avec Adam. À mon retour, par contre, j'ai trouvé une Beth transformée, avec un nouveau look super sexy et un boulot de rêve dans le monde de l'art. Oublié, le copain un peu *loser*. Je trouve ça génial, bien sûr, sauf que…

— Sauf que quoi ?

Je sors deux verres du placard et une carafe du réfrigérateur.

— Eh bien… à vrai dire, je me fais du souci pour toi, Beth.

— Ah bon ?

Je garde les yeux baissés et m'applique à verser l'eau. J'ai essayé de me comporter le plus naturellement du monde, mais peut-être ai-je échoué.

Laura saisit le verre que je lui tends et me lance un coup d'œil perçant. Cette fille sait décrypter les gens et les situations comme personne. Je suis sûre que ça constitue un atout dans son travail, mais, en attendant, je trouve très difficile de garder un secret en sa présence.

— Tu ne m'as pas dit grand-chose au sujet de ton nouveau mec, Dominic, commence-t-elle de la voix douce qu'elle prend pour aborder les sujets sérieux. Par contre, j'ai bien compris que tu étais folle de lui et qu'il ne t'avait pas donné de nouvelles depuis plusieurs semaines.

Six semaines, quatre jours et trois heures… plus ou moins.

J'acquiesce en marmonnant dans ma barbe.

— Je vois bien que ça te rend malheureuse, poursuit Laura. Tu essaies de faire bonne figure, mais je suis ton amie et je te connais bien. Pourquoi tu ne lui envoies pas un texto ou un mail ? Tu pourrais peut-être lui téléphoner pour savoir ce qui se passe, non ?

Je bois une longue gorgée d'eau, puis une autre, histoire de différer ma réponse.

— Il a dit qu'il me contacterait, j'attends qu'il tienne parole.

— C'est bien joli, la patience, rétorque Laura sur un ton plus vif, mais ça compte surtout pendant les premiers temps, quand il s'agit de ne pas abattre ses cartes trop vite. D'après ce que tu m'as raconté, vous aviez déjà dépassé ce stade, non ? C'était plutôt sérieux entre vous ?

En l'entendant parler au passé, je sens mon estomac se nouer. Je n'ai pas arrêté de me répéter que rien n'était perdu, mais le constat de Laura me fait l'effet d'une douche froide.

— Bref, je te conseille de lui faire signe, reprend-elle sans se rendre compte de ma réaction. Exige des explications. Demande-lui quand il compte revenir et comment il envisage les choses entre vous.

— Ce n'est pas si simple.

J'aimerais pouvoir lui en dire davantage, mais il y a des aspects de ma relation avec Dominic dont je n'ai parlé à personne. Je m'imagine mal raconter à Laura les jeux auxquels Dominic et moi nous sommes livrés dans le boudoir ou dans le donjon de *L'Asile*. Ma meilleure amie n'est pas une oie blanche, loin de là, mais je doute qu'elle comprenne la situation. Elle serait probablement horrifiée si je lui révélais tout. Elle me conseillerait de larguer Dominic *illico presto* et de me trouver quelqu'un de normal à la place. *Ce qui ne serait peut-être pas une si mauvaise idée...* Pourtant, au fond de moi, je sais que je ne veux pas d'un gentil garçon comme les autres. J'ai déjà essayé. Je ne pourrais plus jamais me contenter de ça.

— Je ne comprends pas ce qui t'empêche de faire le premier pas ! s'énerve Laura. Clairement, ça te rend dingue ! Je vois bien que tu es malheureuse.

— Je ne suis pas malheureuse.

— Ah bon ?

— Non. Je suis furieuse, si tu veux tout savoir. Il peut rester planqué aussi longtemps que ça lui chante, je m'en fiche complètement.

Cette affirmation sonne faux même à mes propres oreilles. Certes, je suis bel et bien furieuse, mais je ne saurais dire si c'est contre Dominic parce qu'il ne m'a pas donné de nouvelles, contre moi-même parce que j'ai eu la bêtise de le croire, ou contre son employeur parce que ce dernier l'a envoyé à l'étranger alors que nous venions à peine de nous réconcilier.

Laura me dévisage en silence pendant un instant.

— Appelle-le, Beth. Abrège tes souffrances.

— Ne t'en fais pas pour moi, dis-je avec un sourire. Sérieusement. Mais sache que je refuse de faire le premier pas, que ce soit au téléphone, par texto ou par mail. Il sait où me trouver s'il le souhaite. En attendant, je vis ma vie. D'ailleurs, ce n'est pas ton tour de préparer le dîner ? Je meurs de faim.

Ce n'est que bien plus tard, une fois couchée, que je m'autorise à baisser la garde. Allongée sur le dos, je croise les bras pour me réconforter et adresse une question à l'univers.

Où es-tu, Dominic ?

— Beth, comment allez-vous ?

C'est mon patron, Mark Palliser, qui m'accueille avec sa gentillesse habituelle lorsque j'entre dans son bureau. Enfin, c'est ainsi qu'il appelle cette pièce, mais je la trouve trop belle pour ce terme – elle en mériterait un autre. « Cabinet » serait trop solennel, mais « bureau » évoque la froideur des néons, des photocopieuses et des caissons à tiroirs métalliques.

Cet endroit est à l'opposé de tout ça. C'est une pièce circulaire avec des moulures au plafond, éclairée en son centre par un lustre de cristal. Trois hautes fenêtres ornées d'épais rideaux donnent sur le jardin et, près de celle qui forme une avancée, se trouve le bureau de Mark – un meuble imposant d'époque Régence, en bois massif agrémenté de délicats motifs de marqueterie. Le parquet rutilant est parsemé de tapis persans aux couleurs délicieusement fanées. Des lampes disposées sur le bureau et sur divers guéridons fournissent un éclairage tamisé et chaleureux. Le plus impressionnant, évidemment, ce sont les œuvres d'art accrochées aux murs – des peintures à l'huile dans des cadres richement dorés, des aquarelles, des gouaches, des esquisses au fusain, des gravures… Les sujets sont d'une grande variété : une toile représentant un loch d'Écosse côtoie un ange de la Renaissance croqué à grands traits de sanguine ; un épagneul regarde d'un air mélancolique une sombre gravure Régence détaillant une scène de débauche. De temps en temps, une œuvre disparaît – aussitôt remplacée par un nouveau trésor – parce que Mark lui a trouvé preneur parmi ses nombreux clients. À son contact, je commence à apprendre les ficelles du métier. Pas plus tard qu'hier, je me suis chargée de faire emballer et expédier une petite toile impressionniste représentant une baigneuse. Mark a des exigences bien précises : chaque œuvre doit être calée dans un cadre en bois, protégée par une étoffe de chaque côté, puis placée dans une boîte sur mesure, tapissée de papier à bulles et d'un fin tissu au pH adapté, et frappée du sigle de la galerie – les lettres « MP » au centre d'un ovale couché. Une fois le tableau soigneusement emballé, j'ai contracté une assurance dont la somme m'a laissée un instant bouche bée, puis je l'ai fait expédier vers l'une des adresses les plus huppées du monde.

Mon nouveau quotidien est si éloigné de l'ambiance qui régnait sur la petite ville du Norfolk où j'ai grandi que j'ai parfois du mal à croire que je suis payée pour faire tout ça.

Assis à son bureau, Mark est d'une élégance irréprochable. Il a d'épais cheveux bruns, le front bas, de petits yeux d'un bleu perçant et un nez proéminent qui surplombe une bouche fine et un menton quelque peu fuyant. Il est franchement laid, pourtant il se comporte avec la tranquille assurance des gens beaux et distingués. Combinée au raffinement impeccable de ses tenues, cette attitude le rend presque magnifique.

— Bonjour, Mark. Je vais bien, merci. Est-ce que je peux vous apporter un café ou autre chose ?

— Non, merci, Gianna s'en est chargée tout à l'heure, répond Mark avec un sourire. Mettons-nous au travail.

Je m'assieds à ma place, dans le gros fauteuil en cuir qui fait face à celui de Mark, et sors le carnet à couverture en cuir d'autruche bleu turquoise que m'a offert James, mon ancien patron, quand j'ai obtenu cet emploi. Les tâches que me confie Mark sont aussi variées que passionnantes. Je ne sais jamais ce qui m'attend : une vente aux enchères à *Sotheby's*, *Bonham's* ou

Christie's ; une petite visite dans l'hôtel particulier d'un client ; une excursion à la campagne pour une vente dans un manoir ; une évaluation chez un amateur éclairé... Mark est considéré comme une autorité dans la profession, et son succès lui a permis de s'offrir une maison dans le quartier de Belgravia, ainsi qu'une impressionnante collection personnelle.

Je prends en note les exigences de Mark pour la journée. Cela ne fait que quelques semaines que je travaille pour lui, mais j'ai déjà l'impression de faire partie intégrante de son équipe. Jane, sa secrétaire, s'occupe de toutes les tâches administratives. Heureusement, d'ailleurs, parce que cet aspect du métier ne m'attire pas du tout et que Mark sait à peine envoyer un mail. Il préfère écrire ses missives à la main et les confier à Jane pour qu'elle les tape. Cette dernière travaille à domicile, dans son petit appartement de Chelsea, avec deux King Charles pour lui tenir compagnie. Elle ne passe que deux fois par jour : le matin pour récupérer le porte-documents de Mark, relié de cuir vert et orné du sigle « MP » frappé en lettres d'or, et en fin d'après-midi pour le rapporter.

Après m'avoir indiqué mon emploi du temps pour la journée, Mark repose son stylo à plume Cartier et se cale contre le dossier de son fauteuil avant de m'examiner de ses yeux bleu vif.

— Bon. J'ai une question à vous poser, Beth. Votre passeport est-il à jour ?

Celui-ci se trouve en sécurité dans mon tiroir à culottes, parfaitement à jour. À vrai dire, il est comme neuf – je l'ai à peine utilisé.

—Oui.

—Bien. Que diriez-vous de m'accompagner le temps d'un petit voyage ? Rien de très exotique, j'en ai bien peur. Seulement dans le sud de la France, en Provence.

Je le dévisage un instant. Il soutient mon regard et semble interpréter mon silence comme un manque d'enthousiasme.

—Je comprendrais tout à fait que vous refusiez, vous savez. Je peux me débrouiller tout seul si vous…

—Non, au contraire ! dis-je avec empressement. J'adorerais venir. Je suis déjà allée en France, mais mon expérience se limite à des vacances en famille sur la côte normande et à un voyage scolaire à Paris. J'adorerais visiter la Provence.

—C'est une région magnifique, confirme Mark dans un sourire. Cela dit, je ne suis pas sûr que nous ayons le temps de faire du tourisme. Nos journées à la villa risquent d'être bien remplies, mais j'essaierai de nous organiser une petite escapade.

—La villa ? demandé-je, curieuse.

—Oui, nous nous rendons chez l'un de mes clients les plus prestigieux – peut-être même le plus prestigieux. En tout cas, c'est le plus fortuné, si tant est que ce soit un critère valable. Andrei Dubrovski est un oligarque russe au parcours impressionnant. Vous avez peut-être déjà entendu parler de lui.

J'en ai le souffle coupé. *Dubrovski!* C'est le nom que je me répète en boucle chaque fois que je donne un coup de pied à Sid. *Prends ça, Dubrovski! Tiens! Et ça!* Ce patronyme fait partie de mon quotidien depuis que Dominic l'a mentionné. « Andrei Dubrovski, mon patron. » L'existence de ce mystérieux homme d'affaires plane comme une ombre sur ma vie. C'est lui qui a envoyé Dominic en mission en Russie au moment où notre relation se compliquait.

Je repense à une chaude soirée d'été, qui me paraît bien lointaine à présent. Nous étions à la terrasse d'un restaurant au bord de la Tamise et une brise marine soufflait doucement. Dominic et moi venions de décider qu'il m'initierait aux plaisirs exquis que peut procurer la douleur. La perspective d'entreprendre cette aventure avec lui me grisait littéralement. J'étais sous son charme et, pendant un temps, notre exploration sensuelle a été merveilleuse. J'ai découvert des formes d'extase nouvelles et incroyables. Puis, un jour, dans le donjon de *L'Asile*, Dominic est allé trop loin et m'a infligé des souffrances atroces, au cœur comme au corps. J'ai fini par lui pardonner, mais il était bouleversé de m'avoir traitée ainsi. Il avait besoin de faire le point. C'est justement à ce moment-là que Dubrovski a décidé de l'envoyer en Russie, et Dominic en a profité pour prendre ses distances et remettre de l'ordre dans ses idées. Avant de partir, il m'a demandé de l'attendre.

Je l'attends toujours.

Pour tout le bien que ça me fait…

Il y a déjà un moment que je sais que Mark et Dominic travaillent pour le même homme, et je me doutais bien que Mark finirait par avoir affaire à Dubrovski. Pour être honnête, c'est une des raisons pour lesquelles j'ai accepté de devenir son assistante. Et voilà qu'il envisage de me mener tout droit à lui. Je vais enfin voir à quoi ressemble ce mystérieux personnage, qui a une telle influence sur ma vie. Cela me permettra peut-être de mieux comprendre Dominic.

— Beth ? Tout va bien ? demande Mark en se penchant vers moi. Vous êtes toute pâle.

— Euh… Oui, ça va, merci.

Je prends une profonde inspiration, submergée par cet étrange mélange de plaisir et de douleur que j'associe à Dominic. Le simple fait de penser à lui provoque en moi une vague de désir et d'excitation, délicieuse mais aussitôt suivie d'une tristesse poignante. *Tu me manques, Dominic.* Puis, aussi sûrement que la nuit succède au jour, je commence à bouillir de colère. *Comment oses-tu me laisser sans nouvelles après tout ce qu'on a partagé ?*

— Et, oui, j'ai effectivement entendu parler d'Andrei Dubrovski. Il est célèbre dans le milieu.

— Eh bien, si vous êtes sûre de vouloir m'accompagner…

— Oui, absolument certaine.

Maintenant que j'ai retrouvé mon assurance, je ne doute plus de vouloir accompagner Mark en France. Ma curiosité professionnelle mise à part, ce voyage me rapproche de Dominic, et je ne peux résister à cela.

— Parfait, conclut Mark, visiblement ravi. Quand un homme comme Dubrovski bat le rappel, tout le monde accourt. Après tout, il nous permet de mettre une bonne dose de beurre dans nos épinards. Nous partons demain et passerons deux ou trois jours chez lui. Est-ce que cela vous convient ?

— Oh oui ! Vous me connaissez : mon emploi du temps est on ne peut plus flexible.

— Formidable. N'oubliez pas votre passeport, surtout. Et maintenant, direction Bond Street. D'après Oliver, ils viennent de recevoir un trésor que je dois absolument aller voir.

— D'accord, acquiescé-je en me levant. Je vais chercher mon sac et je vous suis.

Chapitre 2

La matinée s'écoule à toute vitesse, et ce n'est qu'une fois que Mark et son collègue Oliver partent déjeuner ensemble au club de Mark que j'ai le temps de penser à notre voyage imminent. Je me dirige vers le café de *Sotheby's*, que je fréquente régulièrement depuis que je travaille pour Mark. Je m'arrête dans l'encadrement de la porte, cherchant du regard une table libre, quand j'entends une voix familière.

— Beth ! Par ici !

À l'autre bout de la pièce, j'aperçois James, attablé avec un journal devant lui. Je ressens aussitôt un élan d'affection envers cet homme qui m'a confié mon premier emploi dans le monde de l'art. Puis, ayant entendu dire que Mark, un associé de longue date, cherchait à recruter un assistant, il a chaudement recommandé ma candidature. C'est grâce à lui que j'ai obtenu mon poste actuel, pile au moment où j'en avais besoin. Je lui dois beaucoup. Un grand sourire aux lèvres, il me fait signe de le rejoindre.

— Que me vaut cette agréable surprise, ma chère ? demande-t-il en m'embrassant sur les deux joues.

— Mark est venu rendre visite à Oliver. C'est le responsable des œuvres du XIXe siècle, vous le connaissez sans doute. Ils sont partis déjeuner, dis-je en m'asseyant en face de James. Et vous ? Quel bon vent vous amène ?

— Je suis ici pour faire le tour des prochaines ventes… prospecter un peu.

James replie son journal et m'observe par-dessus ses lunettes à fine monture dorée. Je reconnais ce geste : James essaie de deviner ce que je pense.

— Comment va la vie, Beth ?

— Ça va, ça va…

— Oh, allez. Je vois bien que vous êtes tendue. Qu'est-ce qui vous arrive ? insiste-t-il d'un air plus doux. Vous avez eu des nouvelles de Dominic ?

James est la seule personne à connaître presque toute l'histoire de ma relation avec Dominic. Je n'imagine pas raconter la vérité à quelqu'un d'autre – pas même à Laura, à ma mère ou à Celia, la marraine de mon père, qui est toujours de bon conseil. C'est sans doute étrange que mon unique confident soit mon ancien patron, galeriste de renom ouvertement gay que je connais depuis moins d'un an, mais c'est ainsi. Sa gentillesse infinie, sa grande ouverture d'esprit, ainsi que son expérience du milieu que j'ai découvert cet été n'y sont peut-être pas pour rien. Par ailleurs, il veille sur moi avec une bienveillance toute platonique que je trouve merveilleusement réconfortante.

—Non, pas de nouvelles.

—Depuis combien de temps ?

Je baisse les yeux et contemple les reflets dans la tasse de thé à moitié vide de James.

—Depuis qu'il est parti. Enfin, il m'a envoyé un texto le soir même, mais c'est tout.

—Est-ce que vous avez essayé de le contacter ?

Je secoue lentement la tête.

—Il sait comment me joindre et il a promis qu'il le ferait.

James soupire, comme si mon entêtement et la disparition de Dominic l'attristaient profondément. Puis, fronçant les sourcils, il reprend :

—Il y a autre chose, n'est-ce pas ?

J'éclate de rire malgré moi.

—James ! Comment est-ce que vous faites pour me comprendre aussi bien ?

—Ma chère, je lis en vous comme dans un livre ouvert, répond-il avec un sourire qui illumine son visage mince. Vous paraissez sans doute secrète et impénétrable à votre entourage, mais, en ce qui me concerne, cela ne fait aucun mystère. Vous tremblez littéralement d'excitation. Racontez-moi ce qui vous arrive.

— J'accompagne Mark en Provence, dis-je en me penchant vers James, les yeux brillants.

Alors même que je lui explique les détails du voyage, j'ai encore du mal à y croire. *Et c'est demain !*

Bizarrement, James ne paraît pas très enthousiaste. Je pensais qu'il applaudirait cette nouvelle et se féliciterait de m'avoir aidée à obtenir cet emploi qui peut m'emmener aux quatre coins du monde – et pas en classe économique. Pourtant, il semble vaguement inquiet.

— Vous n'êtes pas content pour moi ?

Il prend tout son temps pour répondre, d'une voix lente.

— J'ai beaucoup entendu parler de ce Dubrovski et, d'après ce que j'ai compris, ce n'est pas exactement un plaisant personnage. Évidemment, pour se forger une fortune pareille alors qu'on a grandi dans la misère à Moscou, il faut une sacrée force de caractère – entre autres qualités. Cela dit, je n'éprouve aucune envie de le côtoyer et je n'aime guère l'idée que vous passiez du temps avec lui.

Le côté protecteur de James me fait sourire.

— Je n'aurai pas directement affaire à lui, vous savez. C'est le client de Mark, et je ne suis que son assistante.

— Qu'est-ce qui vous rend si joyeuse, alors ?

— Vous pourriez vous reconvertir en détective privé, vous savez ? dis-je sur le ton de la plaisanterie. À croire que vous lisez dans mes pensées.

Aussitôt, il comprend, et son expression s'adoucit.

— Oh, ma puce ! Vous pensez qu'il pourrait vous donner un indice au sujet de Dominic, c'est ça ?

— Euh…

Je rougis tant je trouve cette idée ridicule, une fois formulée à voix haute.

James ne sait plus quoi dire. De toute évidence, il ne souhaite pas détruire mes fragiles espérances, mais, en même temps, il ne veut pas non plus m'encourager dans cette voie qui peut s'avérer décevante.

— Ce n'est pas impossible, Beth, finit-il par admettre. Après tout, Dominic travaille pour Dubrovski. Du moins, pour autant qu'on sache. Mais ne vous faites pas trop d'illusions. C'est tout ce que je peux vous conseiller.

— Non, c'est promis. Je me rends bien compte que les chances sont minces et, à vrai dire, ce n'est pas ce qui me préoccupe le plus.

Bon, ce n'est pas tout à fait honnête de ma part. Depuis que Mark m'a parlé de ce voyage, un fol espoir n'a cessé de grandir en moi. Si Dubrovski pouvait ne serait-ce que mentionner le nom de Dominic en ma présence, je me sentirais déjà plus proche de lui. Ce serait comme un rayon de soleil après des semaines de grisaille. Même s'il ne s'agit que d'une éclaircie trompeuse, j'ai envie de goûter pleinement ce bref moment de répit.

— Vous devez être affamée ! lance soudain James avant de héler un serveur.

Je ferme les yeux une seconde et prie pour que ce voyage me permette d'établir un lien avec Dominic. J'ose à peine me l'avouer, mais, en mon for intérieur, j'espère que ce dernier se trouvera à la villa en même temps que Mark et moi – même si je sais que ce n'est qu'une douce chimère.

Aussitôt, je me rappelle à l'ordre.

Estime-toi heureuse si tu entends son nom au cours d'une conversation. Ce sera déjà largement suffisant.

— C'est merveilleux, ma chérie ! Je t'avoue que je suis un peu jalouse. Une villa dans le sud de la France, rien que ça ! Ta vie ressemble de plus en plus à un conte de fées, ces derniers temps. Tu as de quoi t'habiller pour le voyage ? Tu crois qu'il fait chaud, à cette époque, en France ? Est-ce que ton maillot de bain est mettable, au moins ?

Ça, c'est ma mère tout craché. Quand j'ai annoncé la nouvelle à Laura, elle s'est mise à sautiller partout en criant : « Oh, la chance ! La chance ! La chance ! La chance ! » Au bout de deux secondes, en revanche, ma mère s'inquiète déjà à l'idée que je puisse me ridiculiser à cause d'un maillot de bain troué.

— Je n'aurai probablement pas le temps de me baigner, maman, dis-je en disposant mes vêtements sur le lit pour décider quoi emporter. Je ne pars pas en vacances, tu sais. C'est un voyage d'affaires.

— Essaie d'enfiler tous tes vêtements chauds avant de prendre l'avion, me conseille-t-elle. Comme ça, tu économises de la place dans ta valise. C'est toujours délicat, quand on n'a qu'un bagage à main. Mets deux pulls l'un sur l'autre, si tu peux. Après tout, on est déjà en octobre.

J'éclate de rire en m'imaginant engoncée dans la moitié de ma garde-robe, tel un bonhomme Michelin. Je suis sûre que ce serait le meilleur moyen d'impressionner Mark qui verrait quelle femme accomplie je fais. Je n'ai pas le cœur de détromper ma mère en lui précisant que nous ne prenons pas un vol *low-cost* mais un jet privé. Si j'ai envie d'emporter une valise entière de pulls, ce n'est pas un problème.

— Tu pars pour combien de temps ? reprend-elle d'une voix joviale pour essayer de dissimuler son inquiétude.

Elle a été infiniment soulagée quand j'ai décidé de ne pas accompagner Laura en Amérique du Sud. Je suis sûre qu'elle n'aurait pas fermé l'œil de tout l'été.

— Seulement deux ou trois jours, dis-je sur un ton rassurant. Je te donnerai des nouvelles, ne t'en fais pas.

— D'accord. Bon, et pense à t'amuser un peu, hein ?

J'ai beau lui avoir expliqué plusieurs fois en quoi consiste mon travail, elle n'en a gardé qu'une vague idée. J'ai un peu l'impression que, à ses yeux, ce n'est pas un vrai métier.

— Tu veux parler à ton père ? demande-t-elle enfin.

Tout en bavardant avec ce dernier, je sors un vieux bikini rouge de mon tiroir et, prise d'une soudaine impulsion, l'ajoute à la pile qui se forme sur mon lit. Ce serait étonnant que cette villa n'ait pas de piscine et – qui sait ? – j'aurai peut-être l'occasion d'y piquer une tête. Au moment où je raccroche, j'aperçois, dans le tiroir, quelque chose de bleu que le bikini dissimulait jusque-là. Je me penche pour mieux voir, puis sors un vibromasseur en silicone avec une petite excroissance à la base. C'est l'un des rares objets que j'ai rapportés du boudoir, même si je n'ai pas joué avec depuis que Dominic l'a utilisé pour me procurer des sensations exquises. Ce soir-là, il m'avait ordonné de préparer le *sex toy* en l'enduisant d'une huile qui l'avait rendu luisant et désirable. Un peu plus tard, il m'avait pénétrée avec et lui avait donné vie, m'arrachant un orgasme fulgurant. Je retiens mon souffle à ce souvenir et tressaille d'excitation. Pour la première fois, j'envisage d'utiliser cet objet d'apparence innocente pour le but dans lequel il a été conçu.

Aussitôt, je m'efforce de calmer l'ardeur qui pétille dans mes veines à cette idée. Je dois me concentrer sur les préparatifs de mon voyage ; ce n'est pas le moment de me laisser distraire par des rêveries érotiques concernant Dominic. J'ai décidé de ne plus penser à ça jusqu'à son retour.

S'il revient un jour.

Je secoue la tête pour me reprendre. Je ne dois pas perdre espoir. Il reviendra – ou j'irai le chercher moi-même et lui demanderai des explications.

Voilà la raison pour laquelle ce voyage me met les nerfs en émoi. Une petite voix me souffle un refrain aguicheur : *Tu vas peut-être en apprendre plus sur ses déplacements. Tu vas peut-être découvrir où il est.*

Chapitre 3

Ce voyage ne ressemble à aucun des trajets en avion que j'ai pu faire jusqu'ici.

D'habitude, c'est une expérience interminable : il faut se rendre à l'aéroport, enregistrer les bagages, se plier aux contrôles de sécurité, errer pendant des heures dans ce centre commercial géant qu'est la zone *duty free*, puis suivre le troupeau jusqu'à la porte d'embarquement, où l'on doit encore patienter avant de pouvoir prendre place dans l'espace exigu de l'avion. Tout ça sans même avoir bougé d'un iota.

Aujourd'hui, en revanche, une élégante berline noire vient nous chercher, Mark et moi, devant sa maison de Belgravia. Le chauffeur – crâne rasé et lunettes de soleil de rigueur – se charge de mettre nos bagages dans le coffre, puis nous filons dans les rues de Londres comme si une dispense spéciale abolissait limites de vitesse, feux rouges et voies de bus à notre approche. Le trajet jusqu'à l'aéroport ne semble durer que quelques minutes. Mark prend mon passeport et le tend par la fenêtre à quelqu'un que je ne vois pas. Puis nous redémarrons et, lorsque la voiture s'arrête de nouveau, je constate, éberluée, que nous nous trouvons au pied de l'avion. Nous ne sommes même pas passés par le terminal de l'aéroport.

— Venez, Beth, m'enjoint Mark en souriant face à mon émerveillement – bien visible malgré tous mes efforts pour paraître blasée et sophistiquée. Il est temps de monter à bord.

La cabine est d'un luxe immaculé, avec un éclairage tamisé et chaleureux, une épaisse moquette de couleur claire et des fauteuils en cuir jaune pâle qui se font face de part et d'autre de tablettes en bois de noyer. Une ravissante hôtesse nous accueille avec un sourire et nous conduit à notre place. Nous n'avons pas encore quitté le tarmac, pourtant je suis déjà sur un petit nuage. *Je pourrais vite m'accoutumer à ce train de vie.*

— Installez-vous, nous sommes prêts à partir, nous informe l'hôtesse. Je reviendrai m'occuper de vous dès que nous serons en vol. En attendant, je vous souhaite un agréable décollage.

Puis elle disparaît par une porte située à l'arrière de la cabine.

Mon siège est si moelleux que j'ai l'impression de fondre. Je me cale confortablement et attache ma ceinture de sécurité.

Mark se penche vers moi tout en jouant avec ses boutons de manchette en or rose.

— Vous ne pourrez pas dire que je ne vous ai pas offert un aperçu de la grande vie, n'est-ce pas, Beth ? lance-t-il avec un sourire amusé.

— Et pas qu'un seul ! m'écrié-je en riant.

C'est un fait : depuis que je travaille pour Mark, j'ai eu plusieurs fois l'occasion d'approcher un monde dont je connaissais vaguement l'existence mais qui demeurait totalement hors de portée de mon milieu d'origine. Et voici qu'aujourd'hui je me trouve à bord d'un jet privé.

— C'est complètement dingue ! m'exclamé-je en secouant la tête.

— Profitez-en, me conseille Mark en s'adossant à son fauteuil pour boucler sa propre ceinture de sécurité. Le quotidien des fortunés constitue un spectacle fort divertissant. Le tout est de résister à la tentation de rejoindre leur cercle.

Quelques minutes plus tard, le petit avion se met en branle, légèrement ballotté par les irrégularités du tarmac. C'est une sombre journée d'octobre et, bien qu'il ne soit que midi, je sens déjà l'approche du crépuscule. L'avion pivote, puis, après une courte pause, s'élance sur la piste dans un puissant vrombissement. Soudain, le sol s'incline sous nos pieds et nous décollons, laissant Londres derrière nous. Une minute plus tôt, j'étais tranquillement sur le plancher des vaches, et à présent je file si haut dans le ciel que tout dysfonctionnement pourrait entraîner ma mort. *La frontière entre sécurité et péril est bien ténue…* À cette pensée, une légère décharge électrique parcourt mes veines. Nous sommes vivants et nous volons. Cette sensation, qui se concentre dans mon ventre, ressemble étrangement à de l'excitation sexuelle. Étrange… Prendre l'avion ne m'avait encore jamais fait cet effet-là.

C'est peut-être un des avantages des voyages en jet privé – le petit frisson supplémentaire.

La ravissante hôtesse revient vers nous. Son maquillage est si parfait qu'il semble se fondre avec ses traits au point d'être insoupçonnable. D'une voix douce et apaisante, elle nous propose des consommations, et Mark commande du champagne pour nous deux.

— Je veux que vous profitiez à fond de cette expérience, m'explique-t-il une fois que la jeune femme s'est éloignée. D'ordinaire, j'évite de boire pendant les heures de travail, mais pour une fois…

Un instant plus tard, l'hôtesse nous apporte deux flûtes dans lesquelles pétillent de fines bulles, ainsi que le déjeuner. Le menu consiste en un petit festin automnal : rôti de faisan froid accompagné d'une salade de chicorée avec des morceaux de potiron et de poire, puis poêlée de céleri-rave parfumé aux herbes de Provence. Suit un plateau de fromages crémeux à souhait, servis sur des galettes d'avoine encore chaudes, et enfin une charlotte aux pommes à la crème de sauternes. Tout en dégustant ce repas, Mark et moi bavardons gaiement, si bien que l'on se croirait plutôt dans un grand restaurant que dans un avion à une altitude vertigineuse au-dessus de la Manche.

Tandis que nous approchons de l'aéroport de Nice, je me rappelle la mise en garde de James au sujet de Dubrovski. Dans quoi me suis-je embarquée, au juste ? Vais-je me retrouver à dîner en compagnie d'une bande de mafieux ? Je m'imagine déjà Dubrovski sous les traits d'une espèce d'Al Capone russe du XXIe siècle, le veston tendu sur une bedaine proéminente. Autour de la table, une collection de types en costume sombre, le revolver bien en évidence sous la veste, en train de mâcher du chewing-gum d'un air patibulaire, les yeux dissimulés derrière des lunettes noires, prêts à dégainer au moindre éternuement. Je devrais peut-être faire quelques exercices de boxe en arrivant à la villa, juste au cas où. Puis je me reprends et souris intérieurement. Je me crois déjà dans un film à la *James Bond*… J'ai intérêt à calmer mon imagination en délire, sinon je risque d'en faire des cauchemars.

Mon scénario de mafia russe n'est évidemment pas l'unique objet de mes rêveries. Tandis que nous entamons notre descente, je me sermonne sévèrement. *Interdiction formelle de fantasmer sur Dominic ! Il ne sera pas présent, et il est fort peu probable que tu entendes prononcer son nom. Je suis presque sûre que ce séjour se révélera pénible et que tu seras impatiente de rentrer. Ce vol était sans doute la meilleure partie de tout le voyage.*

Je bâille, juste pour me prouver que je suis une réaliste endurcie qui sait garder les pieds sur terre.

Cette aventure n'a évidemment rien d'exotique pour Mark. Une fois que nous sommes posés et que l'avion s'arrête à côté du terminal, il défait calmement sa ceinture et m'annonce que notre voiture est déjà là.

Je ne comprends pas bien comment on peut court-circuiter tous les contrôles habituels – douane, sécurité et passeports –, mais, une fois de plus, une grosse berline noire nous attend sur le tarmac. Quelques minutes plus tard, nous filons sur les routes de Provence et, avant même de réaliser qu'il l'a récupéré, Mark me rend mon passeport.

— Ainsi va le monde, quand on a les moyens, commente-t-il en lisant l'expression sur mon visage.

Je ne peux m'empêcher de penser que tout cela réduit à néant les lois qui régissent le commun des mortels. J'aurais pu introduire n'importe quoi d'illégal dans ce pays… Cependant, je choisis de me taire – et décide même d'en faire ma règle d'or pour la durée de ce voyage.

Le soleil déclinant brille dans un ciel d'azur, et il fait bien plus chaud qu'à Londres. Les pulls en cachemire que j'ai apportés semblent à présent inutiles, alors que mon bikini rouge paraît soudain tout à fait justifié. Je me tourne vers Mark.

— La villa est encore loin ?

— Environ une heure de route. C'est un très bel endroit, vous verrez. Vous allez adorer.

— Ça fait longtemps que vous travaillez pour Dubrovski ?

— Cinq ans – depuis qu'il a réellement commencé à faire fortune. Heureusement, parce que l'art est devenu sa drogue. Il veut collectionner les œuvres de maîtres illustres. Il se prend un peu pour François Ier, qui avait exposé *La Joconde* dans sa salle de bains. S'il pouvait, il en ferait autant, et ajouterait un Rembrandt dans le couloir et un Titien dans le dressing. C'est sa façon à lui d'afficher sa réussite, et c'est là que j'interviens. Je suis toujours à l'affût d'œuvres susceptibles de l'intéresser, et il fait appel à mon expertise chaque fois qu'il trouve quelque chose à son goût. Notre collaboration fonctionne à merveille : je sais parfaitement à quel type d'œuvres il est sensible, et il me fait entièrement confiance. Il me verse une coquette somme pour que je reste à sa disposition en permanence, plus une commission sur tout ce que j'acquiers en son nom. Bref, comme je vous le disais, c'est un arrangement qui fonctionne, conclut Mark avec un sourire ravi.

Je me demande si ce genre d'arrangement idéal constitue un autre des nombreux privilèges dont jouissent les fortunés. Des sommes hallucinantes changent de main pour rétribuer des efforts finalement bien modestes. Cela explique sans doute que de riches clients laissent des pourboires de cent livres sterling à une serveuse ou paient dix fois plus pour un repas sans même sourciller.

Une question hardie m'échappe avant que je n'aie pu réfléchir.

— Vous l'appréciez ?

— Bien sûr. Pourquoi est-ce que je ne l'apprécierais pas ?

— Oh, j'ai lu quelque part qu'il avait un passé un peu douteux.

C'est du moins ce que James a semblé indiquer.

— Je ne prête pas l'oreille à ce genre de rumeurs, et vous feriez bien de suivre mon exemple, rétorque Mark d'une voix stricte. Nous acceptons nos clients pour ce qu'ils sont, et pour les marchés que nous concluons avec eux. Dubrovski s'est toujours montré très correct envers moi.

Et Dominic ? Est-ce qu'il le traite correctement, lui ? Je ne sais pas grand-chose de leurs relations de travail, à vrai dire. Mark ignore complètement que Dominic et moi sommes liés, même s'il connaît ce dernier. James les a vus ensemble chez Mark le jour du départ de Dominic. Il avait dû venir régler quelques derniers détails, et James l'a entendu mentionner qu'il se rendait en Russie. Aussitôt que James m'a rapporté cette nouvelle, j'ai sauté sur l'occasion de revoir Dominic, même si nous n'avions que très peu de temps. Je lui ai ordonné de venir me rejoindre dans le boudoir, pour ce qui fut la dernière fois.

Pendant un instant, je nous revois, cet après-midi-là, en train de faire l'amour avec toute la tendresse et toute la passion du monde. La souffrance et les malentendus sont oubliés, remplacés par la joie de sentir sa peau contre la mienne, son corps qui se fond dans le mien en d'exquis mouvements, les baisers éperdus qui nous laissent à bout de souffle et, enfin, l'orgasme qui nous enveloppe dans une même extase. Puis Dominic m'explique qu'il doit partir.

Ce n'était pas juste pour prendre du recul, même s'il s'en voulait atrocement de s'être laissé emporter et de m'avoir blessée – après tout, je venais de lui pardonner, et il avait décidé de changer. Non, il s'agissait essentiellement de la volonté de cet homme, Dubrovski. Il a exigé que Dominic se rende à l'étranger et, depuis, je suis sans nouvelles.

La voiture s'arrête devant un imposant portail en fer forgé. Un gardien sort d'une guérite, échange quelques mots avec le chauffeur et nous inspecte par la vitre avant de nous laisser entrer. Nous y voilà. Pendant une seconde, je suis étourdie par une montée d'adrénaline à l'idée que Dominic m'attend peut-être au bout de l'allée.

Celle-ci serpente entre des massifs d'arbustes parfaitement taillés et des parterres de fleurs multicolores. Puis la villa apparaît devant nous. C'est une imposante demeure blanche au toit d'ardoise grise, typique du XIXe siècle français avec ses pignons en fer forgé. Je la trouve belle mais assez peu remarquable, sinon par sa taille. Quelques roses tardives grimpent le long des murs, comme disposées là par un artiste, et des buissons de lavande sont sagement alignés à leurs pieds.

Un valet vient nous ouvrir la portière, et nous sortons sur l'allée de gravier. Je reste en retrait pendant que les deux hommes discutent dans un français impeccable. Si mes souvenirs du lycée sont exacts, Mark demande quand M. Dubrovski pourra le recevoir.

— *Immédiatement, monsieur. Suivez-moi, s'il vous plaît**.

Mon estomac fait un bond, et je me rends compte que je suis nerveuse à l'idée de rencontrer Dubrovski. Balancer des coups de pieds à Sid alors que celui-ci est à l'abri derrière ses protections, c'est bien joli. Mais, alors que la perspective d'une vraie bagarre se profile, mon courage se fait doucement la malle. À quoi Dubrovski peut-il bien ressembler ? Un petit gangster trapu à la mine patibulaire ? Un dandy égoïste et méprisant ? Cet homme est issu d'un monde que j'imagine à peine, et les mots de James résonnent à mes oreilles : personne n'amasse une fortune pareille sans un caractère bien trempé.

Mark, quant à lui, semble parfaitement à l'aise et me précède dans le couloir. D'après ce que j'aperçois, la villa est décorée dans des tons discrets de pêche et garnie de meubles

---

* Les mots ou phrases en italique suivis d'un astérisque sont en français dans le texte. *(NdT.)*

fonctionnels et confortables. L'ensemble est impeccable mais sans grande originalité. Il faut croire que, au contact de Mark, j'ai acquis des goûts de luxe. Tout ce qu'il possède respire un charme bien à lui, une intelligence toute spirituelle. À présent je me rends compte qu'il est possible d'être riche comme Crésus et d'aimer la banalité la plus plate.

Le couloir mène à une double porte blanche décorée de dorures. Le valet frappe doucement, puis tourne la poignée – dorée elle aussi – et fait un pas à l'intérieur de la pièce.

— *Monsieur Palliser est arrivé, monsieur*[*], annonce-t-il dans un murmure.

Nous entrons à sa suite, et ma première impression est celle d'une très belle clarté. De hautes fenêtres donnent sur le jardin, et les rayons du soleil entrent à flots. Après l'obscurité du couloir, je cligne des yeux pour m'habituer à cette luminosité. Puis des taches de couleurs aux murs attirent mon attention. Un instant plus tard, ma vision s'éclaircit et je me rends compte que les taches en question sont des tableaux de maîtres à la facture tout à fait reconnaissable.

Ça, alors! On dirait un Renoir! Et là, un Seurat! Oh, mon Dieu…

Je résiste à l'envie de m'approcher des toiles et reporte mon attention sur le cœur de la pièce, qui rayonne d'une énergie irrésistible. Un homme se tient debout, son téléphone portable dans une main, l'autre plongée dans la poche de son pantalon en lin.

C'est donc lui, le patron de Dominic. Peut-être est-ce Dominic au bout du fil? Cette possibilité me fait trembler intérieurement, puis je me ressaisis. *Non, il parle russe. Je suis sûre qu'il s'adresserait à Dominic en anglais.*

Dubrovski fait signe à Mark de prendre place dans un fauteuil. Ma présence semble lui avoir totalement échappé, et je m'autorise donc à le passer en revue. Il est plus grand que ce que j'imaginais et n'a rien du petit mafieux trapu que je m'attendais à rencontrer. Au lieu d'un costume noir et de lunettes de soleil, il porte une chemise en lin blanc, un pantalon ample et des chaussures bateau franchement éculées. Ses cheveux ne sont pas bruns mais d'un châtain doré presque blond, parsemé de gris sur les tempes. Mark se dirige vers l'un des fauteuils et je m'assieds à côté de lui. Dubrovski continue de parler et, bien que je ne comprenne pas un mot de ce qu'il dit, sa voix me captive complètement. Rauque et légèrement éraillée, elle donne l'impression qu'il a fumé un million de cigarettes ou chanté à pleins poumons pendant des siècles. Ses inflexions fortes et autoritaires trahissent son habitude d'énoncer des ordres auxquels tout le monde se plie. Pas étonnant que cet homme ait fait fortune.

Quelques instants plus tard, il met fin à sa conversation et se tourne vers nous pour la première fois depuis notre arrivée. Ses yeux sont d'un bleu étonnant, à la fois pâle et implacable. Je remarque à peine son nez proéminent, sa grande bouche expressive et son menton décidé tant la puissance de ce regard m'impressionne. Il est d'une froideur que nul sourire ne vient attendrir.

—Mark! s'exclame-t-il en s'approchant.

Mark se relève précipitamment et serre la main que lui tend Dubrovski.

—Je suis ravi de vous revoir. Comment allez-vous? poursuit ce dernier dans un anglais plus teinté d'américain que de russe.

Je m'attendais à un accent digne du méchant dans un *James Bond*, mais Dubrovski parle avec l'assurance d'un héros.

—Je vais très bien, merci, Andrei. C'est un plaisir d'être ici.

Je suis debout, moi aussi. Le charisme de cet homme est tout simplement hallucinant. Il dirige vers moi son regard bleu perçant, et je me sens soudain minuscule et insignifiante. Un frisson glacial me parcourt.

Il ne sourit donc jamais?

—Voici ma nouvelle assistante, Beth Villiers, annonce Mark d'une voix suave. Beth est pour ainsi dire mon bras droit.

Dubrovski pousse un vague grognement mais ne daigne pas m'adresser le moindre mot articulé. Il reporte aussitôt son attention sur Mark, et je me trouve soulagée de ne plus subir la froideur de son regard.

—Je suis content que vous ayez pu venir, Mark, reprend-il, en proie à une agitation qui n'est peut-être que son état naturel. J'ai reçu des informations d'une importance capitale – capitale ! –, et j'ai besoin de votre aide au plus vite.

— Oui ? fait Mark en haussant poliment les sourcils.

Visiblement, il connaît Dubrovski sur le bout des doigts et sait jouer à la perfection le rôle du courtisan en présence de son roi.

Le Russe prend place dans un fauteuil, et nous l'imitons aussitôt. J'ai de plus en plus l'impression d'être face à un membre de la famille royale : on se lève quand il se lève, on s'assied quand il s'assied, on n'ouvre la bouche que s'il nous adresse la parole... Je ne suis pas sûre de prendre goût à cette déférence. Hormis sa fortune, qu'est-ce qui autorise cet homme à se comporter ainsi ?

— J'ai eu vent d'une découverte fascinante, poursuit-il de sa voix rauque. Mes associés ont été contactés par l'abbé d'un monastère en Croatie. Il prétend être en possession d'un Fra Angelico inconnu jusqu'ici. C'est tout à fait incroyable, je vous l'accorde. Pourtant, il m'assure de l'authenticité de l'œuvre et se déclare prêt à me la vendre sans la mettre officiellement sur le marché.

Mark incline la tête d'un air pensif avant de donner son avis.

— Si je puis me permettre, cette histoire me paraît légèrement douteuse, énonce-t-il d'une voix sobre. Un Fra Angelico totalement inconnu du public... c'est quasiment impossible. Il me semble que, depuis qu'on a retrouvé les panneaux manquants du chœur de la basilique Saint-Marc, il y a quelques années, l'inventaire de ses œuvres est complet. Quelle est cette nouveauté qu'ils vous proposent ?

— Le panneau central d'un retable, répond Dubrovski d'un ton impatient en se penchant en avant, les coudes sur les genoux. Admettons qu'ils disent vrai : ce serait une occasion incroyable. Ils en demandent une fortune, évidemment, mais je suppose que c'est la somme qu'ils pourraient en attendre s'ils passaient par les canaux officiels.

Le visage de Mark trahit une soudaine incertitude, mais cela ne dure qu'une seconde et Dubrovski ne semble pas le remarquer. Il continue à parler avec animation.

— Je souhaite donc que nous nous rendions sur place, vous et moi, pour évaluer cette œuvre. OK ? Je voudrais que vous la voyiez sans tarder.

— Bien sûr, Andrei, confirme Mark, en professionnel accompli. Quand partons-nous ?

— Demain matin, à la première heure. Nous passerons la nuit au monastère et rentrerons dans la foulée. Vous venez aussi, me lance-t-il avec un vif coup d'œil avant de reporter son attention sur Mark. Voilà mon plan.

— Parfait, conclut Mark. Je me réjouis d'avance. Ce pourrait être une découverte fascinante.

Un aller-retour en Croatie ? Décidément, je vais de surprise en surprise ! Je dévisage Mark, mais il évite de croiser mon regard.

Le téléphone de Dubrovski sonne, et celui-ci vérifie qui l'appelle avant de se lever et de répondre en russe. Sans s'interrompre, il nous congédie d'un geste. Je suis Mark dans le couloir, où le valet nous attend.

— Venez, je vais vous montrer vos chambres, annonce-t-il, en anglais cette fois.

— Alors ? Cette entrevue correspondait-elle à vos attentes ? me demande Mark à mi-voix tandis que nous gravissons l'escalier majestueux.

— Plus ou moins. Je ne sais pas.

J'ai du mal à m'expliquer ce phénomène, mais le Dubrovski que je m'étais imaginé a perdu toute consistance face à l'énergie qui irradie du personnage réel. Pour autant, cette espèce de concentré de puissance ne m'est pas sympathique du tout.

— En revanche, je ne pensais pas repartir aussitôt pour la Croatie ! dis-je dans un chuchotement.

— C'est toujours comme ça, avec Andrei, fait remarquer Mark en me souriant. Il est imprévisible. Une fois que nous serons installés, branchez votre ordinateur et lancez une petite recherche sur Fra Angelico. Je tiens à me rafraîchir la mémoire d'ici demain. Dieu seul sait ce qui nous attend là-bas. Dubrovski meurt d'envie que cette œuvre soit authentique, mais, s'il l'achète et qu'elle se révèle être un faux, je risque d'y laisser des plumes.

Je n'en reviens toujours pas que, sitôt arrivés, nous repartions déjà. *La Croatie? Ça m'emballe moins que la Provence, mais bon...* Pourtant, l'idée d'un chef-d'œuvre oublié refaisant surface dans un monastère titille mon imagination. Ce serait une chance incroyable pour moi si je me trouvais parmi les premières personnes à voir ce panneau – en admettant qu'il s'agisse effectivement d'un authentique Fra Angelico, bien sûr. Cela, nous le saurons bientôt : je ne doute pas que Mark soit de taille à identifier l'œuvre.

Le valet ouvre une porte et me fait signe d'entrer dans ce qui ressemble à une luxueuse chambre d'hôtel, ravissante mais sans âme. Ma valise s'y trouve déjà, et je remarque que mes affaires ont été déballées et organisées. Je me demande si l'aimable personne qui s'est chargée de cette tâche pourra tout ranger demain matin, vu que nous partons à la première heure. Soudain, je me rappelle que j'ai failli apporter mon vibromasseur, au cas où l'atmosphère des lieux aurait réveillé ma sensualité, et je pousse un soupir de soulagement.

Heureusement que j'y ai renoncé! Je n'ai pas assez d'insouciance pour assumer ce genre de situation.

— Pourquoi ne dînez-vous pas dans votre chambre ? me suggère Mark. Je m'occupe de Dubrovski pour la soirée. Ce serait sans doute vous infliger une fatigue inutile.

— Bonne idée, approuvé-je, reconnaissante.

J'ai trouvé cette journée étonnamment éprouvante et je ne suis pas sûre de supporter l'intense froideur de Dubrovski plusieurs heures d'affilée, surtout sachant que nous reprenons la route avec lui demain matin. Maintenant que nous sommes entrés dans le vif du sujet, ma petite rêverie au sujet de Dominic m'apparaît pour ce qu'elle est vraiment : un fantasme risible. *Il est temps de revenir à la réalité, ma grande.*

— Je vais m'atteler à cette recherche et voir s'il est question d'éventuelles œuvres disparues de Fra Angelico.

— Parfait ! lance Mark avec un sourire. Je vous dis donc à demain. Réglez votre réveil pour 7 heures au plus tard. Dubrovski dort peu, il voudra sans doute mettre les voiles très tôt. Bonne soirée, Beth, et bonne nuit.

— Merci, à vous aussi.

Tandis que le valet conduit Mark vers sa propre chambre, je referme la porte et m'y adosse.

— Tu sais quoi, Dominic ? Je commence à m'impatienter, dis-je à voix haute. Si tu ne tiens pas ta promesse bientôt, je vais finir par considérer qu'il n'y a plus rien entre nous.

J'éprouve une impression étrange à prononcer ces mots, et pourtant, aussitôt, je me sens plus légère. C'est l'attente qui me pèse depuis tout ce temps. Et si j'arrêtais d'attendre ?

En voilà une riche idée ! me souffle la petite voix. *En plus, tu as largement de quoi t'occuper l'esprit.*

Je déballe mon ordinateur et m'attelle à la tâche.

Chapitre 4

Et moi qui imaginais que la journée d'hier m'avait emmenée aux sommets du luxe…

C'est tout simplement incroyable !

Nous sommes à bord d'un hélicoptère qui survole l'Italie en direction de la Croatie. C'est un magnifique appareil rouge vif aux courbes arrondies, dont la forme s'apparente vaguement à celle d'un piment. Je suis assise à l'arrière, à côté de Mark, maintenue par un harnais de sécurité et équipée d'un gros casque qui atténue le bruit du moteur tout en retransmettant les échanges entre Mark, Dubrovski et, parfois, le pilote. Je dispose également d'un micro mais ne ressens pas le besoin d'en faire usage. Je suis bien trop occupée à goûter cette expérience nouvelle. C'est la première fois que je monte dans un hélicoptère, et je trouve ça absolument fantastique. Ça n'a rien à voir avec l'avion, d'où l'on regarde le monde à travers de petits hublots ovales, bien à l'abri d'un épais fuselage. Là, j'ai presque l'impression de voler de mes propres ailes, au sens propre. Le cockpit vitré s'incurve autour de nous, et je vois aussi bien le ciel au-dessus de ma tête que le monde qui défile à nos pieds, apparemment tout proche. Notre appareil réagit aux commandes du pilote avec une agilité telle que j'ai l'impression d'être Peter Pan après une pincée de poussière d'étoiles.

À côté de moi, Mark est d'un calme olympien. C'est sans doute la routine, pour lui. Il a lu le compte rendu que je lui ai envoyé par mail tard dans la soirée et sait donc qu'il n'est pas du tout improbable que des œuvres inconnues de Fra Angelico refassent surface encore de nos jours. Il y a quelques années à peine, deux panneaux ont été identifiés après avoir passé près d'un demi-siècle à décorer les murs d'une modeste demeure d'Oxford. Il faut dire que, dans les années 1960, l'art médiéval – même des chefs-d'œuvre de la Renaissance florentine – n'était pas très en vogue. Il est tout à fait possible que d'autres œuvres du même genre existent, voire des copies de retables connus. Par ailleurs, la Croatie et l'Italie sont des pays voisins qui ont toujours entretenu d'importants liens commerciaux et religieux. Il n'est pas absurde d'imaginer qu'un Fra Angelico ait pu échouer dans un monastère croate. Après tout, cette région a passé trois siècles sous l'hégémonie de la Vénétie.

J'ai passé quelques heures merveilleuses, hier soir, à parcourir les catalogues de diverses collections pour me familiariser avec l'art sacré du XVe siècle, entre les ors et les à-plats de l'ère gothique et les débuts de la Renaissance – l'introduction de la perspective et du naturalisme. Je me suis délectée des bleu azur, des vermillons, des vert poison, des rose tendre et des ors chatoyants dont usait Fra Angelico. Quelles merveilles ! Cet artiste avait bien mérité son sobriquet, qui signifie le « frère angélique ». Je suis impatiente d'examiner ce que les religieux ont découvert.

Nous survolons à présent les eaux turquoise de l'Adriatique, émaillées d'îles aux dégradés de bruns, de gris et de verts. Au-delà s'étendent les terres des Balkans : la Croatie, puis la Bosnie et la Serbie, la Bulgarie et la Roumanie. Jusqu'ici, ces noms n'évoquaient rien pour moi, mais j'en découvre les paysages vallonnés, sillonnés de routes et parsemés de villes.

— Voici Split, annonce le pilote d'une voix rendue métallique par mon casque.

J'aperçois une magnifique cité aux murs dorés, située sur un port qui étend ses longs doigts fins dans les eaux cristallines.

— Nous y sommes presque, commente Mark.

— Oui, confirme Dubrovski.

La rudesse de son timbre de voix est amplifiée par le micro. Je suis assise juste derrière lui et distingue la trame de la veste en lin bleu marine qu'il porte aujourd'hui. Depuis qu'il a traversé la pelouse à grandes enjambées pour rejoindre l'hélicoptère ce matin, il ne m'a pas accordé le moindre coup d'œil. Je ne m'en plains pas, cela dit. Il a l'air d'une humeur massacrante, et je n'ai aucune envie d'être la cible de son énergie débordante si celle-ci vire à la colère.

— Le monastère se trouve dans les montagnes, là-bas. Nous y serons bientôt, ajoute-t-il.

Sous nos pieds, la ville reflète doucement les rayons étincelants du soleil. Mark désigne des ruines somptueuses.

— C'est le palais de Dioclétien. La cité de Split s'est construite autour de ses murs il y a de cela des siècles.

Ce paysage me coupe le souffle. Il y a tant de choses à voir et à apprendre en ce monde ! Tandis que nous laissons Split derrière nous, je me fais le serment de déployer mes ailes et de profiter pleinement des expériences de la vie – à commencer par cette opportunité incroyable. Quelques minutes plus tard, nous approchons d'un sommet rocailleux qui émerge de la forêt alentour. Tout en haut se trouve une impressionnante construction de pierre qui tient autant de l'église que du château fort et qui semble faire partie intégrante de la montagne.

Mais où allons-nous atterrir ? Je ne vois aucune piste au-delà des murs d'enceinte.

Nous nous élevons au-dessus du chemin de ronde, et je comprends soudain que nous allons nous poser au sommet de l'une des tours situées aux quatre coins du monastère. Quelqu'un y a dessiné une rudimentaire croix blanche, mais j'ai du mal à concevoir qu'il y ait assez d'espace pour faire atterrir notre hélicoptère entre les murs crénelés. Je retiens mon souffle lorsque le pilote se positionne au-dessus de la tour avant de descendre lentement, abaissant le nez de l'appareil avant de le redresser. J'ai peur que les pales ne mordent la pierre et je m'attends presque à entendre un crissement meurtrier, mais mes craintes sont infondées – le pilote a parfaitement calculé son approche. Une fois que nous sommes posés, bien en sécurité au centre de la marque blanche, les pales ralentissent et le bruit du moteur s'évanouit.

« Bien en sécurité ? » On est tout en haut d'une tour, dans un monastère qui est lui-même perché tout en haut d'une montagne !

Je manque d'éclater de rire tant cette idée est saugrenue. Je me sens à la fois euphorique et vaguement terrifiée de me trouver là. Les autres sont déjà en train de défaire leur harnais de sécurité et de raccrocher leur casque, et je m'empresse de les imiter. Du coin de l'œil, j'aperçois un homme en soutane noire émerger de la porte de la tour. Dubrovski saute de l'hélicoptère et va le rejoindre. Maintenant que nous pouvons parler sans être entendus, Mark se tourne vers moi avec un grand sourire.

— Alors ? Ça vous a plu ?

— C'était fantastique ! Je suis ravie.

— Bien. Maintenant, au travail, reprend-il, l'air soudain inquiet. Dubrovski est d'une humeur de dogue, même si j'ignore pourquoi. Tout ce que je sais, c'est que ça ne va pas nous faciliter la tâche. Tant qu'il est cloîtré ici, le seul moyen pour lui de passer ses nerfs, c'est de s'en prendre à ses compagnons d'infortune – c'est-à-dire nous. Enfin… si nous restons calmes et professionnels, nous devrions nous en sortir.

— À vous entendre, c'est un vrai tyran, fais-je remarquer, préoccupée de voir Mark dans cet état. Vous l'avez déjà vu se mettre en colère ?

Visiblement mal à l'aise, Mark jette un coup d'œil en direction de Dubrovski qui, les cheveux ébouriffés par le vent, serre la main de l'homme en soutane.

— Venez, finit-il par lancer sans répondre à ma question. Il est temps de s'y mettre.

Dehors, nous sommes accueillis par de violentes bourrasques, et j'entends à peine ce qui se dit autour de moi. Je suis Mark et les autres jusque dans la tour, où règne un silence déconcertant après quelques heures passées au son de l'hélicoptère. Il fait sombre, les parois de pierre n'étant éclairées que par de petites lampes électriques disposées à la jonction des murs et du plafond, reliées entre elles par de longs câbles noirs. Nous nous engageons dans un escalier en spirale, accompagnés par l'écho de nos pas.

L'atmosphère est réussie, en tout cas. J'ai l'impression de débarquer en plein film d'horreur. Je sens la chair de poule me gagner malgré la chaude veste que je porte. Les hommes me précèdent et ils ont beau parler en anglais, l'acoustique rend leurs propos inintelligibles. Nous descendons pendant un long moment, puis, finalement, l'homme en soutane ouvre une porte, et nous sommes accueillis par les rayons du soleil. L'ambiance sinistre, nocturne, de la tour m'a presque fait oublier qu'il est à peine midi. Nous débouchons dans un couloir dallé de pierres, aux murs blanchis à la chaux et percés de portes en bois avec des poignées en fer forgé. Tous les mètres environ, un candélabre soutient une ampoule électrique en forme de bougie. Pourtant, je ne me sens pas tellement plus rassurée que dans l'escalier. J'ai toujours la chair de poule et le cœur qui bat la chamade.

C'est peut-être dû à la pression atmosphérique. Je me demande à quelle altitude on se trouve.

Mark ralentit le pas jusqu'à ce que je le rattrape, puis se penche vers moi pour me murmurer à l'oreille :

— Vous avez remarqué la soutane noire que porte ce frère par-dessus sa robe blanche ? C'est la raison pour laquelle nous appelons les Dominicains *black friars* ou « frères noirs », en Angleterre. Ils font partie de l'ordre créé par saint Dominique.

Mon cœur fait un bond dans ma poitrine et un sursaut m'échappe. Ce nom résonne dans mon esprit et, malgré moi, je répète d'une voix faible :

— Dominic ?

— Oui. C'était un homme pour qui la charité et le don de soi comptaient beaucoup… ainsi que la mortification de la chair, ajoute Mark avec un mince sourire. Il croyait en l'amélioration de l'âme par le biais de la douleur physique – notamment par la flagellation.

Un souvenir vivace me revient en mémoire. Dominic est allongé sur un long siège en cuir, le dos nu et offert, les mains crispées sur les montants de la structure. Je tiens le chat à neuf queues – un fouet muni de nombreuses mèches de cuir prêtes à mordre sa peau lisse. Mon instinct a beau me crier de refuser, j'abats le fouet de toutes mes forces sur le corps de Dominic, le rouant de coups jusqu'à ce que sa peau rougisse, enfle et, finalement, se mette à saigner. Ce n'est pas ce que je voulais. Je ne demande qu'à l'aimer, le caresser avec douceur et l'embrasser avec tendresse, mais il m'encourage à poursuivre avec une violence redoublée. Je sais qu'il éprouve le besoin de se racheter en souffrant par ma main – que mes coups l'absolvent du péché qu'il a commis malgré lui en me faisant du mal.

— Beth ? Vous vous sentez bien ? me demande Mark d'un air curieux.

Étourdie, sans voix, je me contente de hocher la tête, et Mark semble rassuré.

Il faut que j'arrive à me contrôler. Je ne peux pas me permettre de perdre les pédales ici et maintenant. Pourtant, cette vision de Dominic était à la fois atroce et merveilleuse.

Le frère ouvre une porte plus large que les précédentes, et nous le suivons à l'intérieur d'un immense réfectoire où sont alignées des rangées de tables.

— Magnifique ! lance Mark d'un air satisfait. Je meurs de faim.

Ce n'est finalement pas dans le réfectoire que nous déjeunons. Clairement, nous avons droit à un traitement de faveur, sans doute destiné à adoucir Dubrovski pour qu'il soit dans de bonnes dispositions au moment où il verra le prétendu Fra Angelico. Les frères semblent avoir mal cerné le personnage – Dubrovski n'aime pas qu'on le fasse attendre. Tandis que nous nous installons dans une salle à part en compagnie de l'abbé, je remarque qu'il perd rapidement patience. Il bout littéralement, et ses yeux lancent des éclairs. Maintenant que j'ai la possibilité de l'observer à loisir sans paraître indiscrète, je me demande quel âge il peut bien avoir. Je dirais qu'il approche de la quarantaine. Il n'est pas mal du tout, même s'il n'a pas la beauté classique de Dominic. Sa peau hâlée et ses traits burinés lui donnent un air sagace et dur à cuire. Il a une grande bouche, avec une lèvre inférieure légèrement boudeuse qui lui prête une expression d'obstination têtue. Son nez et son menton sont trop proéminents pour être vraiment harmonieux, mais cela lui va bien. C'est un visage intéressant, du genre qu'on pourrait regarder longtemps sans se lasser. Il porte une chemise blanche et une veste bleu marine tendue sur ses épaules musclées, qui semblent vibrer d'énergie. Je l'imagine bien, plus jeune, évincer ses rivaux en se servant de ses poings dans une ruelle sombre afin de gravir les échelons de la société. Cette idée me fait frissonner.

L'abbé discourt d'une voix monotone tandis que deux frères mettent le couvert. Dubrovski s'agite sur son siège et n'écoute visiblement pas un mot de ce que raconte notre hôte. Mark le couve d'un œil vif, prêt à calquer son comportement sur celui de son client. Quelques instants plus tard, on nous apporte des assiettes de riz accompagné d'un ragoût épicé. Alors que je lève ma fourchette, l'abbé joint les mains et entame une longue prière dans une langue que je ne comprends pas. Je baisse poliment le regard mais remarque que Dubrovski n'a pas attendu pour attaquer son repas avec une hâte presque indécente. Lorsque l'abbé rouvre les yeux, il semble interloqué de constater que son invité a déjà commencé à manger, mais il se contente de dire :

— Bon appétit, monsieur.

Je prends une bouchée du ragoût, qui s'avère délicieux, et me rends compte que je suis affamée. C'est sans doute l'air vif des montagnes qui a ainsi aiguisé mon appétit. Par ailleurs, j'ai comme l'impression que nous n'allons pas nous éterniser à cette table.

C'est donc sans surprise que, quelques minutes plus tard, je vois Dubrovski repousser son assiette à moitié pleine et se lever en annonçant :

— Bon, assez lambiné. Allons voir cette peinture.

Bien que personne n'ait terminé son repas – le pauvre abbé vient à peine de commencer –, nous obéissons.

Le roi ordonne, les courtisans s'exécutent. Mark et moi échangeons un regard. Notre heure est enfin arrivée.

L'homme qui nous a accueillis à la descente de l'hélicoptère nous mène jusqu'à une petite chapelle aux murs couverts de fresques magnifiques. J'aimerais beaucoup les inspecter de plus près, mais nous nous approchons du petit autel, sur lequel trône un panneau recouvert d'un drap. J'ai le souffle court et des papillons dans le ventre. Je ne suis même pas sûre de ce que j'espère : la découverte d'un chef-d'œuvre, ou pas.

Avec un sourire de fierté, le frère désigne le trésor caché tandis que l'abbé observe la scène en silence, les bras croisés et les mains rentrées dans les manches. Nous sommes tous captivés, si bien que la tension est palpable dans la petite chapelle, mais Dubrovski est dans un état d'excitation incomparable. J'ai l'impression qu'il retient littéralement son souffle. Cette découverte signifie vraiment beaucoup pour lui. Quelle chance de nourrir une telle passion et d'avoir les moyens de la satisfaire ! Soudain, je me rends compte que je le dévisage, lui, au lieu de garder les yeux rivés sur le tableau caché.

Ce type a vraiment quelque chose de magnétique.

Alors il relève la tête et braque sur moi son incroyable regard bleu. Une sorte de courant électrique me parcourt. Serait-ce de la peur ? Devrais-je me détourner poliment ? Pendant un court instant, j'ai l'impression qu'il va me crier dessus, mais, à mon grand étonnement, un sourire se dessine sur ses lèvres charnues et adoucit son regard. Une vague de soulagement me submerge et, sans réfléchir, je souris à mon tour. L'espace d'une seconde, nous établissons une sorte de conspiration euphorique à propos de cette œuvre, comme si Dubrovski me disait : « Faisons semblant de ne pas trop y tenir. » Puis il reporte son attention sur l'autel, et le charme est rompu.

Le religieux saisit le coin du drap et annonce :

— Monsieur, j'ai l'honneur de vous révéler un chef-d'œuvre exécuté par un saint frère de notre ordre, à qui Dieu avait confié un talent incomparable.

Sur ces paroles, il soulève le tissu avec toute la prestance d'un magicien.

J'étouffe un cri. J'ai sous les yeux un panneau en bois légèrement arrondi en son sommet, qui représente la Madone à l'Enfant, entourée de saints et de frères dominicains. La Madone, une pâle beauté aux cheveux blonds et au visage parfaitement serein, est assise sur un trône doré. Sur ses genoux, un bébé potelé semble s'agiter et, les yeux au ciel, lève une main comme pour atteindre son divin père. La scène se passe au milieu d'un bosquet fleuri et, au loin, on distingue une cité typiquement italienne. Les couleurs sont magnifiques, vives mais subtiles, et les détails sont exécutés avec une exquise précision – du drapé subtil de la robe de la Madone aux pétales des roses et des lys qui l'entourent.

Personne n'ose parler ou détacher les yeux du tableau. Même dans l'éventualité où ce ne serait pas un Fra Angelico, c'est une œuvre de toute beauté, et la perfection de l'ensemble me laisse espérer que ce trésor est authentique.

— Alors ? lance Dubrovski d'une voix rude en regardant Mark.

— Une conversation sacrée…, dis-je dans un murmure sans même m'en rendre compte.

— Quoi ? demande Dubrovski en me toisant – sans la moindre chaleur, cette fois.

— C'est une conversation sacrée, répété-je d'une voix plus assurée.

Mark m'encourage du regard, un sourire dans les yeux même si son visage demeure impassible.

— Vous voyez ? Les frères dominicains et les saints sont en train de parler du miracle auquel ils viennent d'assister. Fra Angelico a été l'un des premiers à représenter des scènes de ce genre plutôt que des personnages statiques en pleine prière. Il peignait la vie et l'animation. Regardez la façon dont ils se tiennent : l'artiste les a disposés selon une savante perspective, comme en utilisait Fra Angelico.

— Vous voulez dire que c'est lui ? demande Dubrovski en fronçant les sourcils.

— En tout cas, il s'agit certainement de la bonne période et de l'école de Fra Angelico, même si ce n'est pas une œuvre du maître lui-même.

Soudain, j'ai l'impression de m'être un peu trop avancée. Certes, je suis diplômée d'histoire de l'art et j'ai fait des recherches sur l'époque en question, mais cela ne fait pas de moi une experte. Je me tourne vers Mark.

— Qu'en pensez-vous ?

— Vous avez tout à fait raison, confirme-t-il. Je vais avoir besoin d'un peu de temps pour examiner les détails de cette œuvre, mais votre évaluation à première vue me paraît parfaitement valide. Puis-je passer quelques moments en présence du tableau ? demande-t-il au frère.

— Bien sûr, prenez tout le temps qu'il vous faut.

— Vous, suivez-moi, m'ordonne Dubrovski. Laissons Mark travailler tranquille.

Sur ce, il tourne les talons et sort de la chapelle, certain que je vais lui emboîter le pas. Je lance un regard interrogateur à Mark, qui hoche la tête, puis me dépêche de rattraper Dubrovski.

Une fois que nous sommes dans le couloir, ce dernier s'arrête et se tourne vers moi. Il semble me voir pour la première fois.

— Vous êtes l'apprentie de Mark, c'est ça? demande-t-il en me détaillant de la tête aux pieds, si bien que j'ai l'impression de passer aux rayons X. Bien, venez avec moi, reprend-il sans attendre de réponse.

De nouveau, il s'éloigne d'un pas vif.

Quel gros malpoli ! Sérieusement, ça lui ferait mal de se montrer un peu courtois, au lieu de lancer des ordres à tout bout de champ ? Où est-ce qu'on va, d'abord ?

Je dois presque courir pour ne pas me laisser distancer. Dubrovski se dirige dans le monastère avec une grande assurance, ce que je trouve étonnant. Soudain, j'entends son téléphone vibrer, et il porte l'appareil à son oreille.

— Oui ? Oui, c'est prometteur – très prometteur. Vous êtes où ? Parfait, donnez-moi trente secondes.

Mais qu'est-ce qui se passe ?

Nous arrivons à un escalier, que Dubrovski dévale rapidement. Mes talons claquent sur les dalles de pierre tant je dois me dépêcher. Si j'avais su que j'allais cavaler ainsi sur un sol glissant, j'aurais choisi des chaussures plates. Hors d'haleine, je suis Dubrovski le long d'un autre couloir, puis il s'arrête devant une impressionnante porte en bois ornée de gros clous. Au moment où je le rattrape, il entre et je me faufile après lui.

Dans la pièce se trouvent un homme et une femme, assis côte à côte devant un ordinateur portable, si proches que leurs têtes se touchent presque. Ils se redressent à notre arrivée. La femme est d'une beauté stupéfiante, avec des cheveux de jais relevés en une queue-de-cheval haute qui accentue la finesse de ses traits. Lorsqu'elle aperçoit Dubrovski, son visage s'illumine d'un sourire.

— Bonjour, mon chéri, lance-t-elle d'une voix étonnante.

Je n'ai pas la moindre idée de ce que dit Dubrovski en retour. Le monde s'efface, plus aucun son ne me parvient. Je ne vois plus qu'une chose : l'homme qui est assis à côté de l'inconnue et qui me contemple d'un air ébahi n'est autre que Dominic.

Chapitre 5

Oh, mon Dieu !

Je le dévore du regard, bouche bée. Mon cœur bat la chamade.

Il est ici ! Je me délecte à la vue de son beau visage. Sa peau mate a légèrement pâli depuis notre dernière rencontre – son bronzage d'été s'est estompé. Ses cheveux sont toujours coupés court, en revanche, et ses yeux d'un brun profond, presque noir, sont aussi magnifiques que dans mon souvenir. Il porte un costume qui souligne parfaitement la silhouette élancée et, l'espace d'une seconde, j'imagine son torse large et parsemé de poils noirs. Un délicieux frisson d'excitation me parcourt l'échine. Je meurs d'envie de courir vers Dominic pour me lover contre lui, l'embrasser, goûter sa bouche, humer son parfum et caresser sa peau. Pourtant, malgré ce violent désir, je reste clouée sur place.

Quant à Dominic, il semble ne pas en croire ses yeux. Puis je vois son visage s'éclairer et un sourire jouer sur ses lèvres. Il semble sur le point de parler mais se ressaisit aussitôt et lance un bref coup d'œil à son patron avant de me jeter un regard lourd de sens. Le message est clair : Dubrovski ne doit en aucun cas découvrir que nous nous connaissons. Je m'efforce de m'arracher à la contemplation de mon amant et me concentre sur la jeune femme, qui parle toujours avec animation.

— Comme vous pouvez le constater, la situation progresse normalement, conclut-elle avec un sourire.

Cette fille est absolument ravissante, grande et mince avec une peau de pêche, de grands yeux verts en amande et des lèvres boudeuses. Remarquant que je la regarde, elle tourne la tête vers moi.

— Et qui est cette jeune personne ? demande-t-elle de cette voix rendue encore plus intrigante par son accent russe.

— Je vous présente Beth, répond Dubrovski sur un ton qui paraît infiniment rude après la question mélodieuse de la nouvelle venue. C'est l'assistante de Mark Palliser, qui est venu examiner le tableau. Beth, voici deux de mes employés, Anna Poliakova et Dominic Stone.

Mon regard est irrésistiblement attiré par Dominic. Comment pourrait-il en être autrement alors que cet homme signifie autant pour moi ? Je suis tombée amoureuse de lui il y a de cela des mois et, malgré tous mes efforts pour m'affranchir de ce sentiment et le transformer en colère, je l'aime toujours.

— Enchanté de faire votre connaissance, Beth, dit Dominic.

— Moi de même, renchérit Anna avec un sourire. Je suis ravie de ne plus être la seule femme. Cet endroit est terriblement masculin, vous ne trouvez pas ? Apparemment, même les chats sont exclusivement mâles.

— Je suis d'accord, bredouillé-je en jetant un regard à Dubrovski.

Ce dernier scrute Dominic d'un air curieux, les yeux plissés.

— Dominic, et si vous emmeniez notre jeune amie en quête d'un petit café ? Je suis sûr qu'un des frères saura vous trouver ça. Anna et moi devons discuter de la transaction.

— Avec plaisir, dit Dominic en se levant, impassible.

Je vois bien qu'il se force à bouger avec une lenteur calculée.

— Cela vous convient-il, Beth ? me demande-t-il.

J'acquiesce, incapable de parler. Alors qu'il s'approche de moi, j'ai l'impression de manquer d'oxygène.

— Je compte sur vous pour prendre bien soin d'elle, conclut Dubrovski. Rendez-vous dans le salon d'ici une demi-heure.

Nous sortons de la pièce et, sans même me lancer un regard, Dominic murmure :

— Attends.

Des religieux circulent dans le couloir et, de toute évidence, il ne veut pas que l'on se fasse remarquer. J'ai l'impression de marcher sur un petit nuage. Chaque seconde qui passe confirme cette vérité merveilleuse : je suis avec Dominic. Mon univers s'est métamorphosé en un seul instant.

J'ai mille questions à lui poser, pourtant je reste sans voix. Soudain, il s'arrête devant une porte, frappe et l'ouvre sur une petite pièce, heureusement déserte.

Il se tourne vers moi, le regard brûlant, et me prend la main. Puis il m'entraîne à l'intérieur, referme la porte derrière nous et m'embrasse enfin. Son baiser est animé d'une faim dévorante, comme si le désir qu'il éprouvait pour moi ne pourrait jamais être rassasié. Il m'enlace et me serre contre lui. Que c'est bon de pouvoir le toucher, le sentir, le goûter ! Quelles sensations divines, miraculeuses ! Je suis étourdie par l'extraordinaire feu d'artifice qui fait rage dans mon cœur. Ce baiser est peut-être le plus beau de toute ma vie car il marque la renaissance de ce que je croyais avoir perdu. Je plonge les doigts dans ses épais cheveux noirs, ivre de joie, tandis qu'il fait courir ses mains dans mon dos et le long de mes bras, comme s'il avait besoin de s'assurer que je suis vraiment là, blottie contre son cœur.

Nous nous embrassons longuement, passionnément, jusqu'à ce que la tension devienne insupportable. Alors, Dominic s'écarte et me dévisage, les yeux brillants de désir.

— Comment se fait-il que tu sois ici, Beth ? demande-t-il d'une voix essoufflée. Qu'est-ce que tu fais avec Dubrovski ?

— Moi aussi, je suis contente de te revoir, raillé-je.

— Bien sûr, pardon… C'est merveilleux de te revoir, mais… Je n'arrive pas à croire que tu es ici !

— Comme l'a dit Dubrovski, je travaille pour Mark Palliser, rappelé-je sans quitter sa bouche des yeux, impatiente de la goûter de nouveau. Il m'a demandé de l'accompagner pour évaluer ce panneau que les religieux ont découvert.

Dominic semble troublé et garde le silence.

— Qu'est-ce qu'il y a ? Tu ne trouves pas que c'est une bonne surprise ?

— Si, bien sûr ! Je suis infiniment heureux de t'avoir retrouvée, Beth ! Ça ne se voit pas ? demande-t-il d'une voix légèrement enrouée.

La preuve de son désir appuie contre mon ventre, et je meurs d'envie de la sentir en moi. Cette perspective m'excite tellement que je laisse échapper un petit gémissement.

— Arrête de me regarder comme ça, plaide Dominic. Tu vas me faire perdre la tête.

— Et alors ? C'est grave ? dis-je dans un souffle.

— Je ne peux pas me le permettre, rétorque-t-il avec difficulté. Oh, si tu savais ce que tu me fais…

— Tu m'as tellement manqué !

— Toi aussi, tu m'as manqué.

Soudain, je me rappelle combien j'ai souffert à cause de lui et je lui lance un regard accusateur.

— Pourquoi m'avoir laissée sans nouvelles pendant aussi longtemps, Dominic ? Est-ce que tu as la moindre idée de la torture que c'était de ne pas savoir où tu te trouvais ni ce qui t'arrivait ? Tu n'as pas donné signe de vie depuis six semaines !

Pour la première fois depuis le début de nos retrouvailles, Dominic détourne le regard.

— C'est compliqué, murmure-t-il avant de relever vers moi des yeux où je lis une sincérité absolue. Mais je t'assure que j'ai pensé à toi tous les jours. Je te le jure.

— J'ai du mal à le croire, dis-je d'une voix qui tremble de colère contenue. Tu ne m'as pas contactée une seule fois !

— Je travaillais, se défend-il en me prenant la main. Andrei m'a envoyé au milieu de nulle part pour finaliser cette transaction. Depuis que j'ai quitté Londres, j'ai été plus ou moins coupé du monde.

Je ne cherche pas à masquer mon scepticisme.

— Sans accès Internet ni téléphone ?

— Je te l'ai dit, c'est compliqué…, répète-t-il en baissant les yeux, ce qui m'exaspère.

— Estime-toi heureux que j'accepte de te parler !

— Je sais, Beth, je me rends bien compte de la chance que j'ai. Crois-moi, j'en ai bavé, moi aussi. J'ai vraiment commencé à faire le ménage dans ma tête, et ça prend du temps.

L'espace d'une seconde, ma colère menace de l'emporter sur le plaisir de le revoir, puis je me ressaisis. Ces retrouvailles sont inespérées, je ne veux pas les gâcher.

— On en reparlera plus tard, dis-je, soucieuse de garder intacte la beauté de cet instant – la pureté du désir qui nous enveloppe. On ne sait même pas de combien de temps on dispose.

— Oui… ça va être une vraie torture de te laisser partir, gronde Dominic d'une voix rauque en m'attirant à lui.

— Nous passons la nuit ici…

— Vraiment ? demande-t-il, les yeux brillants. Anna et moi aussi.

— Tu crois qu'on pourra se retrouver ?

— Je ne sais pas. Mieux vaut éviter d'ébruiter notre histoire. Ça risque de compliquer les choses, et je ne veux pas te mettre en difficulté vis-à-vis d'Andrei ou de Mark. Il faudra donc être extrêmement discrets.

Il se penche vers moi et effleure ma joue avec la sienne, si bien que je sens le picotement de sa barbe naissante contre ma peau. Je respire son parfum, et mon cœur s'emballe de nouveau. Lentement, il dépose de petits baisers brûlants sur ma joue, puis au coin de ma bouche.

— Mais je vais voir ce que je peux faire, ajoute-t-il dans un souffle.

Je tremble légèrement lorsqu'il m'enlace de nouveau et me caresse le dos et les cheveux. J'entrouvre les lèvres au contact des siennes et accueille sa langue taquine. Notre passion dévorante de tout à l'heure a cédé la place à une tendre lenteur, et nous nous embrassons profondément, gagnés par une flamme de plus en plus vive. Je glisse les mains sous la veste de Dominic et sens la chaleur de sa peau à travers le coton de sa chemise. Je devine son érection pressée contre mon ventre. Je suis moi-même dans un état d'excitation indescriptible. Je n'avais pas ressenti ça depuis tellement longtemps que mon corps réagit avec une ardeur étourdissante. J'ai l'impression qu'il se réveille, affamé et plein de vie, après ces semaines de torpeur. J'ai peur de ne jamais pouvoir me rassasier de Dominic ; je n'arrive pas à m'arracher à ses baisers. Au contraire, je meurs d'envie de le sentir en moi.

Je sens que notre désir nous échappe. Qu'allons-nous faire ? Comment nous arrêter ? Nous sommes tous deux à bout de souffle ; les gestes de Dominic se font plus pressants, ses caresses plus insistantes. Je devine qu'il est sur le point de sortir mon chemisier de ma jupe et je n'aurai pas la force de l'en empêcher. Je désire tant que ses mains parcourent enfin ma peau nue, mes seins…

Soudain, nous entendons un bruit et nous écartons après un coup d'œil paniqué. Derrière nous, quelqu'un ouvre la porte, et nous disposons peut-être de deux secondes avant que la personne en question entre dans la pièce. Cela nous laisse tout juste le temps de mettre un peu de distance entre nous, mais nous avons sans doute l'air un peu ébouriffés et vaguement coupables. Je me retourne et, à mon grand soulagement, constate qu'il ne s'agit que de Mark. Il est occupé à lire un document, les sourcils froncés par la concentration. Lorsqu'il relève la tête, Dominic et moi avons recouvré un semblant de calme.

— Ah, Beth ! s'exclame-t-il. Je me demandais où vous étiez passée. Dominic, bonjour ! J'ignorais que vous étiez du voyage. Avez-vous été présentés ? demande-t-il en nous regardant tour à tour.

J'acquiesce, et Dominic confirme.

— Oui, nous faisions justement connaissance. Comment allez-vous, Mark ?

— Très bien, merci, répond-il avant de se tourner vers moi, l'air préoccupé. J'ai regardé ce panneau d'un peu plus près et mené quelques recherches, mais j'ai besoin de plus de temps. J'aimerais prendre quelques photos pour y travailler à loisir depuis mon domicile.

— J'ai trouvé le premier abord très prometteur, risqué-je d'une petite voix.

— Tout à fait. Ce pourrait être un authentique Fra Angelico, mais je dois d'abord dater cette œuvre avec précision et déterminer pourquoi on ne l'a découverte que récemment.

Je dois absolument demander à l'abbé de me raconter les circonstances exactes de cette trouvaille.

— Mais Andrei va sans doute exiger une réponse rapidement, objecte Dominic d'une voix calme et posée.

Je ne sais pas comment il fait pour garder une telle maîtrise. Sa proximité suffit à me faire fondre de désir – et ce malgré la présence de Mark.

— Il s'agit de ma réputation, rétorque ce dernier. Il comprendra sûrement que je ne veuille pas prendre de risques. Bon, parlons peu mais parlons bien. Je me suis laissé dire qu'il y aurait du café prêt dans ce salon, poursuit-il avec un regard alentour. M'aurait-on menti ?

Le reste de la journée s'écoule dans une sorte de transe douce-amère. C'est à la fois merveilleux et terriblement éprouvant de me retrouver en présence de Dominic. Je dois constamment me rappeler que nous sommes censés tout ignorer l'un de l'autre, et me forcer à regarder ailleurs. Dominic a raison : il vaut mieux que personne ne soupçonne notre liaison, mais j'ai beaucoup de mal à jouer le rôle qui s'impose. J'espère seulement que Dubrovski et les autres ne font pas vraiment attention à moi.

Comme prévu, on nous apporte le café dans le petit salon, et Anna nous rejoint quelques minutes plus tard. Elle se lance aussitôt dans une conversation animée avec Mark. Je sais que je devrais tendre l'oreille, mais je n'arrive pas à me concentrer. Une seule pensée m'obsède : allons-nous réussir à trouver un moment d'intimité ? Et quand ? Lorsqu'un frère vient nous chercher, Mark et moi, pour nous conduire à nos chambres, Dominic parvient à s'approcher assez pour me glisser « fais-moi confiance » à l'oreille, avec un sourire qui me fend le cœur.

Je dois me faire violence pour sortir de cette pièce et le laisser derrière moi.

Je suis logée dans une cellule de moine au confort spartiate, aux murs blancs, avec une petite fenêtre équipée de barreaux. Le mobilier consiste en un lit, un bureau, une chaise et un petit lavabo, sachant qu'une salle de bains commune se trouve juste à côté. Monacal, donc. Je dispose d'un peu de répit pour me reposer et me changer avant le dîner. Dès que je suis seule, je me jette sur le lit, les poings serrés. Cet après-midi a été si riche en émotions que j'en tremble presque.

Heureusement que nous sommes venus en Croatie ! Et dire que cette destination ne m'emballait pas ! Si jamais j'étais restée en France et que j'avais appris, par la suite, que Dominic se trouvait ici, je crois bien que ça m'aurait tuée.

Mais... et lui ? Qu'est-ce qu'il fait ici, d'abord ? C'est bizarre qu'Anna et lui soient présents, non ? Qu'est-ce qu'ils ont à voir avec le tableau ? En même temps, j'ignore tout de la façon dont Dubrovski fonctionne. Je l'imagine bien exiger qu'un de ses employés fasse le tour du monde pour s'entretenir avec lui pendant une vingtaine de minutes.

Une fois de plus, je me demande comment Dominic et moi allons faire pour passer un moment seuls. Si nous ne trouvons pas de solution, je suis à peu près sûre que je ne fermerai pas l'œil de la nuit – pas en le sachant si proche de moi. Pour l'instant, n'ayant aucun contrôle là-dessus, je m'applique à me faire belle pour le dîner. Heureusement que j'ai pensé à apporter une robe un peu habillée, dans un tissu soyeux qui ne se froisse pas.

Je passe une heure à me préparer et quand, enfin, j'examine mon reflet dans le miroir, je constate que j'ai retrouvé de ma belle assurance. J'ai les yeux qui brillent et les joues roses d'excitation. Je suis tout simplement resplendissante.

Vivement que le dîner soit fini, pour que Dominic et moi puissions enfin nous retrouver seuls !

Ce soir-là, nous sommes rassemblés dans le petit salon privé, en présence de l'abbé. Dubrovski ne semble plus aussi impatient qu'au déjeuner et daigne attendre la fin du bénédicité pour entamer son assiette. Ce qui me déconcerte, en revanche, c'est qu'il me dévisage pendant tout le temps que dure la prière. Les autres ont tous baissé la tête en signe de recueillement poli, et Anna – magnifique dans une petite robe noire sans manches qui découvre des bras fermes et musclés – a fermé les yeux, comme si elle priait, elle aussi. Pourtant, Dubrovski ne cesse de me toiser.

Qu'est-ce qu'il y a? J'ai un truc qui cloche? Je suis trop maquillée? Je me tamponne discrètement les lèvres avec ma serviette, au cas où, mais Dubrovski continue de me regarder.

Une fois la prière finie, nous commençons à manger et à bavarder. Anna incarne la sophistication et le raffinement. Elle s'adresse tour à tour à Mark et à l'abbé avec un mélange d'anecdotes amusantes et de remarques cultivées. Je me demande quel type de relation elle entretient avec Dubrovski. Je perçois une intimité certaine entre eux – elle lui lance des regards séducteurs et des « chéri », allant parfois jusqu'à poser sa main aux ongles parfaitement manucurés sur son bras –, pourtant, il réagit à peine à ces petits gestes. Je ne comprends pas comment il fait pour rester de marbre alors qu'une beauté pareille flirte ouvertement avec lui. Peut-être a-t-il l'habitude? En tout cas, je m'estime heureuse qu'Anna consacre son attention à Dubrovski et non à Dominic, assis à sa gauche. Quant à moi, je suis calée entre Mark et l'abbé. Ce n'est clairement pas le côté sexy de la table, mais, au moins, cela me permet d'observer Dominic. Je dois me faire violence pour ne pas trahir mon désir, car Dubrovski me lance régulièrement des regards perçants.

—Alors, Mark, cette œuvre… Qu'est-ce que vous en pensez? intervient-il soudain, coupant la parole à Anna.

—J'ai besoin de poursuivre mes recherches, Andrei, répond Mark. J'ai bon espoir, cela dit. D'après ce que j'ai pu examiner – les coups de pinceau, la nature de la peinture utilisée, etc. –, tout indique qu'il s'agit d'un authentique Fra Angelico. Mais je tiens quand même à en savoir plus avant de me prononcer.

Dubrovski pousse un soupir agacé.

— Ça va vous prendre combien de temps ?

— Je ne sais pas, mais, bien évidemment, j'en fais ma priorité.

Brusquement, Dubrovski laisse retomber sa fourchette dans son assiette et s'adosse à sa chaise, les traits tirés. Nous l'observons tous en silence. Pendant un instant, il soutient le regard de Mark, puis, d'une voix si douce qu'elle en paraît presque menaçante, il annonce :

— Je l'achète.

— Andrei, avez-vous bien…

— Oui, c'est mon dernier mot, confirme-t-il en coupant la parole à Mark. Je suis persuadé que c'est un vrai et je le veux.

— Quelle merveilleuse nouvelle, monsieur ! s'écrie l'abbé avec un sourire. C'est tout bonnement…

— Mark, je peux vous confier les négociations, n'est-ce pas ? l'interrompt Dubrovski. Bon, si vous voulez bien m'excuser, j'ai du travail qui m'attend, poursuit-il en se levant et en lançant sa serviette dans son assiette. Nous repartons dès que la transaction sera réglée.

Une fois de plus, il braque son regard sur moi et me dévisage pendant ce qui me semble une éternité. J'ai la désagréable impression qu'il lit dans mes pensées et perçoit l'état d'excitation dans lequel cette journée m'a plongée. Si ça se trouve, il a remarqué l'état d'agitation avancé dans lequel je me trouvais à l'idée de ce qui m'attend cette nuit.

Puis il tourne les talons et sort. Aussitôt, l'atmosphère générale se détend. Seul Mark demeure visiblement soucieux.

— Cette histoire ne me plaît pas, marmonne-t-il dans sa barbe. Pas du tout, même.

Il ne s'attarde guère une fois le dîner achevé. Il annonce à l'abbé qu'il lui soumettra une offre le lendemain matin, puis s'éclipse poliment. Il ne reste plus que l'abbé, Anna, Dominic et moi autour de la table. Je suis impatiente de voir Anna partir à son tour, mais elle ne semble guère disposée à nous laisser seuls, Dominic et moi. Il devient insupportable d'être assise en face de lui, toute proche mais dans l'impossibilité de le toucher. Aussi, finis-je par me lever.

— Je suis fatiguée, je vais aller dormir, déclaré-je d'un ton léger tout en jetant à Dominic un regard lourd de sens. Bonne nuit à tous.

— Bonne nuit ! réplique Anna avec entrain, comme si elle était heureuse de me voir partir. Faites de beaux rêves !

— Bonne nuit, renchérit Dominic d'une voix un peu trop forte. À demain matin.

Je regagne ma petite cellule en me demandant combien de temps je vais devoir attendre Dominic. J'essaie de lire mais ne parviens pas à me concentrer sur ma page. Je m'allonge, tout habillée, et regarde les aiguilles de ma montre, qui évoluent avec une lenteur insolente. Qu'est-ce qui peut bien le retenir ainsi ? Il aurait déjà dû se retirer pour la nuit.

Pourtant, deux heures s'écoulent, et il n'arrive toujours pas. À une heure du matin, je me résigne avec amertume à l'idée qu'il ne viendra pas. Des larmes de colère et de déception me brûlent les paupières, mais je les chasse d'un geste rageur. J'ai assez pleuré l'inconstance de Dominic. J'enfile ma chemise de nuit, me lave le visage et me brosse les dents, puis me glisse entre les draps. Mon épuisement l'emporte sur mon agitation et, quelques minutes plus tard, je dors profondément.

Je suis réveillée en sursaut par un coup discret frappé à ma porte. *Dominic ?*

Je sors de mon lit et traverse la petite chambre d'un pas vif. Je fais glisser le panneau de bois qui permet de voir dans le couloir et distingue une silhouette coiffée d'une capuche qui dissimule son visage.

— Dominic ?

— Ouvrez la porte, répond mon visiteur dans un murmure teinté d'un fort accent.

Qui cela peut-il bien être ?

— Qui êtes-vous ? Qu'est-ce que vous voulez ? demandé-je dans un souffle.

— Ne craignez rien, reprend-il, je suis venu vous conduire à Dominic.

J'hésite à faire confiance à cet étranger, puis ma curiosité l'emporte et j'ouvre prudemment la porte.

— Venez, insiste-t-il avec un geste impatient.

Après une profonde inspiration, je le suis dans le couloir, où il avance d'un pas vif. L'éclairage est réduit au maximum, et nous évoluons dans un étrange paysage d'ombres qui semblent étouffer le bruit de nos pas. J'ai l'impression que nous marchons un long moment et, après quelques virages, je perds tout sens de l'orientation. Cet endroit est un véritable labyrinthe, et je regrette de ne pas avoir semé de petits cailloux ou déroulé de pelote de laine afin de pouvoir retrouver mon chemin toute seule.

Enfin, nous nous arrêtons devant une porte et mon guide pose la main sur la poignée.

— Je reviendrai vous chercher, annonce-t-il avant de pousser la battant.

J'entre dans la pièce, où règne un noir d'encre. Après la lumière tamisée du couloir, je n'y vois rien du tout.

— Dominic ? Tu es là ?

Une vague de peur me submerge à l'idée qu'il s'agisse peut-être d'un piège vicieux. Je me trouve dans l'obscurité la plus totale, perdue dans un lieu étrange, dans un pays qui n'est pas le mien. N'est-ce pas ainsi que commencent les cauchemars et les films d'horreur ? Prise de panique, je tends les bras devant moi, dans l'espoir de rencontrer quelque chose de solide – n'importe quoi, pourvu que ça me ramène au monde réel. Alors que la terreur semble vouloir m'engloutir complètement, de grandes mains chaudes saisissent les miennes.

— Beth.

Dominic!

Infiniment soulagée, je m'accroche à lui.

— Tout va bien, Beth, je suis là. C'est le frère Giovanni qui t'a fait peur ?

— Tu veux parler du type au visage dissimulé par une capuche qui m'a ordonné de le suivre dans le dédale d'un monastère mal éclairé ? Un peu, oui.

Je ris doucement à présent que ma méchante frousse est passée, mais je n'y vois toujours rien. Guidée par la voix de Dominic, je pose les mains sur son visage.

— C'est bien toi ?

Je le sens sourire sous mes doigts.

— Oui, c'est bien moi, et tu es vraiment là, avec moi. C'est si bon de te retrouver, murmure-t-il d'une voix rauque.

Puis il presse ses lèvres chaudes et douces contre les miennes, et nous nous embrassons avec la même passion que cet après-midi. C'est une sensation incroyable, que je n'avais jamais connue avant lui – et que je suis sûre de ne connaître qu'avec lui. Je m'émerveille que deux bouches puissent se correspondre avec une telle perfection. Nos baisers sont comme une danse – ou une lente et douce exploration. Nous nous découvrons l'un l'autre avec une liberté enivrante.

Enveloppée dans cette obscurité de velours, je m'abandonne avec bonheur. Nous n'aspirons qu'à nous apporter le plaisir le plus pur qui soit. Je veux sentir les muscles durs de Dominic et son torse viril, je veux lui sucer le bout des doigts et lui lécher les tétons. De son côté, il fait courir ses mains fébriles le long de mon dos, de ma taille et de mes hanches, impatient de soupeser les rondeurs de mes seins et d'en taquiner les pointes. Pour ces retrouvailles, si douces d'avoir été tant attendues, nous n'avons pas besoin d'accessoires. Nous nous suffisons l'un à l'autre.

Soudain, Dominic me retire ma chemise de nuit, mais lui non plus ne peut pas voir ma nudité dans le noir. Avec un grognement, il prend mes seins dans ses paumes et passe les pouces sur mes tétons déjà durcis et hypersensibles. Puis il se penche et les attire entre ses lèvres l'un après l'autre, les mordillant jusqu'à me rendre folle d'excitation. Avide de ses baisers, je lui prends le visage à deux mains pour l'inviter à se redresser. Il m'embrasse avec fougue tout en se pressant contre moi, et je frémis. Il est nu, et sa formidable érection, dure et brûlante, vient peser contre la peau moelleuse de mon ventre. Je tends une main vers son sexe et en caresse le gland velouté.

— Je ne vais pas pouvoir attendre très longtemps, souffle-t-il.

Puis il passe la langue le long du lobe de mon oreille, et un désir électrique me court dans les veines. Je le sens poser une main sur mon ventre avant de la faire glisser plus bas. Il presse sa paume contre mon sexe, puis introduit un doigt entre mes lèvres soyeuses. Il place son pouce au contact de mon clitoris puis introduit un deuxième doigt, m'arrachant un gémissement de plaisir.

Sans un mot, Dominic s'écarte et me guide vers un petit lit étroit. Je m'y allonge et tends les bras vers lui, impatiente de sentir son corps magnifique peser sur le mien. Il m'embrasse de nouveau, mais nos bouches ne se suffisent plus : nous avons faim de l'autre tout entier. Dominic dépose des baisers sur mes épaules, mes seins, puis s'arrête pour me pincer les tétons du bout des lèvres avant de poursuivre en direction de mon ventre.

J'étouffe un cri lorsqu'il atteint mon sexe et caresse les fines boucles de mon pubis. J'ai peur qu'un seul petit coup de langue ne suffise à me faire grimper au ciel. Je ne veux pas jouir trop vite, pourtant mon corps vibre déjà, dangereusement proche de l'orgasme. Je respire lentement et profondément pour tenter de me contrôler tandis que Dominic stimule mon clitoris du bout de la langue. Il décrit de petits cercles tout autour, avec une lenteur qui risque de me rendre folle. Je plonge les doigts dans ses épais cheveux pour l'inviter à cesser cette exquise torture. J'ai beau ne rien y voir, j'imagine clairement sa tête brune entre mes jambes tandis qu'il rend un si délicieux hommage à ma féminité. Enfin, il effleure le point le plus sensible, et je me cambre en poussant un cri, secouée par un bouquet de sensations électriques. Ce contact que j'ai tant attendu est presque trop violent. Enivrée de plaisir, je me débats pour ne pas basculer trop tôt dans l'extase. J'attire Dominic vers moi et il se redresse, haletant.

— Un vrai nectar…, murmure-t-il. Tu m'as tellement manqué !

— J'ai besoin de toi, dis-je dans un souffle. Maintenant, s'il te plaît. Je n'en peux plus d'attendre.

Une seconde plus tard, Dominic se place entre mes cuisses et je sens son érection à l'entrée de mon sexe. Enfin, il me pénètre. Je suis toute serrée après ces longues semaines de solitude, et il doit se reculer un peu pour avancer de nouveau avec une délicieuse friction. Une fois qu'il est entièrement en moi, nous nous immobilisons le temps de reprendre notre souffle et de nous délecter du miracle d'être enfin réunis. Puis Dominic m'embrasse avec fougue et se remet en mouvement. Je sais que je ne vais pas tenir longtemps et j'hésite entre résister et m'avouer vaincue face à la montée du plaisir, mais, de toute façon, Dominic ne me laisse pas le choix. Il s'abandonne complètement à la force de son désir et donne de violents coups de reins, venant peser à intervalles réguliers contre mon clitoris. J'ouvre les cuisses pour lui permettre de me pénétrer profondément et agrippe à deux mains ses fesses musclées pour accompagner ses mouvements. Je sens l'orgasme approcher par vagues successives et de plus en plus puissantes.

— Oh, oui, souffle Dominic, hors d'haleine. Je vais jouir, Beth. Je n'en peux plus, serre-moi fort !

Je lui plante mes ongles dans les fesses et soulève les hanches à sa rencontre.

— Oh oui ! Oh, Dominic !

Je cesse de lutter et me laisse emporter par un torrent de sensations inouïes. Dominic jouit en même temps que moi, et je le sens se raidir chaque fois que mon sexe se contracte autour du sien, au plus fort de l'orgasme. Puis, après deux coups de reins plus lents, il se laisse retomber sur ma poitrine, épuisé.

Nous passons un moment ainsi, en silence, à reprendre notre souffle tout en échangeant des caresses et des baisers d'une tendresse infinie après l'intensité de nos retrouvailles.

— Il faut que je te demande quelque chose, finis-je par dire. Pourquoi tu es parti si longtemps ? Et pourquoi tu ne m'as pas donné de nouvelles ?

Dominic ne répond pas tout de suite.

— Au début, je me disais qu'il fallait que je démêle mes problèmes. Après la façon dont on s'était quittés… Bref, tu t'en souviens.

Le silence s'installe tandis que nous nous rappelons le cataclysme qu'a été notre rencontre. L'attirance entre nous a été immédiate, mais Dominic m'a rapidement fait comprendre que ses désirs un peu particuliers nous empêchaient de devenir amants. J'ai refusé cette logique et l'ai persuadé que j'étais prête à goûter ces plaisirs qu'il aimait tant. On a passé un accord : il allait m'initier, faire de moi sa soumise, et j'allais lui permettre d'assouvir ses fantasmes. Tout cela était censé se dérouler selon des règles de prudence bien précises, mais je m'en suis entièrement remise à Dominic, confiante dans le fait qu'il saurait quand s'arrêter. Sauf qu'il n'a pas su. Il a mal estimé mes limites et m'a entraînée sur une voie qui m'a écœurée. Trop captivé par ses désirs, il en a oublié son rôle de mentor et de protecteur.

Aujourd'hui encore, le souvenir de la sévère flagellation qu'il m'a infligée dans le donjon de *L'Asile* – le souvenir de cette douleur physique et morale, de cette peur intense – me donne la chair de poule.

Quand j'ai fini par passer l'éponge, j'ai pensé que mon pardon et mon amour suffiraient à tout arranger entre nous. J'ai cru que nous pourrions nous adonner avec joie – et en toute confiance – aux jeux érotiques qu'il m'avait fait découvrir, et oublier tout le reste. Je nous voyais alterner les rôles, explorer les scénarios… Mais la crise de conscience de Dominic a pris le dessus, et il s'est enfui.

— Je m'en souviens parfaitement, Dominic. Tu m'as promis que tu me donnerais des nouvelles dès que possible, déclaré-je d'une voix sèche. Je n'ai pas envie de gâcher nos retrouvailles, mais ces questions m'ont taraudée pendant des semaines.

— J'ai dû changer de téléphone le soir même, m'explique Dominic. Andrei exige que l'on renouvelle régulièrement nos moyens de communication, pour éviter que son organisation ne se fasse infiltrer ou surveiller. J'ai perdu ton numéro quand j'ai changé d'appareil ; c'est pour ça que je n'ai pas pu t'appeler ou t'envoyer de message.

— Tu aurais pu m'écrire un mail, non ?

— Je ne crois pas que tu m'aies donné ton adresse, mais, de toute façon, je l'aurais perdue en même temps que ton contact.

Je réfléchis un instant avant de reprendre :

— Tu aurais quand même pu me joindre grâce à Celia, Vanessa, ou James…

— Je ne voulais pas les mêler à notre histoire, rétorque-t-il sur un ton impatient.

— Au point de prendre le risque qu'on ne se reparle plus jamais ? demandé-je, peinée.

Dominic prend son temps pour répondre, tout en me caressant les cheveux.

— Écoute, je sais que ça paraît long, six semaines, mais j'ai été très occupé. Dubrovski mène plusieurs projets de front, et je suis impliqué dans chacun d'entre eux. Je n'ai pas arrêté de voyager. Le temps est passé super vite pour moi – probablement plus vite que pour toi. Et puis je ne voulais pas revenir vers toi sans y être vraiment préparé. J'ai dû réfléchir à pas mal de trucs, tu sais.

Je cache mon visage dans son cou et puise un certain réconfort dans la chaleur de son corps et la sensation de sa peau contre la mienne. J'ai envie de le croire, même si une petite voix soigneusement enfouie dans mon cœur me souffle que, s'il avait vraiment voulu me joindre, il aurait trouvé un moyen. Mais cela entraîne une autre question : qu'est-ce qui l'a empêché de le faire ? Je choisis de ne pas lui demander – je n'ai pas envie d'entendre la réponse.

— Et maintenant, tu te sens prêt ?

— Je n'ai plus vraiment le choix ! lance-t-il avant de partir d'un rire rauque, un bras passé autour de ma taille. J'étais tellement bouleversé de te retrouver comme ça, par hasard… Je ne pourrai plus jamais partir sans donner de nouvelles.

Je le serre contre mon cœur et soupire lentement.

— Est-ce que tu vas rentrer à Londres une fois que Mark aura conclu l'affaire ici ?

Il se tait pendant un moment, et j'écoute le bruit de sa respiration.

— Je n'en sais rien, finit-il par avouer. Sans doute pas tout de suite, mais bientôt, j'espère.

— En quoi consiste ton travail pour Dubrovski, exactement ?

— Je finalise des transactions, essentiellement concernant des matières premières. On est sur le point de conclure un marché juteux – il est question de plusieurs milliards de dollars. Ça occupe largement mes journées.

Je fronce les sourcils.

— Comment se fait-il qu'il consacre autant de temps à cette peinture, alors ?

— Aucune idée, répond Dominic. Écoute, Beth, je vais bien finir par rentrer à Londres un jour. Est-ce que tu penses pouvoir attendre encore un peu ?

— Bien sûr ! Ce qui me tuait, c'était de ne pas avoir de nouvelles, mais, maintenant, on peut rester en contact et trouver des moyens de se revoir.

— Exactement, confirme Dominic avant de m'embrasser sur la joue. Oh, je suis fatigué ! lance-t-il dans un bâillement.

— Dors, dis-je en le serrant contre moi. On doit se lever dans quelques heures.

— Frère Giovanni devrait revenir d'une minute à l'autre ; je peux bien attendre un peu, marmonne-t-il d'une voix ensommeillée.

Malgré ses protestations, il ne faut que quelques minutes pour que son souffle s'apaise, et je devine qu'il dort profondément. Un élan de tendresse me submerge : je tiens mon sublime Dominic, assoupi, contre mon cœur. Quel bonheur d'être tout simplement étendus ainsi, dans les bras l'un de l'autre, à respirer à l'unisson, comblés.

Je lui caresse doucement le bras et, sans se réveiller, il se tourne sur le côté. Je lui passe alors la main dans le dos – puis répète mon geste, pour être sûre. De nouveau, je sens des traces en relief, semblables aux cicatrices que je lui ai laissées quand il m'a suppliée de le flageller pour le punir d'avoir perdu toute maîtrise de soi. Je suis du bout des doigts les légères boursouflures. Aucun doute possible : les séquelles presque guéries de plusieurs coups de fouets quadrillent le dos de Dominic.

Je retiens mon souffle, les yeux écarquillés dans le noir.

Comment est-ce possible ? Ça voudrait dire qu'il s'est fait fouetter récemment ? Oh, mon Dieu… Par qui ? Et pourquoi ? Ses instincts sont dominateurs, pas soumis… Sauf s'il a changé.

J'ai la chair de poule. Qu'est-ce que cela veut dire ?

Soudain, on frappe à la porte.

— Est-ce que vous êtes réveillés ? chuchote le frère Giovanni. Vous devez venir avec moi, maintenant.

Je reste immobile un instant, tandis qu'un millier de questions fusent dans ma tête. Puis le religieux frappe de nouveau.

— J'arrive, dis-je à voix haute tout en me glissant hors du lit.

Dominic reste profondément endormi – je l'entends à son souffle paisible et régulier.

Tant pis, je dois y aller. Je n'ai pas le choix.

J'enfile ma chemise de nuit, prête à retourner dans ma petite chambre, seule.

Chapitre 6

— C'est précisément ce que je voulais éviter ! gronde Mark en lançant le journal sur son bureau, l'air exaspéré.

Je me penche pour voir de quoi il s'agit. Une photo du Fra Angelico s'étale en première page, sous le gros titre : « Incroyable découverte ! Un chef-d'œuvre perdu refait surface dans un monastère croate ». Je parcours rapidement l'article et aperçois le nom de Mark. L'auteur le cite comme étant l'expert qui a établi l'authenticité de l'œuvre, puis mentionne l'avis d'un employé de *Christie's*. Ce dernier se déclare ravi par cette découverte, mais émet des réserves et souhaite que d'autres spécialistes examinent le tableau. À la toute fin de l'article, il est révélé qu'un acquéreur privé – sans doute Andrei Dubrovski, le célèbre magnat russe – a déboursé plus de 2 millions de livres sterling pour ajouter cette œuvre à sa collection.

Mark s'est posté à la fenêtre et regarde dehors, les sourcils froncés. Depuis notre retour, le temps est devenu franchement automnal et, au moindre coup de vent, des feuilles s'échappent des branches comme autant de confettis. Le ciel gris pèse de plus en plus lourd et, chaque soir, la nuit tombe un peu plus tôt.

— Je ne comprends pas, marmonne Mark en essuyant ses lunettes sur sa manche. Pourquoi Dubrovski n'a-t-il pas attendu que j'aie les preuves nécessaires pour faire une annonce ? C'est ma réputation qui est en jeu ! Il ne me reste plus qu'à espérer qu'il s'agit d'un authentique Fra Angelico.

— Dubrovski est très impulsif, non ?

— Oui, très, confirme Mark. Il obéit à son instinct et satisfait sans délai le moindre de ses désirs.

— Est-ce que vous allez lui parler de cet article ?

Mark se retourne vers moi avec un soupir. Ça me peine de le voir aussi ennuyé.

— Je ne vois pas bien ce que je pourrais lui dire. Et puis le mal est fait. Je n'ai plus qu'à poursuivre mes recherches. Avec un peu de chance, je vais effectivement parvenir à authentifier cette œuvre avec certitude. Une chose est sûre : ce soir, pendant le dîner, nous devons nous comporter comme d'habitude, avec optimisme et professionnalisme.

J'acquiesce en silence. Je ne comprends toujours pas pourquoi je dois assister à ce dîner, mais, d'après Mark, c'est Dubrovski qui a insisté. Apparemment, c'est dans ses habitudes de venir passer la soirée chez Mark lorsqu'il est en visite à Londres. Cela lui permet de faire le tour de la collection et de repérer des œuvres qui pourraient l'intéresser.

—Est-ce qu'il a l'intention de rester longtemps ? ai-je demandé à Mark lorsqu'il m'a annoncé la nouvelle.

—Apparemment, oui. Quand il ne passe qu'une nuit, il descend au *Dorchester*. Or, cette fois, il m'a dit qu'il séjournait dans son appartement, ce qui signifie sans doute qu'il est là pour une semaine ou deux. Il n'a qu'un visa de résident temporaire, ce qui implique qu'il ne peut pas passer plus de trois mois par an sur le sol britannique.

Cette nouvelle m'a fait frissonner d'excitation. *Si Andrei vient passer deux semaines à Londres, Dominic va peut-être l'accompagner...* Soudain, j'ai vu le retour de Dubrovski d'un œil nouveau. À vrai dire, je l'attends avec impatience.

En Croatie, après nos retrouvailles, je n'ai pas eu le loisir de passer une minute seule avec Dominic. Dubrovski était pressé de partir et a insisté pour que Mark mène les négociations à un train d'enfer. Je me rappelle encore ses ordres : « Donnez-leur tout ce qu'ils veulent, mais bouclez-moi ça, et vite ! » Quarante minutes plus tard, l'affaire était réglée et le petit hélicoptère décollait de la tour afin de nous ramener en France. J'avais vu Dominic au petit déjeuner, mais il n'était pas question d'espérer une conversation en privé – et encore moins un baiser d'adieu. Ça m'a fait mal au ventre de le quitter comme ça, mais, alors que nous survolions la côte italienne, j'ai senti mon téléphone vibrer. C'était un texto de sa part.

« J'ai passé un moment incroyable. Merci. Prends soin de toi ; je te promets qu'on se reverra bientôt.

D. »

Un sourire aux lèvres, j'ai immédiatement répondu.

« Tu m'as comblée. J'espère qu'on pourra recommencer bientôt.

B. »

Deux secondes plus tard, j'ai reçu un nouveau message :

« Essaie de m'en empêcher, pour voir !

D. »

Quand nous avons atterri dans les jardins de la villa, nos bagages étaient bouclés et chargés dans le coffre de la grosse berline noire. Dubrovski n'a même pas attendu de nous voir partir. Il nous a salués rapidement sur la pelouse, alors que les pales de l'hélicoptère n'avaient pas encore fini de tourner.

— Merci, Mark, j'apprécie votre collaboration a-t-il dit en lui serrant la main, ses cheveux blond foncé ébouriffés par le vent, avant de tourner vers moi son regard perçant. Je suis sûr que nous nous reverrons, a-t-il ajouté sur un ton qui tenait plus de l'ordre que de la formule de politesse, avant de lancer une remarque que je ne m'explique toujours pas : Je suis ravi que vous vous soyez bien amusée en Croatie.

Puis, sans attendre de réponse de ma part, il a tourné les talons en direction de la maison.

— Venez, m'a enjoint Mark. Rentrons. Ces deux journées ont été plus que bizarres.

Je n'ai plus décroché un mot de tout le trajet. Je repensais aux délicieux moments que Dominic et moi avions passés ensemble. Dans l'avion, pendant que Mark lisait, j'ai gardé les yeux rivés sur le hublot et la nuit noire au-dehors. J'essayais de ne rien laisser transparaître de mes rêveries – le corps de Dominic contre le mien tandis qu'il me pénétrait avec force et m'entraînait vers des sommets d'extase. Si Mark m'avait prêté la moindre attention, il aurait peut-être remarqué que j'avais les lèvres entrouvertes, le souffle court et les yeux dans le vague tant mon esprit était occupé par des images de Dominic – sa tête brune entre mes jambes, les délicates taquineries de sa langue et de ses dents sur mon clitoris... Heureusement, Mark est resté absorbé dans sa lecture et ne m'a pas vue fermer les paupières et me caler dans mon siège, dévorée de désir, en proie à la torture de ces souvenirs exquis.

— Qu'est-ce qui t'est arrivé ? Tu as rencontré quelqu'un ? m'a demandé Laura dès qu'elle m'a vue entrer. Allez, raconte-moi ce qui s'est passé ! Je le vois sur ton visage.

Je n'avais pas l'intention de lui dire quoi que ce soit – je voulais garder ce secret pour moi –, mais, une fois qu'elle m'a posé la question, je n'ai pas pu mentir.

— Non, je n'ai rencontré personne. Enfin, personne de nouveau, ai-je annoncé avec un grand sourire béat.

— Tu as revu Dominic ? s'est-elle exclamée, incrédule.

Je me suis contentée de sourire de plus belle, puis on s'est mises à sautiller sur place en gloussant, et Laura m'a serrée dans ses bras.

— Ça veut dire que tout va bien entre vous, alors ? m'a-t-elle demandé une fois que je lui ai tout raconté. Vous êtes de nouveau ensemble ? Oh, Beth, je suis tellement heureuse pour toi !

— Bon, ce n'est pas aussi simple que ça. Dominic ne veut pas que son patron soit au courant.

— Pourquoi pas ?

— Sans doute parce que ça ne paraîtrait pas très pro. Il est censé se concentrer sur sa mission, par sur moi.

— Je ne vois pas où est le problème, tant qu'il fait son travail correctement. Après tout, vous vous êtes rencontrés avant que Mark t'embauche.

— Oui, tu as raison…

Soudain, je revois le visage de Dubrovski – son expression sévère, sa bouche large et boudeuse, ses yeux perçants et froids. Il ne semble pas être du genre à se laisser attendrir par une histoire d'amour. Je comprends pourquoi Dominic ne tient pas à lui révéler cet aspect-là de sa vie.

— De toute façon, il est accaparé par une importante transaction et je ne sais pas pour combien de temps il en a.

— Il va revenir en un rien de temps, tu vas voir, m'a assuré Laura. Ça va être beaucoup plus facile maintenant que vous pouvez communiquer. Oh, je suis tellement contente, Beth ! On dirait que le destin s'est chargé de vous remettre dans les bras l'un de l'autre.

J'ai acquiescé en souriant, mais un murmure désagréable me trottait dans la tête – le souvenir de quelque chose que je ne voulais pas confier à Laura. Le souvenir des marques que j'ai senties dans le dos de Dominic, et que j'aimerais mieux oublier.

Il est prévu que je passe la nuit dans la chambre d'amis de Mark. Cela m'évitera de faire un aller-retour chez moi pour me préparer avant le dîner et de rentrer tard le soir.

— Il ne s'agit pas de sortir le smoking et la robe de soirée, mais on doit s'habiller un peu, m'a conseillé Mark.

Je suis donc allée faire les boutiques sur King's Road à l'heure du déjeuner et me suis acheté une jolie robe en crêpe de Chine rouge. Elle m'arrive au genou, avec un décolleté sage mais flatteur et de petites manches. La couleur est plus vive que ce que je porte habituellement, mais l'élégance de la coupe compense largement ce petit côté osé. Je me poste devant le miroir de la chambre d'amis et relève mes cheveux en un chignon faussement négligé qui révèle mon cou et mes fines boucles d'oreilles en perle. Puis je souligne mes lèvres d'un rouge carmin assorti à ma robe et examine le résultat d'un œil critique. *Voilà ! Tu as l'air sophistiqué, comme ça, j'espère.* Je me suis appliqué de généreux traits de khôl pour donner à mon regard gris-bleu un côté félin, mais je ne saurais rivaliser avec Anna et ses magnifiques yeux verts en amande. Par ailleurs, j'ai un petit visage en forme de cœur, rien à voir avec ses pommettes hautes et aristocratiques. Pourtant, j'aimerais capturer un peu de son style, si mûr, si sexy. J'espère que, ce soir, je m'en approche un peu.

Comme je m'y attendais, la chambre d'amis de Mark est superbe. Le papier peint représente un motif fleuri aux couleurs douces, assorti au tissu des rideaux et des lambrequins, ainsi que d'un petit canapé ventru situé sous la fenêtre. Pour compenser cette profusion florale, les draps du lit à baldaquin sont d'un blanc immaculé. L'ensemble est parfait, et la pièce est merveilleusement confortable avec sa cheminée d'époque, son épais tapis de laine, ses meubles en bois verni et ses gravures aux murs.

Je pourrais facilement m'habituer à un luxe pareil. J'oublie parfois que la majorité de la population ne mettra jamais les pieds dans une maison à Belgravia – ni dans un jet privé à destination de Nice. *J'ai vraiment de la chance de pouvoir faire l'expérience de cette vie-là avant de revenir à ma petite existence. Parce que, soyons réaliste, cette parenthèse enchantée finira bien un jour. À moins que…* Une image s'invite dans mon esprit : Dominic et moi vivons dans un ravissant petit appartement, situé dans quelque lieu merveilleux. Nous nageons dans le bonheur et passons le plus clair de notre temps à faire l'amour.

Aussitôt, j'éclate de rire face à ces rêves de midinette. Bientôt, je vais m'entraîner à signer avec son nom, juste pour voir si c'est joli… Cela dit, nous avons peut-être un avenir, tous les deux. À cette perspective, j'ai envie de m'enlacer de bonheur.

Puis je me rends compte de l'heure qu'il est. *Il faut que je me dépêche, Dubrovski arrive dans un quart d'heure.* Je m'accorde un dernier regard dans le miroir avant de descendre rejoindre Mark.

Nous sommes dans le salon, où Mark m'explique la provenance de ses dernières acquisitions, lorsque l'on sonne à la porte. Un instant plus tard, Dubrovski fait son entrée, parfaitement ponctuel.

— Bonsoir, Andrei ! Comment allez-vous ? lance Mark en lui serrant la main, un grand sourire aux lèvres.

Rien n'indique qu'il était furieux contre cet homme quelques heures auparavant.

— Bien, répond Andrei, mais, déjà, il a braqué ses yeux sur moi. Et voici votre amie, euh…

— Beth, intervient Mark.

— Beth, répète Dubrovski tandis que je m'approche pour le saluer à mon tour. Bien sûr, comment aurais-je pu l'oublier ? poursuit-il en me détaillant des pieds à la tête.

— C'est un plaisir de vous revoir, monsieur, dis-je avec un sourire que j'espère serein.

— Je vous en prie, appelez-moi Andrei, rétorque-t-il en haussant un sourcil.

— Oh. Oui, bien sûr, euh… Andrei, balbutié-je en rougissant légèrement.

Moi qui avais décidé de me comporter avec un professionnalisme irréprochable, il vient de miner mes bonnes résolutions en me demandant de l'appeler par son prénom. Pourtant, je ne peux que me plier à une requête aussi ferme. J'avais oublié la puissante énergie qui émane de sa personne. Dès qu'il entre dans une pièce, il semble imposer sa volonté. S'il tient à ce que je l'appelle Andrei, alors ce sera Andrei.

Mark lui sert un verre, et tous deux se mettent à deviser en examinant les œuvres exposées dans le salon. Enfin, c'est surtout Mark qui parle. Dubrovski se contente d'écouter et, parfois, d'émettre un grognement ou une question. Je reste un peu en retrait mais suis la conversation en prenant un air fasciné tout en sirotant mon gin tonic. À ma grande surprise, chaque fois que Mark désigne un nouveau tableau, Dubrovski se tourne vers moi et me demande :

— Et vous ? Qu'en pensez-vous ?

J'essaie de formuler des réponses précises et pertinentes, qu'il écoute en hochant la tête avant de se laisser guider vers l'œuvre suivante – peinture, gravure ou sculpture.

Gianna, la domestique de Mark, annonce que le dîner est servi, et nous nous rendons dans la salle à manger. C'est une pièce magnifique, tapissée d'un gris doux et décorée de portraits datant du XVIIe siècle et représentant de belles aristocrates en somptueuses robes de velours rouge ou de satin doré, à la peau diaphane et aux anglaises soyeuses, un regard impassible dans leurs yeux en amande. Les fenêtres sont encadrées de rideaux en damas ivoire et argent et, sur la table en bois d'ébène recouverte d'une nappe en lin blanc empesé, sont disposés des couverts en argent et des verres anciens gravés de délicats motifs. Des bougies se consument dans un chandelier en argent et prêtent à la scène une douceur un peu brumeuse.

Tandis que nous dégustons l'entrée – une poêlée de coquilles Saint-Jacques –, Mark et Andrei commencent à parler du Fra Angelico. J'écoute avec attention et décèle dans la voix de Mark une anxiété presque imperceptible. Il se trouve dans une position délicate : le tableau appartient désormais à Dubrovski, mais, s'il se révélait être un faux, ce dernier pourrait bien oublier qu'il est volontairement passé outre les mises en garde de Mark. Cependant, si Mark ment au sujet de l'authenticité de l'œuvre pour satisfaire son client, il met en péril sa réputation et son intégrité professionnelle. Je vois bien qu'il essaie de gagner du temps en se montrant rassurant sans pour autant se prononcer de façon catégorique.

Croisons les doigts pour que ce soit bien un Fra Angelico. Je ne peux m'empêcher de souhaiter qu'ils changent de sujet et abordent la question de l'importante transaction qui accapare Dominic. De cette façon, j'arriverai peut-être à apprendre quand il rentrera à Londres. Mais, évidemment, il serait curieux que je pose moi-même la question.

Une fois l'entrée terminée, on nous apporte des soles de Douvres au beurre citronné et, soudain, Andrei se tourne vers moi.

— Alors, avez-vous apprécié votre séjour au monastère ?

Un peu déstabilisée de me trouver si brusquement incluse dans la conversation, je m'efforce de sourire.

— Oh oui, c'était fascinant.

— En tout cas, vous êtes resplendissante depuis, poursuit-il en me sondant de ses yeux incroyablement bleus.

Depuis le début du repas, j'ai croisé son regard chaque fois que je relevais la tête de mon assiette, mais, à présent, je me sens presque paralysée.

— Vous est-il arrivé quelque chose, là-bas ? insiste Dubrovski.

— Non… bien sûr que non, balbutié-je, le feu aux joues.

J'espère qu'elles ne sont pas aussi rouges que ma robe.

— Sans doute l'air des montagnes, reprend-il de sa voix rude. Après notre nuit là-bas, je vous ai trouvée littéralement métamorphosée.

— C'est un endroit très riche en histoire, dis-je avec une pointe de colère.

De quel droit commente-t-il ainsi ma vie privée ? En quoi cela le regarde-t-il ?

— Le tableau était magnifique, j'ai été émue, conclus-je.

— Je suis ravi que telle soit votre opinion, annonce-t-il en jouant avec un morceau de poisson avant de reposer sa fourchette. Je voudrais justement vous demander un service. À vous aussi, Mark, ajoute-t-il avec un coup d'œil à mon employeur. J'ai aimé votre réaction face à cette œuvre, ainsi que l'analyse que vous en avez faite. C'est pourquoi j'aimerais vous confier une tâche un peu particulière, si Mark peut se passer de vous pendant quelque temps. J'ai fait redécorer mon appartement londonien, et il faudrait que quelqu'un procède à l'inventaire de ma collection pour déterminer ce qui pourrait convenir à ce nouveau décor. Il s'agirait également d'acquérir de nouvelles œuvres si besoin, et de penser la disposition de l'ensemble. Normalement, c'est à vous que je confierais cette responsabilité, Mark, mais je suis sûr que vous avez des affaires plus urgentes à traiter et j'aimerais que ce soit fait rapidement. Ça devrait prendre quelques semaines tout au plus. Je suis sûr que vous pouvez vous passer des services de Beth pendant un laps de temps aussi court, lance-t-il avec un coup d'œil indolent à Mark, comme s'il ne faisait aucun doute que ce dernier allait accepter. Beth, vous serez rémunérée, évidemment. Je vous paierai au moins aussi bien que Mark, et ce sera une expérience intéressante pour vous.

Je consulte Mark du regard, bouche bée. C'est une offre alléchante, mais Mark est mon patron et la décision dépend de lui. Et puis, est-ce que je tiens vraiment à travailler exclusivement pour Dubrovski, même si ce n'est que pour quelques semaines ? Je n'en suis pas si sûre.

— Je ne sais pas, Andrei, intervient Mark. Vous n'auriez aucun mal à trouver quelqu'un pour vous aider. Moi, en revanche, je n'ai qu'une seule Beth.

— Vous pouvez bien vous débrouiller sans elle pendant quelque temps, non ? Ce ne sera pas long, et puis elle aura sans doute besoin de solliciter vos conseils au cours de cette mission. Vous n'avez qu'à considérer cela comme une extension des tâches que vous effectuez déjà pour moi, Beth et vous.

— On peut voir les choses comme ça, oui, admet Mark lentement avant de reporter son attention sur moi. Beth, la décision vous revient. Je suis certain que ce serait une expérience fort enrichissante.

Une petite voix s'invite dans mon esprit. *Ça va te rapprocher de Dominic. Tu pourras savoir où il se trouve à chaque instant. Tu le verras peut-être même plus souvent.* Par ailleurs, j'aime assez la perspective de voler de mes propres ailes et de mettre mon flair artistique à l'épreuve. C'est un défi que je me sens prête à relever.

— Si vous êtes sûr que ça ne vous ennuie pas, Mark…

— Pas du tout, confirme-t-il avec un sourire. J'adorerais m'en charger moi-même, mais Andrei a raison : j'aurais du mal à dégager le temps nécessaire, de toute façon.

Je prends un moment pour réfléchir, pendant lequel Dubrovski ne me quitte pas des yeux. Il attend ma réponse – et il n'aime pas attendre.

— Andrei, je serais ravie d'accepter votre offre, dis-je enfin.

La petite voix dans ma tête se fait plus forte et ferme. *C'est le meilleur moyen de rester en contact avec Dominic*, me soutient-elle.

Oui, mais pourquoi Dubrovski tient-il autant à ce que ce soit toi ? Tu ne crois pas que tu joues avec le feu, là ? me souffle une autre petite voix, que je décide de ne pas écouter.

— Il ne s'agit que de quelques semaines, n'est-ce pas ?

— Exactement, confirme Andrei.

Puis, pour la deuxième fois seulement depuis que je le connais, il sourit, et cela transforme complètement son visage. *Il devrait le faire plus souvent.*

— Faites-moi confiance, reprend-il. Et puis, si vous souhaitez partir, pour une raison ou pour une autre, vous n'aurez qu'à demander, conclut-il en ouvrant les mains sur la table, paumes vers le haut.

Puis il se recule contre le dossier de sa chaise, et son visage se perd dans l'ombre.

— Bien, lance-t-il d'un air satisfait. C'est décidé, vous commencez demain.

Chapitre 7

Le lendemain, Mark et moi reparlons de cet arrangement tout en prenant notre petit déjeuner. Il semble considérer que c'est une bonne chose.

—Andrei est un personnage parfois intimidant, mais je suis sûr qu'il prendra soin de vous. Des opportunités de ce genre, ça ne se présente pas tous les jours. Et puis, vous pourrez toujours m'appeler si vous vous sentez débordée. Je serai là pour vous aider – c'est un peu pour ça qu'Andrei me paie, après tout.

Cela me rassure de savoir que je peux compter sur le soutien de Mark en cas de problème. Il sait à merveille user de son œil et de son goût pour exposer chaque œuvre d'art à son avantage et, bien que j'aie beaucoup appris à son contact, je suis loin de posséder son expertise.

—C'est un peu comme m'élancer sur un trapèze de cirque tout en sachant qu'il y a un filet de sécurité, dis-je avec un sourire. Mais je ne vous dérangerai qu'en cas d'absolue nécessité.

—Au moins, vous commencez en fin de semaine. Cela vous laissera le week-end pour vous remettre de vos émotions et pour décider si vous voulez vraiment continuer cette mission.

Une fois le petit déjeuner terminé, Mark me souhaite bonne chance et me fait promettre de l'appeler régulièrement. Devant chez lui, je hèle un taxi et indique l'adresse que m'a donnée Mark.

—Albany, Piccadilly, s'il vous plaît.

Je trouve ça un peu étrange, mais le chauffeur démarre aussitôt. Tandis que nous roulons, je consulte mon téléphone pour voir si j'ai reçu un message de Dominic. Hier, avant d'aller me coucher, je lui ai annoncé la nouvelle.

« Devine quoi ? Je vais travailler pour ton patron ! Seulement pour quelques semaines. Dis-moi quand tu reviens ou appelle-moi, je te raconterai.

B. »

Pendant la semaine qui a suivi notre retour de Croatie, il m'a écrit tous les soirs pour me souhaiter bonne nuit. Puis, avant-hier, il m'a prévenue qu'il entamait un voyage très prenant et qu'il ne pourrait pas me contacter pendant quelques jours. Effectivement, je n'ai pas eu de nouvelles depuis, et il n'a pas répondu à mon dernier texto.

Cette fois, tu n'as pas intérêt à disparaître dans la nature, Dominic. J'ai froid dans le dos rien que d'y penser, puis je me secoue. *Ça va aller. Il va revenir bientôt.*

Moins d'un quart d'heure plus tard, nous quittons l'intense circulation de Piccadilly au niveau de la Royal Academy et entrons dans la cour d'une demeure datant du XVIIe siècle.

— Et voilà, annonce le chauffeur en s'arrêtant. Albany.

Je lève les yeux vers l'immense construction de briques rouge sombre, aux vastes fenêtres. Je compte au moins quatre étages. Cet édifice appartient-il entièrement à Andrei ? Ce genre de démesure lui correspondrait assez bien, mais… tout ça pour un seul homme ? Combien d'œuvres d'art un lieu pareil peut-il contenir ? Cela me paraît soudain très ambitieux de mener à bien cette mission en seulement une poignée de semaines. Je descends de voiture et gravis les marches du perron. La porte principale est ouverte et, aussitôt, je comprends qu'il ne s'agit pas d'une demeure unique. Le hall d'entrée donne sur une cour intérieure, laquelle est traversée par un passage couvert. Lorsque je pénètre dans le vestibule, un homme en livrée anthracite décorée de galons dorés sort d'une petite pièce située sur ma droite.

— Puis-je vous aider, mademoiselle ? me demande-t-il d'une voix aimable.

— Je viens voir M. Dubrovski.

— Votre nom, s'il vous plaît ?

— Beth Villiers.

Il retourne dans son bureau pour consulter un document et ressort aussitôt.

— Tout à fait, M. Dubrovski vous attend. Si vous voulez bien me suivre.

Nous traversons le hall au carrelage en mosaïque, et je remarque les lambris vernis, les immenses miroirs et les bustes de marbre, dont l'un représente lord Byron, si j'en crois le nom gravé sur le socle. Sur une plaque – de marbre également – est dressée la liste des hommes célèbres ayant habité ces lieux.

— C'est une résidence d'appartements particuliers ? demandé-je, curieuse, tandis que nous empruntons le joli chemin couvert.

De part et d'autre se trouvent deux petits jardins. L'un d'entre eux est arrangé autour d'un bassin avec une fontaine en son centre, et l'autre rassemble une grande variété de plantes aromatiques.

— Si l'on veut, répond le portier. Nous nous trouvons dans Albany House. Cette demeure a été divisée en plusieurs lots réservés aux messieurs il y a de cela quelques siècles.

— Réservés aux messieurs ? Vous voulez dire interdits aux femmes ?

D'abord le monastère, puis ça… Dubrovski a vraiment un faible pour les lieux strictement masculins.

— Aujourd'hui, les dames ont le droit de vivre ici, bien évidemment, reprend le portier avec un sourire. Albany compte soixante-quatorze appartements en tout – aussi bien des studios que des résidences grandioses. Vous n'allez pas tarder à découvrir l'une des plus luxueuses.

À mi-chemin du passage, nous bifurquons pour gagner l'une des ailes. Là, nous contournons un escalier qui mène au sous-sol et aux étages supérieurs, puis nous arrêtons devant une porte massive.

— Et voilà, annonce le valet. C'est ici que vit M. Dubrovski – quand il réside en ville, évidemment. Pensez-vous pouvoir retrouver votre chemin sans mal ?

— Oh, oui.

— Bien. Bonne journée à vous, mademoiselle.

Sur ce, il s'incline très légèrement et retourne vers le bâtiment principal.

La porte est composée de deux imposants battants en bois surmontés d'un linteau d'allure classique. J'aperçois un gros heurtoir de bronze en forme de poisson, puis une sonnette plus récente. J'hésite un instant avant d'appuyer dessus. J'ai soudain envie de prendre mes jambes à mon cou et de repartir chez Mark.

Courage ! Aie confiance en toi. Tu vas très bien te débrouiller. Tu es une grande fille, après tout. J'actionne la sonnette, et un carillon résonne à l'intérieur. Les dés sont jetés, plus question de reculer.

J'entends des pas approcher, puis la porte s'ouvre sur un colosse qui, à en juger par sa carrure, son crâne chauve et son costume noir, doit être le garde du corps d'Andrei.

— Bonjour, je suis Beth Villiers. M. Dubrovski m'attend.

Le colosse hoche la tête et s'efface pour me laisser entrer. L'intérieur de l'appartement est orné de panneaux de bois fauve : parquets, murs et plafonds vernis renvoient une douce lumière. J'aperçois, autour des portes, le long des plinthes ou formant des motifs géométriques au sol, des pièces de marqueterie qui vont du beige le plus clair au noir franc. L'ensemble est très classique, très masculin – et vraisemblablement hors de prix. Je devine la griffe experte d'un décorateur rompu à l'art d'anticiper le moindre détail. Les lieux ont beaucoup plus de caractère que la villa en France. C'est le genre d'atmosphère auquel je m'attendais de la part d'un homme comme Dubrovski.

Le colosse me conduit jusqu'à un salon décoré selon le même principe – magnifique quoiqu'un peu chargé à mon goût. Au-dessus d'un gigantesque miroir intégré aux panneaux de bois du mur, un motif représente un majestueux aigle doré qui prend son envol, un rameau d'olivier dans le bec. Sur le manteau de la cheminée, des bustes de divinités en marbre noir côtoient des urnes d'albâtre. Une vaste toile représente Napoléon à cheval. Il surveille un champ de bataille, victorieux. Ce choix me semble tout à fait approprié. Je jette un coup d'œil alentour et remarque qu'il s'agit du seul tableau de la pièce. Les panneaux de bois des autres murs semblent me défier de leur nudité polie.

— Asseyez-vous, gronde le garde du corps.

Obéissante, je prends place sur le long canapé Chesterfield en cuir noir qui fait face à la cheminée. De hautes fenêtres offrent une vue partielle sur la cour intérieure, et les haies de buis qui bordent le passage couvert ne suffisent pas à empêcher la lumière d'entrer à flots et de souligner les proportions parfaites de la pièce. Le colosse sort et, un instant plus tard, Dubrovski fait son apparition, vêtu d'un simple jean et d'un pull en cachemire bleu. Je me lève à son arrivée.

— Ah, vous voilà ! lance-t-il en esquissant un sourire. Bienvenue.

Je lui tends la main, mais, à ma grande surprise, il s'incline et m'effleure la joue du bout des lèvres.

Cet accueil imprévu me déstabilise un instant, puis je reprends mes esprits.

— Merci. Cet appartement est magnifique.

— Ils ont fait ce que je leur ai demandé, rétorque Dubrovski avec un haussement d'épaules. J'aime bien.

— C'est un lieu qui a une identité bien particulière.

— Albany ? Oui. C'est très anglais, très imprégné d'histoire. Des Premiers Ministres et des poètes ont vécu ici – la crème de votre haute société. Ça m'amuse beaucoup. Et puis c'est très calme et très discret. Je suis sensible à cet aspect-là. On croise aussi bien des universitaires que des acteurs, des hommes d'affaires que des aristocrates, mais personne ne se préoccupe de la vie des autres. Cela me convient parfaitement.

— J'ignorais jusqu'à l'existence de cet endroit.

Après une brève pause, j'ajoute :

— Euh… Je suppose que vous avez un contrat à me faire signer.

— Un contrat ? répète Dubrovski, surpris.

— Oui, pour préciser les termes de ma mission, ce que vous attendez de moi, la durée du travail, le salaire… ce genre de choses.

— Je pensais qu'une poignée de main suffirait. C'est comme ça que nous fonctionnons la plupart du temps, Mark et moi.

— Je préférerais signer un contrat, insisté-je d'une voix ferme. Juste un accord de principe, si ça ne vous ennuie pas.

Dubrovski pince les lèvres d'un air songeur.

— Vous avez raison, il faut respecter les procédures d'usage. Je vais faire rédiger ça immédiatement.

— Merci.

Je ressens une petite étincelle de triomphe, comme si je venais de remporter une victoire face à cet homme si puissant.

— En attendant, souhaitez-vous que je me mette au travail ?

Dubrovski me dévisage un instant puis éclate de rire.

— En effet. Venez.

Il traverse le vestibule, et je le suis.

— Voici le bureau, annonce-t-il en ouvrant une porte avant de s'effacer. Vous pouvez utiliser le poste qui est libre.

La pièce est décorée de bois, comme tout ce que j'ai vu jusqu'ici, mais deux postes de travail parfaitement équipés se font face en plein milieu. Derrière l'un des ordinateurs se tient une dame d'âge mûr au visage avenant. Ses cheveux poivre et sel sont relevés en une coiffure indéfinissable. Elle me sourit gentiment, et je remarque que tout a l'air légèrement décalé chez elle – que ce soit son rouge à lèvres couleur corail ou son tailleur vert.

— Je vous présente Marcia, mon assistante, annonce Dubrovski. C'est elle qui règle tous les détails de ma vie londonienne. N'est-ce pas, Marcia ?

— Absolument ! Et ce n'est pas une mince affaire ! s'exclame-t-elle avec un rire joyeux.

Ça, alors ! Elle est super à l'aise avec lui. Si je bossais à plein temps pour ce type, je ne suis pas sûre que je rigolerais souvent.

— Marcia, voici Beth. Elle va travailler sur ma collection d'art pendant quelques semaines. Assurez-vous qu'elle dispose bien de tout ce dont elle a besoin. Je voudrais également que vous rédigiez un accord de principe résumant les termes du contrat de Beth. Je vous en fournirai le détail tout à l'heure.

Marcia tourne vers moi ses doux yeux noisette, le visage ridé par un sourire rayonnant.

— Bien sûr, monsieur ! Bienvenue chez nous, Beth. Vous verrez, nous sommes une grande famille, ici.

Dubrovski lui lance un regard légèrement surpris.

Ils forment vraiment une drôle de paire, tous les deux. Elle ne semble pas être son genre du tout.

— Venez, Beth, je vais vous montrer l'appartement, reprend Dubrovski.

Marcia n'a pas cessé de me sourire, les mains croisées sur les genoux.

Andrei me fait visiter chaque pièce et en souligne les particularités de sa voix brusque. Nous passons devant une petite étude où des tableaux sont entreposés contre tous les murs.

— Voici les œuvres que vous devez inventorier.

Eh bien ! Je ne risque pas de m'ennuyer ! J'ai déjà vu le salon, la salle à manger, une chambre d'amis, l'étude de Dubrovski et le bureau principal, ainsi que les différents couloirs. J'ai largement de quoi m'occuper.

Lorsque nous entrons dans la cuisine, tout en bois comme le reste de l'appartement, une femme d'origine philippine est en train de disposer des tasses et des bols dans le lave-vaisselle. Elle est toute petite, avec des cheveux de jais, et semble aussi délicate qu'un moineau.

— Beth, je vous présente Sri. Vous pouvez lui demander ce que vous voulez. D'ailleurs, puis-je vous offrir un thé ou un café ?

Sri me regarde, impassible, dans l'attente de ma réponse, mais je ne peux me résoudre à donner des ordres à une domestique – surtout lorsqu'elle paraît si fragile.

— Non, merci. J'ai déjà pris mon petit déjeuner.

— Bon. Il ne me reste plus qu'à vous montrer ma chambre.

Dubrovski sort de la cuisine, et je le suis le long d'un autre couloir.

OK, là, ça devient un peu bizarre. Je n'ai pas forcément envie de voir sa chambre. C'est un espace tellement privé. J'ai l'impression que Dubrovski m'invite à faire un pas de trop dans son intimité. Mais, après tout, ça fait partie du contrat. Je ne vais quand même pas lui déclarer que j'accepte de décorer tout l'appartement sauf sa chambre. Ce serait ridicule. *Ce n'est qu'une pièce parmi tant d'autres*, me raisonné-je tandis qu'il ouvre la porte et entre.

Je me suis alarmée pour rien. La chambre de Dubrovski est étrangement impersonnelle – superbe, mais dépourvue du moindre indice susceptible de révéler les goûts de celui qui y dort. Très peu de livres, pas de photos et, évidemment, pas encore d'œuvres d'art. *Normal, c'est à moi de choisir lesquelles exposer ici.* Je parcours la pièce du regard. *C'est peut-être parce qu'il passe son temps à parcourir le monde qu'il ne prend pas la peine de laisser une empreinte personnelle dans des lieux qui ne représentent pas un foyer à ses yeux.* Je remarque une différence par rapport au reste de l'appartement : ici, nul panneau de bois. À vrai dire, je suis soulagée d'y échapper un instant.

L'effet de toute cette marqueterie est impressionnant mais un peu étouffant, à force. J'apprécie d'autant plus le vert profond et apaisant des murs. La pièce est dominée par un grand lit à baldaquin dont on a ôté les rideaux. De chaque côté sont disposées des tables de chevet qui ressemblent à de petits tonneaux, et le reste du mobilier consiste en un modeste bureau et une bibliothèque presque vide. Un gigantesque écran plat trône au-dessus de la cheminée, comme un tableau.

— Cet espace ne devrait pas vous poser de problème, explique Dubrovski. En revanche, je veux quelque chose de spécial pour la salle de bains, ajoute-t-il en désignant la pièce attenante, tout en marbre gris, quelque chose qui me mette de bonne humeur chaque matin quand je sors de la douche. Une seule œuvre, mais parfaitement choisie.

Les paroles de Mark me reviennent en mémoire : comme François Ier et *La Joconde*.

— Je vais me pencher sur la question, dis-je d'une voix que j'espère pleine d'assurance.

Dubrovski me dévisage un instant, impassible.

— Je suis sûr que vous allez trouver, lance-t-il enfin sur un ton sans appel, comme si le fait qu'il en ait décidé ainsi garantissait ma réussite.

Puis il ouvre un dressing où sont alignés costumes, chemises et chaussures.

— Inutile de vous soucier de mon placard, évidemment, commente-t-il avec un sourire mince. Bien, retournons dans le bureau. Il est temps que je me mette au travail, et j'imagine que vous êtes pressée de commencer.

Environ une heure plus tard, alors que je suis occupée à examiner les œuvres entreposées dans la petite étude, le téléphone sonne. Surprise, j'hésite à décrocher, puis je me dis que l'appel m'est sans doute destiné.

En effet, je reconnais aussitôt la voix de Marcia au bout du fil.

— Beth ? Pouvez-vous venir dans le bureau, s'il vous plaît ?

— Bien sûr.

Je raccroche et vais la rejoindre. Lorsque j'entre, elle me tend mon contrat, et je m'assieds pour le lire. Je constate avec soulagement que les termes sont très simples et que Dubrovski a estimé la durée de cette mission à quatre semaines maximum, avec la possibilité de prolonger notre collaboration si je n'ai pas fini à cette échéance.

Non. J'aurai terminé. Je tiens à respecter les délais.

Il n'est évidemment pas fait mention de congés payés, et les horaires sont très flexibles. Puis j'arrive à la clause concernant mon salaire et retiens mon souffle.

— Tout va bien, Beth ? demande Marcia, qui a remarqué ma surprise. Il y a un problème ?

— C'est… euh…

Je ne sais pas quoi dire. Je ne vais quand même pas me plaindre d'être trop bien payée ! Pourtant, le montant indiqué sur le papier correspond presque à ce que Mark me verse en un an… le tout pour quatre semaines de travail – voire moins si j'ai fini avant la date prévue.

— C'est l'argent, c'est ça ? reprend Marcia d'une voix douce. C'est comme ça que M. Dubrovski fonctionne : il s'assure que tous ses employés sont convenablement rémunérés, afin qu'aucun d'entre nous ne soit tenté d'aller travailler pour quelqu'un d'autre.

Cela paraît logique. Pourtant…

— Signez sans hésiter, ma chère, murmure Marcia. Vous ne le regretterez pas. Il y a deux exemplaires ; je ferai contresigner M. Dubrovski puis vous en remettrai une copie. Ah, et il va également me falloir votre numéro de Sécurité sociale et vos coordonnées.

Je ne revois pas Dubrovski ce jour-là, ni le lendemain, et je suis trop occupée par la tâche qui m'incombe pour penser à lui. Marcia s'avère aussi gentille que bavarde : elle ne se tait pas une seule seconde tandis qu'elle m'installe une session sur l'ordinateur et s'assure que j'ai accès à toutes les données qui pourraient m'être utiles. À vrai dire, je suis bien contente de pouvoir lui échapper un peu en me réfugiant dans la petite étude qui renferme la collection d'Andrei. Je commence par tout cataloguer en m'assurant que les œuvres entreposées là correspondent bien aux descriptifs que m'a fournis Mark et en notant les quelques écarts qui méritent un éclaircissement. Une fois que j'aurai terminé, je pourrai organiser les tableaux par thème et établir un plan d'accrochage. Je me demande s'il existe une application qui permettrait de simuler diverses combinaisons. Sinon, je vais devoir manipuler ces chefs-d'œuvre moi-même.

Marcia et moi déjeunons dans la cuisine, attablées devant un bol de soupe, un sandwich et une petite salade que Sri nous a préparés. Je n'ai pas revu le garde du corps et en déduis donc qu'il suit Dubrovski dans tous ses déplacements. Marcia est de bonne compagnie mais me laisse à peine ouvrir la bouche et se contredit souvent. J'ai vraiment du mal à me faire à sa mise négligée : son rouge à lèvres déborde copieusement et ses cheveux partent dans tous les sens. C'est à croire qu'elle aime se coiffer sans miroir. Décidément, elle ne correspond pas au genre de personnes dont Andrei Dubrovski aime s'entourer, lui qui est si élégant et méticuleux. Pourtant, je me rends vite compte que, si elle semble un peu dispersée, Marcia a l'esprit remarquablement affûté. Elle est au courant de tout ce qui se passe et organise l'agenda londonien d'Andrei de main de maître. Elle se charge également de coordonner son emploi du temps avec ses autres assistants et elle a manifestement toute autorité sur le reste de l'équipe.

À ma grande déception, cependant, elle ne parle pas du tout de Dominic. En fait, elle ne mentionne que très rarement les affaires d'Andrei. Elle est intarissable au sujet de son chat mais n'aborde jamais son propre métier. Au début, chaque fois que le téléphone sonne, je tends l'oreille dans l'espoir d'entendre le nom de Dominic ou d'apprendre quand il revient, mais Marcia ne laisse pas filtrer le moindre indice. Par ailleurs, ses conversations se déroulent souvent en français ou en russe, si bien que je ne peux pas les suivre. Je n'ai moi-même reçu aucune nouvelle de Dominic.

Je m'exhorte à la patience, me rappelant qu'il est très occupé.

— Mais qu'est-ce qui t'arrive ? Je t'ai à peine vue ces deux derniers jours ! s'exclame Laura quand je rentre enfin chez nous ce vendredi soir, exténuée. Raconte-moi tout !

Je lui explique que j'ai tendance à perdre la notion du temps quand je me plonge dans la magnifique collection d'Andrei Dubrovski. Je me suis déjà retrouvée nez à nez avec quelques trésors, dont une série de gravures signées Hogarth. J'envisage déjà de les accrocher ensemble, peut-être dans l'entrée.

— Et sinon, il est comment ? demande Laura en s'installant sur le canapé, les genoux relevés sous le menton et les yeux écarquillés. Je n'en reviens pas que tu travailles pour quelqu'un comme lui ! J'ai fait une rapide recherche Google sur lui pendant ma pause-déjeuner et je suis tombée sur des photos carrément sexy. Il a un côté *bad boy*, non ? Moi qui adore les blonds ! Est-ce qu'il est aussi beau de près ?

— Beau ?

La question de Laura me prend au dépourvu. Je me suis donné le temps de détailler le physique de Dubrovski, mais je n'avais encore jamais pensé à lui en ces termes. Depuis que j'ai rencontré Dominic, personne n'a réussi à retenir mon attention. Pourtant, maintenant que je repense à Andrei, je me rappelle l'intense énergie qui irradie de lui, le charisme qui fait converger vers lui tous les regards. Il n'est pas d'une beauté classique, mais son visage rayonne d'une force et d'une sagacité qui le rendent captivant. Même son nez busqué et son menton volontaire, qui devraient sembler démesurés, ajoutent du caractère à l'ensemble.

Agacée par mon silence, Laura lève les yeux au ciel.

— Oh, allez ! Quand j'ai vu ses photos, je me suis dit que... Enfin, ça doit être une vraie bête de sexe, ce mec !

— Hum... Je ne savais pas que tu avais un faible pour les grands baraqués vaguement terrifiants, dis-je pour la taquiner. Je t'ai toujours vue avec des intellos, il me semble, non ?

Laura me fait une grimace malicieuse.

— Je préfère les mecs qui en ont dans le crâne plutôt que dans les biceps, mais quand même, ce mec... S'il disait oui, je ne dirais pas non, conclut-elle d'un air rêveur.

Je me tais un instant et repense au regard perçant d'Andrei me détaillant de la tête aux pieds avec une telle intensité que j'ai eu l'impression d'en ressentir le souffle froid sur ma peau. J'ai trouvé cette expérience déstabilisante, comme si ce geste établissait une sorte d'intimité entre nous, et ce sans le moindre contact.

— Dis donc, j'espère que tu n'as pas l'intention de trahir Dominic ! reprend Laura dans un éclat de rire en remarquant mon expression.

— Mais non ! dis-je avec empressement.

J'imagine les yeux presque noirs de Dominic, assombris par le désir, et mon estomac se noue sous l'effet d'une délicieuse chaleur. *Tout va bien.* L'espace d'une seconde, j'ai eu peur que Laura n'ait éveillé en moi une attirance insoupçonnée envers Dubrovski, mais une évidence s'impose à moi : Dominic représente tout ce que je recherche chez un homme. Il ne s'agit pas que de sa beauté – j'aime tout en lui : son intelligence, son charme, son esprit, la façon qu'il a de boire son café ou d'étendre un bras sur le dos du canapé quand il lit le journal, ou encore son rire. J'adore le fait qu'il ait passé son enfance à sillonner le globe et qu'il connaisse des pays et des cultures dont je ne sais rien ou presque. Surtout, j'aime le fait qu'il m'aime, moi – qu'un même feu nous anime et nous pousse l'un vers l'autre. Je trouve tout simplement miraculeux qu'un personnage aussi extraordinaire que lui puisse s'intéresser à moi. Pourtant, j'ai bien vu les émotions dans son regard et senti la passion avec laquelle il me serre dans ses bras quand nous faisons l'amour.

Oui, enfin, ce n'est pas tout... N'oublie pas son côté obscur. Est-ce que tu aimes ça, aussi ?

La vérité, c'est que je ne peux envisager Dominic sans ce côté obscur, justement, même si je sais qu'il s'efforce de lutter contre ces pulsions depuis ce qui s'est passé entre nous. Serait-il le même homme s'il parvenait à dompter cet aspect de sa personnalité ? Me ferait-il atteindre de tels sommets d'excitation et de jouissance s'il n'y avait pas, sous-jacente, la possibilité quelque peu dangereuse qu'il m'entraîne avec lui et repousse mes limites ? Nos retrouvailles au monastère ont été merveilleuses, même sans la moindre mise en scène, mais je sais que, si nous entamons une vraie relation, nous allons nous retrouver confrontés aux appétits particuliers de Dominic.

Et toi ? Qu'est-ce que tu veux, au juste ?

Je ne peux imaginer vivre avec Dominic sans prendre en compte ses instincts, et plus j'y pense, plus mon estomac se noue de désir.

Tout ce que je veux, c'est qu'il revienne, et vite !

Chapitre 8

Laura et moi passons un petit week-end tranquille entre copines, à regarder la télé en nous réchauffant les mains autour d'une tasse de thé. Il nous faut bien ça pour nous remettre de notre folle semaine. J'essaie de ne pas devenir dingue face au silence obstiné de mon téléphone. Il ne sonne qu'une fois, et c'est ma mère qui vient aux nouvelles. Je lui parle de ma mission pour Dubrovski, et elle semble à la fois impressionnée et soulagée que ce soit un arrangement temporaire. J'ai l'impression qu'elle préfère me savoir au service de Mark que de ce milliardaire russe que je viens de rencontrer.

Dimanche soir, je décide que si Dominic ne se manifeste pas d'ici la fin de la semaine, je prendrai des mesures drastiques – même si j'ignore encore lesquelles. Puis je chasse ces sinistres pensées et me concentre sur mon travail.

Lundi matin, je suis assise en tailleur, absorbée dans mon inventaire, lorsque Andrei entre dans l'étude. Aussitôt, je commence à me lever, mais il m'arrête d'un geste.

— Je vous en prie, continuez. Je veux vous regarder faire.

Mal à l'aise, je reprends l'œuvre que j'examinais et y jette un nouveau coup d'œil. J'ai passé la matinée à comparer les gravures de la collection.

— Qu'est-ce que vous en pensez ? demande Andrei.

— C'est une très belle pièce, dis-je avec enthousiasme. L'impression doit dater des années 1870 et a été exécutée par un artisan très renommé à l'époque. Le cadre provient de la même période. En fait, ces quatre œuvres forment un tout et représentent différents paysages du Derbyshire.

— C'est Mark qui m'a recommandé de les acheter ensemble, commente Andrei en s'approchant de la gravure.

— Ça ne m'étonne pas, elles sont splendides.

Il hoche la tête, satisfait, avant de reprendre :

— Avez-vous trouvé quelque chose pour ma salle de bains ?

— Non, je n'en suis pas encore à attribuer des œuvres à telle ou telle pièce, mais je vais y venir.

— Je suis impatient de voir ce que vous allez dénicher, dit-il avec un sourire. En attendant, j'aimerais que vous fassiez une course pour moi. C'est quelque chose qui dépasse les compétences de Marcia.

— Ah ?

— Je voudrais que vous vous chargiez d'acheter un cadeau pour une de mes amies. Une amie proche. Je souhaite lui offrir un bijou – quelque chose de raffiné – et j'aimerais que vous choisissiez. Je n'ai pas le temps de m'occuper de ce genre de choses, m'explique-t-il avec un haussement d'épaules. Parfois je laisse les bijoutiers sélectionner une pièce à ma place, ou alors ils m'en envoient plusieurs pour que je me décide, mais puisque vous êtes là, je voudrais profiter de votre expertise.

Je cille, éberluée. Cet appartement est strictement masculin et, n'ayant pas vu le moindre indice d'une présence féminine, j'en ai déduit qu'Andrei faisait partie de ces hommes trop accaparés par les affaires pour entretenir une relation. C'est idiot : un milliardaire a forcément une maîtresse quelque part. Pourquoi s'en priverait-il ? En revanche, j'imagine mal comment je vais pouvoir choisir un bijou pour cette personne que je ne connais pas.

— Vous voulez bien vous en charger ? insiste Andrei en me sondant du regard. Je vous en serais très reconnaissant.

— Oui, bien sûr.

Une petite voix me souffle que je devrais émettre une objection, mais je ne vois pas à quel propos exactement. Après tout, Andrei m'a embauchée pour mon sens artistique. Ce qu'il me demande aujourd'hui n'est qu'une extension de ma mission, en quelque sorte.

— Bien, dit-il avec un sourire. Sélectionnez deux bijoux et ne vous préoccupez pas du prix. Prenez ce qui vous plaît.

— Vous devriez peut-être m'en dire un peu plus sur votre amie, afin que je puisse me faire une idée de ses goûts.

Il semble surpris, puis se ressaisit.

— Vous avez raison. Elle est très belle, naturellement, avec une ascendance aristocratique – un héritage culturel. Sa famille a échappé à la révolution bolchevique, mais, comme vous vous en doutez, a perdu toutes les terres et toute la fortune qu'elle possédait avant la chute du tsar. Mon amie a gardé une certaine nostalgie de cette gloire passée, même si elle n'en a jamais rien connu elle-même. Ça me plaît ! lance-t-il dans un éclat de rire. Il y a un siècle de cela, ç'aurait été une duchesse ou une comtesse, et j'aurais sans doute été son valet. Maintenant, sa famille habite un minable appartement moscovite, et moi, je la baise dans ma villa de Provence ou dans ma *dacha*… ou ailleurs si ça me chante. Elle écarte les jambes pour me faire plaisir à moi, le pauvre gamin parti de rien. Outre le fait que c'est une amante remarquable, j'apprécie grandement de me taper une noble héritière. Ça ajoute un petit goût de triomphe à la chose.

Je le dévisage, choquée. Depuis le début de notre collaboration, je fais très attention à maintenir une distance toute professionnelle avec Andrei, et voilà qu'il emploie des termes si crus que des images s'imposent à mon esprit. Je les vois tous les deux, nus dans un lit, le dos large et les jambes puissantes d'Andrei tendus par l'effort tandis qu'il baise violemment son aristocratique beauté russe. Elle est complètement offerte, incapable de résister à son emprise. Le visage d'Andrei reste impassible, mais ses yeux bleus brûlent d'un feu intense alors qu'il satisfait ses propres appétits charnels tout en la menant à l'extase.

— Est-ce que ça vous aide ? demande Dubrovski en m'observant.

J'acquiesce et tente de chasser ces images déroutantes. Cette brève révélation a fait tomber des barrières entre Andrei et moi. J'ai l'impression qu'il m'a attirée dans la sphère de son intimité et que je ne pourrai plus jamais y échapper.

— Très bien. Vous me montrerez ce que vous avez acheté. Demandez à Marcia de vous confier une carte de crédit.

Une demi-heure plus tard, armée d'une carte d'un noir mat, j'emprunte le passage couvert et sors par l'arrière d'Albany House.

Je ne peux m'empêcher de secouer la tête, incrédule. *C'est vraiment trop bizarre. Comment est-ce que j'en suis arrivée là ?*

La clé magnétique que m'a remise Marcia ouvre la porte donnant sur Savile Row et son alignement de tailleurs pour messieurs. Je prends à gauche, en direction de Bond Street et de ses vitrines scintillant de gemmes époustouflantes. Je me suis souvent demandé s'il y avait suffisamment de gens fortunés dans le monde pour garantir une activité régulière à tant de bijoutiers, mais il faut croire que oui. Partout, je vois des émeraudes, des rubis, des saphirs et des diamants, sertis dans des ensembles évalués à plusieurs milliers de livres sterling.

Je passe quelques boutiques où des trésors d'orfèvrerie reposent sur des présentoirs de satin rouge derrière des vitres blindées. Ils ont beau attirer mon œil, je n'ai pas envie d'entrer. C'est un autre type de bijouterie, un peu plus loin, qui retient mon attention. Des joyaux de toutes sortes et de diverses époques se côtoient dans un chatoiement digne de la caverne d'Ali Baba ou du trésor d'un bateau pirate espagnol. Je m'approche pour mieux voir les colliers de perles tressés, les diadèmes en diamants, les bagues ornées de sceaux élaborés, les boutons de manchettes, les cadres en argent travaillé et d'autres merveilles encore. Chaque pièce est disposée dans un écrin correspondant à son époque, velours bleu nuit ou satin crème. Cet endroit me correspond davantage.

Et Andrei m'a envoyée à sa place parce qu'il se fie à mes goûts, après tout.

Un homme en livrée se tient devant la porte et l'ouvre à mon approche. Il se demande peut-être si je suis vraiment une cliente à la hauteur de cette boutique, mais son visage impassible n'en laisse rien paraître. J'entre et me dirige vers le comptoir le plus proche, où un jeune homme en queue-de-pie arrange des bagues en diamants, l'air vaguement blasé.

— Madame, puis-je vous aider ? demande-t-il d'une voix un peu hautaine.

— Peut-être, oui. Je viens de la part d'Andrei Dubrovski...

Aussitôt, un changement radical s'opère, et le jeune homme déploie des trésors d'amabilité et d'efficacité.

— Par ici, madame, je vous prie. Installez-vous à cette table et permettez-moi de vous montrer quelques pièces qui devraient vous intéresser.

En un instant, je suis devenue une invitée de marque, et plusieurs vendeurs s'empressent de m'apporter des plateaux de joyaux, que j'examine avec émerveillement. Je suis entourée d'une vraie fortune – et la plus raffinée qui soit. Colliers, boucles d'oreilles, broches, camées, créations originales de chez Tiffany ou Cartier, parures d'époque victorienne, diadèmes Régence... tout est d'une beauté à couper le souffle.

Je prends mon temps, soulève certaines pièces pour évaluer les jeux de lumière sur les pierres, en approche d'autres de ma peau pour juger du contraste. Je me demande vraiment ce qu'Andrei attend de moi.

Je suis penchée sur une sélection de pendentifs et de boucles d'oreilles lorsqu'un des vendeurs les plus expérimentés place devant moi un écrin de velours rouge légèrement élimé et annonce, sur un ton empreint de déférence :

— Voici quelque chose qui sera peut-être du goût de M. Dubrovski.

J'ouvre le boîtier. Il renferme un magnifique bracelet en émail serti de minuscules diamants qui scintillent comme des flocons de neige à la lumière de la lampe. La face intérieure du bijou est un ravissant or bruni. Je devine que c'est un modèle ancien, pourtant les couleurs sont encore vives – crème et turquoise, rose pâle et bleu roi… C'est un objet splendide, qui me ravit aussitôt.

— Quelle merveille !

— Ce bracelet a une valeur particulière, m'apprend le vendeur sur un ton solennel. Il appartenait à la grande duchesse Olga, sœur du tsar Nicolas II. Elle a réussi à l'emporter quand sa mère et elle se sont réfugiées au Danemark. Comme vous le savez, son frère et la famille de ce dernier n'ont pas eu la même chance.

Je retiens mon souffle. Ce bijou est un héritage des Romanov, la famille royale russe dont le règne s'est achevé dans un bain de sang. Soudain, je revois l'image d'Andrei, le Moscovite parti de rien, en train de forniquer avec sa belle duchesse. Elle porte le bracelet qu'il vient de lui offrir et gémit de plaisir sous ses coups de boutoir. Lorsqu'elle le serre dans ses bras pour l'attirer encore plus profond, les diamants du bijou laissent de minuscules marques sur la peau de son dos…

— C'est parfait. Je le prends, dis-je avant de penser à un détail technique. Combien coûte-t-il ?

Le vendeur indique une somme qui manque de me faire suffoquer. C'est plus que mon salaire annuel. Pourtant, je ne pense pas que cela dérange Dubrovski le moins du monde. Puis je me rappelle qu'il m'a demandé de choisir deux bijoux. Mon regard est attiré par une paire de boucles d'oreilles – deux rubis d'un rouge sombre montés sur or blanc. La profondeur de leur teinte me captive complètement. Ce sont de pures merveilles, de facture ancienne – probablement victorienne.

— Ajoutez ces boucles, aussi, dis-je en tendant la carte de crédit.

Je demande à ce que les paquets soient livrés à Albany. Je ne tiens pas à arpenter les rues de Londres en possession d'une telle fortune.

Mission accomplie.

En début d'après-midi, Andrei entre dans la petite étude, et je lève les yeux vers lui, surprise.

— La bijouterie vient de me livrer votre sélection, annonce-t-il.

Il me toise un instant, et j'ai presque peur qu'il ne se mette en colère et me reproche d'avoir mal choisi ou trop dépensé.

— Bravo, je n'en attendais pas moins de vous, finit-il par ajouter.

Incroyablement flattée de recevoir son approbation, je ne peux m'empêcher de préciser :

— Le bracelet vient de la famille Romanov. Je me suis dit que ce serait approprié.

Une lueur d'amusement brille dans les yeux d'Andrei, me rappelant certaines aigues-marines que j'ai vues ce matin.

— C'est parfait, lance-t-il avant de tourner les talons. Ah, au fait, il y a quelque chose qui vous attend à votre place, dans le bureau.

Avant même que j'aie pu lui demander de quoi il s'agissait – ou de la part de qui c'était –, il est parti. Curieuse, je me lève et me rends dans le bureau. Marcia n'est pas à son poste – de fait, il est parfaitement rangé, comme si elle était déjà rentrée chez elle. Devant le clavier de mon ordinateur se trouve un petit paquet emballé dans du papier vert foncé orné d'un ruban de soie dorée. Une carte frappée de la lettre « A » est glissée dessous, et je la déplie pour y trouver un simple mot : « Merci. »

Fronçant les sourcils, je défais le ruban, qui glisse sans un bruit, puis écarte les pans de l'emballage. Je découvre un petit boîtier et, le cœur battant, appuie sur le fermoir. Je sais déjà ce que renferme cet écrin.

Les boucles d'oreilles en rubis scintillent sous mes yeux avec la richesse sensuelle d'un verre de bon porto.

Non ! C'est impossible ! J'ai le vertige. Je sais exactement combien elles ont coûté, je ne peux en aucun cas les accepter. *Pourtant, elles sont tout simplement somptueuses. Tu les adores déjà.*

Je m'empresse de faire taire ce chuchotement sournois. *Cela ne veut pas dire que tu les as méritées. Tout ce que possède*

Andrei est magnifique et coûte une fortune. Pourtant, rien de tout cela ne t'appartient, à toi.

Je suis contente que Marcia ne soit pas là pour voir ce cadeau extravagant. L'écrin à la main, je ressors du bureau à la recherche d'Andrei, décidée à lui rendre les boucles, mais je ne le trouve nulle part.

— Le patron est parti, m'apprend Sri lorsque je la croise dans le salon. Il ne revient pas avant ce soir.

— Et Marcia ?

Sri hausse les épaules et recommence à épousseter les meubles. Apparemment, il ne reste plus qu'elle et moi. Je range le boîtier dans ma poche et retourne à mes tableaux.

Laura ouvre des yeux ronds comme des soucoupes quand je lui montre les boucles d'oreilles, ce soir-là.

— Il te les a offertes ? demande-t-elle, incrédule.

J'acquiesce.

— Oh, la, la, marmonne-t-elle d'un air inquiet. Quand un homme fait un cadeau de ce genre, c'est qu'il a une idée derrière la tête, non ?

Je soupire. Je ne sais pas quoi lui dire. S'il s'agissait de quelqu'un d'autre qu'Andrei, je lui donnerais raison. Quand un homme offre un bijou hors de prix à une femme, c'est rarement innocent. Mais dans l'univers d'Andrei… eh bien, je n'en suis même pas sûre. À l'échelle de sa fortune, ces boucles d'oreilles ne représentent peut-être pas une grosse dépense. Cela dit, je ne me sens pas prête à courir le risque.

— Oui, je sais. Je vais les lui rendre.

— Est-ce qu'il t'a fait des avances ? reprend Laura, moins inquiète qu'en colère, à présent. Parce que s'il est du genre patron libidineux qui pense pouvoir t'acheter avec deux ou trois babioles…

— Non, justement, dis-je en me calant dans le canapé, songeuse. Je n'ai pas eu cette impression. En fait, quand il m'a envoyée choisir les bijoux, c'était avant tout pour faire un cadeau à sa maîtresse ou à sa copine donc, clairement, il est en couple. Mystère…

Je lève les yeux vers mon amie, qui demeure tendue et prête à sortir les griffes pour me défendre.

— Ne t'en fais pas pour moi, Laura, je t'assure. Je suis une grande fille, je sais me débrouiller. Je vais lui rendre les boucles demain.

— Je pense que c'est la meilleure solution, approuve-t-elle avec un hochement de tête. Et puis fais attention à bien garder tes distances. Si tu as l'impression que ça tourne au harcèlement, il faut absolument que tu en parles à Mark ou à quelqu'un d'autre. D'ailleurs, qu'est-ce que Dominic pense de tout ça ? Il doit être furieux.

— Dominic a disparu dans la nature, une fois de plus. Je ne sais pas où il est ni quand je le reverrai.

— Tu devrais lui demander de rentrer à Londres dès que possible. En attendant, fais savoir à Dubrovski que ton cœur est pris, histoire que les choses soient claires entre vous.

J'acquiesce de nouveau. Laura a tout à fait raison. Nichés dans leur écrin, les rubis scintillent sous mes yeux.

Demain, je les lui rends.

Lorsque j'arrive à Albany le lendemain matin, j'ai eu le temps de répéter ce que j'avais l'intention de dire à Andrei en lui rendant l'écrin, qui se trouve dans ma poche.

C'est le garde du corps qui m'ouvre la porte, donc je sais qu'Andrei est présent. Effectivement, une seconde plus tard, il sort de la salle à manger d'un pas vif.

— Ah, Beth, vous voilà !

— Andrei, il faut que je vous parle du paquet que vous avez laissé sur mon bureau hier. Je suis bien évidemment touchée que vous…

Je m'interromps quand je me rends compte qu'il a tourné les talons et se dirige vers le bureau, me laissant parler dans le vide. Je lui emboîte le pas, l'écrin à la main.

— Andrei, c'est au sujet du…

— Marcia n'est pas là, lance-t-il brusquement, comme s'il ne m'avait pas entendue. Sa mère est malade, elle a dû s'absenter pour se rendre à son chevet. J'ai besoin que vous me rendiez un service. Est-ce que vous pouvez rester ici et répondre au téléphone tout en menant vos recherches ?

Je ne vous demanderais jamais une chose pareille en temps normal, bien sûr, mais j'attends des coups de fil importants aujourd'hui, et la personne qui va venir remplacer Marcia n'arrive que demain. Vous pensez pouvoir vous en charger ? Je serai dans l'étude où se trouve ma collection. Vous n'y aurez donc pas accès aujourd'hui, de toute façon.

Il ne me laisse même pas le temps de formuler une réponse. Me voyant hocher la tête, il se penche sur un bloc-notes et y inscrit une liste de noms. Je range l'écrin dans ma poche – ça va devoir attendre.

— Voilà. Ce sont les personnes à qui je dois parler. S'ils se manifestent, transférez-moi leurs appels aussitôt, reprend-il en arrachant la feuille du bloc pour me la tendre. Merci, Beth, j'apprécie beaucoup votre investissement.

Sur ce, il sort du bureau et je le suis du regard, bouche bée. Ce n'est que quand Sri vient me proposer un café que je baisse les yeux sur la feuille de papier. Soudain, mes mains se mettent à trembler. Le premier nom sur la liste n'est autre que celui de Dominic.

Après ça, je suis tout simplement incapable de me concentrer tant j'ai les nerfs à vif. Je fais une vague tentative pour mener des recherches sur certaines des œuvres d'Andrei en attendant que le téléphone de Marcia sonne. Au premier appel, je sursaute violemment puis me précipite pour décrocher.

— Allô ? dis-je dans un souffle.

— Allô, Marcia ? demande une voix de femme à l'accent sophistiqué.

Une vague de déception me submerge. J'avais presque réussi à me convaincre que la première personne à appeler serait Dominic. Je déteste cette femme qui n'est pas lui, au bout du fil.

— Non, Marcia a dû s'absenter, je la remplace pour la journée. À qui ai-je l'honneur ?

— Kitty Gould. Pourrais-je parler à Andrei ?

J'attrape la liste des noms – cette personne n'y figure pas.

— Je suis désolée, il est très occupé aujourd'hui. Souhaitez-vous lui laisser un message ?

— Dites-lui juste que je lui ai envoyé par mail toutes les informations concernant la fête. Il a déjà dû les recevoir. Je suis ravie à l'idée qu'il soit des nôtres pour cette occasion.

— Très bien, c'est noté.

— Merci ! lance Kitty Gould avant de raccrocher.

Je garde les yeux rivés sur le téléphone le temps que mon cœur affolé se calme un peu.

Eh bien… la journée s'annonce riche en adrénaline !

Le téléphone sonne à plusieurs reprises au cours de la matinée, et j'ai transféré certains des appels à Andrei, mais aucun d'entre eux n'était de la part de Dominic.

L'irritation me gagne peu à peu. Comment ose-t-il me traiter ainsi ? Revenir dans ma vie pour disparaître aussitôt ? Je croyais qu'il voulait qu'on soit proches – qu'on soit ensemble –, pourtant, voilà plusieurs jours qu'il ne m'a pas contactée. À quoi joue-t-il ? Est-il vraiment trop occupé pour m'envoyer un pauvre texto ?

Aujourd'hui, je déjeune avec Andrei dans la salle à manger. À vrai dire, il passe presque tout son temps au téléphone et prend de grosses bouchées entre deux remarques – ou, parfois, au milieu d'une phrase. Quand, enfin, il raccroche, je repense au premier coup de fil de la matinée.

— Andrei, est-ce que vous avez reçu un mail de la part d'une certaine Kitty Gould ? C'est au sujet d'une fête, apparemment. Elle m'a dit vous avoir envoyé toutes les infos nécessaires.

Andrei s'immobilise un instant, puis rive sur moi son regard perçant.

— La fête, répète-t-il.

— C'est ça. Vous savez de quoi elle parle ?

— Ah, oui ! La fête de ce soir.

— Ce soir ?

Voilà qui ne laisse guère de temps pour s'organiser.

— Vous voulez peut-être m'y accompagner ? demande Andrei sans me quitter des yeux.

— Oh, euh…

Une fois de plus, il a réussi à me prendre au dépourvu. J'aimerais bien qu'il arrête de faire ça.

— Je me suis mal exprimé. J'aimerais que vous veniez avec moi à cette fête. Je pense que ça vous plaira. Ce devrait être un spectacle à ne pas manquer. Vous pourrez porter les boucles d'oreilles, ajoute-t-il sans se départir de son air impassible.

Je rougis violemment. J'avais complètement oublié l'existence des rubis et, maintenant, je passe pour la dernière des malapprises.

— Je... euh... Merci beaucoup, Andrei. C'est extrêmement généreux de votre part, mais je ne peux accepter ce cadeau.

— Pourquoi pas ? rétorque-t-il en fronçant les sourcils.

— Parce que c'est beaucoup trop... Ces boucles d'oreilles ont beaucoup trop de valeur, et puis... je vous connais à peine.

— Mais bien sûr que vous pouvez les accepter ! lance-t-il en balayant mes objections d'un geste. Ne soyez pas stupide, voyons. Si vous croyez que je vais les reprendre, vous vous trompez.

— Pourtant, il le faut, dis-je d'une voix plus forte. Vous n'avez qu'à les offrir à votre maîtresse. Je suis sûre qu'elles lui plairont.

Soudain, l'image sournoise d'Andrei en train de baiser sa duchesse russe s'impose à mon esprit, sauf que, cette fois, l'aristocratique beauté qui rejette la tête en arrière sous le coup de l'extase porte des boucles d'oreilles en rubis.

— Ma maîtresse ? répète Andrei avec un éclat presque dangereux dans le regard. Qui utilise encore cette expression de nos jours ? Écoutez, Beth, je ne veux plus entendre parler de ces bijoux. Donnez-les à quelqu'un d'autre si vous ne souhaitez pas les garder, lance-t-il en se reculant sur sa chaise comme pour indiquer que le débat est clos. Alors, acceptez-vous de m'accompagner à cette fête ? Ce n'est pas le genre d'événement où Mark vous emmènerait. À votre place, je ne laisserais pas passer les chances qui me sont offertes.

Je ne sais pas quoi répondre – je suis encore sous le choc de sa déclaration. Il se moque complètement que je cède des rubis qui valent plusieurs milliers de livres sterling ! Tant pis, je n'aurai qu'à les laisser ici à la fin de ma mission.

Le téléphone d'Andrei sonne, et il décroche aussitôt.

— Oui ? Ah, Dominic ! J'attendais de vos nouvelles.

Mon cœur fait un saut périlleux, et je me sens pâlir. Je serre les poings sous la table, blessée de constater que mon amant a clairement accès à un téléphone quand il le veut bien.

Andrei se tait, l'air concentré, et j'enrage de ne pas pouvoir distinguer la voix de Dominic.

— Je vois, dit-il enfin. D'accord. Est-ce que vous venez à la fête, ce soir ? Bon. En tout cas, Harvey pourra vous y conduire si vous le souhaitez. Et Anna ?

Il écoute la réponse de Dominic, puis, soudain, éclate de rire. C'est un son rude, qui grince presque – comme si la voix d'Andrei n'était pas habituée à cet exercice.

— Oui, c'est vrai. J'imagine qu'elle sera d'humeur joueuse. Ça la met toujours dans un état pas possible quand nous remportons d'importantes sommes d'argent, ajoute Andrei avec un sourire.

Je ne peux m'empêcher de trouver cela étrange sur ses lèvres un peu trop charnues.

— Très bien, je vous dis donc à plus tard.

Il raccroche puis se tourne vers moi et remarque mon expression. Aussitôt, son sourire s'évanouit.

— Qu'est-ce qui ne va pas, Beth ?

— Rien, rien !

Je marque une pause avant de reprendre, le plus naturellement possible :

— C'était Dominic Stone ? Que j'ai rencontré au monastère ?

— Lui-même. Il appelait pour me donner des nouvelles concernant une de mes mines de fer en Sibérie. Les Chinois ont acheté l'intégralité de la production pour les deux années à venir. Je suis ravi. Au moins, Dominic ne s'est pas gelé les fesses au milieu de nulle part pour rien, ajoute-t-il avec un nouvel éclat de rire. Sa récompense sera à la hauteur de ses efforts. Alors, cette fête ?

Je vibre littéralement à l'idée que Dominic s'y trouve, mais j'affecte un air nonchalant.

— Vous savez quoi, Andrei ? Vous avez raison. C'est sûrement une chance unique, et je m'en voudrais de la laisser passer.

Andrei me lance un de ses regards impénétrables.

— Très bien. Nous allons devoir vous trouver une tenue appropriée. Appelez *Harrods* de ma part et demandez-leur de vous envoyer une sélection de robes du soir dans votre taille. Exigez du noir, quelque chose de sophistiqué mais pas trop extravagant. Ce n'est pas un gala, non plus.

Sur ces paroles, il se lève et quitte la pièce. Décidément, vivre dans l'entourage d'Andrei Dubrovski réserve bien des surprises. C'est une expérience excitante, néanmoins, et cette soirée va peut-être me permettre de revoir Dominic pour la première fois depuis la Croatie.

Je ne peux pas laisser passer ça. Il faut que j'y aille.

Chapitre 9

QUATRE HEURES PLUS TARD, JE SUIS INSTALLÉE À CÔTÉ d'Andrei dans une Bentley grise décapotable. Bercée par le ronronnement du moteur, j'admire le tableau de bord en acajou poli. Je n'en reviens toujours pas de me trouver là. En début d'après-midi, un petit camion aux couleurs de *Harrods* est venu me livrer plusieurs boîtes tapissées de papier de soie et contenant des robes, des chaussures et des sacs à main. J'ai passé une heure magique dans la chambre d'amis à essayer toutes ces merveilles en soie, en tulle, en organdi, en satin et autres tissus précieux. Certaines, rehaussées de paillettes, de sequins et de bijoux, étincellent de mille feux, d'autres sont ornées de fronces et de volants, et d'autres encore affichent une élégante sobriété. C'est la première fois que je vois des robes de créateurs de près, et je suis époustouflée. Elles sont d'une légèreté incroyable, et la structure interne est toujours parfaitement pensée pour mettre en valeur les courbes féminines. Par ailleurs, les matériaux sont somptueux et les finitions d'une exquise délicatesse. Pas étonnant qu'elles coûtent une fortune : rien n'est laissé au hasard et tout est exécuté à la main. Je les trouve toutes magnifiques, même si je ne me sens pas tout à fait à mon aise dans les créations les plus extravagantes, avec leurs vastes jupes et leurs froufrous.

Au moment où j'ai enfilé la robe que je porte à présent, en revanche, je suis tombée amoureuse. Elle est en soie – noire, comme l'a exigé Andrei – et bâtie sur un modèle très simple et pourtant délicieusement sexy. La base consiste en un court fourreau, sur lequel est cousu un voile diaphane qui forme un joli motif froncé sur le bustier avant de s'évaser légèrement à partir des hanches. Elle m'a été livrée avec une paire d'escarpins de soie noire aux talons vertigineux qui complètent parfaitement la délicate sophistication de la robe. Dans cette pièce envahie de lourds satins, de voiles et de corsets à baleines, je me suis regardée dans le miroir et j'ai compris que c'était la robe parfaite.

À présent, nous filons dans les rues de Londres au son d'un prélude de Rachmaninov, et les boucles en rubis scintillent à mes oreilles.

Exactement comme Andrei le voulait, me dis-je en lui jetant un bref coup d'œil. *Aurait-il planifié tout ça ?* Il m'a laissé croire que j'avais le choix – au sujet des boucles comme de cette soirée –, mais il avait peut-être déjà anticipé ma décision. Lui-même est magnifique dans son costume noir agrémenté d'un nœud papillon en soie. Il conduit la voiture avec une aisance toute raffinée. Certes, je n'ignore pas que n'importe qui a de l'allure dans un costume bien taillé, surtout un homme doté d'une carrure imposante et d'un charisme magnétique comme Andrei, mais quand même.

Nous atteignons l'ouest de Londres et gagnons l'autoroute, où Andrei lance la Bentley à plein régime, laissant les autres voitures loin derrière nous. La nuit commence à tomber, et une lune dorée s'élève doucement dans un ciel de velours sombre.

Si c'était Dominic à mes côtés, je trouverais cette situation incroyablement romantique. Puis, en proie à l'impatience, je me rappelle qu'il sera peut-être présent à la fête. Après tout, c'est la raison pour laquelle je suis venue.

Nous roulons en silence pendant une heure environ, à toute vitesse mais sans le moindre heurt. Puis Andrei quitte l'autoroute et, après quelques minutes, gare son véhicule devant une magnifique demeure en pierre, typique des Cotswolds.

— C'est ici qu'a lieu la fête ? demandé-je en admirant la façade brillamment éclairée.

— Non, c'est ici que nous dînons, répond Andrei d'une voix rude avant de couper le moteur et de sortir de la voiture.

Puis il la contourne, ouvre ma portière et m'aide à descendre. Une fois que j'ai trouvé mon équilibre sur les graviers de l'allée, il me prend le bras et lance ses clés à un valet.

Nous entrons dans ce qui s'avère être un luxueux restaurant, et un garçon nous guide jusqu'à une table où des couverts en argent étincellent sur une nappe d'un blanc immaculé. Je n'ai même pas le temps d'apercevoir un menu que, déjà, Andrei commande pour nous deux. Quelques minutes plus tard, je trempe mes lèvres dans un verre de pouilly-fumé merveilleusement frais, un peu abasourdie de me retrouver là, attablée face à cet homme.

— Je tenais à vous dire quelque chose, lance Andrei en se penchant vers moi, le regard tendu et sérieux. Vous êtes très belle, ce soir.

— Merci, dis-je, un peu mal à l'aise.

Je ne suis pas sûre de comprendre les termes de ce dîner. Andrei n'a pas mentionné qu'il s'agissait d'une sorte de rendez-vous romantique. S'il l'avait fait, j'aurais certainement refusé. Pourtant, nous ressemblons à un couple d'amoureux venus célébrer une occasion particulière – l'anniversaire de notre rencontre ou le début de notre romance. *Mais non, il dit ça pour être poli, c'est tout.*

— Vous étiez également très belle l'autre soir, chez Mark, poursuit-il en prenant une gorgée de vin, l'air pensif. J'ai beaucoup aimé la robe rouge que vous portiez alors. Cela dit, vous êtes belle même quand vous êtes assise en tailleur au milieu de ma collection et que vous froncez les sourcils ou que vous vous passez la main dans les cheveux parce que vous rencontrez quelque problème épineux. J'aime bien vous regarder travailler quand vous ne vous savez pas observée. Cependant, ajoute-t-il en se penchant un peu plus, vous n'avez jamais été aussi belle qu'au monastère, le lendemain de la nuit que nous y avons passée. Ce matin-là, vous sembliez rayonner de vie et de sensualité. C'est à ce moment-là que j'ai compris que je souhaitais mieux vous connaître… bien mieux.

Je le dévisage, oscillant entre un sentiment d'horreur et une émotion étrangement proche du plaisir.

Je suis belle ? Il me trouve belle ?

Oh, non ! Il attend quelque chose de moi… Il veut… Oh, malheur, dans quoi est-ce que je me suis embarquée ? Me voilà assise dans un restaurant de luxe, dans une robe qu'il a payée, avec des bijoux qu'il m'a offerts, comme… comme une espèce de… de courtisane ! Évidemment, ça donne l'impression qu'il ne me déplairait pas d'avoir une aventure avec lui. Et merde ! Comment est-ce que je vais faire pour me tirer de ce mauvais pas ?

Je m'efforce de garder mon sang-froid. Bon, je vais devoir batailler avec un impitoyable homme d'affaires russe. *Même pas peur. Enfin, pas trop.*

— Andrei, commencé-je d'une voix ferme, je suis très flattée par vos compliments, mais vous n'ignorez pas que notre relation est strictement professionnelle. Et puis, vous avez une petite amie ou… enfin, une amie, et j'ai moi aussi quelqu'un dans ma vie.

Il hausse un sourcil, comme s'il lisait dans mes pensées.

— Je ne vous crois pas.

— C'est pourtant vrai.

— Comment s'appelle-t-il ?

Je suis prise au dépourvu, une fois de plus. Je ne peux pas donner le nom de Dominic, et je n'ai pas préparé de mensonge.

— Euh… Il s'appelle… euh… John.

— Ha ! aboie Andrei dans un rire bref. Vous mentez, ça se voit tout de suite. Vous n'êtes pas en couple. Et puis, quand bien même… Je ne vois pas pourquoi deux personnes qui ressentent une attirance devraient se priver de suivre leurs instincts. Vous n'êtes pas mariée, et moi non plus.

— Mais je n'éprouve aucune attirance envers vous, dis-je sur un ton un peu pincé.

Un sourire malicieux et juvénile éclaire son visage et il murmure d'un air conspirateur :

— Au contraire, ma belle. Je vous attire, même si vous ne vous en rendez pas encore compte. Croyez-moi, poursuit-il en baissant encore la voix et en me regardant droit dans les yeux, le jour où nous ferons l'amour, vous et moi, ce sera explosif.

J'ai la bouche sèche et la tête qui tourne légèrement. Une fois de plus, l'image d'Andrei nu s'impose à mon esprit, mais, cette fois, la femme aux boucles d'oreilles en rubis qui s'abandonne à lui n'est autre que moi. Horrifiée, je cille pour chasser cette vision et recouvrer une certaine contenance.

— Je suis désolée, Andrei, mais il ne se passera jamais rien entre nous. Si vous continuez à affirmer le contraire, je me verrai dans l'obligation de rentrer à Londres sur-le-champ. Ce sont mes conditions, à prendre ou à laisser.

— Vous aimez ça, hein ? Poser des conditions, signer des contrats et des accords de principe pour que tout soit bien en ordre. Vous essayez de me contrôler, d'ériger des murs ici et là pour m'empêcher d'approcher, mais ça ne marchera pas. Personne n'a jamais réussi ! lance-t-il avec un rire bref tout en rompant un morceau de pain. Qu'est-ce que vous comptez faire, Beth ? Reprendre l'autoroute à pied ? Avec vos talons aiguilles ? Ça fait une trotte, je vous préviens.

— Je pourrais appeler un taxi. Ou alors…

Je regarde autour de moi. J'ai cru remarquer une porte indiquant « réception » en arrivant.

— Je pourrais passer la nuit ici, conclus-je. C'est également un hôtel, non ?

— Vous êtes observatrice. C'est un excellent hôtel, effectivement, admet-il sur un ton plus amène. Voici ce que je vous propose : si vous ne voulez vraiment pas passer le reste de la soirée en ma compagnie, je peux vous réserver une chambre et me rendre seul à cette fête. Je reviendrai dormir ici et vous reconduirai à Londres demain matin. Qu'en dites-vous ?

Je suis trop estomaquée pour parler. Je meurs d'envie d'aller à cette fête dans l'espoir d'y rencontrer Dominic, mais je ne peux évidemment pas révéler ça à Andrei. Je finis par trouver mes mots.

— Je veux bien vous accompagner si vous admettez qu'il ne se passera rien entre nous.

— D'accord, j'accepte, rétorque-t-il avec un petit rictus amusé. Il ne se passera rien entre nous – pas lors de la fête, peut-être même pas ce soir. Mais un jour… Et pas uniquement parce que j'en ai envie – parce que vous aussi.

— Je ne crois pas, monsieur Dubrovski, dis-je de ma voix la plus ferme. Vous risquez d'attendre ce jour pendant très, très longtemps.

— Je vous en prie, appelez-moi Andrei, plaide-t-il, l'air blessé. Il ne sert à rien de revenir en arrière. Nous pouvons rester amis, non ?

Avant même que j'aie pu répondre, le garçon nous apporte l'entrée, mettant un terme à cette discussion.

Contre toute attente, je passe un agréable moment. Andrei sait se montrer absolument charmant quand il le veut, et parvient vite à dissiper le malaise de ce début de soirée. Pourtant, tandis que nous bavardons tranquillement – essentiellement à propos de sa collection et de l'art en général –, le compliment qu'il m'a fait me revient en mémoire. Je dois me rappeler à l'ordre en me disant que cet homme ne m'intéresse pas le moins du monde.

Alors que le garçon nous apporte le café, je remarque qu'il est déjà 23 heures.

— Nous ne risquons pas d'être en retard à la fête ?

— Oh, non ! Ça doit tout juste commencer, répond Andrei.

Néanmoins, il demande l'addition et, pendant qu'il règle, je m'excuse discrètement. Devant le miroir des toilettes, je retouche mon maquillage et examine mon apparence, presque surprise de me trouver très en beauté. Mes yeux brillent d'un vif éclat – les effets conjugués d'un délicieux repas et de quelques verres de vin –, et la robe est encore plus ravissante que dans mon souvenir. Les escarpins allongent mes jambes et me font paraître plus mince que je ne suis en réalité. Mes cheveux tombent librement sur mes épaules et j'ai les joues roses d'excitation.

— Bientôt, dis-je à mon reflet. Je vais bientôt retrouver Dominic.

Je retrouve Andrei dans le vestibule et, quelques minutes plus tard, nous filons de nouveau sur les routes de la campagne anglaise. Andrei semble savoir exactement où nous allons, et je me détends dans mon confortable siège en cuir, captivée par le jeu des phares sur les haies qui bordent la route.

Après ce qui me paraît un très court instant, nous nous arrêtons de nouveau. Je ne distingue rien au-dehors tant la nuit est profonde. Les phares n'éclairent que des arbres et des buissons, comme si nous étions au milieu d'une forêt.

— C'est ici qu'a lieu la soirée ? demandé-je en approchant le visage de la vitre, soudain inquiète.

Je ne vois rien qui indique l'existence d'une fête. Andrei m'aurait-il amenée au milieu de nulle part avec quelque sinistre dessein en tête ? Nous sommes seuls, et personne ne sait où je me trouve. Cette pensée me glace le sang.

Andrei se penche vers moi d'un geste brusque et je frémis, mais il se contente d'ouvrir la boîte à gants et d'en sortir deux masques. L'un, noir, dissimule le haut du visage jusqu'à la bouche et l'autre, orné de sequins, ne couvre que les yeux et les joues mais est bordé de fines plumes noires dont les ombres doivent former une sorte de voile. Andrei me tend ce dernier.

— Tenez, mettez ça, je vais porter l'autre.

— Pourquoi ?

— Parce que nous allons à un bal masqué, voyons.

Au moins, il m'emmène vraiment à une fête – sauf que je ne vois pas où elle peut se trouver. Je saisis le délicat masque à plumes et m'en couvre le visage.

— Parfait, souffle Andrei avant de fixer le sien.

Aussitôt, j'ai l'impression de me trouver face à un parfait inconnu. Seuls ses yeux bleus, soulignés par le velours noir, et sa lèvre boudeuse me permettent de l'identifier.

— Allons-y, dit-il d'une voix plus ferme que jamais. Il est temps.

Comme tout à l'heure, il sort et vient m'aider à descendre de voiture. Une fois que je suis debout, nous passons un instant à nous regarder dans la lumière qui émane de l'habitacle – deux individus masqués qui se découvrent. Puis Andrei referme la portière et l'obscurité nous enveloppe. Je regarde autour de moi, me demandant comment nous allons bien pouvoir trouver le lieu de la fête lorsque Andrei allume une lampe de poche et éclaire le chemin devant nous. J'ai besoin de me tenir à son bras pour avancer sur mes hauts talons. Je ne vois pas le sol, mais j'ai l'impression de marcher sur des graviers. Nous sommes sans doute en train de traverser un parking ou une allée. Bientôt, j'aperçois une lumière dorée, vers laquelle nous nous dirigeons. Il s'agit d'une porte ouverte, mais je ne distingue pas le bâtiment auquel elle appartient – seulement un couloir vivement éclairé qui semble ne mener nulle part.

Nous approchons de la porte, où deux hôtes – masqués eux aussi – attendent de guider les invités à l'intérieur. Ils murmurent quelque chose à l'oreille d'Andrei, puis, visiblement satisfaits par sa réponse, nous font signe de les suivre le long du passage qui semble directement taillé dans la roche.

— Où sommes-nous ? demandé-je en remarquant que le plafond se fait plus bas et que nous commençons à descendre doucement.

— Dans des caves, répond Andrei en posant sa main libre sur la mienne. Nous allons dans des catacombes.

Presque aussitôt, je distingue des bruits : de la musique, le rythme lancinant des basses, la rumeur d'une foule. Nous dépassons d'autres invités, étranges et élégants avec leurs masques, un verre à la main. Au fur et à mesure que nous descendons, j'aperçois d'autres passages menant à de petites caves. Les bougies fixées le long des murs ne me permettent pas de discerner clairement ce qui s'y passe, mais je perçois des mouvements.

Est-ce qu'ils dansent, ou… ? Nous avançons trop vite pour que j'aie le temps de saisir le sens de ce que je vois. Soudain, le couloir s'ouvre sur une grande pièce dont le haut plafond forme un dôme immense, qui me donne l'impression de me trouver à l'intérieur d'un essaim d'abeilles. Des hommes en costume et des femmes en robes de soirée boivent des cocktails, bavardent ou dansent. Je ne sais plus où donner de la tête : certains portent des masques vénitiens richement décorés alors que d'autres se sont contentés de minces loups de dentelle ou de soie. Un peu plus loin, je remarque du cuir clouté et orné de chaînes. Il y a des hommes coiffés de têtes d'animaux – un tigre et un lion. Une femme porte une superbe robe de soie blanche et un masque de lapin assorti, ses oreilles de fourrure pointant fièrement.

Andrei se penche vers moi.

— Quand personne ne nous reconnaît, nous sommes libres de faire ce qu'il nous plaît, murmure-t-il. Venez, allons vous trouver un verre.

Il m'entraîne vers une alcôve où, derrière un comptoir de zinc, des barmen manient le shaker avec adresse. Malgré la foule qui se presse au bar, un jeune homme prend immédiatement la commande d'Andrei et, un instant plus tard, ce dernier me tend une vodka martini avec un zeste de citron. Puis il m'entraîne un peu plus loin, un verre identique au mien à la main. Je suis tellement captivée par le spectacle que je reprends le bras d'Andrei sans même y penser. Après tout, j'en ai besoin pour marcher sur le sol inégal.

Soudain, une pensée me frappe. *Comment vais-je faire pour reconnaître Dominic ? Tout le monde est masqué, et tous les hommes portent des costumes noirs.* La déception m'envahit. Les chances de le croiser en ces lieux semblent bien minces. Il y a trop de caves et de passages, et la foule est trop dense. Je n'ai même pas mon téléphone sur moi. Mon seul espoir, c'est qu'Andrei sache où retrouver Anna et Dominic. Après tout, il a son téléphone, lui. Nous quittons la pièce principale en direction d'une cave dont l'accès est barré par un cordon rouge. À côté, se tient une femme qui porte une longue robe rouge et un simple loup noir. Ses cheveux blond platine lui tombent librement dans le dos et sur les épaules, et ses lèvres esquissent une moue sensuelle.

Nous voyant approcher, elle nous lance un regard curieux, et Andrei lui murmure « Dubrovski » à l'oreille.

— Andrei ! s'exclame-t-elle, ravie. Je ne vous avais pas reconnu du tout ! Mais vous êtes superbe, évidemment, commente-t-elle en lui faisant la bise à la française. C'est merveilleux de vous voir ici !

— Merci, Kitty. Comment allez-vous ?

— Très bien, merci. N'est-ce pas une fête magnifique ? Nous allons passer une soirée époustouflante ! Si vous voulez que l'on vous fasse visiter les lieux, n'hésitez surtout pas à me demander. Ce ne sont pas les attractions qui manquent – ni les endroits plus intimes, si c'est ce que vous recherchez. Par exemple, un spectacle de cabaret est prévu tout à l'heure, pour ne citer que ça.

À ces mots, un souvenir s'invite dans mon esprit. Je suis assise à une table de *L'Asile*, le club privé qui a joué un rôle significatif dans ma vie. J'y assiste à un cabaret en compagnie de James, mais il ne s'agit pas d'un show ordinaire. C'est une scène burlesque particulièrement érotique, qui se termine par une flagellation. Dans le public, des couples s'adonnent discrètement à des activités plus ou moins étonnantes. Après le rideau de fin, les clients peuvent se rendre dans des salons privés pour laisser libre cours aux ardeurs attisées par un tel spectacle.

Soudain, je comprends que je me trouve dans une de ces fêtes où tout est possible. Les invités sont tous magnifiques et étrangement anonymes, les cocktails coulent à flots et une musique agréable parvient à nos oreilles… C'est le genre d'endroit où personne n'a envie de brider ses désirs une fois qu'ils sont enflammés.

Est-ce que ça va tourner à l'orgie ? Est-ce pour cette raison qu'Andrei m'a amenée ici ?

Tandis que ces questions fusent dans ma tête, Kitty détache la corde et nous fait signe d'entrer dans la cave. Celle-ci, éclairée par des lanternes de style marocain, est meublée de larges banquettes en velours et de petites tables basses. Andrei et moi sommes seuls pour l'instant, et nous allons nous asseoir. D'une main légèrement tremblante, je porte mon verre à mes lèvres. Brusquement, j'ai l'impression que tout a changé.

— Qu'est-ce qui ne va pas ? me demande Andrei en me couvant du regard.

Je ne réponds pas, la gorge nouée de colère. Comment ose-t-il m'emmener dans un endroit pareil sans même me prévenir ?

Comme s'il lisait dans mes pensées, il reprend :

— Il n'y a aucune raison pour que voyiez ou fassiez quoi que ce soit qui vous déplaise. Ces fêtes sont caractérisées par une grande liberté, certes, mais Kitty veille toujours à ce qu'elles restent dans les limites du bon goût. Seuls ceux qui souhaitent jouir de plaisirs illicites le font – et toujours dans la plus grande discrétion.

— Et c'est ça que vous êtes venu faire ici ? demandé-je, tendue.

— Je fais ce qui me plaît, Beth. Vous devriez essayer, ajoute-t-il en se penchant vers moi. Les petites Anglaises comme vous semblent avoir du mal à se faire plaisir – à écouter leurs désirs les plus profonds. Vous pouvez vous montrer très coincées, parfois. Lâchez-vous un peu.

— Vous ne savez rien de moi ! dis-je dans un sifflement furieux.

Je n'en reviens pas qu'il se permette de me parler ainsi au sujet d'un aspect de ma vie qui ne regarde que moi. *Ce n'est pas parce qu'il est riche comme Crésus qu'il peut acheter les gens ou lire leur âme !*

— Vous ne me connaissez pas du tout ! poursuis-je. Comment osez-vous porter un jugement sur ma personne ou sur ma vie ?

Andrei semble d'abord surpris, puis la colère se lit dans son regard. Pourtant, une seconde plus tard, son expression s'adoucit.

— Vous avez raison, je suis désolé. C'était très malpoli de ma part. Impardonnable, même. J'ai commis une erreur en vous amenant ici. Finissez votre verre, et partons.

— Cela vaut sans doute mieux, en effet, dis-je d'un ton glacial.

Je ne veux pas rencontrer Dominic dans ces conditions. Ce n'est pas du tout ce que je désire. Je bois une gorgée de martini, qui me brûle la gorge.

— Vous trouvez peut-être ça sordide, mais je n'irais jamais dans des soirées vraiment vulgaires. J'ai horreur de ça. Je suis amoureux de la beauté, et vous le savez pertinemment. Nous sommes ici parce que c'est une expérience merveilleusement libératrice d'être anonyme – libre de se détendre, de danser, de boire et d'oublier tout le reste l'espace de quelques heures. J'ai eu tort de vous attaquer personnellement, et c'était égoïste de ma part de vous entraîner ici. Je n'ai pensé qu'à mon propre désir de me délasser en toute sécurité.

Soudain, je comprends son point de vue et ma colère reflue un peu. En homme fortuné et universellement connu, Andrei doit sans cesse être sur ses gardes. Ici, en revanche, il n'est qu'un masque parmi tant d'autres. Nul besoin de jauger les motivations de ses interlocuteurs ou de s'inquiéter qu'on épie ses moindres faits et gestes – ou, pire, qu'on les filme. Pas étonnant qu'il aime ce genre d'ambiance. *C'est ridicule ! Voilà que j'ai presque pitié de lui ! Il n'aurait pas dû me parler comme ça, mais…*

Après un instant de réflexion, je lève les yeux de mon cocktail et rencontre le regard bleu d'Andrei.

— On peut rester encore un peu, vous savez. Je ne voudrais surtout pas gâcher votre soirée. Nous venons à peine d'arriver, après tout.

Avant même qu'il ait pu me répondre, un mouvement attire mon attention, et je vois entrer deux personnes, un homme et une femme – masqués, évidemment.

— Andrei ! s'écrie la femme dans un ronronnement aussitôt qu'ils sont à l'intérieur de la cave.

Je reconnais sans mal la voix d'Anna Poliakova, et mon cœur s'affole quand je regarde l'homme qui l'accompagne. Je distingue à peine ses yeux sombres derrière son loup noir, pourtant je reconnais la lueur qui les anime – ainsi que ce nez à la courbe gracieuse, ces lèvres fermes et sensuelles, ces épaules larges et ces mains… Pas d'erreur possible : il s'agit de Dominic.

Je l'observe, bouche bée, le souffle court, mais il m'accorde à peine un regard. Après tout, il n'a aucune raison de se douter que je suis là. Toute son attention est concentrée sur Anna, qui s'assied à côté d'Andrei et l'embrasse légèrement sur la joue. Elle est resplendissante dans un fourreau noir qui rehausse sa poitrine et épouse ses courbes voluptueuses. Dominic ne la quitte pas des yeux tandis qu'elle se love contre Andrei, qui l'embrasse à son tour.

Qu'elle est belle ! Comment Andrei peut-il rester aussi impassible ? J'imagine mal qu'un homme puisse lui résister.

Un terrible soupçon s'insinue alors dans mon esprit. Les deux dernières fois que j'ai vu Dominic, il était en compagnie d'Anna. Il est évident qu'ils passent beaucoup de temps ensemble, et voilà que Dominic semble tendu de la voir si proche d'Andrei. Les mâchoires crispées, il la dévore du regard, comme s'il était rongé par la jalousie.

Un profond malaise me brûle l'estomac. Cette fille est magnifique, et Dominic a le sang chaud. Reste-t-il imperméable à son charme, ou l'a-t-elle déjà subjugué par sa beauté exotique et sa sensualité explosive ? Je suis horrifiée de nourrir de telles pensées, mais le mal est fait.

Andrei lève les yeux vers Dominic.

—Bonsoir. Vous avez pu venir, finalement.

—Bonsoir, Andrei, dit Dominic, en alliant la politesse à la froideur. Je suis ravi d'être rentré. La Sibérie n'est pas ma région préférée du globe.

—Je sais ce qu'il vous faut ! lance Andrei avec un sourire.

Il saisit une petite cloche dorée posée non loin et la fait tinter. Une serveuse en combinaison moulante noire et masque assorti arrive sur-le-champ.

—Champagne, s'il vous plaît ! annonce Andrei. Bien frais.

Une fois qu'elle est partie, il pose les yeux sur moi.

—Ah, j'ai failli oublier... Voici ma cavalière pour la soirée. Il s'agit de ma toute dernière recrue. Vous vous souvenez sans doute de Beth Villiers, la jeune experte qui s'est jointe à notre équipe en Croatie.

—Bien sûr ! s'écrie Anna. Je suis enchantée de vous revoir, Beth. Je ne vous aurais jamais reconnue avec ce superbe masque. Et votre robe est tout simplement ravissante.

Je l'écoute à peine, trop occupée à observer Dominic. Lorsque Andrei a prononcé mon prénom, il s'est raidi et a rivé son regard sur moi, les lèvres entrouvertes sous l'effet de la surprise. Je devine qu'il lutte pour contrôler ses émotions.

Qu'est-ce qu'il y a, Dominic ? Tu n'es pas content de me voir ? Tu as peur que je ne gâche tes chances avec Anna ? Ou alors vous êtes déjà ensemble et ça te fait mal qu'elle se colle à Andrei comme ça ?

La jalousie me vrille les entrailles. La voix de la raison a beau me souffler de ne pas me laisser entraîner par mon imagination, divers scénarios représentant Dominic et Anna ensemble défilent déjà dans ma tête.

— Oui, je me souviens de Beth, évidemment, articule Dominic d'une voix lente. Ravi de vous revoir, ajoute-t-il, les poings crispés.

Ça ne te plaît pas, que je fasse partie de l'équipe ? Tu préférerais que je reste loin d'Andrei et d'Anna, histoire que votre petite aventure reste un secret, c'est ça ?

— Moi de même, dis-je dans un souffle.

— Bon, il arrive, ce champagne ? demande Andrei.

Au même instant, la serveuse revient avec, sur un plateau, une bouteille dans un seau à glace et quatre coupes. Le temps qu'elle fasse sauter le bouchon et qu'elle nous serve tous, j'ai repris mes esprits et Dominic s'est très légèrement détendu.

— Mon chéri, si vous saviez ce qu'on a enduré ! s'écrie Anna en secouant sa longue crinière de jais. Je n'avais encore jamais mené de négociations aussi tendues, mais nous avons finalement obtenu tout ce que vous vouliez. Vous êtes content ?

— Très, confirme Andrei en nous tendant un verre à chacun. Buvons à notre succès.

Il lève sa coupe, et nous l'imitons.

—Aux mines de fer Dubrovski – qu'elles prospèrent encore pendant de longues années.

Nous trinquons et prenons une gorgée de champagne. Les fines bulles me picotent la langue et la tête me tourne légèrement. Ce n'est guère étonnant, après mon verre de martini. Cependant, et malgré ma douloureuse crise de jalousie, je me sens forte et courageuse. Ce ne sont pas les retrouvailles que j'avais espérées, mais tant pis. À Dominic de faire le premier pas.

Tandis qu'Anna raconte à Andrei le détail de leur rencontre avec les Chinois, Dominic vient s'asseoir à côté de moi. Nous faisons semblant d'écouter Anna, mais Dominic presse sa cuisse musclée contre la mienne et je sens la chaleur de son corps.

—Qu'est-ce que tu fabriques ici ? me murmure-t-il à l'oreille, m'arrachant un frisson malgré moi.

—Qu'est-ce qu'il y a ? Je te gâche ta fête ? Désolée si ma présence bouscule tes projets, dis-je d'une voix faussement détachée.

—De quoi parles-tu ? rétorque-t-il. Pourquoi est-ce qu'Andrei t'a amenée ici ?

Je ne réponds pas, de peur qu'on ne nous entende.

—Dis quelque chose, putain ! Qu'est-ce que tu fous ici avec lui ? siffle Dominic.

Anna s'interrompt soudain et se tourne vers nous, aussitôt imitée par Andrei.

Heureusement, Dominic reste parfaitement maître de soi.

— J'ai bien peur que nos histoires de mines n'ennuient Beth. Je vais l'emmener faire un tour de la fête pendant que vous discutez. Je ferai bien attention à elle, ne vous inquiétez pas.

Puis il me prend le bras dans une poigne de fer et me force à me lever. Andrei et Anna ne voient sans doute pas à quel point il me serre fort – je dois réprimer un cri de douleur.

Sans attendre de réponse, Dominic m'entraîne en direction du passage et, aussitôt que nous sommes sortis de la pièce privée, il me tire littéralement derrière lui. Ne cachant plus sa fureur, il ne s'excuse même pas quand nous bousculons d'autres invités. Nous nous éloignons de la salle principale et de la foule, mais il ne desserre toujours pas sa prise sur mon bras, si bien que je finis par protester.

— Tu me fais mal ! Lâche-moi !

— Tais-toi et avance, gronde-t-il.

Un instant plus tard, nous nous arrêtons devant un rideau, gardé par une jeune femme vêtue du même costume que notre serveuse.

— Nous avons besoin de cette pièce, lance Dominic d'une voix ferme. Nous ne voulons pas être dérangés, compris ?

La jeune femme acquiesce et tire le rideau pour nous laisser entrer. Dominic m'entraîne à l'intérieur. Il s'agit d'une vaste cave où trône un immense lit, qui semble assez grand pour accueillir au moins six personnes. Des miroirs sont disposés un peu partout et, le long des murs, se trouvent divers fauteuils et banquettes aux coussins moelleux. J'appréhende la scène d'un œil un peu horrifié. Cet endroit doit être le théâtre d'orgies, avec des spectateurs aussi bien que des participants. Mais nous poursuivons notre chemin et traversons la pièce en direction d'une porte qui ouvre sur une autre cave, plus petite. Celle-ci est tendue de soie bleue, et de minuscules lumières brillent comme des étoiles au plafond. J'aperçois des accessoires qui me sont désormais familiers : fouets, plumeaux et battoirs, disposés sur des étagères ou suspendus le long des murs. Ici, nul lit moelleux, mais des sièges en cuir équipés d'étriers et de menottes, des barres métalliques munies d'anneaux, et une vitrine contenant encore d'autres instruments de torture et de plaisir. Un agréable frisson me parcourt l'échine malgré moi – cette ambiance me rappelle les nuits délicieuses que j'ai passées avec Dominic, à explorer ma sexualité.

Mais ma colère est encore bien présente. Je fais volte-face et lance :

— Pourquoi on est là ?

— Il fallait que je te voie seul à seule.

Il arrache son masque puis me retire le mien avant de les laisser tomber au sol. Ses yeux lancent des éclairs, et je devine que les miens brillent de fureur tandis que nous nous affrontons avec une hostilité orageuse.

— Maintenant, dis-moi ce que tu fabriques ici avec lui.

— Et toi ? Qu'est-ce que tu fabriques avec elle ? Hein ?

— Quoi ?

— J'ai bien vu la façon dont tu l'observais ! Vous êtes déjà amants ou tu en es encore à espérer que ça se produise un jour ?

Je me rends bien compte que mes propos semblent un peu fous, mais je m'en moque. Des émotions contradictoires font rage dans mon cœur – la colère, la déception de voir mes fantasmes réduits à néant, la tristesse de savoir que ma belle histoire avec Dominic est peut-être déjà terminée, la joie de le revoir malgré tout, le goût amer de la jalousie et la peur de l'avoir perdu à tout jamais. Ce mélange explosif bouillonne en moi, prêt à exploser.

— Tu as envie d'elle, c'est évident !

— Mais qu'est-ce que tu racontes ? demande Dominic en fronçant les sourcils. C'est d'Anna que tu parles, là ?

— Évidemment ! À moins qu'il n'y en ait d'autres dont j'ignore l'existence…

— Tu mériterais une bonne fessée, gronde Dominic. J'ai beaucoup de défauts, mais la duplicité n'en fait pas partie.

— Ça, c'est ce que tu dis ! Sauf que tu la dévorais du regard, alors ne m'en veux pas si je ne te crois pas.

Je sens que je frôle l'hystérie. Je trouve ça vraiment trop étrange de me retrouver dans cette espèce de donjon, qui me rappelle les nuits passées avec Dominic dans le boudoir – ainsi que tous les délicieux sévices qu'il m'y a fait subir. Je n'arrive plus à réfléchir sereinement.

Dominic me toise, furieux, les poings crispés.

L'alcool m'est sans doute monté à la tête, car je ressens le besoin de provoquer Dominic, de l'amener à cette espèce d'hystérie qui m'anime. Je lui tourne le dos et soulève ma robe jusqu'à la taille. Je ne porte pas de culotte – celle que je portais ce matin ne convenait pas sous une telle tenue. Puis je laisse retomber uniquement la jupe en voile, qui dessine des ombres sur mes fesses nues.

— Eh bien, vas-y, dis-je en lui lançant un regard par-dessus mon épaule.

Il a les yeux rivés sur mon cul, les lèvres entrouvertes.

— Qu'est-ce qu'il y a, Dominic ? Ce n'est pas ce que tu voulais ? Tu n'as plus envie de me donner la fessée ? Ce n'est pas ce que tu fais avec elle ? Ce que tu fais avec toutes les femmes sauf moi ?

Brusquement, il s'approche et me fait pivoter avant de m'attirer contre lui. D'une main, il m'agrippe les fesses avec la même poigne de fer que tout à l'heure et, de l'autre, il me force à lever le visage vers lui. Je le défie du regard, le souffle court.

— Je ne sais pas à quoi tu joues, ma belle, mais tu as dépassé les bornes, siffle-t-il d'une voix rauque.

Puis, d'un geste vif, il soulève ma jupe et, de l'autre main, me donne une fessée qui m'attire tout contre lui et me picote férocement, m'arrachant un petit cri. Avant même que j'aie eu le temps de réagir, il m'administre une deuxième claque, puis une troisième. J'ai la peau en feu, et cette sensation me tire de mon hystérie naissante, aussitôt remplacée par un désir impétueux, sauvage. Mon sang bouillonne dans mes veines, et le fait de savoir que Dominic se délecte de sentir mon cul sous sa paume m'excite encore plus.

J'ouvre la bouche, l'implorant silencieusement de m'embrasser. Je meurs d'envie de sentir sa langue et ses lèvres contre les miennes, mais il retarde l'instant, même si ses yeux luisent de convoitise.

— Oh, non. Un peu de patience, jeune rebelle. Qu'est-ce qui t'a mis une telle idée en tête, hein ? Qu'est-ce qui te fait croire qu'il y a quelque chose entre Anna et moi ?

— Tu ne m'as pas donné de nouvelles, dis-je dans un souffle.

Je n'arrive plus à réfléchir quand il se tient aussi près. À ma grande surprise, je meurs d'envie qu'il m'inflige une ou deux fessées supplémentaires. La vive brûlure qui court sous ma peau me met dans un état d'excitation indescriptible.

— Je ne savais pas quoi penser, poursuis-je. Et puis je vous ai vus ensemble à deux reprises, et tu la regardes d'une façon…

— Ne sois pas ridicule, murmure-t-il. Fais-moi un peu confiance. Anna est une très belle femme, mais il me semble que nous partageons quelque chose de solide, non ? C'est toi que je veux, et j'ai bien l'intention de le prouver sans tarder. Mais… et toi ? demande-t-il en sondant mon regard.

— Quoi, moi ?

Me prenant par surprise, il me fesse violemment, et la force du coup m'attire tout contre l'érection qui déforme son costume. Je brûle littéralement de désir et, sous l'effet du picotement infligé à mon cul, je sens mon pouls battre plus fort entre mes jambes.

— Oh !

J'ai les jambes en coton et dois m'accrocher à Dominic pour ne pas tomber. Il me retient, solide comme un roc, mais ne lâche pas prise.

— Tu as intérêt à me répondre, Beth. Qu'est-ce que tu fais ici avec Andrei ? Ça me paraît tout sauf innocent. J'ai reçu un sacré choc quand je me suis rendu compte que c'était toi, à ses côtés, habillée comme ça.

Je comprends qu'il ne me donnera pas ce que je veux tant que je ne lui aurai pas répondu. J'essaie de recouvrer mes esprits, mais je flotte dans un brouillard de sensations brûlantes.

— Il m'a demandé de l'accompagner et… j'ai accepté parce que j'espérais que tu serais là.

— Est-ce qu'il a tenté quelque chose ? demande Dominic d'un ton brusque.

Je secoue la tête. La conversation que nous avons eue au restaurant ne compte pas. Ce n'étaient que des mots, et j'ai été on ne peut plus claire. Inutile de raconter ça à Dominic, ça ne ferait que l'énerver pour rien.

— Il ne m'a pas touchée. Ça n'arrivera pas – je ne le laisserais pas faire, de toute façon. Oh, Dominic ! J'ai tellement besoin de toi, dis-je en m'appuyant contre lui.

— Moi aussi, j'ai besoin de toi, souffle-t-il d'une voix enrouée de désir. Mais on n'a pas beaucoup de temps. Andrei va se demander où on est passés et se lancer à notre recherche.

— Je ne sais pas si je vais pouvoir attendre, objecté-je, plaintive.

Comme s'il voulait vérifier mes dires, Dominic fait glisser une main entre mes jambes et le long de mes lèvres trempées de désir. Il passe l'index sur mon clitoris durci, m'arrachant un petit cri.

— Oh, oui, tu es prête à m'accueillir, me taquine-t-il avec un sourire. Je ne crois pas t'avoir déjà vue aussi excitée.

Il fait jouer ses doigts à l'entrée de mon sexe, et j'ai peur de ne bientôt plus répondre de mon corps.

— Quoique…, murmure-t-il sans cesser de me titiller, si bien que je me cambre sous ses caresses. Je me rappelle d'autres occasions où tu étais toute trempée…

Soudain, je referme une main sur la sienne pour qu'il arrête de me torturer ainsi.

— Non, attends, dis-je d'une voix hachée, même si j'en crois à peine mes propres oreilles. Pas comme ça. Pas tout de suite.

— Tu ne veux pas ? souffle Dominic.

— Si, bien sûr ! Mais pas là. N'importe qui pourrait entrer, même avec cette fille à la porte. Ce n'est pas le moment.

— Je ne sais pas si on aura d'autres occasions de se retrouver seuls, mais je vois ce que tu veux dire, concède-t-il avec un sourire.

Puis il m'embrasse tendrement tout en retirant sa main, et je gémis. Je commence déjà à regretter ma décision et à me demander si on ne devrait pas laisser libre cours à notre désir, mais Dominic tire doucement sur ma jupe pour la replacer et me couvrir les fesses. Puis il ramasse nos masques et m'entraîne hors du donjon.

— Quand est-ce qu'on pourra se retrouver, à ton avis ? demandé-je alors que nous passons devant la fille en combinaison et nous engageons dans le passage principal.

— Plus tard. Allons d'abord retrouver Andrei. Si je ne t'ai pas contactée, c'est entre autres parce que je crains qu'il ne surveille mes appels et mes mails. Quand j'ai appris que tu travaillais pour lui, j'ai décidé de limiter les risques. Crois-moi, il vaut mieux qu'il ne sache pas que nous sommes ensemble.

Nous nous arrêtons dans un petit passage latéral, sans prêter attention aux silhouettes masquées qui nous dépassent.

— On est sur un gros coup, m'explique Dominic en me regardant droit dans les yeux. La mine en Sibérie, c'était de la petite monnaie comparé à ce marché-là. C'est moi qui m'en occupe et, si tout se passe bien, je toucherai des intérêts qui devraient me permettre de démissionner. Alors, je pourrai m'établir à mon compte et, comme ça, on échappera à l'influence d'Andrei.

— Mais… qu'est-ce que ça peut bien lui faire qu'on soit ensemble ? Ou que tu arrêtes de travailler pour lui ? Ça doit bien arriver de temps en temps, qu'un employé s'en aille, non ?

Soudain, je me rappelle ce que m'a dit Marcia : si Andrei paie grassement les membres de son équipe, c'est pour que personne n'ait envie d'aller voir ailleurs.

— Pour l'instant, tu n'as vu que le côté charmant d'Andrei, reprend Dominic en me prenant la main. Crois-moi, il a également un côté irrationnel, impétueux et terriblement possessif. Il a horreur de se sentir rejeté – même si c'est par un acte innocent ou involontaire, par exemple quelqu'un qui veut changer de travail ou une femme qui ne tombe pas amoureuse de lui. Il considère ça comme une trahison. Il pourrait devenir jaloux de notre relation, s'il venait à en avoir connaissance. C'est plus fort que lui, il aime que l'univers tout entier gravite autour de sa personne. Je ne voudrais surtout pas qu'il t'arrive des misères par ma faute, conclut Dominic en portant ma main à ses lèvres pour un rapide baiser.

— Des misères ? Il n'irait quand même pas jusqu'à me faire du mal, si ?

— Pas physiquement, mais d'une façon plus subtile, plus sournoise... Il pourrait te pourrir la vie. Je l'ai déjà vu faire, tu sais. C'est pour ça que je préfère qu'on se montre prudents pendant les quelques semaines qui viennent. Fais-moi confiance, ce ne sera plus très long. Promis.

— Et nous ? demandé-je d'une petite voix. On en est où ?

Dominic se penche vers moi pour me chuchoter à l'oreille :

— Si tu veux savoir si je te suis fidèle, la réponse est oui. Tout va bien.

— Oui, mais... et le reste ? Ton besoin de me soumettre – ou de te punir, toi... Est-ce que tu as réglé tous ces problèmes ?

Je lève les yeux vers lui, l'implorant de me rassurer.

— Beth..., souffle-t-il en me lâchant la main pour me caresser le visage. C'est ce que je désire le plus au monde. On prendra le temps d'en discuter au calme, loin de toute cette folie. La bonne nouvelle, c'est que je reste à Londres le temps de conclure cette dernière grosse transaction.

— Vraiment ? Tu reviens pour de bon ?

Il hoche la tête, un sourire aux lèvres.

— Je voulais te faire la surprise, mais tu m'as devancé avec une redoutable efficacité.

Je lui passe les bras autour de la taille et le serre contre moi, folle de joie.

— Oh, Dominic ! C'est génial ! Je suis tellement heureuse !

— Moi aussi, je suis heureux. Ça fait des semaines que je n'attends qu'une chose : rentrer à Londres pour être avec toi. Tu as un drôle d'effet sur moi, tu sais, Beth Villiers. Tu es en train de me rendre sédentaire.

Il éclate de rire – le son le plus joyeux et le plus merveilleux que j'aie entendu depuis des lustres. Puis il m'embrasse longuement, passionnément, avec une tendresse inouïe. *Oh, ces baisers ! Ces baisers si doux et pourtant si riches de promesses !* J'ai l'impression de flotter tandis qu'un délicieux picotement me parcourt tout entière. J'adore la fougue dévorante de nos ébats, mais ces baisers sont comme un baume qui guérit toutes les blessures et rétablit notre équilibre.

Soudain, Dominic s'écarte, inquiet.

— On a oublié de remettre nos masques ! N'importe qui peut nous reconnaître.

Il me tend le mien, que je me hâte de nouer. Aussitôt, nous redevenons deux invités anonymes parmi tant d'autres. Dominic me prend la main et me guide jusqu'à la salle privée où nous avons bu le champagne. Celle-ci est bondée à présent, mais nous n'apercevons ni Andrei ni Anna.

Nous retournons donc vers le dôme principal, transformé en gigantesque piste de danse.

— Regarde ! lance Dominic en désignant un couple qui se déhanche en rythme avec les battements sourds de la musique.

Je reconnais Anna à sa chevelure de jais et à la coupe de sa robe, et son cavalier ne peut être qu'Andrei. Elle a passé les bras autour de son cou et l'attire tout contre elle, tandis qu'il enserre sa taille fine de ses grandes mains et semble perdu dans la contemplation de son visage masqué.

— Tu vois ? crie Dominic pour que je l'entende malgré la musique. Je n'intéresse pas Anna – elle a une autre proie en ligne de mire.

— C'est Andrei, qu'elle veut ? J'avais remarqué qu'elle flirtait ouvertement avec lui et je me demandais s'ils étaient ensemble.

— Plus ou moins. C'est une de ces relations très libres et donc difficiles à définir. Une femme magnifique et un homme très puissant, tous deux célibataires, qui travaillent en étroite collaboration… Bref, ils couchent ensemble de temps en temps. Je ne sais pas si Anna désire plus ou si ça lui suffit.

— Et Andrei ? Qu'est-ce qu'il veut, lui ? demandé-je en repensant à ce qu'il m'a dit au restaurant, il y a semble-t-il un siècle de cela.

— Ça…, répond Dominic en haussant les épaules. Je me demande s'il y a assez de place dans son cœur pour quelqu'un d'autre que lui-même. Je ne l'ai encore jamais vu aimer une femme plus que sa propre personne.

— Le pauvre…

Dominic me caresse la main avec un sourire.

— C'est ça que j'adore, chez toi, Beth. À mon avis, tu es la seule personne capable de regarder un milliardaire aux dents longues comme Andrei Dubrovski – probablement l'homme le plus égoïste de la planète – et de le plaindre.

— Riche ou pauvre, tout le monde a besoin d'amour !

— Bien sûr, mais certains individus se mettent eux-mêmes des bâtons dans les roues.

À ce moment précis, Andrei tourne la tête et braque son regard bleu sur nous, comme s'il ne nous avait jamais perdus de vue. Il nous fait signe d'approcher.

— Viens, me dit Dominic, et n'oublie pas : on ne se touche pas et on évite de se regarder. On se connaît à peine.

— OK.

Je redresse les épaules, prête à relever le défi.

Vivement que cette mascarade soit terminée et qu'on puisse enfin se retrouver, Dominic et moi.

— Dominic ! Venez danser avec Anna, elle va finir par m'épuiser, ordonne Andrei.

— Avec plaisir, répond Dominic en me touchant le bras d'un geste presque imperceptible. Anna, si ça ne vous ennuie pas…

— Bien sûr que non ! lance-t-elle.

Elle semble un peu ivre, mais je ne sais pas si c'est dû à l'alcool ou à l'ambiance de la soirée. La musique a changé, les rythmes se font de plus en plus sourds et entêtants, et les morceaux joyeusement festifs ont cédé la place à une espèce de *trance* qui semble inviter les corps à se rapprocher. Des spots de toutes les couleurs dessinent des motifs psychédéliques sur les murs et au plafond. Sur une paroi, on projette un film en noir et blanc – *La Dolce Vita*, je crois – et l'action s'accorde étrangement bien avec le rythme de la musique. Je remarque d'autres films, ailleurs sous le dôme, mais seuls de brefs passages sont projetés ici et là, sans motif apparent. J'aperçois une cuisse, la rondeur d'une fesse, des bras qui enserrent un dos dénudé, des visages aux lèvres humides et entrouvertes. Ces images désarticulées forment un ensemble étrange, bien plus beau et plus excitant qu'un film érotique diffusé de façon linéaire. J'ai l'impression que l'élégant bal masqué est en train de devenir une libre célébration de tous les sens.

Je lance un regard envieux à Anna, qui a commencé à danser avec Dominic. *Pourquoi tant de cachotteries ?* pensé-je avec colère. *Je sais ce que je veux et je ne vois pas pourquoi on devrait entrer dans le petit jeu de Dubrovski.*

Ce dernier s'approche justement de moi et parle d'une voix forte pour se faire entendre par-dessus la musique.

— Venez, Beth, allons boire un verre.

Je ne tiens pas à boire davantage, mais, après tout, je n'ai plus la tête qui tourne. À vrai dire, je me sens presque sobre. Un petit verre ne peut pas me faire de mal. Tandis que nous traversons la piste de danse, je remarque des couples qui s'embrassent avec une ardeur presque indécente. J'aperçois la femme au masque de lapin ; elle se presse contre un homme qui dépose de légers baisers le long du décolleté de sa robe. Puis il fait glisser la soie blanche et passe la langue sur le téton de sa compagne.

— On devrait peut-être y aller, dis-je, même si je n'aime pas du tout l'idée de laisser Dominic seul dans un endroit qui vibre d'une telle sensualité.

— Oui, convient Andrei avant de faire signe au barman. Le cocktail de la maison, s'il vous plaît, commande-t-il. Après ça, nous rentrons, m'assure-t-il. Nous allons dormir à l'hôtel ; j'ai appelé mon chauffeur pour qu'il nous y conduise.

Le barman nous apporte deux cocktails rose pâle avec de gros glaçons. Je n'ai aucune idée de ce que c'est. Andrei me tend l'un des verres, et nous trinquons.

— À votre santé, Beth.

— À la vôtre.

Je goûte le cocktail, fruité et sucré –probablement traître. *Je ne vais pas en boire beaucoup. On part bientôt, de toute façon.*

Soudain, Anna se fraie un chemin à travers la foule, les joues en feu et les yeux brillants.

—Je meurs de soif! Garçon, un verre d'eau, s'il vous plaît.

Je tends le cou pour voir Dominic, mais il ne semble pas avoir suivi Anna. Le barman sert Anna, qui vide son verre d'un trait. Puis elle me passe un bras autour des épaules.

—Alors, Beth, vous passez une bonne soirée ? Vous vous amusez bien ?

—Oui. C'est… très instructif.

Elle éclate de rire et rejette la tête en arrière, dévoilant ses dents parfaites et secouant ses longs cheveux.

—Instructif? Pourquoi pas… Vous devriez aller danser, mais je vous préviens, le sol devient carrément boueux. Regardez mes pauvres chaussures !

Elle soulève sa jupe et lève un de ses escarpins en satin, qui est recouvert d'une sorte de glaise jaune. Ainsi perchée sur un pied, elle perd l'équilibre et je la soutiens pour l'empêcher de basculer. Elle se redresse sans toutefois me lâcher.

—Oups ! glousse-t-elle. Je suis désolée, Beth, j'ai failli renverser votre cocktail. Ça a l'air bon, je peux goûter ?

Sans me laisser le temps de répondre, elle prend mon verre et en boit une gorgée.

— Je peux vous en commander un, si vous voulez, Anna, lance Andrei.

Il l'observe d'un œil impassible, ni agacé ni amusé par l'ébriété de son associée.

— Pas la peine ! Où est Dominic ? J'ai envie de danser ! Vous le voyez ?

Nous tournons la tête en direction de la piste, mais c'est une mer de silhouettes aux visages masqués. Je serais bien incapable d'y retrouver Dominic. *Qu'est-ce qu'il fait ? Il danse avec quelqu'un d'autre ?* Je l'imagine dans les bras d'une autre femme, peut-être celle qui porte les oreilles de lapin et la robe de soie blanche. Cette image est aussi horrible qu'irrésistible. *Il faut que je maîtrise ma jalousie, c'est ridicule…*

Anna me rend mon verre et attrape sa jupe à deux mains, la ramène au-dessus des genoux et imite un geste de cancan avant de repartir en direction de la piste.

— Elle s'amuse bien, remarque Andrei. Peut-être un peu trop.

Tandis que je la regarde se fondre dans la foule, je me prends à envier sa liberté et son exubérance. J'aimerais tellement danser avec Dominic en ce moment, nos corps pressés l'un contre l'autre, nos lèvres qui s'effleurent… C'est terriblement frustrant de le savoir tout proche mais de ne pas pouvoir être avec lui.

Les effets conjugués des lumières et de la musique sont hypnotiques. Le son est de plus en plus fort, si bien qu'il est devenu presque impossible de parler. Andrei et moi nous contentons donc de boire notre cocktail en observant la foule. Mes yeux sont sans cesse attirés par les spots, les extraits de films et *La Dolce Vita* projetés sur les murs. J'ai beau essayer d'identifier Dominic parmi les danseurs, c'est tout simplement impossible. Quelques invités ont ôté leur masque, mais ils constituent une faible minorité. Je suis happée par le spectacle de tant de silhouettes anonymes qui bougent en rythme avec la musique. Leurs mouvements, leurs masques... Tout me paraît soudain étrange et bizarrement inquiétant. Je me tourne vers Andrei, mais il a disparu. Je suis entourée d'hommes qui lui ressemblent dans leurs costumes noirs, mais il n'est pas là, j'en suis certaine. Je reconnaîtrais ces yeux bleus et ces lèvres boudeuses si je les voyais. Je commence à me frayer un chemin à travers la foule agglutinée au bar. *Il était là, juste à côté de moi, il n'y a même pas deux minutes. Il a dû s'éloigner de quelques pas, c'est tout. Je vais le retrouver.*

Je longe le bar, tendant le cou pour voir par-dessus les dos larges des hommes et les épaules menues des femmes, mais je ne le vois nulle part. Il règne une chaleur étouffante. Les murs sont devenus luisants et des gouttes roulent comme de grosses larmes le long des parois. Je glisse légèrement sur le sol boueux.

Les danseurs se déchaînent tant et si bien que la condensation ruisselle dans les catacombes. Soudain, j'aspire à échapper à cette touffeur et à retrouver l'air frais du dehors.

J'ai de nouveau la tête qui tourne. *Mais d'abord, il faut que je retrouve Andrei. Où est-il?* Je décide de retourner dans la salle où nous avons bu le champagne. Peut-être qu'il s'y est rendu pour s'asseoir tranquillement un instant. Je retrace mes pas pendant un moment, puis me rends compte que j'ai dû me tromper quelque part. Je me trouve dans un passage bas de plafond et mal éclairé, où des couples s'embrassent et, pour certains, se plaquent fougueusement contre les murs sans se soucier de se mouiller ou de tacher leurs vêtements. Je dépasse des alcôves où l'activité est encore plus intense. Des silhouettes se fondent et bougent en rythme – certaines debout, d'autres allongées sur des coussins disposés au sol. J'aperçois des rondeurs luisantes de sueur, des peaux blanches ou rougies par l'éclairage tamisé, des mains qui agrippent, des doigts qui titillent, des langues qui explorent et taquinent. J'ai beau ne pas savoir où je vais, je n'ose ralentir de peur de me laisser attirer dans l'un de ces espaces obscurs et d'y devenir un corps parmi tant d'autres, à la merci de caresses anonymes. Je suis pourtant tentée d'abandonner la lutte et de rejoindre cette célébration du plaisir charnel. Il serait si facile de fermer les yeux et de laisser mes mains et ma langue entrer dans cette danse ô combien sensuelle…

Non, ne fais pas ça. J'ai le terrible pressentiment que je me perdrais à jamais.

Le cœur battant, je commence à paniquer. Je ne sais plus du tout où je suis. Il faut que je retrouve… Je ne me soucie plus du tout d'Andrei – il faut que je retrouve Dominic. Je serai en sécurité avec lui. *Mais il est derrière moi, dans la grande salle, en train de danser... Il faut que j'y retourne.* Je fais volte-face dans la pénombre et reprends ma pénible progression. Sous mes pieds, le sol dégage une chaleur malsaine. Soudain, je parviens à un embranchement que je ne me rappelle pas avoir rencontré à l'aller. Je choisis le chemin qui me paraît le plus probable et continue d'avancer. Là encore, des couples s'embrassent et se caressent.

Oh, non ! J'ai encore dû me tromper !

Je suis sûrement en train de m'éloigner de la salle centrale car l'atmosphère devient plus calme et moins étouffante. La panique m'arrache un sanglot étranglé. Je suis incapable de formuler la moindre pensée cohérente ou de prendre la moindre décision. Et si je n'arrivais jamais à ressortir de ce labyrinthe ? Et si j'étais condamnée à errer seule dans ces caves jusqu'à devenir une ombre fugace parmi les ténèbres ? Je suffoque. Je ne peux pas continuer ainsi. Il faut que je m'arrête et que je retrouve le dôme principal.

Une fois de plus, je reviens sur mes pas, maudissant l'acoustique qui diffuse les basses de façon déroutante et trompe mon oreille. Soudain, je débouche sur un passage très silencieux et encore plus sombre que les autres. J'avance un peu, les mains tendues devant moi, et finis par rencontrer un mur froid et humide. Je me trouve dans un cul-de-sac, complètement seule.

Je pousse un cri étranglé. Je ne comprends plus rien ; j'ai l'impression d'avoir perdu la notion du temps. J'entends un froissement dans mon dos et fais volte-face. Une haute silhouette se détache sur la faible lueur du chemin par lequel je suis arrivée. Un homme.

Je le contemple, les yeux écarquillés, incapable d'émettre le moindre son. Me voici prisonnière d'un cauchemar étrange sur lequel je n'ai plus aucune prise. Pourtant, j'ai l'impression que j'étais au cœur de la fête il y a seulement quelques minutes. *Comment suis-je arrivée là ?*

— Beth ?

C'est à peine un murmure, mais je n'ai jamais rien entendu d'aussi enchanteur.

Dominic !

— Tu m'as retrouvée ! m'écrié-je dans un sanglot. Dieu merci, tu m'as retrouvée !

Je me jette dans ses bras et lui prends le visage à deux mains.

— Quelle idiote je fais ! Je me suis perdue et j'ai cru que je ne te reverrais jamais. Je suis tellement heureuse que tu sois là !

Je l'embrasse avec une fougue redoublée par mon soulagement et par la joie de le retrouver enfin. Il me retire mon masque, qu'il laisse tomber à terre, puis me serre contre lui et me rend mon baiser avec une passion égale à la mienne. Je ferme les yeux et m'abandonne aux caresses de sa langue. J'ai l'impression de ne plus toucher terre, de flotter comme si nous étions tous deux emportés en apesanteur dans un tourbillon magique ou, plutôt, comme si nous étions le seul point fixe au monde et que l'univers tout entier gravitait lentement autour de nous. C'est une sensation merveilleuse mais ô combien étrange. Ce baiser, magnifique, ne ressemble à aucun de ceux que nous avions échangés jusqu'à présent. Il semble doté d'un pouvoir fantastique que je ne m'explique pas.

Incapable de résister plus longtemps à mon désir, je passe une main entre nous et caresse l'érection de Dominic, bien sensible à travers ses vêtements.

— Tu as envie de moi ? demande-t-il d'une voix rauque.

— Oh oui ! S'il te plaît…

— Tout à l'heure, tu ne voulais pas. Tu es sûre de toi ?

— Oui ! Prends-moi, maintenant !

— Fini de jouer, murmure-t-il avant de me prendre par la taille.

J'ai l'impression de ne rien peser lorsqu'il me soulève pour me tourner dos à lui. Puis il me prend les mains et les pose sur le mur devant moi. Je remarque à peine la froideur de la pierre sous mes paumes tant je suis captivée par les gestes de Dominic, qui relève ma jupe d'une main et abaisse mon bustier de l'autre, révélant mes seins. Il m'agrippe fermement une fesse tout en poussant un grognement approbateur, puis m'entoure la taille de son bras et fait jouer ses doigts dans les fines boucles de mon pubis.

Ce simple geste m'électrise complètement, et le moindre de ses mouvements déclenche un feu d'artifice tout autour de moi. Mon corps réagit avec un enthousiasme presque servile. Même si je le voulais, je ne pourrais faire taire l'envie dévorante qu'il me possède enfin. Les caresses échangées tout à l'heure dans le donjon n'étaient que les préliminaires à cet instant. J'ai l'impression de ronronner comme un moteur déjà chaud, impatient de démarrer avec un rugissement et de s'élancer à plein régime. Je vibre tout entière au rythme de ses doigts forts et légèrement calleux qui parcourent ma peau avec avidité, titillent mes tétons surexcités, dessinent un sillon brûlant le long de mon ventre, entre mes boucles déjà humides, et jusqu'à mon intimité la plus secrète, approchant avec une lenteur qui va me rendre folle.

Je sens qu'il bout d'impatience, lui aussi. Il me caresse les seins à pleines mains et me dépose d'ardents baisers sur la nuque, mais ces délicieuses taquineries vont bientôt devoir cesser. Notre désir mutuel ne peut plus attendre. Il attire mon cul tout contre son érection avec un gémissement, puis, tout en me soutenant la taille, il glisse une main entre mes cuisses et m'encourage à écarter les jambes. Un instant plus tard, je sens son sexe dur et brûlant se presser entre mes fesses, et un miaulement m'échappe. Il est si proche, si près du but. Je n'en peux plus. Tout ce que je veux, c'est que cette formidable érection me pénètre et me comble enfin.

— S'il te plaît ! Je t'en supplie, ça fait tellement longtemps que j'attends ça…

— Tiens, c'est pour toi, murmure-t-il. Rien que pour toi…

À ces mots, il m'écarte encore un peu plus les jambes et je me penche en avant, si bien que mes seins rencontrent la paroi. La pierre égratigne légèrement mes tétons durcis, et cette fine douleur me brûle délicieusement. Je rejette la tête en arrière, folle d'impatience.

Il se recule un instant, puis je devine son gland à l'entrée de mon sexe, qui caresse mes lèvres gonflées. Au moment où cette torture devient insupportable, il donne un lent coup de reins et me pénètre avec aisance. *Enfin !* Je crispe les mains contre le mur et cambre le dos pour l'encourager à aller aussi loin qu'il le peut. Je veux tout lui donner – et l'accueillir tout entier. Une fois qu'il est au plus profond de moi, il s'immobilise. Le torse pressé contre mon dos, une main sur ma hanche, il fait descendre l'autre le long de mon ventre pour aller taquiner mon clitoris trempé. Il me mordille la nuque et les épaules, et je gémis d'impatience. J'ai besoin qu'il me baise, maintenant ! Alors il recule un peu et donne un violent coup de reins qui m'arrache un cri tant il va loin. *Oh oui ! Vas-y ! Plus fort !*

Comme s'il avait lu dans mes pensées, il commence à aller et venir en moi, crispant la main sur ma hanche pour m'attirer toujours plus près. À chaque coup de boutoir, mes seins heurtent la paroi de la cave, et je me délecte du contraste entre la pierre froide et la chaleur de son corps dans mon dos. Il a trouvé son rythme, et je suis incapable de museler mes cris. Je ferme les yeux pour mieux savourer la sensation de son sexe brûlant tout au fond de moi. Ivre de plaisir, je ne suis plus consciente de rien sinon de l'extase qui me soulève comme une vague.

Les halètements rauques de Dominic me chatouillent délicieusement les tympans, ajoutant encore à mon excitation. Puis il place deux doigts fermement sur mon clitoris et commence à le titiller en de petits cercles avec une détermination qui me laisse le souffle court. Soudain, j'entends un cri aigu, un « oh » lancinant, et je reconnais le son de ma propre voix, témoin de l'orgasme fulgurant qui m'emporte. La force de ma jouissance suffit à entraîner la sienne, et ses coups de boutoir se font plus lents mais redoublent de violence. Emporté par son extase, il me plaque contre la paroi, une main crispée à ma taille. Lorsqu'il finit par s'immobiliser, nous sommes tous les deux à bout de souffle. Mon sexe se contracte autour de son membre encore dur, comme s'il refusait de laisser partir ce merveilleux camarade de jeu.

— Oh, ma belle… Ça t'a plu ? chuchote-t-il en me soutenant, un bras passé autour de ma taille.

Il me dépose de légers baisers dans les cheveux, et je hoche la tête, incapable de parler.

— Tu en avais envie ?

J'acquiesce de nouveau.

— Tu en avais besoin, hein ?

— Oui…, dis-je dans un faible murmure postorgasmique.

Il se retire tout doucement, et je pousse un soupir de regret. J'aimerais que nos corps puissent rester joints pour toujours. Un instant plus tard, je sens un doux tissu entre mes jambes et comprends qu'il est en train de m'essuyer avec tendresse pour éviter que sa semence ne coule le long de mes cuisses.

— Voilà, dit-il enfin.

Aussitôt, une immense lassitude m'envahit. Plus que de la fatigue, c'est une sorte d'épuisement viscéral qui m'enveloppe comme un voile noir. Tandis que Dominic rabaisse ma jupe et que je m'efforce de rajuster mon bustier, mes genoux cèdent sous mon propre poids et je me sens tomber. Heureusement, il me rattrape.

— Qu'est-ce qu'il y a, ma belle ? Tu es à bout de forces ?

Sa voix me paraît lointaine et étrangement distordue.

Heureusement qu'il est là, me dis-je avant de plonger dans un abîme d'inconscience.

Chapitre 10

Le lendemain, je me réveille dans un lieu qui m'est totalement inconnu. Tout ce que je sais, c'est que j'ai un mal de crâne carabiné et terriblement soif. La lumière du soleil me brûle les paupières et j'ai besoin d'un moment avant de pouvoir ouvrir les yeux et voir où je me trouve. Il s'agit d'une chambre d'hôtel – luxueuse, à en juger par le baldaquin en toile de Jouy qui orne mon lit gigantesque. Je suis nue sous les draps, mais seule.

Avec un grognement de douleur, je réussis à me lever et à gagner la salle de bains, où je me sers un verre d'eau. L'image que me renvoie le miroir est effrayante : j'ai les cheveux en bataille, les yeux injectés de sang et le teint blafard avec des plaques rouges par endroits.

— Oh non ! dis-je à voix haute, atterrée. Que s'est-il passé ?

J'essaie de me souvenir de la soirée de la veille, et tout me revient clairement, jusqu'au moment où Dominic et Anna ont commencé à danser ensemble. Pour la suite, il me faut rassembler les éléments un par un et les remettre dans l'ordre pour reconstituer le puzzle. Je me rappelle l'étrange ivresse qui m'a saisie soudain – cette impression d'être détachée de tout –, puis la panique que j'ai ressentie alors que j'errais seule dans les catacombes, les mouvements furtifs que je captais du coin de l'œil chaque fois que je passais devant une alcôve, comme si le sol y était couvert de serpents qui se tordaient et s'enlaçaient. *Ensuite…* Le souvenir me revient, et je me vois écarquiller les yeux dans le miroir. J'ai croisé Dominic dans le cul-de-sac. Il m'a retrouvée. Il m'a sauvée. Mais alors, où est-il ? Qui m'a déshabillée et mise au lit ?

Ce n'est que plusieurs verres d'eau, un bain et un thé bien sucré plus tard que ma migraine diminue et que je commence à refaire surface. *C'est super bizarre, je n'ai aucun vêtement à part la robe que je portais hier soir. Je n'ai même pas de brosse à cheveux – ni mon téléphone. J'espère que Laura ne s'inquiète pas trop. Je lui ai dit que je rentrerais sans doute tard, mais que je rentrerais. Je ne sais même pas où je suis – ni où sont les autres, d'ailleurs.*

Je suppose que je me trouve à l'hôtel où Andrei et moi avons dîné hier soir. Je suis sur le point de téléphoner à la réception pour demander qu'on appelle la chambre de M. Dubrovski de ma part, lorsque l'on frappe à ma porte. Je resserre les pans de mon peignoir et vais ouvrir.

— Service de chambre, m'annonce un garçon d'étage chargé d'un plateau.

Je m'efface pour le laisser entrer, et il dépose mon petit déjeuner sur une table située près d'un gros fauteuil blanc. Il soulève la cloche en argent et révèle des œufs brouillés, disposés sur des muffins toastés et accompagnés de fines tranches de saumon fumé. Une petite cafetière, un verre de jus d'orange et une corbeille de mini-viennoiseries complètent l'ensemble. Lorsque le riche arôme du café parvient à mes narines, je me rends compte que je suis affamée.

Le garçon regagne la porte, puis, avant de sortir, dit :

— Avec les compliments de M. Dubrovski, mademoiselle. Quelqu'un passera vous chercher dans une heure.

— Merci.

Voilà qui résout une partie du mystère. Le reste devra attendre que j'aie pris mon petit déjeuner.

Tout est délicieux et, une fois restaurée, j'attrape ma robe de soirée, soigneusement étendue sur le dossier d'une chaise. *Qui a fait ça ? Je n'en ai pas le moindre souvenir.* Repoussant ces questions, je m'habille puis me coiffe du mieux que je peux à l'aide du sèche-cheveux de l'hôtel, utilisant mes doigts en guise de peigne. Quand on frappe à ma porte, je suis prête.

C'est bizarre : hier soir, cette robe était la plus belle chose que j'aie jamais vue, mais, ce matin, je ne me sens plus du tout à l'aise dedans. On dirait la preuve honteuse que j'ai passé une nuit de débauche avec un parfait étranger.

Je vais ouvrir, m'attendant à me trouver nez à nez avec Dubrovski, mais c'est Anna qui se tient devant moi. Elle éclate de rire en me voyant, et ses beaux yeux verts en amande pétillent.

— Oh, la, la ! Vous avez une mine affreuse !

— Pas vous, dis-je, sincère.

Elle est toute fraîche et pimpante dans une jupe droite, un chemisier blanc et un petit gilet bleu vif noué à la taille par une fine ceinture. Son maquillage est impeccable et ses cheveux tombent le long de ses épaules en une cascade scintillante.

— J'avais mes bagages avec moi, ça joue sans doute en ma faveur, réplique-t-elle avec une pointe de sympathie. Tenez, ajoute-t-elle en me tendant un *trench coat* noir, que j'accepte avec gratitude.

— Merci. Quand je suis partie travailler, hier matin, je ne me doutais pas que la journée se terminerait par un bal masqué, et encore moins par une nuit à l'hôtel. Je n'ai même pas pensé à prendre ma veste en quittant le bureau.

J'enfile celle d'Anna, qui est un peu grande pour moi mais fera parfaitement l'affaire.

— Ne vous en faites pas, vous avez juste à marcher jusqu'à la voiture. Vous serez chez vous en un rien de temps, me rassure Anna sur un ton enjoué tandis que nous sortons dans le couloir.

D'une voix hésitante, j'aborde le sujet qui me tracasse depuis mon réveil.

— Anna, j'ai un peu honte de l'avouer, mais je ne me souviens plus très bien de la façon dont s'est terminée la soirée…

— Je sais, confirme-t-elle en appelant l'ascenseur. Vous aviez l'air inconsciente quand Andrei vous a sortie des catacombes.

— C'est Andrei qui m'a sortie des catacombes ?

Je fronce les sourcils – ça ne me paraît pas logique.

Anna acquiesce, les yeux rivés sur le cadran de l'ascenseur, qui approche.

— Oui. Dominic et moi vous attendions dehors, et Andrei est arrivé avec vous. Il a carrément dû vous porter dans ses bras, vous étiez profondément endormie – ou évanouie, je ne sais pas. Bref, le chauffeur nous a tous ramenés ici dans la Bentley. On a dû se serrer un peu, mais on y est arrivés.

L'ascenseur s'arrête à notre étage avec un tintement musical, et Anna me jette un regard en coin avant de poursuivre.

— C'est moi qui vous ai mise au lit, au cas où vous vous demanderiez. On est restées entre filles, l'honneur est sauf.

Je soupire de soulagement mais ne peux m'empêcher de rougir en imaginant la ravissante Anna obligée de se débattre pour m'ôter ma robe – et découvrir mon absence de sous-vêtements. Ce tableau me fait frémir.

— Vous aviez un peu trop bu. Ou alors vous ne tenez pas très bien l'alcool. Andrei oublie souvent que tout le monde n'a pas été élevé avec de la vodka dans le biberon.

— C'est ça qui est bizarre, dis-je en fronçant les sourcils. J'ai bu un peu de vin pendant le dîner, puis un martini et un verre de champagne, mais tout ça, c'était étalé sur plusieurs heures. D'ailleurs, je me sentais bien jusqu'à ce qu'on…

À ce moment précis, l'ascenseur s'arrête et les portes s'ouvrent sur le vestibule, que je reconnais aussitôt. Nous sortons, et j'aperçois Andrei, qui porte le même costume que la veille mais sans le nœud papillon, et Dominic, vêtu d'un complet sombre à fines rayures. Il tient une housse sur son bras gauche. Les talons d'Anna claquent sur le carrelage, et les deux hommes tournent la tête vers nous.

— Bonjour ! s'écrie Andrei avec effusion. Comment allez-vous ? Vous vous sentez mieux ? Je vous présente toutes mes excuses, poursuit-il en venant me prendre la main. Je vous ai obligée à veiller tard et je vous ai fait mélanger le vin et les cocktails. Vous tombiez de fatigue, c'est bien normal. Me pardonnez-vous ?

— Bien sûr, dis-je d'une voix un peu sèche tant je suis gênée. J'espère que je ne vous ai pas fait honte.

Je ne peux m'empêcher de jeter un coup d'œil à Dominic, qui me regarde attentivement. Il reste impassible, mais je décèle dans son expression une pointe de sympathie et de tendresse.

— Bonjour, Dominic, dis-je.

J'aimerais tellement qu'il puisse me serrer contre lui et m'embrasser. Je voudrais pouvoir puiser du réconfort dans la douceur de sa peau rasée de près, dans le parfum citronné de son eau de toilette. Je regrette infiniment que nous n'ayons pas pu dormir ensemble. *Cette situation est complètement dingue.*

— Bonjour, Beth, répond-il. Avez-vous bien dormi ?

La neutralité de sa voix cache une nuance d'intimité que j'espère être la seule à détecter.

— Très bien, merci.

— Êtes-vous prête ? me demande Andrei en me tapotant l'épaule. La voiture nous attend.

Nous sortons sur les graviers de la cour. En plein jour, sans la lumière dorée qui l'éclairait hier soir, la façade l'hôtel prend un tout autre aspect. Ce gris matin d'automne lui prête une beauté franchement austère. La Bentley est garée devant le perron, tournée en direction du portail, comme impatiente de partir. Andrei et Dominic montent à l'avant tandis qu'Anna et moi nous installons sur la banquette arrière. Andrei démarre dans un crissement de graviers et je me cale au fond de mon siège, rattrapée par un sentiment de malaise qui resurgit comme le souvenir d'un cauchemar.

Qu'est-ce qui me perturbe autant ?

Le fait de devoir faire comme si mon amant n'était qu'une vague connaissance ?

Le fait de m'être évanouie et d'avoir été portée à bout de bras par mon patron ?

Soudain, je comprends et mon sang se glace. Anna m'a dit que Dominic et elle nous attendaient dehors quand Andrei m'a sortie des catacombes, mais, dans mon souvenir, j'étais avec Dominic, après avoir perdu Andrei dans la foule.

Je tourne la tête vers la vitre sans voir le paysage. *Qu'est-ce qui se passe ? Comment ai-je pu oublier tout ça ?* Je me demande si Dominic m'a laissée seule quelque part avant de lancer Andrei à ma recherche, histoire de ne pas trahir notre aventure.

Tu crois vraiment qu'il t'aurait laissée seule dans un cul-de-sac alors que tu étais inconsciente ? Non, il ne ferait pas une chose pareille. Ou alors tu n'étais pas inconsciente – tu as juste oublié.

Je me rappelle l'expression sur le visage de Dominic quand, la veille, il m'a demandé de lui faire un peu confiance. Il a dû gérer la situation au mieux – il sait toujours quoi faire. Je ne vois pas d'autre explication. Je ne peux pas me fier à mon imagination – celle-ci a toujours tendance à me jouer des tours en me dépeignant des scènes si réalistes que j'ai parfois du mal à me rappeler qu'elles n'ont pas vraiment eu lieu.

Nous arrivons sur l'autoroute et Andrei accélère, dépassant hardiment les autres voitures. Nous rentrons à Londres…

Mais, cette fois, Dominic reste, pensé-je avec soulagement. *On va enfin pouvoir être ensemble.*

Je souris pour la première fois de la journée et m'efforce de me concentrer là-dessus.

Andrei insiste pour que je prenne un jour de repos.

Dominic et Anna n'entrent même pas dans Albany House ; ils repartent aussitôt avec leurs bagages. Je les suis du regard, un peu froissée de voir Dominic s'éloigner avec Anna tandis que je reste seule avec Andrei. Une fois dans la chambre d'amis, je remets ma tenue de la veille puis laisse la robe de soirée sur le lit – après tout, elle ne m'appartient pas – et l'écrin contenant les boucles d'oreilles en rubis sur la coiffeuse. Tout ce luxe d'emprunt a enfin retrouvé sa place. La batterie de mon téléphone s'est vidée pendant la nuit, si bien qu'il refuse carrément de s'allumer.

Une fois habillée, je sors sans faire le moindre bruit, priant pour ne rencontrer personne. Lorsque je passe devant le bureau, j'entends une voix que je ne reconnais pas – sans doute le remplaçant de Marcia. Je sors de l'appartement et gagne le passage couvert, savourant cette liberté bienvenue. Pour être honnête, je n'aurais jamais pu me concentrer sur des œuvres d'art aujourd'hui.

Pourtant, je ne suis pas aussi fatiguée que je l'aurais cru et n'ai aucune envie de rentrer dans mon appartement désert pour y passer la journée à dormir. En plus, j'éprouve toujours ce malaise lancinant que je ne m'explique pas. Soudain j'ai une idée : je vais aller rendre visite à James. Ça fait longtemps que je ne l'ai pas vu, et il me manque.

La *Riding House Gallery* ne se trouve pas très loin d'Albany. J'emprunte Savile Row, traverse Hanover Square et Oxford Street, puis longe Regent Street avant de tourner dans la petite allée de la galerie, comme ce jour d'été où je suis passée là par hasard. J'ai l'impression que c'était il y a un siècle. Dans la vitrine, une annonce indiquait qu'un poste d'assistant était à pourvoir. Ce petit carton a changé ma vie, parce que James a choisi de miser sur cette toute jeune femme entrée là au culot pour proposer ses services. Aujourd'hui, il n'y a plus d'annonce en vitrine, et les œuvres exposées sur les murs blancs sont celles d'un artiste que je ne connais pas encore. À l'intérieur, j'aperçois Salim à son bureau, concentré sur l'écran de son ordinateur, mais je ne vois pas trace de James.

— Bonjour, Salim ! dis-je en entrant. Comment allez-vous ?

— Oh, bonjour, Beth ! répond-il avec un sourire. Ça me fait plaisir de vous revoir. Vous êtes passée saluer James ?

— Oui. Il est là ?

— Oui, au sous-sol, en train de se prendre la tête avec ses archives. J'ai essayé de lui montrer comment organiser tout ça, mais il refuse de m'écouter.

Je le remercie et m'élance dans le petit escalier en chantonnant.

Guidée par le son de jurons bien sentis, je trouve James assis en tailleur au milieu de boîtes en carton, occupé à parcourir des piles de documents jaunis.

— Ne vous en faites pas ! Vous savez très bien que ce que vous cherchez se trouvera dans le dernier endroit où vous regarderez ! dis-je d'une voix taquine en entrant dans la minuscule réserve.

James relève la tête, surpris, puis se fend d'un sourire.

— Merci, ça m'aide beaucoup.

Il se relève et pose les mains sur les hanches. Ses lunettes sont toutes poussiéreuses et il a la joue maculée d'une trace grise.

— Fichue paperasse ! Je déteste ça, râle-t-il dans un soupir. Je vous jure, ça a dû être inventé par une bande de constipés.

— Vous recherchez quelque chose d'important ?

— Oh, je dois prouver la provenance d'une œuvre, c'est tout. Je sais que j'ai les documents quelque part – mais où ? Telle est la question…

— Vous devriez arrêter de tout balancer au hasard dans des boîtes en vous disant que vous reviendrez trier plus tard. Vous savez très bien que vous ne triez jamais.

— Oui, bon, ça va, gronde James en me jetant un regard en coin. La prochaine fois que j'aurai besoin de me faire remonter les bretelles, je saurai à qui m'adresser. Vous ne valez pas mieux que Salim. Mais, puisque vous êtes là, reprend-il avec un grand sourire, je vais en profiter pour faire une petite pause. Mark vous a accordé une journée de repos ?

— Pas Mark, non, dis-je lentement. En ce moment, je travaille pour Andrei Dubrovski.

Je regarde avec un certain plaisir la surprise se peindre sur le visage de James. Puis il s'essuie les mains sur son pantalon et lance :

— Allons discuter autour d'un café. *Pronto.*

Dix minutes plus tard, nous sommes attablés devant un cappuccino mousseux à souhait et je mets James au courant de ce qui m'est arrivé pendant ces trois dernières semaines. Il m'écoute presque sans ciller derrière ses petites lunettes rondes. Avec son visage mince aux pommettes hautes et soulignées de petits creux, il ressemble à un professeur d'université ou à un gentilhomme anglais d'une autre époque. Mais je sais que, sous sa surface lisse et distinguée, il a vu et vécu des choses pas banales, si bien qu'il est presque impossible de le choquer. Pourtant, mes révélations le laissent pantois.

— Vous avez vraiment le chic pour vous mettre dans des situations pas croyables, Beth, remarque-t-il en remuant son café. Cela dit, même de votre part, cette histoire est hallucinante. Des liaisons dangereuses dans un monastère croate ? Un amour qui n'ose dire son nom de peur que votre patron ne s'en prenne à vous et à Dominic ? demande-t-il en secouant la tête, amusé. Je suis impatient d'entendre la suite.

— Justement, je ne vous ai pas encore tout raconté, dis-je en essayant de ne pas prendre un air coupable. Si vous voulez tout savoir, je ne suis pas rentrée chez moi, hier soir.

— Oh ? fait-il en haussant les sourcils. Une soirée crapuleuse ? À quoi est-ce que vous êtes allée jouer ? Maintenant que vous le dites, vous m'avez l'air un peu chiffonnée, en effet, poursuit-il sur le ton de la plaisanterie.

Puis, soudain, son expression change.

— Attendez, Beth. Ne me dites pas que… Non, pas Dubrovski ! s'écrie-t-il avec une lueur d'inquiétude dans ses doux yeux gris. Quand même pas !

— Bien sûr que non ! rétorqué-je, offensée.

James pousse un long sifflement.

— Heureusement ! Je vous conseille vivement de garder vos distances avec cet homme. Vous êtes déjà bien trop proches à mon goût. Déjà que je n'aimais pas l'idée que vous fassiez sa connaissance… et voilà que vous travaillez pour lui ! Bon, mais ce n'est pas pour très longtemps. Tant que vous restez vigilante, tout devrait bien se passer.

Je me sens rougir et baisse les yeux. *Décidément, je suis vraiment incapable de cacher quoi que ce soit à James. En même temps, si je veux profiter de ses conseils…*

Justement, James cesse de remuer son café et s'immobilise complètement.

— Beth ? Qu'est-ce qui se passe ? Racontez-moi tout, m'ordonne-t-il sur un ton sans appel.

— C'est tellement compliqué ! Je ne sais même pas pourquoi, d'ailleurs. Je n'en demandais pas tant, moi ! Andrei m'a invitée à une fête et, si j'ai accepté, c'est uniquement parce que j'espérais y croiser Dominic. Je ne pensais pas que ce serait une espèce de sortie romantique – Andrei ne m'avait jamais parlé comme ça avant. Pourtant, d'un seul coup, je me suis retrouvée dans une petite robe de chez Dior avec des rubis aux oreilles, à dîner en tête à tête avec lui dans un hôtel, et il a commencé à me dire que…

— Que quoi ?

— Que je suis belle, finis-je d'une petite voix.

— Oh non ! grogne James en se cachant le visage d'un geste théâtral.

— Il a ajouté qu'il ne m'avait jamais trouvée aussi belle qu'en Croatie. Je n'allais quand même pas lui expliquer que, si j'avais une mine béate ce matin-là, c'était parce que j'avais passé une nuit d'extase avec Dominic !

— C'est tout ? demande James en retirant ses lunettes pour se frotter le front.

— Non, il… il a dit que…

J'ai tellement de mal à avouer la suite que je bredouille à toute vitesse :

— Il a dit qu'on ferait l'amour un jour parce que j'en aurais envie.

— Oh, Beth, souffle James, l'air profondément inquiet. Ça ne présage rien de bon, ça. Qu'est-ce que vous avez répondu ?

— Je lui ai dit qu'il se trompait, évidemment ! m'écrié-je, indignée que James puisse envisager une réponse différente de ma part. Je lui ai rappelé que notre relation était et resterait strictement professionnelle, et je lui ai annoncé que j'avais un copain.

— Ah bon ! Alors je suis sûr que l'affaire est réglée, raille James. Voilà qui devrait lui clouer le bec. C'est comme ça que Dubrovski a fait fortune, vous savez : en calant devant le premier obstacle venu. Il n'est pas du genre à s'entêter pour satisfaire ses désirs, ajoute-t-il, ironique, avant de retrouver son sérieux. Bon, mais alors pourquoi avez-vous passé la nuit dehors ?

Je lui parle de l'atmosphère orgiaque de la fête, et il ponctue mes descriptions de grognements. Puis, quand je lui raconte – sans trop entrer dans les détails – qu'Andrei et Anna couchent ensemble et que Dominic et moi avons joué à des jeux défendus dans un couloir reculé, il semble retrouver sa bonne humeur.

— Voilà qui est plutôt rassurant, j'imagine, commente-t-il en fronçant les sourcils. Mais… vous ne vous souvenez de rien entre votre rencontre avec Dominic dans ce passage et votre réveil, ce matin ?

— Non. C'est le brouillard le plus total. Anna m'a dit qu'Andrei était sorti des catacombes en me portant dans ses bras, inconsciente.

— Qu'est-ce que vous aviez bu, déjà ?

Je refais l'inventaire de ma consommation d'alcool de la soirée, mais James n'en paraît que plus sceptique.

— Hum… Il y avait de quoi être éméchée, voire un peu malade, mais pas de quoi vous plonger dans une sorte d'état comateux. Enfin, je ne pense pas. Rappelez-moi ce que vous avez bu en dernier.

— Je ne sais pas exactement. C'est Andrei qui a commandé. C'était un cocktail – la spécialité de la maison –, un truc rose et fruité, très sucré.

— Oh non, souffle James en pâlissant. Et c'est juste après ce verre que vous avez commencé à vous sentir mal ?

Je repense au moment où tout a basculé bizarrement. J'étais debout au bar à côté d'Andrei, puis Anna a passé son bras sur mes épaules en riant, la tête renversée en arrière. Elle nous a montré la boue sur ses chaussures, puis, quelques instants plus tard, tout a changé. Sur le moment, j'ai cru que c'était à cause de la musique et des lumières entêtantes que j'étais déboussolée au point d'avoir l'impression que le temps accélérait puis ralentissait, disparaissant parfois complètement. Puis Andrei s'est volatilisé et j'ai commencé à errer au hasard, incapable de retrouver mon chemin.

— Oui, dis-je lentement. C'était peu de temps après.

James remet ses lunettes et baisse la tête un instant, comme plongé dans ses pensées. Puis il me regarde droit dans les yeux et annonce :

— Beth, je crois qu'on a mis quelque chose dans votre verre.

Je le dévisage, bouche bée.

— De la drogue, sans doute du *speed* ou un truc similaire, ajoute-t-il.

Horrifiée, j'essaie de digérer cette information.

— Vous pensez qu'Andrei m'a droguée ?

— Ne tirons pas de conclusions hâtives. Vous m'avez dit qu'il avait commandé le cocktail maison. Si ça se trouve, c'est une recette qui contient un hallucinogène quelconque. Dans ce cas-là, la plupart des invités étaient sûrement au courant et, si certains semblaient commander sans savoir, le barman devait les mettre en garde.

— Donc… Andrei savait qu'il me faisait boire un cocktail drogué ?

L'horreur me glace le sang.

— Pas forcément. Laissons-lui le bénéfice du doute. Disons qu'il avait l'air tellement sûr de lui que le barman n'a même pas sourcillé. Mais bon… peut-être qu'il savait.

— Pourquoi est-ce qu'il aurait fait une chose pareille ?

Je me sens atrocement mal à l'idée d'avoir pris de la drogue à mon insu. Je n'y ai jamais touché. Quand j'étais au lycée, il y avait un petit groupe qui se vantait d'en prendre, ainsi que quelques types qui fumaient régulièrement de l'herbe et semblaient tout le temps dans le cosmos. À l'université, aussi, une petite clique d'excités savait comment se procurer de la cocaïne, entre autres. Ils semblaient considérer qu'une soirée sans sniffer, fumer ou gober au moins un truc illicite était une soirée ratée. Personnellement, je ne me suis jamais sentie attirée. J'aimais bien boire quelques bières de trop et passer la nuit à danser, mais ça ne m'arrivait pas tous les week-ends et je n'abusais pas non plus. Après une vilaine cuite, j'avais compris que le jeu n'en valait pas la chandelle. Par ailleurs, à mes yeux, les drogues ressemblent fort à une voie sans issue : si elles nous rendent réellement plus heureux, alors pourquoi arrêter une fois qu'on a commencé ? Je préférais m'abstenir, tout simplement.

— Il s'est peut-être dit que ce petit coup de pouce vous rendrait d'humeur plus festive, reprend James.

Nous échangeons un long regard et, même si nous ne disons rien, je sais que nous pensons la même chose : Andrei a fait le pari que je lui céderais plus facilement si je planais complètement.

— Pourtant, il ne s'est rien passé de tel ; je ne l'ai pas revu de la soirée. Du moins, pas à ma connaissance.

— Heureusement, soupire James avant de marquer une pause. Vous êtes sûre que c'était bien Dominic qui se trouvait avec vous dans le tunnel ?

Une image vivace me revient : sa haute silhouette soulignée par la lueur du passage, la façon dont il m'a touchée, sa voix… Certes, il murmurait, mais ses paroles étaient cohérentes avec notre histoire. Pas de doute : c'était Dominic.

— Oui, dis-je d'une voix ferme. J'en suis certaine.

— Bon, conclut James avec un soulagement évident. Cela dit, il semblerait qu'Andrei Dubrovski ne soit pas aussi innocent que vous aimeriez le croire. Estimons-nous heureux qu'il ne vous soit rien arrivé de pire qu'une légère perte de mémoire suivie d'une migraine. C'est une chance que Dominic vous ait trouvée. Je n'ose pas imaginer ce qui aurait pu se passer s'il n'avait pas été là… Bref, vous allez me faire le plaisir de suivre mes conseils et de garder vos distances, d'accord ?

Je hoche la tête, saisie d'une froide colère envers Andrei. Dire qu'hier soir j'avais presque pitié de lui ! Il m'a raconté son histoire de pauvre petit milliardaire qui n'a jamais l'occasion de se détendre pour me convaincre de rester, puis il en a profité pour me faire boire un cocktail hallucinogène et tenter sa chance avec moi. Heureusement que son plan n'a pas fonctionné.

— Oui, James, vous avez entièrement raison. J'étais naïve au sujet de cet homme mais je vais me méfier désormais. Vous savez ce qu'on dit : le savoir, c'est le pouvoir. À partir d'aujourd'hui, je vais rester sur le qui-vive.

— Franchement, je pense que vous devriez démissionner tout de suite, renchérit James avec ferveur. Sortez-vous de ce guêpier dès que possible.

— Non, je ne peux pas. D'après Dominic, ce serait le meilleur moyen de s'attirer les foudres de Dubrovski. Apparemment, quand il est froissé, il n'hésite pas à pourrir la vie des gens. Je vais devoir ruser. Ce n'est pas tant pour moi que je m'inquiète, mais pour Mark et Dominic ; ça m'ennuierait qu'il s'en prenne à eux par ma faute. Ne vous en faites pas, il ne me reste plus très longtemps à tirer. Dès qu'il aura conclu sa grosse transaction, il quittera Londres et m'oubliera complètement. Dominic a prévu de se mettre à son compte après cette dernière affaire. Nous serons donc libres de vivre notre relation au grand jour.

— Promettez-moi d'être prudente, quand même, insiste James.

— C'est promis, dis-je avec un grand sourire.

Je ne me sens pourtant pas si confiante que ça. *Autant essayer d'échapper aux griffes d'un lion sans éveiller les soupçons de la bête. Ce n'est pas gagné.*

Quand, enfin, je rentre chez moi et branche le chargeur de mon portable, je vois plusieurs messages de Dominic datés de la veille au soir et me demandant où je suis et ce que je fais. Même si j'avais eu mon téléphone avec moi dans les catacombes, je ne suis pas sûre que j'aurais capté le réseau. Le dernier en date indique 2 heures du matin, ce qui doit correspondre au moment où Dominic s'est lancé à ma recherche. Cependant, je n'ose pas trop faire confiance à l'horaire indiqué sur un message reçu avec un tel délai.

Dominic m'a également envoyé un mail depuis son adresse professionnelle. Voici ce qu'il dit :

« Bonjour, Beth,

J'ai été ravi de vous revoir à l'occasion de cette fête. J'espère que vous avez passé une agréable soirée et que vous vous sentez mieux à présent. Bienvenue dans l'équipe Dubrovski !

À bientôt,

Dominic. »

Je lis ces quelques phrases à plusieurs reprises, déstabilisée par ce vouvoiement. Clairement, ces banalités sont destinées à donner le change à Andrei, mais j'essaie néanmoins d'y trouver un sens caché. Alors que je commence à m'énerver, un nouveau message atterrit dans ma boîte de réception. Je ne reconnais pas l'adresse de l'expéditeur.

« Bonjour, ma belle,

Maintenant que je suis de retour à Londres, j'ai réussi à me procurer un ordinateur portable qui échappe complètement à la surveillance mise en place par Dubrovski. Si tu savais combien je suis impatient qu'on soit enfin libres de son influence ! J'ai l'impression qu'il épie nos moindres faits et gestes.

C'était merveilleux de te voir à cette fête, même si les circonstances n'étaient pas idéales. Tout aurait été tellement plus agréable si on avait été seuls, toi et moi… J'ai tellement hâte de te revoir ! Que dirais-tu qu'on se retrouve dans le boudoir ce soir ?

Je t'embrasse,

D. »

Je souris – c'est le genre de message que j'ai attendu pendant si longtemps. Une vraie communication, sincère et affectueuse, comme n'importe quelle fille est en droit d'espérer de la part de son copain. Toutes mes peurs et mes jalousies fondent comme neige au soleil, et je me dépêche de répondre.

« Merci pour ton gentil message, mon cœur. Je rêve de te retrouver enfin mais je t'avoue que je suis complètement crevée après cette folle soirée. Il faut que je me couche de bonne heure si je veux avoir les yeux en face des trous demain. Plus tôt je reprends le travail, plus tôt j'aurai fini cette mission. On se voit demain, d'accord ? Le boudoir, c'est parfait. J'ai hâte d'y être.

Je t'embrasse, B. »

Je reçois un nouveau mail presque aussitôt.

« Ça marche. Moi aussi, je suis fatigué, de toute façon. Tu vas mieux, d'ailleurs ? Je me suis fait du souci pour toi, hier soir. Quand je t'ai laissée avec Andrei, tu avais l'air en forme, mais, quand il t'a ramenée, tu avais perdu conscience. Tu me raconteras tout ça demain, d'accord ? En attendant, fais de beaux rêves, princesse. On se rappelle pour convenir de l'heure à laquelle on se retrouve.

D. »

Clouée sur place, je relis ce message à plusieurs reprises et, chaque fois, le malaise qui me vrille les tripes s'intensifie. J'avais l'air en forme quand il m'a laissée avec Andrei ? De quoi parle-t-il ? Je n'ai aucun souvenir qu'il m'ait confiée aux bons soins d'Andrei après notre petite escapade. J'étais déjà trop étourdie – sans doute les effets du cocktail drogué. Est-ce que Dominic fait référence au moment où il est parti danser avec Anna ? Une vague de nausée m'étreint la poitrine, et je crispe les mains sur mon téléphone. Si c'est le cas, ça veut dire qu'il ne m'a pas revue jusqu'à ce qu'Andrei me sorte des catacombes.

Je me lève, le cœur en panique, malade d'effroi.

Ça voudrait donc dire que ce n'était pas lui, dans le cul-de-sac. *Oh non ! Si ce n'était pas Dominic, alors c'était…*

Je fais volte-face et aperçois mon reflet dans le miroir du salon. J'ai le teint gris et l'air affolé. La conclusion la plus plausible – la seule conclusion possible, en fait, c'est que l'homme qui m'a trouvée dans ce passage n'était pas Dominic, mais Andrei. Il m'a appelée par mon prénom, donc ça ne peut être que l'un d'eux. *Non, je refuse d'y croire.*

C'est impossible ! J'ai les idées embrouillées, c'est tout. Je tirerai ça au clair avec Dominic demain.

Mais, aussitôt, je me rends compte que je suis piégée. Si je demande à Dominic de me confirmer qu'il m'a sauvagement fait l'amour dans un recoin sombre et qu'il me répond que non, il va comprendre que quelqu'un d'autre s'en est chargé. Cette idée me donne le vertige. Même s'il me croit quand je lui assure que je pensais être avec lui, est-ce que ça ne risque pas de changer la donne entre nous ?

J'étais verte de jalousie rien qu'à imaginer qu'il puisse être attiré par Anna. Qu'est-ce qu'il dirait s'il savait que j'ai couché avec quelqu'un d'autre, même par erreur ?

Je me prends à douter de moi-même et frissonne. Ignorais-je vraiment à qui j'avais affaire ? Je me rappelle l'enthousiasme avec lequel j'ai accueilli chaque baiser, chaque caresse – la ferveur avec laquelle j'attendais qu'il me baise vite et fort. Il m'a demandé si j'en avais envie, si j'en étais sûre… et j'ai dit oui. Il a dit « Fini de jouer », et j'ai cru que c'était Dominic qui faisait référence à la conversation que nous avions eue dans le donjon, un peu plus tôt dans la soirée. Alors je me suis donnée sans retenue – je l'ai même supplié de me prendre.

Mais est-ce qu'il savait que je pensais être avec Dominic ? Est-ce que j'ai prononcé son nom ?

Ça, je ne m'en souviens plus du tout, et cette incertitude me torture encore plus. Si c'était effectivement Andrei et que j'ai crié le nom de Dominic, alors il n'ignore plus quels sont mes sentiments envers son employé.

Mes jambes se dérobent sous mon poids et je m'assieds par terre en gémissant. *S'il vous plaît, faites que ce ne soit pas vrai. S'il vous plaît! Est-ce que j'ai vraiment couché avec Andrei ? Et est-ce que c'était vraiment aussi bon que dans mon souvenir ?*

Chapitre 11

Dominic est furieux. Ses yeux brillent, noirs de rage dans son visage blême.

— Qu'est-ce que tu as fait ? gronde-t-il d'une voix qui tremble de colère contenue.

Je me trouve sur le lit du boudoir, allongée sur le ventre, uniquement vêtue d'un harnais de cuir qui souligne mes seins, me serre cruellement la taille et forme un collier autour de mon cou mais dénude complètement mon dos et mes fesses. J'ai les mains menottées à la tête de lit et les jambes écartées, les chevilles fixées, si bien que mon sexe est offert aux regards. J'ai envie de me rouler en boule, mais c'est impossible.

— Il t'a baisée ? crie Dominic d'une voix de plus en plus forte. Dubrovski t'a baisée ? Tu l'as laissé te prendre alors que tu sais ce que je ressens pour toi ? Comment as-tu pu me faire ça, Beth ? demande-t-il dans un murmure acéré.

Allez, avoue : tu as aimé ? Ça t'a plu, de sentir sa queue plantée bien profond en toi ? Je parie que tu as adoré ça !

— Non ! dis-je dans un sanglot. Il faut que tu me croies... Je pensais que c'était toi, dans cette cave, avec moi. Pas lui ! Je ne savais pas, je te le jure.

— Tu penses vraiment que je vais gober ces conneries, Beth ? Ne me prends pas pour un imbécile.

— J'étais droguée, je planais complètement et il faisait tout noir !

— Il t'a baisée, et tu as aimé ça, répète Dominic sur un ton glacial.

— Non ! Non...

Je refuse d'admettre que nous en soyons arrivés là. Je n'arrive pas à lui faire entendre raison. Secouée de sanglots, je n'ai plus la force de parler, de lui expliquer. Je l'entends se déplacer dans la chambre puis s'immobiliser derrière moi.

— Tu m'as trahi, Beth, reprend-il d'une voix sourde. Après tout ce qu'on a traversé – tout ce que j'ai fait pour toi –, tu m'as trompé. C'est ton tour de faire quelque chose pour moi.

— Oui ! dis-je entre deux sanglots. Je ferai tout ce que tu veux, tu le sais !

— Vraiment ? Alors commence par encaisser ça.

J'attends qu'il m'explique ce que je dois faire quand le premier coup tombe. Le chat à neuf queues – cette créature sournoise aux mille petites dents acérées – s'abat sur mon dos avec violence. Je me raidis en recevant cette féroce morsure.

Normalement, ce fouet n'intervient qu'une fois que la peau a été préparée et échauffée par des instruments plus doux. Dominic semble vraiment déterminé à m'infliger une punition mémorable. Pourtant, je ne ressens pas la douleur amère à laquelle je m'attendais. Au lieu de ça, les mèches de cuir laissent dans leur sillage une caresse brûlante qui me picote délicieusement le dos. Je retiens mon souffle et me mords la lèvre.

Un nouveau coup s'abat avec un puissant claquement, et je devine que Dominic y met de plus en plus de force. Pourtant, au lieu de m'infliger une atroce torture, cela réveille mes sens. J'ai l'impression de revivre à ce contact cuisant, et je sens mon sexe s'ouvrir.

— Je te vois, gronde Dominic. Je vois bien que ta punition t'excite. Tu penses à Dubrovski ?

— Non, dis-je dans un murmure.

Mais Dominic ne m'entend pas ; il se prépare à me fouetter de nouveau. Il fait pleuvoir ses coups avec une violence redoublée qui m'enivre complètement. Folle de désir, je veux qu'il m'emmène aux frontières de cette délectable douleur.

— Tiens ! Prends ça ! lance-t-il sans cesser de me battre. Est-ce que tu acceptes ta punition ? Est-ce que tu es désolée ?

— Oui ! Oui, je suis désolée…, parviens-je à dire tandis que le chat à neuf queues plante ses griffes dans mon dos chauffé à blanc, dans la chair de mes cuisses et dans les douces rondeurs de mes fesses.

— « Désolée », qui ?

— Désolée, monsieur ! Je suis désolée !

— Implore mon pardon. Alors peut-être que je renoncerai à te lacérer complètement.

Le fouet s'abat de nouveau, et deux de ses mèches atteignent mon sexe gonflé, léchant mes lèvres comme deux petites langues râpeuses. Je pousse un cri. *Y a-t-il des limites ? De quoi sommes-nous convenus ?*

— Allez, supplie-moi, siffle Dominic.

— Pardonnez-moi, monsieur, je vous en supplie.

— Qu'est-ce qu'il y a ? Ma petite esclave n'aime pas que je la flagelle ainsi ?

— Non, monsieur. Enfin, si… Oh, mon Dieu ! hurlé-je soudain lorsque le chat à neuf queues s'abat sur mes fesses, m'excitant toujours plus.

Puis les coups cessent et je gémis d'impatience. Je n'ai pas encore atteint l'extase mais je suis dans un tel état d'affolement que mon corps réclame celui de Dominic avec une violence presque insupportable. Je sens un poids sur le matelas derrière moi. Dominic se tient entre mes cuisses ouvertes. Il me saisit les hanches pour me soulever un peu puis plonge son sexe dur et brûlant entre mes lèvres trempées. Il ne s'arrête même pas pour savourer les sensations qu'il nous procure à tous les deux – il me baise violemment, sans se préoccuper d'autre chose que de son propre plaisir, et je trouve cela terriblement grisant. Mon dos m'élance cruellement après cette sévère flagellation, et je savoure avec délices chaque coup de boutoir qui vient frapper contre mes fesses en feu.

Sans ralentir son rythme furieux et implacable, il se penche pour me chuchoter à l'oreille :

— Tu aimes ça ?

Je frissonne presque malgré moi. Mon corps se tend comme un arc, prêt à déchaîner toute la force de mon orgasme autour de ce sexe magnifique qui me pénètre sans pitié.

— Vas-y, Beth, jouis pour moi, souffle-t-il. Je sais que tu aimes ça, tout comme tu as aimé ça dans les catacombes.

Avec un cri aigu, je m'abandonne au tourbillon étourdissant qui m'emporte. Alors je me rends compte que l'homme qui me baise n'est pas Dominic, mais Andrei Dubrovski.

Je me réveille en sursaut, excitée et désorientée. Je suis chez moi, dans mon lit, pourtant ce rêve était si atrocement réel – si intensément charnel… Je suis à la fois fourbue et agitée, mais surtout terriblement frustrée.

Est-ce que j'ai joui dans mon sommeil ? Et avec qui est-ce que je croyais faire l'amour ? J'ai honte à l'idée de – peut-être – nourrir des fantasmes inconscients à propos d'Andrei. *Tu es amoureuse de Dominic,* me dis-je avec sévérité. De plus, je n'ai aucune envie de coucher avec Andrei, j'en suis absolument certaine.

Les rêves sont trompeurs, il ne faut pas les prendre pour des révélations. Les histoires qu'ils racontent ne sont jamais aussi simples qu'il y paraît.

Je repose la tête sur mon oreiller et me blottis sous ma couette en repensant au chat à neuf queues. Depuis que j'ai senti les cicatrices dans le dos de Dominic, il n'est pas rare que je rêve de fouets – dans divers contextes, mais jamais ainsi. Jamais avec une telle intensité. *Ou un tel plaisir.*

Je frissonne à ce souvenir. Je sais pourtant que les fouets ne se contentent pas d'exciter les sens ; ils meurtrissent et entaillent la peau jusqu'à la faire suinter puis saigner, laissant des traces douloureuses. J'ai déjà goûté à la puissance d'une flagellation extrême – c'est une expérience que j'ai détestée. Mais alors pourquoi est-ce que, dans mes rêves, j'y prends un tel plaisir ?

Peut-être est-ce juste mon imagination qui s'emballe à l'idée de retrouver Dominic dans le boudoir, ce soir ? Après tout, c'est là qu'il m'a initiée au pouvoir aphrodisiaque de la douleur.

Peut-être aussi que je redoute les révélations qu'il pourrait me faire. Heureusement que Dominic ne sait rien de mes doutes quant à ce qui s'est passé dans ce cul-de-sac. Au fond de mon cœur, je suis sûre que c'est lui qui m'a fait l'amour. Mais peut-être que je prends mes désirs pour des réalités.

J'ai les nerfs en pelote quand j'arrive au travail.

Laura a remarqué que quelque chose clochait lorsque, au petit déjeuner, elle a dû me tirer les vers du nez au sujet de mes dernières aventures.

— Quoi ? Tu veux dire que Dominic est revenu pour de bon ? demande-t-elle en versant du lait dans son bol de muesli, une serviette nouée autour de ses cheveux mouillés. Et ton milliardaire apprivoisé t'a emmenée à un bal masqué suivi d'une nuit dans un hôtel de luxe ? C'est vrai qu'il y a de quoi être déprimée.

— Mais non, je ne suis pas déprimée, dis-je avec un sourire. Je suis super contente que Dominic soit de retour à Londres. Ça va me changer la vie. C'est juste que…

— Quoi ?

— Oh, je ne sais pas, dis-je en haussant les épaules. Je ne suis pas déprimée, j'ai pas le moral, c'est tout…

— Tsss… Jamais contente, celle-là, me taquine Laura. Je te propose un truc : si tu en as marre de ton patron sexy, tu n'as qu'à me l'envoyer, d'accord ?

Si tu savais, Laura…, me dis-je en entrant dans Albany House et en saluant le portier. Mais je ne peux en parler à personne, même pas à James. Cette histoire doit rester strictement secrète.

C'est Sri qui vient m'ouvrir la porte plutôt que le garde du corps, j'en conclus donc qu'Andrei est sorti.

— Le patron est parti travailler, confirme Sri d'une petite voix quand je lui pose la question.

J'entends le cliquetis d'un clavier en provenance du bureau et, quand j'entre dans la pièce, j'aperçois un jeune homme blond aux cheveux soigneusement peignés, vêtu d'un costume couleur crème. Il lève les yeux vers moi et demande :

— Puis-je vous aider ?

— Je suis Beth, je m'occupe d'organiser l'accrochage des œuvres d'art d'Andrei pour cet appartement.

— Ah oui, j'ai entendu parler de vous. Je m'appelle Edward ; je remplace Marcia.

— Est-ce qu'on a des nouvelles de sa mère ?

— Elle est en convalescence, apparemment. C'était une infection aux poumons... Une polaris, je crois.

— Euh... Polaris, c'est un nom de missile, non ?

— Ah, mince, vous avez raison, ce n'est pas polaris, se corrige Edward en fronçant les sourcils.

— Une pneumonie ?

— Non ! s'écrie Edward, l'air un peu vexé. Ça, je m'en serais souvenu, c'est quand même vachement commun.

— Certes, mais qu'est-ce que ça pourrait être d'autre ?

— En tout cas, je suis sûr que ça commençait par un « p », marmonne-t-il en baissant les yeux vers son clavier.

— La polio ?

Il me lance un regard noir.

— Si vous commencez à raconter n'importe quoi...

— Le psoriasis ? dis-je pour le taquiner.

— Oh, ça va, hein. Le psoriasis, ce n'est même pas une infection, d'abord. Bref, tout ce qui compte, c'est qu'elle va mieux. Je ne devrais rester qu'un jour ou deux – je n'aurai même pas le temps de vous embêter.

Soudain, il se penche vers moi d'un air conspirateur.

— Dites donc, c'est un sacré bonhomme, votre patron. Un vrai Musclor. En tout cas, il a ramené la belle She-Ra dans sa grotte…

Je fronce les sourcils, essayant de me rappeler le dessin animé que mes frères regardaient quand j'étais toute petite.

— Euh… Musclor et She-Ra étaient frère et sœur, non ?

— Ah bon ? fait-il d'un air innocent. Je ne sais pas, c'est un peu vieux pour moi, tout ça. En tout cas, à l'oreille, je dirais que c'est un vrai don Juan, reprend-il en désignant du pouce la porte qui donne sur le couloir. Vous aurez sans doute l'occasion d'en juger. Bon, je vais me remettre au travail, l'agenda de ce type est plus compliqué que les mots croisés du *Times*.

Puisqu'il semble avoir fini de parler de personnages de dessins animés, je me dirige vers la petite étude. Il s'est passé tant de choses depuis la dernière fois que j'y ai mis les pieds, il y a deux jours à peine… Je constate avec plaisir que j'avais déjà abattu pas mal de travail et que je vais bientôt pouvoir passer à la répartition des œuvres. Il y a largement de quoi constituer une impressionnante exposition, mais je n'ai rien trouvé qui mérite la place d'honneur – dans la salle de bains – comme Andrei l'a exigé.

Je suis soulagée qu'il se soit absenté, j'appréhende terriblement de me retrouver nez à nez avec lui. Peut-être James a-t-il raison : je ferais mieux d'envoyer bouler Dubrovski et cette mission. En même temps… *Et si ce n'était pas lui ? Si c'était effectivement Dominic ? Alors tout va bien… Il n'y a aucun problème.* Oui, mais… et si c'était Andrei ? *Dans ce cas, est-ce qu'il s'est rendu compte que je le prenais pour Dominic ? Ou est-ce que, au contraire, il a cru que j'avais envie de lui ?* « Fini de jouer. » Ça, je l'ai entendu clairement, mais il aurait pu faire allusion à notre conversation du dîner, quand j'ai repoussé ses avances.

Et puis il y a aussi cette incertitude qui m'inquiète. Si c'était Andrei et que j'ai prononcé le nom de Dominic à voix haute, alors il a dû deviner qu'il y avait quelque chose entre nous.

Quelle galère ! Heureusement que je vois Dominic ce soir. Je trouverai bien un moyen détourné d'apprendre ce qui s'est passé.

J'ai besoin d'un café avant de me mettre au travail, aussi je me dirige vers la cuisine dans l'espoir d'y trouver Sri. Je pourrai lui demander de me montrer comment utiliser la cafetière, comme ça je n'aurai pas l'impression d'abuser de sa gentillesse. Perdue dans mes pensées, je ne vois pas la silhouette vêtue de soie rouge qui débouche soudain, et je la percute de plein fouet.

— Encore au pays des rêves ?

Je lève la tête et rencontre le regard vert d'Anna. Debout dans le couloir, elle arrive à être magnifique alors qu'elle a les cheveux en bataille et ne porte pas la moindre trace de maquillage.

— Bonjour, Anna, dis-je en rougissant.

Il est évident qu'elle sort tout juste de la chambre d'Andrei.

— Bonjour à vous, répond-elle de cette voix riche qui semble toujours légèrement rieuse. Alors, remise de votre petite aventure de l'autre jour ?

— Oui, merci, dis-je un peu sèchement.

Je n'ai aucune envie d'aborder ce sujet avec elle et j'espère qu'elle va saisir le message.

— Super, reprend-elle en s'étirant avec un bâillement. Bon, il me faut un café. Vous voulez vous joindre à moi ?

Sans attendre de réponse, elle tourne les talons. Son peignoir de soie rouge foncé ondule autour de ses jambes minces. Elle ne semble pas du tout gênée que l'on se croise comme ça alors qu'elle vient manifestement de passer la nuit avec Andrei.

— Sri, servez-nous votre mélange colombien le plus corsé, s'il vous plaît. Et bien tassé ! lance-t-elle en entrant dans la cuisine. Votre café est le meilleur que je connaisse, ajoute-t-elle tandis que Sri obéit.

Nous nous attablons face à face, et Anna me toise un instant.

— Vous vous demandez sans doute ce que je faisais dans la chambre d'Andrei.

— Pas du tout, dis-je poliment.

Anna éclate de rire.

— Vous êtes tellement *british* ! C'est trop drôle !

Adoptant un accent anglais exagéré, elle ajoute :

— Pas du *too* !

— Disons surtout que ça me semble évident, rétorqué-je avec un sourire. Andrei et vous avez fait une longue partie de bataille navale, je me trompe ?

Anna rit de plus belle, rejetant la tête en arrière, ce qui souligne la finesse de sa gorge.

— Exactement ! Une partie de bataille navale, comme c'est bien dit. Un jour, vous m'expliquerez de quoi il s'agit réellement. Ça a l'air marrant.

Sri nous apporte une cafetière fumante, un pot à lait et deux tasses.

— Merci, Sri, lance Anna avant de nous servir. Bon, je suis sûre que ce doit être merveilleux de passer la nuit à jouer à la bataille navale, mais vous avez sans doute deviné que ce n'est pas ce que nous faisions, Andrei et moi. Nous sommes amants et, même si nous nous voyons rarement, nos échanges sont toujours… explosifs.

Je saisis la tasse qu'elle me tend et y verse un nuage de lait. *Pourquoi est-ce qu'elle me raconte tout ça ?* Prudente, je me garde bien de dire le moindre mot.

— Vous avez sûrement remarqué qu'Andrei est doté d'un tempérament de feu, poursuit-elle. Il a tout à fait le profil du héros romantique : puissant, impressionnant… dominateur.

Elle me dévisage longuement, comme pour jauger mes réactions, mais, puisque je me tais, elle reprend la parole.

— Cette comparaison m'a frappée quand je vous ai vus émerger des catacombes à la fin de la soirée. Il vous portait avec beaucoup d'aisance, comme si vous ne pesiez rien ; il vous entourait de ses bras puissants… Vous-même, vous aviez une pose très théâtrale – évanouie, la tête sur l'épaule d'Andrei et les bras passés autour de son cou, dans votre jolie robe… J'étais contente qu'il vous ait retrouvée saine et sauve, Dominic et moi nous étions fait du souci.

— Ah bon ? demandé-je, l'estomac noué.

Est-ce qu'elle sait quelque chose qui pourrait m'aider ? Est-ce qu'elle pourrait m'en apprendre davantage sur ce qui s'est passé ?

Anna hoche la tête et boit une gorgée de café avant de répondre.

— Nous avons eu peur que vous ne vous soyez perdue. Nous nous sommes séparés pour multiplier les chances de vous retrouver. Chacun d'entre nous a pris un chemin différent jusqu'à la surface, et c'est Andrei qui vous a recueillie.

Je ne peux pas m'empêcher de demander :

— Ce n'est pas Dominic ?

J'espère qu'Anna n'a pas remarqué le ton de supplication dans ma voix.

— Oh non. Dominic m'a retrouvée dehors peu de temps après qu'on s'est séparés.

Elle marque une pause et rit doucement avant de reprendre :

— Beth, si j'étais d'un naturel envieux, je serais peut-être jalouse de vous. Vous voir comme ça, dans les bras de mon amant, aussi vulnérable qu'un chaton égaré..., me gronde-t-elle gentiment en agitant l'index. Eh bien, je pourrais me demander si vous n'avez pas éveillé quelque chose en lui – quelque chose de protecteur, voire... quelque chose d'aimant.

Je suis hébétée – horrifiée – par sa révélation, pourtant je me force à affirmer d'une voix forte :

— N'ayez aucune crainte, il n'y a rien du tout entre Andrei et moi. Et puis c'était avant-hier, et vous étiez ensemble cette nuit. Il ne faut vraiment pas vous inquiéter.

Anna pousse un soupir satisfait, comme si elle se rappelait quelque épisode particulièrement voluptueux.

— Vous avez raison, il était avec moi cette nuit, souffle-t-elle en posant les coudes sur la table et le menton sur les mains.

Les manches de son peignoir glissent et révèlent ses poignets. Mon œil est aussitôt attiré par le bijou qu'elle porte au bras droit – un certain bracelet en émail serti de minuscules diamants qui scintillent sous les spots de la cuisine.

Anna suit mon regard.

— Oh, vous avez remarqué mon bracelet. Il vous plaît ? demande-t-elle en le faisant tourner lentement. Ravissant, n'est-ce pas ? C'est Andrei qui me l'a offert. Ce bijou appartenait à une princesse russe – une de mes ancêtres. C'est pour ça qu'Andrei m'en a fait cadeau. Il est tellement attentionné… Malgré son emploi du temps surchargé, il a pris le temps de me dénicher ce petit trésor. J'y tiens énormément, conclut-elle avec un sourire.

— Il est magnifique.

J'hésite entre lui demander des précisions au sujet de la princesse russe dont elle parle et me satisfaire de savoir que j'ai fait mouche en choisissant ce cadeau. Je ne peux m'empêcher de jeter un rapide coup d'œil à ses oreilles pour voir si elle porte les rubis que j'ai laissés dans la chambre d'amis, mais ses lobes sont nus.

— C'est donc une relation sérieuse, entre Andrei et vous.

— Oui, je crois, confirme-t-elle avec, toujours, ce sourire satisfait. Mais bon, laissons le temps au temps. Je ne suis pas pressée de me fixer. Et vous, Beth ? Une jolie fille comme vous – il y a bien quelqu'un dans votre vie, non ?

— Oui, j'ai un copain. Un homme merveilleux.

Anna se penche vers moi et je perçois son parfum riche et épicé.

— Dites-m'en plus : il est comment ?

— Oh, euh… Je n'aime pas trop en parler. C'est personnel.

— Est-ce qu'Andrei est au courant ?

Je me demande d'où vient cette question, mais je réponds aussitôt :

— Oui, je lui ai dit.

Comme ça, si jamais vous parlez de moi sur l'oreiller, vous verrez que tout concorde. Je finis mon café et me lève.

— Merci, Anna. Ce fut un plaisir de bavarder avec vous, mais je dois me mettre au travail. On se croisera peut-être plus tard.

— Peut-être, lance-t-elle en se calant contre le dossier de sa chaise, sans cesser de jouer avec son bracelet. Sinon, on se verra un autre jour. Prenez soin de vous, Beth.

Je remercie Sri pour son délicieux café et retourne dans l'étude. Une fois seule, je ferme la porte et m'y adosse avec un soupir de soulagement. Cet endroit devient vraiment oppressant, entre Marcia que je trouvais étrange, Edward qui l'est encore plus et Anna qui se promène en peignoir de soie en affichant sa sensualité et en marquant son territoire alors que son amant m'a fait des avances…

Et peut-être même plus que des avances.

Je ferme les yeux et tente de garder mon calme. En admettant qu'Anna m'ait dit la vérité au sujet de l'autre soir, il semblerait que j'aie commis une erreur monumentale dans les catacombes. Cette éventualité me rend malade de regrets. J'ai tellement peur des conséquences de cette nuit-là !

Puis je me secoue et m'efforce de me concentrer sur mon travail. Plus tôt j'aurai terminé la mission qu'Andrei m'a confiée, plus tôt je pourrai quitter ces lieux et cette situation pour retrouver une vie normale avec l'homme que j'aime.

Enfin, si je n'ai pas déjà tout gâché…

Chapitre 12

Les pensées qui tournent en boucle dans ma tête vont finir par me rendre folle. Le seul moyen de garder les pieds sur terre, c'est de consacrer toute mon énergie à la tâche qui m'incombe. Dans l'après-midi, je termine l'inventaire de la collection, et cette petite victoire me met du baume au cœur.

Je retourne dans le bureau pour taper mon compte rendu et m'efforce de ne pas écouter Edward, qui papote au téléphone avec des amis. Vu qu'il n'est là que pour quelques jours, il ne ressent vraisemblablement pas le besoin de s'investir dans son travail.

Voyant un mail arriver dans ma boîte de réception, je clique dessus. C'est Dominic, qui m'écrit depuis son compte privé.

« Salut, ma belle !

Je suis impatient de te revoir. Vingt heures au boudoir, ça te va ? Je pensais qu'on pourrait y dîner tranquillement. Si ça ne t'arrange pas, dis-le-moi. Sinon, à tout à l'heure.

D. »

Il y a quelques jours, un message de ce genre m'aurait envoyée en orbite, folle de joie. Cette fois-ci, quand je le relis, ma gorge se noue sous l'effet de la culpabilité. Même si mon cœur est innocent, techniquement, j'ai peut-être fauté. Comment vais-je pouvoir expliquer ça à Dominic ?

Comment vais-je faire pour me regarder dans une glace ? Et puis, s'il s'agissait d'Andrei, il va m'en reparler à la première occasion. Qu'est-ce que je vais lui dire ?

À 17 heures, je quitte Albany et me balade le long de Piccadilly puis de Jermyn Street, essayant de chasser mes idées noires par un peu de lèche-vitrines. Je bifurque dans une rue où se trouvent plusieurs galeries d'art. Celles-ci exposent des œuvres magnifiques, mises à leur avantage par un éclairage impeccable. Mon regard est attiré par un tableau représentant une femme de profil, plongée dans un livre. Assise sur une banquette, elle est adossée à un gros coussin de soie et se penche sur le volume qu'elle tient dans une main, tandis que son autre bras repose sur l'accoudoir d'un geste nonchalant. Elle est jeune, avec les joues roses et le front lisse, les yeux baissés sur la page du livre, les cheveux relevés en un simple chignon retenu par un ruban. Elle semble très moderne, pourtant sa tenue évoque la mode française du XVIIIe siècle.

C'est une robe jaune pâle, avec d'amples manches bouffantes et un ruban rose qui orne la base du décolleté. La jeune fille porte une fraise de dentelle blanche, laquelle est nouée autour de son cou par ce même ruban rose qu'elle semble affectionner. L'ensemble est d'une sereine beauté et d'une telle fraîcheur que je m'attends presque à voir la jeune lectrice respirer doucement ou effleurer le papier du bout des doigts.

Visiblement, l'heure de la fermeture approche : le galeriste s'apprête à faire descendre d'épais rideaux de fer pour protéger les vitrines. Avec une œuvre pareille à l'intérieur, c'est indispensable.

Prise d'une soudaine impulsion, je pousse la porte et entre. Le propriétaire, un petit homme rougeaud dont les rares cheveux forment une corolle blanche autour d'un crâne chauve, m'accueille sans grande amabilité.

— Je suis sur le point de fermer.

— La jeune fille en vitrine – le magnifique tableau de la jeune lectrice. Combien le vendez-vous ?

L'homme cille, bouche bée, avant de me répondre.

— Chère enfant, cette œuvre coûte bien plus que ce que vous possédez, j'en ai bien peur.

Je hausse les sourcils.

— Donnez-moi un chiffre, pour voir. Quel est le nom de l'artiste ?

— Jean-Honoré Fragonard.

C'est mon tour de rester bouche bée.

— Fragonard ? *Le* Fragonard ?

— Eh bien, il n'était pas le seul à s'appeler ainsi puisqu'il a eu un fils et un petit-fils… Mais oui, si vous voulez parler du Fragonard dont les œuvres les plus rococos ont été reproduites sur des boîtes de chocolats, c'est bien lui.

Je peine à le croire. Fragonard est célèbre pour ses mises en scène hautes en couleur, où se côtoient des costumes chatoyants, une profusion de fronces, de dentelles et de froufrous, des femmes aux tailles et aux membres d'une finesse irréelle, avec un teint de porcelaine et des joues délicatement roses. Fragonard, c'est du baroque italien, mais costumé à la française : des sauteries aristocratiques dans des grottes, où des ruffians chapeautés volent des baisers à des dames en robes de soie. Lorsque j'ai visité la Wallace Collection, cet été, j'ai passé un moment à admirer l'un de ses tableaux les plus connus, *La Balançoire*. Une coquette d'allure toute baroque s'envole sur sa balançoire, dévoilant des jambes à l'anatomie impossible et des pieds minuscules. L'une de ses pantoufles vole dans les airs, et la jeune femme est sur le point de perdre la seconde. Dans son élan, elle offre un aperçu de ses jupons à son soupirant, qui sourit béatement. Sa robe rose aux multiples fanfreluches a probablement inspiré les descriptions de quelques princesses de contes de fées, et de nombreuses petites filles mouraient sans doute d'envie de porter une tenue pareille un jour. C'est une œuvre de toute beauté, mais qui n'a rien à voir avec le tableau que j'ai aperçu en vitrine. La jeune lectrice est croquée à grands coups de pinceau, et l'usage des couleurs, inhabituel pour l'époque, reproduit les jeux de lumière sur la peau du modèle et sur le tissu de sa robe. Le parti pris de l'ensemble est franchement naturaliste : des tons de bleu et de mauve prêtent un aspect bien réel au visage et aux cheveux et, en outre, les proportions du corps sont exactes. C'est pour ça que j'aurais situé ce portrait vers la fin du XIXe siècle – ou même au tout début du XXe. Le seul indice qui puisse trahir la griffe de Fragonard, c'est la courbe du petit doigt, à l'arrondi improbable. Je n'aurais jamais deviné qu'il s'agissait de lui.

Le galeriste, qui a eu le temps d'observer mon expression de surprise, reprend :

— Je vous l'accorde : ce n'est pas le genre d'esthétique que l'on associe habituellement à Fragonard. Vous pensiez sans doute à ses œuvres les plus élaborées. Pourtant, même si ses portraits sont moins connus, ils ont beaucoup inspiré les impressionnistes, notamment Renoir. En tout cas, je peux vous assurer qu'il s'agit bien d'un Fragonard. Il y en a un autre de même facture à la National Gallery of Art de Washington. Vous pouvez en trouver des photos sur Internet et comparer, si vous ne me croyez pas, conclut le vieil homme sur un ton un peu plus chaleureux.

Mon étonnement et mon émerveillement ont dû éveiller sa sympathie. Pourtant, quand je lui redemande le prix de vente de cette œuvre, il me considère presque avec pitié avant de répondre.

— Il est trop élevé pour vous, ma chère. Maintenant, si vous le voulez bien, je dois fermer.

Je n'insiste pas et sors, l'esprit en ébullition. Ce tableau est une merveille. S'agirait-il de la *Joconde* qui va décorer la salle de bains d'Andrei ? Le contraste serait magnifique : les joues roses de cette jeune fille et la soie jaune de sa robe sur fond de marbre gris ! Mais ne serait-ce pas dommage de l'accrocher à un endroit où seul Andrei en profiterait ? Cette jeune lectrice mériterait une place de choix dans le salon – en face de Napoléon, par exemple. Sa pose paisible adoucirait la soif de pouvoir de l'empereur ; sa tranquille lecture ferait taire la clameur sauvage du champ de bataille.

Je lui jette un dernier regard avant de m'éloigner. Mark saura quoi faire. J'irai lui demander conseil dès que possible.

Il est 19 h 45 lorsque j'arrive à Randolph Gardens. Cela fait une éternité que je n'ai pas mis les pieds dans le boudoir, et je ressens le besoin d'en respirer l'atmosphère avant que Dominic m'y rejoigne. En entrant dans le hall de l'immeuble, je dois me rappeler de tourner à gauche au lieu de me diriger vers l'appartement de Celia, où j'ai séjourné pendant plusieurs semaines. Tandis que le petit ascenseur m'amène au septième étage, je repense aux autres fois où je l'ai emprunté. L'appréhension et l'excitation se livraient bataille dans mon cœur, mais je savais aussi que l'expérience serait inoubliable. Ce n'était que trop vrai – et ça m'a manqué.

Mais me revoilà! pensé-je dans une explosion de joie. *Je vais retrouver Dominic!* J'ai l'impression qu'il s'agit de nos premières vraies retrouvailles.

J'ouvre la porte et entre dans le petit appartement, qui me paraît bizarrement triste et vide. Une fine couche de poussière recouvre les meubles, et il fait un peu froid. Certes, je trouvais cela dommage de laisser cet endroit à l'abandon, mais je n'avais pas la force d'y habiter seule. Au début, je me disais que ce serait notre lieu de rendez-vous, à Dominic et moi. Puis il est parti tellement longtemps…

Je fais le tour des pièces et termine par la chambre. J'ai fait le ménage à fond après le départ de Dominic, pour que tout soit immaculé si jamais il revenait sans prévenir. Si j'avais su combien de temps il me faudrait attendre, j'en aurais pleuré. Mais c'est fini, tout ça.

Le lit est toujours là, avec ses montants métalliques si pratiques pour attacher des menottes ou des foulards. En face se trouve la commode où Dominic a rangé certains des instruments avec lesquels il aimait tant jouer, ainsi qu'une collection de cordes en soie. Je frissonne au souvenir des aventures ô combien érotiques dans lesquelles il m'a entraînée. Le siège en cuir blanc a été repoussé dans un coin. C'est une longue banquette plutôt étroite, qui se relève doucement à une extrémité. La structure métallique est prévue pour que l'on puisse y attacher les chevilles et les poignets de façon à offrir le corps aux baisers de la cravache ou du fouet. Il y a également une armoire, qui contient de la lingerie plus ou moins conventionnelle, en satin ou en cuir, ainsi que les colliers qui symbolisaient ma soumission à Dominic. Je vais ouvrir le meuble et, là, sur une étagère, j'y trouve le modèle que j'ai porté le premier soir. C'est une fine lanière de latex ornée d'un motif en filigrane et d'un petit nœud. Je le caresse du bout du doigt, saisie du désir de l'enfiler. Chaque fois qu'il me donnait rendez-vous ici, Dominic me disait comment m'habiller – ou, plutôt, comment me déshabiller – et quoi faire en l'attendant. J'ai tellement envie de lui que j'envisage de reproduire le même genre de mise en scène, pour lui montrer à quel point je l'aime et le désire. Je veux qu'il me trouve prête à me plier à ses exigences.

Je peux tout accepter tant que nous sommes ensemble.

Puis je repense à la flagellation qu'il m'a infligée dans le donjon de *L'Asile*. Ça, c'était trop, je l'avoue. Mais ce qu'il m'a fait subir ici était presque aussi sévère, et j'ai tout encaissé. Certes, ses désirs m'entraînaient parfois plus loin que je ne l'aurais souhaité, mais je n'ai jamais regretté les sensations intenses que j'en ai retirées. Au contraire, je suis impatiente de les éprouver de nouveau.

Soudain, je sursaute en entendant le bruit d'une clé dans la serrure et referme la porte de l'armoire d'un geste vif. Je me rends compte que je suis déjà excitée par le souvenir de nos jeux passés, mêlé à l'anticipation des plaisirs à venir.

— Dominic ? C'est toi ?

— Bien sûr que c'est moi, répond-il avec un sourire lorsque je le rejoins dans le vestibule. J'espère que tu n'attendais personne d'autre.

Je ris doucement à cette plaisanterie mais ressens néanmoins une pointe de culpabilité, que je m'efforce de faire taire. Je veux apprécier pleinement cet instant, sans m'inquiéter de rien. *Après tout, s'il n'était pas avec moi dans ce passage, il n'a aucun moyen de savoir ce qui s'y est passé.*

— Viens là, Beth, souffle-t-il en m'ouvrant les bras.

Il est magnifique dans son costume sombre auquel une cravate vert acidulé apporte une touche de fantaisie. Ses yeux sont d'un brun doux et ses lèvres sensuelles esquissent un beau sourire.

Folle de joie, je m'élance vers lui et blottis mon visage contre son torse large et rassurant, tandis qu'il me serre de toutes ses forces.

— J'ai tellement attendu cet instant ! s'exclame-t-il. Tellement attendu qu'on se retrouve enfin seuls, tous les deux, dans notre petit nid !

— Moi aussi, je t'ai tellement attendu !

Rattrapée par mes émotions, je repense à ces longues semaines où Dominic était loin et où mes messages restaient sans réponse, comme happés par un trou noir. J'avais beau l'appeler de mes vœux, il restait hors de portée. Mais il m'est revenu, à présent, et je passe les bras autour de son large dos pour l'attirer tout contre moi, la lèvre tremblante. Je respire son parfum, si chaud, si mâle, si merveilleusement familier, et me rends compte soudain que j'ai les paupières qui brûlent. Je cille, et une grosse larme roule sur ma joue. J'étouffe un léger sanglot.

— Beth ?

Dominic s'écarte pour me regarder et, du pouce, cueille cette larme vagabonde.

— Beth, ma chérie, qu'est-ce qui ne va pas ?

— Rien, je suis tellement heureuse de te revoir, c'est tout, dis-je en lui souriant.

Aussitôt, son regard s'adoucit. Il a vraiment des yeux magnifiques, soulignés par de longs cils, d'un brun chaud qui s'assombrit sous le coup d'émotions vives. Je les ai déjà vus presque noirs parce qu'il était en proie à la colère ou au désir.

— Moi aussi, je suis heureux de te revoir. Ne pleure pas, poursuit-il en me caressant doucement la joue. Ce soir, on est ensemble ; ce sont de joyeuses retrouvailles, non ?

J'acquiesce et cille pour chasser mes dernières larmes.

— C'est de te revoir enfin, seuls ici, c'était trop. Mais je suis contente, hein ! Promis !

— Ah bon, tu me rassures ! s'exclame-t-il avec un petit sourire.

Puis il penche la tête vers moi, et je sens la chaleur de ses lèvres qui effleurent les miennes. *Oh, ces baisers!* Je ferme les yeux et renverse la tête en arrière mais ne sens que la peau un peu rugueuse de son pouce.

— Pas encore, murmure-t-il. Prenons le temps de dîner. Tu seras mon dessert... et moi le tien.

— Voilà qui est alléchant, dis-je dans un souffle avant de m'exclamer, déçue : Oh non ! Je n'ai rien apporté à manger, ça m'est complètement sorti de la tête.

Tout à ma joie de revoir Dominic, j'ai complètement oublié mon estomac.

— Ne t'inquiète pas, j'ai tout ce qu'il faut, m'assure Dominic avec un sourire.

Le menu, d'une parfaite sobriété, consiste en deux pièces d'agneau mariné au romarin et à l'ail, une poêlée de légumes et une bouteille de vin rouge.

— Facile et rapide, commente Dominic en allumant le grill. Regarde ce que tu trouves comme vaisselle dans les placards.

L'appartement est à peine équipé, mais je parviens à rassembler des assiettes, des couverts et deux tasses, dans lesquelles nous pourrons boire le vin. Heureusement, il y a un vieux tire-bouchon au fond d'un tiroir et, pendant que j'ouvre la bouteille, un délicieux arôme d'agneau grillé me chatouille les narines, réveillant mon appétit endormi.

Lorsque Dominic place une assiette devant moi, dix minutes plus tard, je suis affamée.

J'attaque mon repas avec enthousiasme et demande :

— Tu as passé une bonne journée ?

— Pas mauvaise, étant donné le temps que j'avais passé loin de Londres. Malgré deux ou trois bricoles problématiques, j'ai réussi à faire avancer les négociations pour ce fameux contrat. On devrait pouvoir signer d'ici une semaine, si tout se passe bien. Et après… gare à toi, Dubrovski ! lance-t-il en me souriant.

— Qu'est-ce que tu veux dire ?

— Je compte démissionner et monter ma propre société d'investissements. Je sais exactement ce que je veux et comment m'y prendre pour l'obtenir. Jusqu'à présent, Andrei a tiré profit de mon expertise et j'ai appris les ficelles du métier à son contact, mais, maintenant que je sais tout ce dont j'ai besoin, j'ai bien l'intention de prendre les rênes et de mener les choses comme je l'entends.

— Ça, alors ! Toi ? Prendre les rênes et faire à ta façon ? Voilà qui ne ressemble pas du tout au Dominic que je connais et que j'aime, interviens-je sur un ton taquin.

— Je n'ai vraiment pas l'étoffe de l'employé modèle, avoue-t-il, tout penaud. Je dois user de toute ma patience pour ne pas envoyer paître Dubrovski chaque fois que je désapprouve ses décisions. Je me porterai bien mieux quand je serai mon propre patron, c'est évident.

Je médite ces paroles en l'observant manger. Il a raison – il a besoin d'être seul maître à bord, ça crève les yeux. Il doit trouver cela terriblement éprouvant de se plier aux volontés d'Andrei et de suivre ses consignes. Mais comment Dubrovski va-t-il réagir en apprenant que son ancien associé s'apprête à devenir un concurrent ? C'est un meneur d'hommes, un leader né. On peut espérer qu'il ne prendra pas Dominic au sérieux, vu que celui-ci a fait ses premiers pas sous sa houlette. J'ai soudain l'image d'un vieux loup attaqué par un mâle plus jeune – un ancien lieutenant qui se sait plus fort et qui se sent prêt à livrer bataille jusqu'à la mort s'il le faut pour prendre le contrôle de la meute.

Sauf qu'Andrei n'en est pas encore là. Il n'est ni vieux ni faible, au contraire. Il n'hésitera sans doute pas à écraser quiconque oserait convoiter ce qu'il considère lui revenir de droit.

— Et toi ? demande Dominic, qui n'a pas remarqué que j'étais perdue dans mes pensées. Tu as passé une bonne journée ?

— C'était un peu bizarre, à vrai dire, dis-je en levant les yeux vers lui. Anna était à Albany quand je suis arrivée ce matin. De toute évidence, elle avait passé la nuit là. On dirait bien qu'Andrei et elle sont de nouveau ensemble.

J'étudie l'expression de Dominic – j'ai beau lui faire confiance, je ne peux m'empêcher de m'inquiéter un peu –, mais il ne réagit pas.

— Pour l'instant, commente-t-il avec un haussement d'épaules. Je ne sais pas quels sont réellement leurs sentiments l'un pour l'autre, mais, manifestement, ils s'entendent bien sur le plan sexuel. Je leur souhaite beaucoup de plaisir.

— Ce n'est pas très réglo, quand même, un patron qui couche avec une de ses employées. Tu ne trouves pas ?

— Je me ferais du souci s'il s'agissait de quelqu'un d'autre qu'Anna, mais cette fille sait se défendre. À vrai dire, c'est plutôt pour Andrei que je m'inquiéterais, poursuit Dominic avec un franc sourire. Crois-moi, Anna est une force de la nature.

Une force de la nature, intelligente, cultivée, belle, sexy… Qu'est-ce qu'un homme pourrait bien désirer de plus ?

Aussitôt, je me rappelle à l'ordre. *Ne commence pas !* Ce genre de réflexion ne sert qu'à engendrer la jalousie et les malentendus. À ce propos, je repense à mon possible quiproquo. Toute la journée, je me suis repassé en boucle les événements du bal masqué, et mes souvenirs sont formels : Dominic m'a retrouvée et, après une folle étreinte, j'ai perdu connaissance. Ce sont les précisions que j'ai apprises depuis qui me font douter – surtout les révélations que m'a faites Anna ce matin. *Il faut que je lui pose la question. Je ne pourrai pas m'abandonner complètement si j'ai peur d'avoir été infidèle, même malgré moi.* Une fois de plus, je me rends compte de l'impasse dans laquelle je me trouve. *Il va falloir faire preuve de subtilité.*

D'un ton détaché, je demande :

— Tu t'es bien amusé, quand tu dansais avec Anna, à la soirée ?

Dominic me lance un regard soudain sérieux, et son sourire vacille.

— Ne recommence pas avec ça, Beth. J'ai été clair à ce sujet : tu n'as aucun souci à te faire.

— Je sais, je sais ! Ce n'est pas ce que je voulais dire. Je remarquais juste que… Enfin, on s'est surtout amusés quand on était seuls tous les deux, non ?

— Bien sûr, confirme-t-il en se détendant. Tu le sais très bien. Le simple fait de passer la soirée près de toi était génial, d'autant plus que je ne m'y attendais pas. Tu étais magnifique ! Les autres femmes ne t'arrivaient pas à la cheville.

Flattée par son compliment, je souris.

— Je voulais me faire belle, au cas où tu serais là. C'était l'unique raison de ma présence à cette fête. C'est pour ça que j'ai tellement apprécié qu'on puisse passer un peu de temps seuls, toi et moi.

— Je sais, souffle-t-il, les yeux brillants. C'était merveilleux de pouvoir te toucher… te sentir. J'avais tellement faim de toi, Beth ! Franchement, quand j'étais dans les baraquements sommaires de cette mine de fer en Sibérie, avec une poignée d'ouvriers pour compagnie et un pauvre poêle à bois pour tout chauffage, la seule chose qui m'a permis de tenir le coup, c'était d'imaginer ton corps magnifique, avec ses courbes affolantes.

C'était de savoir que tu m'attendais, comme tu me l'avais promis, et que j'allais te retrouver un jour.

— Toi aussi, tu m'as manqué, dis-je d'une voix un peu enrouée. J'avais tellement envie que tu me fasses l'amour… Du coup, quand on a enfin pu, ça a été magique. Je n'ai pas pu résister, même si l'endroit n'était pas idéal.

— Je sais, c'était incroyable pour moi aussi, renchérit-il.

Un immense soulagement me submerge : c'était bien Dominic avec moi dans les catacombes, pas Andrei ! *Oh, merci, mon Dieu ! Qu'il est bon d'être libérée de cette terrible culpabilité !*

— J'ai dit quelque chose de drôle ? demande Dominic d'un air amusé. Tu as un sourire jusqu'aux oreilles.

— Non, rien. Je suis tellement heureuse !

Je me lève d'un bond et contourne la table pour le serrer dans mes bras de toutes mes forces avant d'ajouter :

— Je n'arrive pas à croire qu'on se soit enfin retrouvés !

— Hum… Et si on finissait ce repas un peu plus tard ? suggère Dominic en me prenant la main pour me mordiller doucement le pouce. Je viens d'avoir une idée fort séduisante.

Il attire mon visage tout près du sien et m'embrasse fougueusement. Nous nous redécouvrons avec délices, si bien que nous avons du mal à nous écarter suffisamment longtemps pour gagner la chambre. Nous y arrivons tant bien que mal, semant des vêtements un peu partout en chemin. Lorsque nous entrons dans le boudoir, je ne porte plus que mes sous-vêtements et, sans rompre notre baiser, Dominic dégrafe mon soutien-gorge et dénude mes seins. Il pousse un petit murmure en découvrant mes tétons déjà durcis et referme la paume sur ma peau douce.

— Tu es magnifique… J'ai tellement rêvé de ces petites merveilles ! Je mourais d'envie de les goûter, de les sucer…

Il incline la tête et attire un de mes tétons entre ses lèvres, puis le relâche doucement avec un sourire nonchalant.

— Je voulais goûter ça, aussi, ajoute-t-il en passant un doigt sous l'élastique de ma culotte et entre mes lèvres gonflées, m'arrachant un frisson.

Un instant plus tard, le fin morceau de soie tombe au sol, et je me tiens entièrement nue devant Dominic. Il semble apprécier le spectacle, si j'en juge par la bosse qui déforme son boxer. Je glisse une main à l'intérieur et la referme sur son érection.

Avec un gémissement, il me soulève et me dépose sur le lit. Allongée sur le dos, je l'observe tandis qu'il finit de se déshabiller. Je ne peux détacher mon regard de son sexe magnifique. Cela faisait si longtemps que je ne l'avais pas vu – nos retrouvailles jusqu'ici ont toujours eu lieu dans le noir. Cette vision m'excite au plus haut point, mais je tente de me contrôler. Nous avons toute la nuit devant nous.

Dominic s'allonge à côté de moi et m'attire tout contre lui, me caressant le dos, les hanches et les fesses tandis que je savoure la sensation de son érection contre mon ventre et de ses bras forts autour de moi. Nous nous embrassons longuement, lentement d'abord puis avec de plus en plus de fougue, jusqu'à ce que, n'y tenant plus, je m'écarte suffisamment pour saisir son membre tendu. La peau en est si chaude, si douce… j'ai du mal à croire que celui-ci puisse se montrer aussi impérieux.

— Tu te rappelles quand j'étais ton esclave ? dis-je d'une voix enrouée de désir. Tu aimais que je te serve et que je t'obéisse.

— Mmm… J'aime toujours ça.

Cet aveu me fait frissonner.

— Tu voudrais recommencer ? Me dominer de nouveau ?

— Oui… Mais, cette fois, on établit des règles et des limites strictes. La dernière fois, tu m'as fait confiance, et je n'ai pas été à la hauteur, soupire-t-il avec un sourire triste. Un maître se doit d'assurer la protection de son esclave. L'esclave s'en remet complètement à son maître, qui exige d'elle qu'elle lui obéisse afin de lui donner du plaisir. Mais, en échange, l'esclave doit pouvoir goûter une jouissance égale. Ses souffrances, quelle qu'en soit la nature, ne doivent jamais dépasser ce que l'esclave est prête à endurer.

— Tu veux fixer des limites ? dis-je sans cesser de le caresser.

J'entends Dominic retenir son souffle lorsque j'effleure son gland du bout des doigts avant de refermer la main sur son sexe.

— On n'a pas besoin de ça, tu sais, poursuis-je. Je te fais confiance. Je sais que tu ne chercheras pas à me faire des choses dont je n'ai pas envie, genre…

— Genre quoi ?

Je lui caresse doucement les testicules puis glisse un doigt un peu plus loin.

— Genre… là.

— Tu veux dire la sodomie ?

Je hoche la tête.

Dominic me regarde un instant avant de poursuivre.

— D'accord. Si on aborde cet aspect-là des choses, ce sera avec ton consentement explicite et sans réserve. Mais, tu sais, même si tu ne veux pas que je te pénètre, moi, tu pourrais apprécier des variantes. Il existe d'autres moyens, qui peuvent procurer des sensations hallucinantes – un doigt, un gode très mince, un *rosebud* conçu tout spécialement pour aller se loger dans ton joli petit cul… Ça te donnerait une impression de plénitude encore plus grande quand je te baiserais.

Je me mords la lèvre, indécise, mais cette idée ne me déplaît pas. À vrai dire, la façon dont Dominic en parle m'excite franchement. Il me caresse les fesses et passe un doigt entre – pas profondément, mais juste assez pour que je ressente un étrange picotement dans une zone que je n'aurais pourtant pas crue érogène. Cependant, je ne vois pas bien l'intérêt de recevoir quoi que ce soit dans mon anus alors que mon sexe brûle d'impatience.

—Je ne sais pas, dis-je enfin. Je ne me sens pas encore prête à m'aventurer sur cette voie, mais tu comprendras quand je le serai, non ?

—Oh non ! s'écrie Dominic à ma grande surprise, sans pour autant cesser de sourire. Je ne ferai rien de ce genre si tu ne me le demandes pas explicitement.

—Ah bon ? C'est ça, l'éthique du maître ? dis-je en refermant la paume sur son érection.

Je meurs d'envie d'y goûter – je n'en peux plus d'attendre.

—Je dois pouvoir me contrôler moi-même si je veux contrôler les autres, répond Dominic. C'est une des leçons que j'ai tirées de notre mésaventure. Je suis sérieux, Beth, ajoute-t-il sur un ton grave tout en me prenant la main pour m'obliger à cesser mes caresses. Beaucoup de choses ont changé depuis la dernière fois qu'on s'est vus ici. Bien sûr, j'aurai toujours envie d'être ton maître et de te voir soumettre ta volonté et ton corps magnifique au moindre de mes désirs, mais ce que je t'ai fait subir quand j'ai dérapé… Disons que ça m'a laissé des séquelles que je ne m'explique pas bien – du moins pas encore. Ça veut dire que nous avons désormais besoin de limites. Tu en as posé quelques-unes – à mon tour. Si tu veux que je suive mes désirs et que je joue avec ton cul quand bon me semblera, il faut me le dire tout de suite. Sinon, je ne ferai rien de ce genre. Je suis sérieux, ma chérie.

Il me lâche la main, et je reprends mes caresses avec plus de force.

— Hum… Voyons voir… Je pense que j'ai besoin d'un peu de temps pour y réfléchir, si cela ne vous ennuie pas… monsieur.

Avec un petit sourire, il adopte la voix sévère de mon maître.

— Très bien. Je t'accorde un moment pour t'amuser. Je te signalerai la fin de cette petite récréation.

— Merci, monsieur.

Aussitôt, je descends le long de son corps et caresse son ventre plat avant de faire jouer mes doigts dans les doux poils noirs qui poussent autour de son nombril et tracent une ligne fine en direction de son sexe. Je dépose des baisers sur sa peau mate et m'émerveille de sentir ses muscles fermes jouer sous mes lèvres. D'une main, il me caresse tendrement les cheveux, et j'entends son souffle se précipiter. Je me redresse un peu et me place entre ses jambes, l'encourageant à les ouvrir pour pouvoir m'agenouiller entre ses cuisses. Ma posture évoque celle d'une prêtresse païenne en train de vénérer son dieu et, d'une certaine façon, cette comparaison me paraît pertinente. Je m'apprête à rendre hommage à cette partie de Dominic qui me procure des délices insensés. Je saisis son sexe impatient d'une main ferme et le sens se durcir encore. Mais je n'ai pas l'intention de satisfaire ses attentes tout de suite. Je commence à souffler doucement sur toute sa longueur et donne de petits coups de langue ici et là. Puis je descends vers ses bourses et souffle dessus – faisant remuer les quelques poils noirs qui y poussent – avant de les masser délicatement et d'en lécher la peau fine.

Dominic gémit en rythme avec les caresses de mes mains et de ma langue. Il a enfoui les doigts dans mes cheveux et crispe les poings à mesure que son plaisir augmente. Je fais courir mon index jusqu'à son anus, puis m'humecte les lèvres et, bouche ouverte, parcours la longueur de sa formidable érection. Je le sens frissonner à chacun de mes petits coups de langue. Lorsque j'arrive enfin à son gland, j'en lèche le pourtour tout en chatouillant la base de son sexe.

— Suce-moi, lance-t-il soudain d'une voix rauque. Prends-moi dans ta bouche. Prends-moi tout entier.

Je ne me fais pas prier – je suis littéralement affamée –, mais je sais que ça ne va pas être facile d'obéir à cet ordre. Je me penche en avant et incline la tête pour l'attirer entre mes lèvres, l'accompagnant de petits coups de langue. Son érection est énorme, si bien que je doute de pouvoir la contenir tout entière, mais Dominic continue d'avancer, et je détends la mâchoire au maximum pour lui faire de la place. Alors que je pense ne pas pouvoir en prendre un millimètre de plus, il se retire rapidement, effleurant légèrement mes incisives avec son gland. J'ai deux secondes pour me ressaisir avant qu'il me pénètre de nouveau, une main autoritaire posée à l'arrière de ma tête.

— Je veux baiser ta bouche, dit-il d'une voix sourde. J'ai envie de continuer comme ça jusqu'à l'orgasme, compris ?

Je hoche la tête, puis continue d'accompagner ses coups de reins. Chaque fois qu'il se retire, je le suis du bout de la langue et, quand il avance, je l'accueille jusqu'au bout. Il commence à amplifier ses mouvements, et je remue la tête en rythme de façon à ce qu'il ne heurte pas l'arrière de ma gorge mais à ce qu'il ait quand même le plaisir de sentir ma bouche tout autour de son sexe.

— Stop, ordonne-t-il soudain.

J'entrouvre les lèvres et le laisse reculer. Son érection, luisante de salive, se dresse fièrement devant moi, comme pour me narguer. Cette vision aiguise encore plus mon appétit, mais, si Dominic a décidé de retarder son orgasme, c'est qu'il a des projets intéressants me concernant.

— Je voudrais que tu te caresses, mais attention, me prévient-il, tu ne dois pas jouir.

Oh non! Ça va être difficile. Brûlant d'impatience, je suis prête à faire tout ce qu'il me demande. Je n'avais encore jamais été dans un tel état. La première fois que nous nous sommes retrouvés ici, j'avais quelques réserves et craignais un peu de découvrir ce qu'il allait me faire subir. Mais, depuis, j'ai appris que mon corps peut supporter bien plus que je ne croyais et que le plaisir le plus intense vient quand on s'abandonne complètement, pas quand on se pose des limites et qu'on évite de prendre des risques. Dans la vie de tous les jours, je n'aspire nullement à devenir l'esclave de qui que ce soit, mais, ici, je sais que je peux retirer une volupté incroyable en me soumettant à mon amant si exigeant, si dominateur et si sensuel. Il peut user de mon corps comme bon lui semble parce que je sais qu'il m'entraînera vers une extase sans pareille tout en prenant lui-même un plaisir ineffable.

Obéissant à ses ordres, je m'allonge sur le dos et glisse deux doigts entre mes lèvres trempées d'excitation.

— Non, pas comme ça. Je ne te vois pas. Mets-toi à genoux pour que je puisse te regarder.

Je me tourne donc vers lui et me redresse de façon à ce que mon sexe soit au même niveau que son visage. Il s'adosse contre l'oreiller, une main posée sur son érection, les yeux luisants de désir.

— Vas-y, caresse-toi.

Je fais courir mon index le long de mon ventre, parmi mes quelques boucles, puis entre mes lèvres soyeuses. Déjà, je sens la petite pointe que forme mon clitoris durci. Dominic s'humecte les lèvres, et je comprends qu'il s'imagine en train de le sucer et de le mordiller. Cette image m'excite encore plus, et je sens mon pouls battre sous mes doigts. Toujours sous le feu de son regard brûlant, j'approche mon majeur du point le plus sensible et donne un petit coup qui m'envoie une décharge dans tout le corps. Fut un temps où j'aurais trouvé cela inconcevable de me caresser devant quelqu'un. Maintenant, j'ai peur de jouir trop vite. Mais je tiens à suivre ses ordres et décris de petits cercles autour de mon clitoris, le taquinant de temps en temps, ce qui m'arrache des gémissements involontaires. Mon corps tout entier s'échauffe et, sans bien m'en rendre compte, je referme la main gauche sur mon sein et en pince la pointe, ajoutant encore à mon affolement.

Dominic ne me quitte pas des yeux, immobile même si sa main repose toujours sur son érection.

— Introduis tes doigts, m'ordonne-t-il.

Obéissante, je fais glisser mon index et mon majeur entre mes lèvres puis les plonge aussi loin que je peux. Aussitôt, je commence à onduler des hanches pour venir à la rencontre de mes doigts. Dominic retient son souffle et crispe la main sur son sexe tendu. Je sens qu'il est sur le point de craquer.

— Bien… très bien, dit-il d'une voix rauque. J'adore ça… Je veux te baiser avant de t'accorder l'orgasme dont tu as tellement envie, mais, d'abord…

Il se lève et se dirige vers la commode. Les doigts pressés sur mon clitoris, je le regarde sortir une corde.

— Viens là. Lève les bras au-dessus de la tête, les mains jointes.

Je m'exécute, et il me lie les poignets, laissant pendre une bonne longueur de corde derrière moi.

— Maintenant, va t'agenouiller contre la tête de lit, dos au mur, et écarte les cuisses.

J'obéis sans un mot, et Dominic fixe la corde aux montants métalliques, ce qui m'oblige à me pencher en arrière.

Mes mains sont immobilisées au niveau de ma nuque et mes quadriceps sont tendus à l'extrême. Je suis offerte, le sexe exposé aux regards de Dominic. Je comprends bien vite que si j'essaie de me pencher en avant, mes bras me font souffrir, mais que si je me recule pour les soulager, ce sont mes cuisses qui me brûlent. La seule position à peu près confortable se situe entre les deux, et je m'efforce de maintenir cet équilibre tandis que Dominic remonte sur le lit. Il m'observe en silence et semble apprécier de me voir me débattre ainsi.

Une fois que je m'immobilise, il lance d'une voix grave :

— Je veux lécher le nectar de ton excitation, mais tu dois garder ton plaisir pour plus tard, compris ?

Je hoche la tête en m'humectant les lèvres.

— Ferme les yeux. Surtout, ne les rouvre sous aucun prétexte.

J'obéis et, aussitôt, toute mon attention se concentre sur mon sexe. Tout disparaît, à part la certitude que, très bientôt, la langue de mon maître va me prodiguer des plaisirs inouïs. Je dois me retenir pour ne pas gémir d'impatience. Tandis que j'attends ce moment, je remue légèrement pour soulager d'abord mes bras, puis mes jambes. *C'est insupportable !*

J'ai envie d'ouvrir les yeux mais je me contrôle, de crainte que Dominic ne me punisse en resserrant mes liens ou en retardant encore le moment de m'offrir les caresses de sa bouche, or je désire cela plus que tout – c'est la seule chose qui puisse calmer le feu intense qui me dévore.

Après une attente interminable, je sens le souffle de Dominic chatouiller les boucles de mon pubis et je me débats sous le coup de cette délicieuse taquinerie. J'ouvre encore plus les cuisses pour l'attirer à moi, mais il s'écoule un long moment avant que je sente un nouveau souffle sur ma peau brûlante. Une sorte de miaulement m'échappe.

— Dominic, s'il te plaît…

Je reçois une vive fessée en guise de réponse et crispe les paupières. Tout à mon excitation, j'ai peur d'oublier ses consignes et d'ouvrir les yeux.

Je m'exhorte à la patience. *Si tu fais preuve d'humilité et d'obéissance, ton maître te donnera ce que tu attends.* Mais j'ai l'impression qu'il s'écoule des heures, et mon désir devient presque incontrôlable. Les va-et-vient réguliers que m'imposent mes liens ne font qu'amplifier mon excitation. Si seulement je pouvais rester immobile, j'arriverais peut-être à patienter tranquillement, mais ces ondulations incessantes maintiennent mon sexe dans un état d'excitation insupportable.

Après un long moment, je sens un léger contact – le bout de sa langue contre mon clitoris. Lorsqu'il se fait plus insistant, je laisse échapper un cri de plaisir, ivre de joie que mon attente touche à sa fin. Dominic me taquine du bout de la langue, puis trouve le centre durci de mon clitoris et le titille délicieusement avant de descendre le long de mes lèvres, en léchant doucement le fruit de mon excitation. Quand il parvient à l'entrée de mon sexe, il s'amuse à me mordiller avant d'introduire sa langue avec force. Je me démène comme un beau diable, en proie non seulement aux délices que m'inflige Dominic mais également à la douleur cuisante qui court le long de mes membres quand j'ai le malheur de me laisser aller contre mes liens. En revanche, je n'ai plus aucun mal à garder les yeux fermés ; plongée dans le noir, je me consacre entièrement à la sensation veloutée de la langue de Dominic en moi.

Soudain il la retire et introduit deux doigts à la place, presque brutalement, sans cesser de laper mon clitoris. Il l'attire dans sa bouche et l'effleure de ses dents, comme s'il tétait le nectar à sa source. Je me sens vibrer de plus en plus fort et remue les hanches pour venir à la rencontre de ses doigts. Je suis dangereusement proche de l'orgasme, à présent, et la tension de la corde me donne encore plus envie d'atteindre cette libération.

— Laissez-moi jouir ! S'il vous plaît, j'en ai besoin !

— Jouir ? répète Dominic d'une voix autoritaire et presque moqueuse. Tu fais partie de ces gourmandes invétérées qui aiment qu'on les chatouille, n'est-ce pas ? Tu voudrais que je te chatouille jusqu'à ce que tu répandes ton miel en pure perte ? Non, pas encore. D'abord, je vais te baiser.

Je prends une inspiration tremblante. Je ne sais pas si je vais pouvoir endurer plus longtemps la douleur dans mes membres – ou la torture érotique que me fait subir Dominic. Je crispe les paupières en espérant avoir la force de ne pas le supplier. Il vient se placer entre mes cuisses et me fait écarter les genoux encore un peu plus. Je sens sa chaleur tandis qu'il se penche pour saisir le montant du lit de chaque côté de ma tête. Son érection dure et brûlante appuie contre mon ventre et ses bourses viennent chatouiller mon sexe offert. Il prend le lobe de mon oreille entre ses dents et le mordille très légèrement avant de murmurer :

— Ne t'abandonne pas encore, le meilleur reste à venir.

Il se repositionne de façon à ce que son gland vienne se presser entre mes lèvres, mais il ne fait rien pour le guider. Il garde les mains sur le montant du lit, et les miennes sont liées. Visiblement, il se délecte de mon affolement tandis que son sexe taquine le mien sans trouver de prise tellement je suis trempée d'excitation.

— S'il vous plaît ! Je vous en supplie !

J'avance les hanches à sa rencontre, mais, chaque fois, il m'échappe. Je suis sur le point de hurler de frustration quand, enfin, il trouve le bon angle et mon sexe s'ouvre pour l'accueillir. Je soupire de bonheur tandis qu'il me pénètre d'une seule poussée et que son pubis vient appuyer contre mon clitoris. Dans un élan de vigueur nouvelle, j'accompagne ses mouvements en faisant onduler mes hanches. Les liens qui m'entravent me fournissent une résistance bienvenue et me permettent de m'élever à sa rencontre. Il me baise violemment, à présent, agrippant la tête de lit et ajoutant son élan au mien. Bientôt, chaque coup de boutoir m'arrache un cri, et je sens l'orgasme approcher. D'une voix haletante, je demande :

— Est-ce que je peux jouir ?

— Quoi ?

— Est-ce que je peux jouir, s'il vous plaît ?

— Quoi ?

Cette fois, je hurle ma question :

— Est-ce que je peux jouir, s'il vous plaît, monsieur ?

— Ouvre les yeux.

J'obéis et rencontre son regard. Il semble apprécier l'état d'excitation presque hystérique dans lequel je me trouve.

Il m'embrasse avec fougue, et j'ai l'impression que sa langue me pénètre aussi profondément que son sexe. Puis il s'écarte et dit :

— Vas-y, jouis pour moi. Maintenant.

Comme pour répondre à son ordre, mon orgasme explose au même instant, avec l'intensité d'un volcan en éruption. La douleur qui me brûlait les membres disparaît, remplacée par la plus intense des jouissances, et je frissonne violemment. Tandis que mes spasmes se calment peu à peu, Dominic accélère la cadence et me saisit les fesses d'une main pour m'atteindre encore plus profondément, avant de libérer sa propre extase.

Je me détends complètement, et ressens pleinement la contrainte de la corde. Maintenant que mon ivresse retombe, mes muscles endoloris me font cruellement souffrir, et je gémis doucement.

—Je ferais mieux de te détacher, remarque Dominic avec un sourire.

Il rayonne littéralement de satisfaction.

—Oui, s'il te plaît.

Aussitôt qu'il me libère, je me laisse tomber sur le lit, étourdie de soulagement.

Dominic s'allonge à côté de moi et me prend dans ses bras. Il enfouit son visage dans mon cou puis m'embrasse doucement et souffle :

—C'était merveilleux.

—Oui, dis-je dans un murmure en le serrant contre moi. Ça valait le coup d'attendre.

Je savoure la proximité de nos corps et la paisible impression d'apesanteur qui suit l'extase. Puis, après un moment, je reprends :

—C'est la première fois que tu m'attaches de cette façon.

—Vraiment ?

—Oui.

—Ah bon. Ça ne t'a pas plu ?

—Si, au contraire. C'est bizarre, mais on aurait dit que la résistance des liens et la douleur qui va avec intensifiaient tout ce que je ressentais.

—C'est l'idée. Et, à en juger par tes braillements, c'est remarquablement efficace, me taquine Dominic.

— Je ne braillais pas ! dis-je en lui donnant une petite tape. Je… j'extériorisais mes émotions.

— Tu les as extériorisées jusqu'à Tombouctou, tes émotions ! rétorque-t-il dans un grand éclat de rire.

— Tu as toujours envie de me contrôler, hein ? Enfin, je veux dire : tu souhaites toujours jouer le rôle du maître quand nous faisons l'amour ?

— Je crois, oui, répond-il en me caressant doucement le bras. Je ne sais pas si je pourrai changer un jour, Beth. Est-ce que tu supporterais que je continue à nourrir ces fantasmes ?

— Oh, oui ! Je n'ai aucun doute là-dessus. Ce que je me demande, c'est… comment on va procéder pour explorer tout ça.

— Ne t'inquiète pas, Beth, reprend Dominic sur un ton soudain sérieux. J'ai beaucoup réfléchi et j'ai compris une chose : je n'utiliserai plus jamais d'instruments pour te faire du mal. Fini les fouets, les battoirs et les cravaches. Je ne supporterais pas de te refaire une chose pareille. J'imagine que ça doit te rassurer de m'entendre dire ça, conclut-il en me déposant un baiser sur l'épaule.

— Oui, bien sûr… Je tiens surtout à te faire plaisir, tu sais.

— Merci, ma chérie, ça compte beaucoup pour moi – énormément, même. Après ce qui nous est arrivé cet été, je ne veux plus jamais prendre un tel risque. Comme je te l'ai expliqué : nous avons des limites, maintenant, et voici l'une d'entre elles.

Je n'ignore pas que les conséquences de la flagellation de *L'Asile* ont failli nous séparer à jamais. Je sais que Dominic est parti en vrille quand il a compris la gravité de ce qu'il avait fait. Et pourtant…

Je devrais être contente qu'il n'ait plus jamais envie de me frapper ou de me fouetter. Mais je croyais que c'était moi qui posais les limites.

Tandis que nous sombrons dans un profond sommeil, je me demande pourquoi je me sens aussi contrariée.

Chapitre 13

QUAND J'ARRIVE À ALBANY LE LENDEMAIN, LE GARDE du corps m'ouvre la porte, la mine impassible, comme s'il n'entendait pas les cris aigus qui résonnent dans tout l'appartement. Étant donné qu'il ne m'a jamais adressé la parole, il serait étonnant qu'il commence maintenant, pourtant je trouve ça un peu étrange de jouer l'indifférence alors qu'une voix de femme dotée d'un fort accent russe hurle : « Andrei ! Oh, Andrei ! »

J'écoute ce petit concert avec un certain amusement maintenant que je sais que celui qui était dans les catacombes avec moi n'est autre que Dominic. Et puis, cela me rassure de constater qu'Andrei est occupé avec sa princesse russe – si tant est qu'Anna en soit une. En ce qui me concerne, ils sont parfaitement assortis et, à présent que j'ai la conscience tranquille, je leur souhaite bien du plaisir. Quant à savoir si Andrei est allé jusqu'à me faire boire un cocktail drogué…

Eh bien, je préfère ne pas y penser pour l'instant. J'ai une mission à mener à bien, et je compte m'en acquitter au plus vite pour pouvoir quitter ces lieux.

J'emboîte le pas au garde du corps en faisant la sourde oreille au flot ininterrompu d'exclamations russes qui franchissent les lourdes portes de la chambre d'Andrei.

Pas besoin d'être un génie pour comprendre ce qui se passe là-dedans : une belle partie de bataille navale !

J'entre dans le bureau et y trouve Edward déjà à son poste. Branché à son iPod, il se balance doucement tout en pianotant à toute vitesse sur son clavier. Quand il me voit poser mon sac à main sur mon fauteuil, il relève la tête et hurle :

— Pleurésie !

Je sursaute.

— Quoi ?

— Pardon, reprend-il en parlant d'une voix normale, tout en retirant les écouteurs de ses oreilles. J'écoutais une petite musique joyeuse et entraînante pour m'accorder avec l'atmosphère des lieux – le *Requiem* de Mozart. Et j'ai dit « pleurésie ». C'est ce qu'a eu la mère de Marcia – un problème aux poumons. Mais elle va mieux, et Marcia devrait revenir lundi. Heureusement, ajoute Edward en levant les yeux au ciel avec un geste en direction de la porte, ça veut dire que je n'aurai plus à subir ce vacarme. Sérieusement, ils étaient déjà en pleine action quand je suis arrivé. Cette fille a un souffle phénoménal – pas de problème au poumon, pour le coup.

Marcia revient lundi. Nous sommes vendredi. J'ai perdu le fil du temps avec cette fête en plein milieu de semaine. Et j'ai bien avancé mon travail, à tel point que j'en suis déjà à envisager l'accrochage. Ça veut dire que je pourrais avoir terminé avant le terme prévu par mon contrat. Je repense à la lectrice de Fragonard, et son image flotte dans mon esprit, pure et sereine. *Il faut que j'en parle à Mark. Je pourrais passer le voir aujourd'hui.*

— Ça ne vous ennuie pas, vous ? me demande Edward.

Comme je ne vois pas à quoi il fait allusion, il précise :

— De travailler à portée de voix d'une fille qui semble s'entraîner pour la convention annuelle des *banshees* ?

— Euh… non.

Je n'ai aucunement l'intention de discuter d'Andrei et Anna avec ce type.

— Bref, reprend-il en replaçant ses écouteurs, je retourne à cette franche rigolade qu'est le *Requiem*, en espérant qu'ils aient fini leur *Gloria* en chambre avant la fin du dernier morceau.

Je laisse donc Edward en compagnie de Mozart et me concentre sur mes mails. J'envoie un message à Mark pour savoir si je peux passer dans la journée, et il me répond immédiatement qu'il est chez lui et que je suis la bienvenue. Il me propose de venir déjeuner et me dit qu'il avait de toute façon l'intention de m'inviter prochainement, si Dubrovski ne m'accaparait pas trop.

Je suis aux anges à l'idée de revoir Mark. Il m'a manqué. Je lui envoie un mail pour confirmer ma venue, puis remarque que les cris en provenance de la chambre d'Andrei ont cessé. Je les imagine malgré moi – lui allongé sur elle, tous deux haletants, en proie à une langueur postcoïtale. Elle passe la main dans ses cheveux d'un blond foncé, les ébouriffant un peu, et les yeux bleus d'Andrei se sont adoucis, prenant une teinte plus chaude. Ce tableau m'évoque quelqu'un en train de caresser un lion. *Un fauve n'est jamais vraiment apprivoisé. Il décide de ne pas attaquer – pour l'instant.*

Je reçois un mail de la part de Dominic et me ressaisis.

> « La nuit dernière a comblé toutes mes attentes. Tu es tellement magnifique… Il faut que j'arrête de penser à toi, sinon je ne vais rien faire de productif de la journée. Mais nous avons tout le week-end devant nous pour jouer… à moins que tu n'aies fait d'autres projets et te trouves pieds et poings liés. Je ne t'impose rien – je ne voudrais surtout pas entraver ta liberté de mouvement –, mais ce serait formidable si tu pouvais me réserver un créneau.
>
> D. »

Ses plaisanteries me rappellent les cordes qui me retenaient au lit hier soir, et je dois réprimer un frisson de désir. Je réponds aussitôt.

« Je suis emballée à cette idée. Que dis-je ? Ligotée !
Mon temps t'appartient – mon tout t'appartient…
B. »

Puis je m'efforce de chasser les souvenirs de ce que Dominic m'a fait hier pour mener quelques recherches sur Fragonard, mais j'ai beaucoup de mal à me concentrer. Au bout de quelques minutes, j'abandonne et décide d'aller me faire du café et d'en proposer à Edward par la même occasion. J'espère que Sri n'est pas dans les parages. Je sais comment me débrouiller et ça m'ennuie de lui demander quoi que ce soit alors qu'elle a tant à faire. C'est donc avec satisfaction que je trouve la cuisine déserte. Je commence à doser le café comme j'ai vu Sri le faire et, tournant le dos à la porte, je ne me rends pas compte que quelqu'un est entré.

— Y en aurait-il assez pour deux personnes de plus ?

Je fais volte-face. Andrei se tient dans l'encadrement de la porte, vêtu d'un peignoir en cachemire bleu foncé qui fait paraître ses yeux presque turquoise.

— Bien sûr, dis-je poliment. Je viens justement d'en faire une pleine cafetière, ce sera prêt dans quelques minutes.

Andrei s'avance vers moi, pieds nus sur le parquet. Je me rends compte que je ne l'ai pas revu depuis le lendemain de la fête – depuis que j'ai appris qu'il m'avait peut-être droguée et que j'avais peut-être couché avec lui sous l'emprise d'une substance inconnue. *Pas étonnant que je me sente mal à l'aise…*

Même si j'ai maintenant la conviction qu'il ne m'a pas touchée, je reste méfiante au sujet du cocktail.

— Alors, vous en êtes où de votre travail ? demande-t-il avec un sourire. J'ai hâte d'entendre les derniers développements. Ça m'a manqué de ne pas vous voir, ces deux derniers jours.

D'une voix sèche, je réponds :

— Tout va bien, rien à signaler.

Face à ma mauvaise humeur, son visage retrouve sa froideur habituelle.

— Ah bon. Quoi qu'il en soit, j'aimerais avoir un rapport lundi matin à la première heure.

— Entendu.

Je me retourne vers la cafetière pleine et attrape deux tasses.

— Il ne faut pas, vous savez, reprend Andrei à voix basse.

— Je vous demande pardon ?

— Il ne faut pas être jalouse d'Anna. C'est une amie proche, qui m'aide à évacuer une certaine tension de temps en temps, mais ça n'a rien d'une relation sérieuse.

Interloquée, je retiens mon souffle. *Il croit vraiment que je suis jalouse ? Mais comment est-ce qu'il a pu en arriver à cette conclusion ?*

— Anna est d'une nature passionnée, elle ne muselle pas ses émotions... comme vous avez dû l'entendre, poursuit-il. Je suis désolé si ça vous a mise mal à l'aise. Je ne la ferai plus venir ici, ajoute-t-il en posant une main sur le plan de travail, tout près de la mienne. Si, un jour, vous et moi devions… être ensemble, eh bien… mes escapades avec Anna deviendraient de l'histoire ancienne. C'est entendu entre nous, elle ne m'en voudrait pas. Je tenais à ce que vous le sachiez.

Ses paroles réveillent en moi une vive colère, et je lui fais face.

— Andrei, je sais que tout le monde a plus ou moins la trouille de vous parler franchement, mais je vous préviens : si vous croyez que je me morfonds parce qu'on vous entend, Anna et vous, dans tout l'appartement, vous vous plantez complètement. Je ne vous aime pas, ne vous désire pas et ne voudrai jamais de vous, alors inutile de mettre Anna à la porte !

Un éclat menaçant passe dans son regard.

— Je vois… J'ai sans doute mal compris, alors. J'avais cru que nous avions atteint une certaine… intimité… après la fête. De toute évidence, c'était une erreur de ma part.

— En effet, c'était une erreur. Je vous l'ai dit : j'ai déjà quelqu'un. Et puis un dîner et une soirée un peu osée ne suffisent pas à faire de nous un couple !

— Vous n'allez pas réussir à me faire croire à l'existence de cet homme mystérieux dont vous ne connaissez même pas le prénom. Et puis nous avons établi une connexion autrement plus fine que…

Je n'écoute pas la suite de sa phrase. Je viens de passer deux jours atroces à cause de ce qu'il m'a fait – de la peur et de la culpabilité que ses actes m'ont inspirées. Toute cette colère bouillonne et déborde.

— Mais c'est fini, tout ça, Andrei ! Et je vous signale que ce n'est pas en me droguant que vous allez gagner mes bonnes grâces ! Vous ne vous rendez pas compte ? C'est super dangereux, de faire ça ! Et puis c'est illégal !

— Quoi ? lance-t-il en s'immobilisant soudain, les yeux brillant de furie.

— Vous m'avez très bien entendue ! Je sais ce que vous avez manigancé pendant cette fête : vous m'avez donné ce cocktail, là, celui qui contient un hallucinogène pour les amateurs de sensations fortes – et de perte de mémoire.

Andrei me toise, impassible, avant de prononcer d'une voix grave et dure comme l'acier :

— Vous feriez mieux de réfléchir à deux fois avant de lancer une accusation pareille.

Loin de me laisser intimider, j'insiste :

— Pourquoi ? Vous niez ?

De toute façon, il est trop tard pour faire marche arrière : je l'ai défié et dois aller jusqu'au bout de mes explications. L'idée que mon employeur – quelqu'un qui exerce une autorité sur moi et à qui je dois pouvoir me fier – m'ait fait subir une chose pareille me met hors de moi. Je me sens trahie, blessée. Andrei a eu de la chance que son acte irréfléchi n'ait pas eu de conséquences plus sérieuses qu'une vilaine migraine.

— Admettons que vous n'ayez rien ajouté dans mon verre, vous croyez vraiment que j'ignore en quoi consiste le cocktail maison dans ce genre de fêtes ? Kitty Gould est une amie de longue date, non ? Vous allez souvent aux soirées qu'elle organise, vous devez en connaître les ficelles.

— Je ne vois pas de quoi vous parlez, rétorque Andrei, le visage crispé sous l'effet de la colère. Le cocktail maison des fêtes de Kitty ne contient pas de drogue – il ne contient même pas d'alcool ! C'est un *virgin sea breeze*. Si je vous ai commandé ça, c'est justement parce que je voyais que vous aviez déjà assez bu pour la soirée.

Coupée dans mon élan, je le regarde, bouche bée, avant de réussir à articuler :

— Qu'est-ce que vous venez de dire ?

— Vous m'avez très bien entendu. Appelez Kitty pour vérifier, si vous ne me croyez pas. Elle pourra vous donner la recette – sans drogue et sans alcool.

Confuse, je ne sais plus quoi penser. Le cocktail était très sucré, donc je me suis dit qu'il devait être traître, mais je n'ai effectivement pas senti la vodka. Andrei a peut-être raison – ce qui signifierait que je me suis plantée sur toute la ligne. *Oh, non ! Qu'est-ce que j'ai encore été faire ?* La peur me noue le ventre quand je me rends compte que j'ai tiré des conclusions hâtives au sujet d'Andrei. *Mais je planais complètement – je suis sûre que je n'étais pas dans mon état normal. Et si la recette ne contient rien d'illégal, c'est qu'Andrei me ment et qu'il a ajouté la drogue lui-même.*

Il s'approche encore, et je perçois l'odeur musquée de son parfum, soulignée par la chaleur de sa peau après l'amour. Je trouve ce mélange étrangement entêtant mais m'efforce de penser à autre chose.

— Je vois bien que vous ne me croyez pas, reprend Andrei en m'examinant attentivement. Je ne sais pas d'où vous vient l'idée que vous avez été droguée. À mon avis, ce n'étaient que les effets du champagne après une vodka martini bien tassée et plusieurs verres de vin pendant le dîner. Vous étiez ivre, Beth, rien de plus. Je ne vous ferais jamais le moindre mal, surtout pas en abusant de votre confiance, et cela me fait beaucoup de peine que vous puissiez imaginer le contraire, ajoute-t-il en me sondant de son regard bleu presque hypnotique. Alors ? Qu'avez-vous à répondre à cela ?

Il est doté d'une telle force de persuasion que je ne sais plus quoi penser. Une partie de moi me souffle de me méfier, mais une autre ne demande qu'à se laisser convaincre. *Pas étonnant qu'il ait fait fortune – il a vraiment quelque chose de magnétique.*

— Vous avez du mal à croire que je ne vous ferais pas de mal, hein ? insiste-t-il en s'approchant encore.

Je suis terriblement consciente du fait que seule une mince couche de cachemire me sépare du corps nu d'Andrei, et cela m'étourdit presque. Il est si grand, si imposant… si proche.

Son odeur m'enivre et la chaleur de sa peau irradie comme une caresse.

— Fiez-vous à votre jugement, murmure-t-il. Vous savez que, s'il arrive quoi que ce soit, c'est parce que vous le voulez bien… N'essayez pas de le nier. Ne résistez pas à ce que vous dicte votre instinct. Je le sens, et je sais que vous en êtes consciente aussi…

Il est vraiment tout près, à présent. Mon cœur s'emballe et mon souffle s'affole – mon corps réagit malgré moi à la proximité de cet homme. Il est en train de me subjuguer avec la force de sa virilité et de sa volonté. Lentement, il incline la tête, si bien que son visage touche presque le mien, et je sais que, dans un bref instant, il va m'embrasser. Je suis hors d'haleine, j'aimerais résister mais me trouve incapable de bouger. Du moins, je pense que j'aimerais résister… Mon esprit semble vide – je ne suis consciente que de la proximité d'Andrei et de l'effet qu'elle produit sur mon traître de corps.

— Andrei ? Il arrive, ce café ? Ça fait des heures que j'attends !

La voix riche d'Anna me sort de ma torpeur, et je secoue la tête comme pour me réveiller. Tandis que j'essaie de comprendre ce qui vient de se passer, Andrei se tourne vers la porte, d'où Anna, vêtue de son peignoir rouge, le toise d'un air soupçonneux.

— Je te l'apporte, Anna, retourne dans la chambre, dit-il d'une voix douce mais autoritaire.

Elle s'attarde un instant, nous regardant tour à tour. Visiblement, ça ne l'enchante pas de nous laisser seuls, mais elle n'ose pas désobéir et finit par tourner les talons avec mauvaise humeur.

Je lui suis reconnaissante pour cette interruption, qui m'a permis de reprendre mes esprits. Je m'en veux terriblement d'avoir failli céder, mais je suis surtout furieuse contre Andrei. *Non mais pour qui il se prend ? Son arrogance ne connaît décidément pas de bornes ! Je viens de l'accuser de m'avoir refilé un cocktail drogué mais, lui, il croit quand même que je vais accourir au premier claquement de doigts !* Le pire, c'est que ça a bien failli marcher. Je ne sais pas comment j'aurais réagi si nos lèvres s'étaient effleurées, et cela me fait honte. Où est passé mon self-control ?

Je ne veux surtout pas trahir Dominic et ce que nous avons construit ensemble ! Jamais ! Il ne me trahirait pas, lui.

Rouge de colère envers moi-même, je m'écarte d'un mouvement vif.

— Elle peut penser ce qu'elle veut, je m'en moque, lance Andrei d'une voix pressante. Et ça ne devrait pas vous importer, à vous non plus.

Je fais volte-face.

— Vous ne voulez vraiment pas comprendre, hein ? Vous ne m'intéressez pas. Vous pouvez coucher avec Anna ou même l'épouser si ça vous chante. Je m'en fiche complètement, tant que vous me laissez tranquille ! Notre relation est strictement professionnelle, vous m'entendez ? Une fois que j'aurai terminé cette mission, je quitterai ces lieux et n'y remettrai plus jamais les pieds. À vrai dire, je suis impatiente que ce jour arrive ! (Je me tourne vers le plan de travail pour me servir un café et, dans ma rage, j'en renverse partout.) Je suis désolée si je vous ai accusé à tort, mais le fait que cette éventualité me semble plausible est plutôt révélateur, non ? Maintenant, si vous voulez bien m'excuser, j'ai du pain sur la planche.

Ignorant son expression furieuse, je le contourne et sors de la cuisine.

Quand je regagne l'étude, je tremble sous l'effet de l'adrénaline. Je suis à la fois contente et morte de trouille d'avoir dit ses quatre vérités à Andrei. Je viens de parler à Andrei Dubrovski sur un ton que personne ne doit jamais employer avec lui – du moins, personne qui aime les petits plaisirs de la vie, comme des bras et des jambes en un seul morceau et un emploi rémunéré.

Tant pis, il n'a qu'à me virer. Je refuse qu'on me traite de cette façon.

De quelle façon ? me souffle une agaçante petite voix. *Tu allais le laisser t'embrasser, je te signale !*

Décidément, je n'aime pas du tout cette petite voix. Je décide de ne pas écouter un traître mot de ce qu'elle raconte. C'est Andrei, le salaud, dans cette histoire : c'est un menteur qui exploite les autres et qui couche avec une femme alors qu'il en drague une autre, laquelle n'a rien demandé et se trouve être son employée, en plus. Je ne trouve pas ça très reluisant, dans l'ensemble.

C'est donc avec un immense soulagement que je m'échappe à l'heure du déjeuner. L'air est vif, le ciel dégagé, et le soleil brille avec une douceur tout automnale, baignant la ville d'une chaude lumière. Pourtant, une brise fraîche souffle sur Londres, formant un agréable contraste. Tandis que j'avance sur Piccadilly, je remarque que les arbres de Green Park commencent à prendre des couleurs d'ocre et que des tas de feuilles se forment ici et là. À l'étage des bus de tourisme, les gens sont soigneusement emmitouflés. Je dépasse Park Lane, puis Hyde Park Corner, et bifurque en direction de Belgrave Square. Ici, les immeubles sont de vrais palaces blancs avec des balcons, des colonnes et des portes majestueuses. De nombreux drapeaux flottent dans le vent, désignant les demeures converties en ambassades, et plusieurs véhicules arborent des plaques diplomatiques. Je m'efforce de respirer profondément pour recouvrer un semblant de calme après cette matinée tumultueuse. Au moment même où ma relation avec Dominic semblait reprendre un cours normal, voilà que ces nouvelles complications me tombent dessus. Heureusement, je me dis que tout rentrera dans l'ordre une fois que nous serons débarrassés de Dubrovski.

Oui, mais… Malgré notre folle soirée d'hier, je ne peux m'empêcher de m'inquiéter. J'essaie de me rassurer en me disant que ce week-end va nous permettre de consolider nos retrouvailles. Après tout, nous avons été séparés pendant de longues semaines, et ce après une crise dans notre relation. C'est normal qu'il nous faille un peu de temps pour retrouver un rythme de croisière. Ce qui compte, c'est que nous nous aimons et que nous voulons faire en sorte que ça marche.

Je repousse dans un coin de ma mémoire le souvenir de ce matin. En ce qui me concerne, il ne s'est rien passé du tout. Je ne saurai peut-être jamais si oui ou non j'ai été droguée, mais peu importe. C'est avec Dominic que j'ai fait l'amour dans les catacombes – je m'accroche à cette certitude comme à une bouée de sauvetage.

Ce déjeuner avec Mark me fait l'effet d'un retour à la civilisation après un séjour au front. Sa maison est un havre de paix et de bon goût, et Mark en est le cœur, doux et serein.

Nous mangeons une simple salade niçoise accompagnée d'un verre de sancerre bien frais, et je l'informe de l'avancée de ma mission. Évidemment, je me garde bien de mentionner les aventures d'une nature plus intime dont Albany est le théâtre ou d'évoquer le bal masqué, et me concentre sur les œuvres que j'ai découvertes et la façon dont je compte les disposer. Mark m'écoute attentivement et fait parfois des commentaires.

Il a une mémoire phénoménale et se rappelle exactement tout ce qu'il a acheté pour Andrei.

Autour du dessert – un sorbet au citron servi avec des langues de chat –, je lui parle du Fragonard dont je suis tombée amoureuse la veille. Tandis que je savoure ma glace, entourée d'objets magnifiques, je mesure une fois de plus combien ma vie a changé ces derniers mois. Il n'y a pas si longtemps, j'étais serveuse dans un café de ma petite ville de province et je n'avais pas la moindre idée de ce qui m'attendait. Je passais tout mon temps libre avec mon copain, que je croyais être l'homme de ma vie mais qui, en fait, n'était qu'un gentil balourd sans grande finesse qui me tenait pour acquise. J'ai été malade de chagrin quand j'ai appris qu'il me trompait, mais, avec le recul, je lui en suis reconnaissante. S'il ne m'avait pas joué ce vilain tour, je ne serais sans doute pas en train de déjeuner dans une maison de Belgravia et de discuter des mérites de Fragonard avec un expert en la matière. Je n'aurais sans doute pas décroché le travail de mes rêves, et n'aurais certainement pas rencontré Dominic. J'en serais sûrement encore à servir des sandwichs thon-crudités et des tasses de thé, et à faire frire des œufs au bacon pour Adam. *Je l'ai échappé belle !* Je m'estime franchement heureuse des quelques virages qu'a opérés ma vie.

Une fois que j'ai terminé mon compte rendu enthousiaste au sujet de la lectrice de Fragonard, Mark intervient.

— Oui, je connais bien cette œuvre. C'est un excellent choix, si vous voulez mon avis. Ça plaira beaucoup à Andrei. Il a une affinité particulière avec tout ce qui est français – certainement à cause du lien qui existe entre ce pays et le sien. L'aristocratie russe se targuait de bien connaître la langue et la culture françaises et, de nos jours, cela se traduit par le goût prononcé des oligarques pour des enseignes de luxe comme Chanel ou Givenchy.

— J'en viens presque à souhaiter que nous puissions garder ce tableau pour nous. Il serait parfaitement mis en valeur dans votre salon.

— Dieu merci, il y a largement assez d'œuvres d'art remarquables pour tous, même si je n'ignore pas à quel point cela peut être difficile de se séparer de quelque chose qu'on aime. C'est le lot de notre profession. Mais je suis sûr qu'Andrei sera enchanté de votre choix, conclut Mark avec un sourire.

C'est peut-être mon imagination qui me joue des tours, mais je le trouve un peu amaigri, les traits tirés.

— J'ai hâte que vous reveniez travailler pour moi, Beth.

— Moi aussi !

— Ah bon ? Vous ne vous amusez pas chez Andrei ?

— Oh, j'adore ma mission, mais l'ambiance est parfois étrange. J'ai vaguement l'impression d'être dans une réserve de chasse et de risquer ma peau à chaque instant.

Mark éclate de rire.

— Je ne m'en fais pas pour vous ! Vous êtes largement capable de vous défendre. Vous êtes bien plus forte que vous ne croyez.

Je ris à mon tour.

Pourvu qu'il ait raison. J'ai comme l'impression que je vais avoir besoin de toutes mes forces…

Chapitre 14

Je suis tellement contente que ce soit vendredi soir que je ne me formalise même pas quand Dominic m'envoie un message me disant qu'il ne peut pas se libérer avant le lendemain. Après tout, nous allons passer l'essentiel du week-end ensemble et je suis épuisée par la semaine qui vient de s'écouler. Quand Laura suggère qu'on se fasse livrer à dîner par le restaurant thaï du coin et qu'on regarde un film, je suis immédiatement séduite.

J'éprouve un réel soulagement à oublier un instant la prise de tête causée par toute cette histoire avec Andrei. Cette soirée avec Laura me fait le plus grand bien – deux copines en bas de pyjama et gros pull bien chaud qui mangent des nouilles devant un bon film en rigolant comme des baleines. Quand Laura me demande des nouvelles de mon travail, je n'entre pas dans les détails et me contente de la prévenir que,

Dominic étant de retour, je compte m'absenter une bonne partie du week-end.

— Et ta petite mission se termine la semaine prochaine, c'est ça ?

— Ouais, et ce n'est pas trop tôt. J'en ai plus qu'assez de ce mode de vie richissime.

— Oh, allez ! me taquine-t-elle. Dominic va te demander en mariage, et tu vas te retrouver couverte de diamants, à te baigner dans du lait d'ânesse !

— Beurk, non merci ! dis-je en lui lançant un coussin, qu'elle esquive adroitement. Ce n'est vraiment pas mon genre. Tout ce que je demande, c'est un cottage paisible à la campagne où cultiver mon petit jardin.

— Mais bien sûr ! rétorque Laura. Tu es ambitieuse, tu meurs d'envie de te faire un nom. Tu y crois peut-être vraiment, à ton rêve de petit confort domestique à la campagne, mais je te parie que tu en aurais vite marre. Tu es faite pour l'aventure, Beth. Rappelle-toi l'état d'esprit dans lequel tu étais à ton retour de Croatie. Tu ne tenais pas en place, tu n'aspirais qu'à repartir en vadrouille. Alors ne m'en veux pas si je ne suis guère convaincue par tes histoires de potager peinard.

— Tu as peut-être raison… Mais on a tous besoin d'un rêve dans lequel se réfugier de temps en temps, alors, pour l'instant, accorde-moi ma chaumière, tu veux bien ? dis-je avec un clin d'œil. Non, d'ailleurs, puisqu'on est dans le domaine du rêve, je voudrais le cottage à la campagne, un appartement à Londres, un autre à Paris et, tant qu'on y est, un troisième à New York, tiens !

— Ah, New York ! soupire Laura. J'aimerais tellement y aller un jour ! L'Empire State Building, Central Park, la 5e Avenue, le métro, les taxis jaunes…

— Et les musées ! Le Metropolitan, le MOMA, la Frick Collection… Il y a tellement d'œuvres sublimes, là-bas. Et puis j'adorerais boire un cocktail au bar d'un de ces hôtels de luxe qu'on voit dans les magazines.

Laura s'immobilise, les baguettes en l'air, comme prise d'une inspiration subite.

— Et si on y allait, pour de vrai ? Sérieusement : si on allait à New York, toutes les deux ? suggère-t-elle, les yeux brillants d'excitation. Si ça se trouve, je rencontrerai un type canon qui habitera dans un loft du Village ou d'un autre quartier cool et j'irai vivre avec lui ! On pourrait lancer un magazine, un truc tendance, à la pointe de l'actualité culturelle, et j'abandonnerais ma carrière de consultante pour entrer dans le monde merveilleux de la vie littéraire new-yorkaise.

— C'est une super idée ! dis-je avec un grand sourire. Je n'ai jamais compris pourquoi tu n'avais pas fait des études de journalisme. C'était pourtant ce que tu voulais, non ?

Laura est perdue dans sa rêverie, et il lui faut un moment pour réagir à mes paroles. Avec un haussement d'épaules, elle plante ses baguettes dans un plat de *pad thaï*.

— La conseillère d'orientation m'a prévenue que le papier était mort et que je ne ferais que grossir les rangs des pigistes au chômage. Mon père m'a dit que le consulting me permettrait d'obtenir un emploi rapidement, de rembourser mes prêts étudiants et d'accéder à la propriété en quelques années, alors j'ai suivi ses conseils. Maintenant, c'est toi qui as un job de rêve dans le domaine qui te plaît, ajoute-t-elle en me lançant un regard où se mêlent de la fierté et une pointe d'envie.

Je ressens une soudaine tristesse à constater que, sans encouragements, les rêves s'étiolent. Je me penche vers elle et souffle :

— Chiche, on le fait ! On s'organise un week-end entre filles à New York. Un peu avant Noël, ce serait super, comme ça on pourrait voir les décorations à *Bloomingdale's*. Qu'est-ce que tu en dis ?

— Tu es sérieuse ? demande Laura, une étincelle dans le regard.

— Carrément ! Andrei m'a payé une petite fortune pour cette mission, et tu gagnes bien ta vie : on peut même s'offrir un super hôtel en plein centre de Manhattan.

— Oh, oui ! Ce serait fantastique ! s'écrie Laura avec un grand sourire. Mademoiselle Villiers, l'affaire est dans le sac.

— Génial. Bon, tu re-veux des nouilles ?

Ce samedi, le beau ciel bleu et le doux soleil d'automne ont laissé la place à une froide grisaille. Il est temps de sortir les vêtements d'hiver, et j'assortis une minijupe anthracite avec un pull en jacquard de Fair Isle dans des tons gris perle, que j'enfile par-dessus un petit débardeur. Un collant en laine, une paire de bottes, une écharpe verte et un feutre couleur prune pour égayer un peu tout ça, et je suis enfin prête à aller rejoindre Dominic.

Nous avons rendez-vous à Borough, et je m'y rends à pied. Alors que je traverse le Tower Bridge, je m'arrête pour contempler la Tamise. Je distingue la tour de Londres, qui ressemble un peu à une construction en Lego, même si elle est presque millénaire ; l'immense dôme de la cathédrale Saint-Paul, surmonté de sa croix dorée ; la cheminée de la Tate Modern ; le London Eye et Blackfriars Bridge, qui me rappelle le monastère en Croatie. J'ai l'impression que c'était il y a des siècles.

Après le pont, je longe les quais jusqu'à City Hall, puis remonte à London Bridge et retrouve Dominic devant la cathédrale de Southwark. Alors que j'attends pour traverser la rue, j'ai tout le loisir de l'observer sans qu'il me voie. Il est plus beau que jamais avec son jean, ses bottes, son pull vert foncé et son écharpe bleu marine. Ces couleurs font ressortir les nuances noisette de ses yeux, qui paraissent d'habitude plus sombres, et donne des reflets châtains à ses cheveux.

Puis le feu passe au vert pour les piétons et, tandis que je traverse, il me voit approcher. Aussitôt, son visage s'illumine d'un sourire et il ouvre les bras pour que je vienne m'y blottir.

— Salut, ma belle ! lance-t-il en me serrant contre lui. Tu es ravissante, ajoute-t-il en se reculant un peu pour me regarder. Mmm, l'automne te sied encore mieux que l'été. J'ai un faible pour les minijupes et les bottes. J'aurais dû vivre dans les années 1960.

— Si ç'avait été le cas, on se serait ratés à… allez, une cinquantaine d'années ! dis-je avant de l'embrasser tendrement – il a un goût de café et de dentifrice. Alors, quels sont nos plans pour la journée ?

— Je me disais qu'on pourrait visiter la cathédrale et, après, aller faire quelques courses au marché, juste derrière.

En effet, j'aperçois des étals, d'où me parviennent des arômes variés et délicieux.

— C'est l'endroit idéal pour trouver des produits de qualité, tu verras, poursuit Dominic. Ensuite, on n'aura qu'à voir où nos pas nous mènent, avant de rentrer à la maison.

— Ça m'a l'air parfait, dis-je avec un sourire en lui prenant la main.

Ça, c'est le bonheur : un couple d'amoureux qui passent leur samedi ensemble. Sauf que je suis sûre que personne d'autre ici n'est aussi heureux que nous.

Main dans la main, nous descendons vers les jardins de la cathédrale. Des enfants courent partout, montant sur les murets pour en sauter joyeusement, sous l'œil de leurs parents, qui boivent leur café, assis sur les bancs. Nous entrons dans la cathédrale et errons au hasard le temps d'absorber l'atmosphère du lieu. Il y a quelques tombes célèbres, dont celle du poète John Gower, ainsi qu'un vitrail représentant des personnages de Shakespeare. Ses pièces étaient jouées non loin d'ici, et il venait sans doute se recueillir en ces lieux. Cette idée me plonge dans un état d'émerveillement et j'essaie d'imaginer le grand dramaturge assis là, en train de contempler les pierres, les arches et les vitraux que j'ai sous les yeux à cet instant. Dominic et moi nous amusons à identifier les différents personnages, mais certains nous échappent. Puis nous sortons de la cathédrale et nous dirigeons vers le marché, qui grouille de monde. C'est un vrai régal des sens, et je ne sais plus où donner de la tête. Tout ce que je vois m'enchante : des empilements de fromages blancs ou jaunes, des tonneaux remplis d'olives, des fruits et légumes, des pains et pâtisseries, des bonbons et des confiseries venues du monde entier. Il y a des chocolatiers, des poissonniers avec d'immenses plateaux de fruits de mer, des étalages de volaille, d'autres qui proposent de beaux morceaux de bœuf, d'agneau ou encore de gibiers de saison. Des viticulteurs vendent leur production en bouteille ou en cubis et servent du vin chaud dans des gobelets. Si l'on préfère, il y a également du cidre aromatisé de miel, de clous de girofle et de cannelle. On peut aussi acheter du café, des beignets, des crêpes… Certains commerçants se sont spécialisés dans les produits sans gluten ou dans les œufs bio. Et puis, évidemment, il y a tout un versant restauration, où l'on trouve aussi bien des burgers au bacon que de la paella jaune safran qui sent délicieusement bon, ou encore des sandwichs aux falafels ou au poulet mariné dans du pain pita, des spaghetti aux boulettes de viande et de la soupe de légumes bien épaisse. Il y a des stands de *fish and chips*, des steaks de gibier servis dans de petits pains complets et accompagnés d'une sauce épicée, des gaufres, de la glace et des *churros* à tremper dans du chocolat chaud, à l'espagnole. Tout ça est fait pour être mangé sur place, à l'aide d'une fourchette en plastique ou directement avec des doigts graisseux et collants.

Nous déambulons tranquillement et nous arrêtons pour goûter tout ce que les commerçants nous offrent – pain, fromage, huile d'olive et autres –, si bien que nous sommes presque rassasiés. Pourtant, nous ne résistons pas au délicieux fumet d'un cochon de lait rôti à la broche. Nous en prenons chacun un sandwich, la viande fondante étant agrémentée d'une compote de pommes chaude. Les bras chargés de toutes les victuailles que nous avons choisies pour le repas de ce soir, nous retournons dans les jardins de la cathédrale pour manger.

Assise à côté de Dominic sur le muret ensoleillé, je mords dans mon sandwich – délicieux – et soupire de bonheur.

— Qu'est-ce qu'on est bien !

— N'est-ce pas ? renchérit Dominic avec un sourire heureux, les cheveux ébouriffés par le vent. Des jours comme celui-ci, j'aime Londres plus que n'importe quel endroit au monde. Je suis tellement heureux d'être revenu – et d'être avec toi, ajoute-t-il en s'approchant doucement. D'ailleurs, si je puis me permettre, tu as un peu de compote sur le menton. Ne bouge pas…

Il m'essuie doucement puis m'embrasse.

— Je pense que c'est impossible d'être plus heureux que ça, dis-je. Et si on restait comme ça pour toujours ?

Son regard se fait soudain sérieux.

— Tu sais quoi, Beth ? Je ne me suis jamais senti aussi bien. Je m'en rends compte, à présent. J'ai reçu un choc qui m'a franchement déstabilisé quand j'ai compris ce que je ressentais pour toi. Ça ne m'était jamais arrivé avant. Je crois que tous mes problèmes venaient de là – du fait que je n'avais jamais été vraiment amoureux. C'est pour ça que je mélangeais tout, notamment au sujet du sexe et de sa signification. Pour moi, ça n'a pas toujours été une forme d'amour – pas comme ça l'est avec toi, en tout cas.

— Waouh…, dis-je, émerveillée. Je… je suis tellement flattée que tu ressentes ça.

Ces mots me semblent maladroits et inappropriés, mais Dominic semble comprendre que je suis parfaitement sincère et un peu trop émue par ses paroles pour en dire plus.

— Moi aussi, souffle-t-il en me prenant la main. Je ne veux pas perdre ça – jamais.

Nous nous regardons longuement dans les yeux et y lisons la promesse de ce qui nous attend ce soir et – si tout va bien – tous les autres soirs aussi. Nous comprenons au même instant que nous avons la vie devant nous pour savourer ce bonheur et, malgré nos doigts graisseux et couverts de compote, nous ne résistons pas à l'envie de nous enlacer fougueusement en riant de joie.

Ça, c'est l'amour. Ça, c'est normal. Le pire est derrière nous ; les choses ne vont faire que s'améliorer.

Je suis à genoux sur le sol du boudoir, les mains liées dans le dos. Quand j'essaie de tester ma marge de manœuvre, je me rends compte que je n'en ai aucune. Il m'est impossible d'écarter les poignets ne serait-ce que d'un centimètre. La sensation est différente de la dernière fois, où j'étais attachée à la tête de lit. Je suis moins franchement offerte qu'alors, pourtant je me sens plus vulnérable. La peur me gagne, et je me force à respirer profondément pour me calmer. *Il ne va pas vraiment me faire de mal. Il veut juste que je lui prouve mon obéissance.*

Cette pensée me réconforte. J'aime Dominic – j'aime mon maître – et je veux lui donner mon corps en offrande pour qu'il en fasse ce qui lui plaira. C'est ma façon de lui témoigner mon amour, et je sais qu'il me récompensera par des plaisirs ineffables.

Je ne vois rien du tout – un masque de soie m'aveugle complètement. Je porte également une sorte de harnais constitué d'une corde qui passe sous mes seins et sur les côtés de façon à les soulever légèrement. Dominic a exécuté la manœuvre avec une habileté et une rapidité époustouflantes. À présent, immobile, j'attends de voir ce qu'il va me faire – ou quand il va entrer en action. Tout ce que je sais, c'est qu'il a pris un immense plaisir à me préparer ainsi : il ne cessait de me caresser, de faire courir la corde de soie sur ma peau, de m'encourager à la toucher, à la lécher, à y déposer des baisers. Quand il a commencé à m'attacher, il m'a donné de légères pichenettes sur les tétons avant d'en effleurer les pointes avec la corde pour réveiller mes sens. Puis il a frôlé mon sexe à plusieurs reprises, presque comme par accident, faisant glisser la corde entre mes jambes comme s'il s'agissait d'un mince serpent. Ces caresses étrangement désincarnées ont échauffé mon désir, et Dominic s'est amusé à me mordre très légèrement ici et là, le long du cou et des épaules, si bien que j'en suis restée tremblante d'excitation. Puis, une fois le harnais terminé, il m'a lié les mains et m'a fait remarquer :

— Tu as changé, non ? Je te trouve un peu plus musclée.

— Oui, je me suis mise à la boxe française.

— C'est bien, ça va t'endurcir, ce qui n'est pas plus mal étant donné certaines expériences auxquelles j'aimerais me livrer avec toi.

À présent je l'attends, à genoux, légèrement anxieuse mais tremblant d'impatience chaque fois que je l'imagine en train de me regarder et de décider quoi me faire ensuite. Je suis certaine qu'il se délecte de voir la corde mordre un peu ma peau.

Soudain je sens quelque chose – une autre longueur de corde est passée à l'avant de mon harnais, et une étrange tension me fait comprendre que je dois me remettre debout.

— On va aller se promener, mais pas très loin, m'indique Dominic d'une voix sévère mais empreinte d'amour.

Je m'en remets à lui et le suis, marchant à pas prudents mais n'osant trop tarder, de peur qu'il ne prenne ça pour de la désobéissance. Le tapis de la chambre laisse la place à une surface froide sous mes pieds – sans doute le carrelage du couloir. Dominic m'arrête et dit :

— Voici un petit quelque chose pour t'occuper l'esprit.

Aussitôt, je sens une pince se refermer sur chacun de mes tétons et je retiens un cri de surprise. La douleur est tout à fait supportable, mais Dominic a raison : les petites dents métalliques qui éraflent les pointes délicates de mes seins m'empêchent de penser à quoi que ce soit d'autre, tout en m'excitant à un point tel que je suis déjà trempée.

Avec un petit grognement approbateur, Dominic me déplace de nouveau et me met les mains sur les épaules pour que je m'agenouille. Dès que je suis en position, je sens son gland me caresser les lèvres, chaud, soyeux et insistant. J'ouvre la bouche, obéissante, et il y introduit lentement son membre. Je lèche et suce, espérant que c'est bien ce qu'il attend de moi. Puis il donne trois rapides coups de reins avant de se retirer tout doucement. Je laisse ma salive sur toute la longueur de sa verge, et j'imagine qu'elle doit être luisante. Puis Dominic m'aide à me relever et me fait reculer et asseoir sur une mince banquette au dossier légèrement relevé. Je connais ce siège, j'y ai déjà fait quelques chevauchées magnifiques. Je soupire de bonheur en sentant le cuir moelleux et frais sous ma peau. J'entends un bruit de corde que l'on tend et comprends que je suis attachée au fauteuil. Je me demande ce que voit Dominic, et le tableau que j'imagine m'excite au plus haut point : une femme nue, bardée de cordes en soie qui soulignent sa poitrine, les bras liés dans le dos, attachée à cette structure de métal et de cuir blanc. Il me fait écarter les jambes et en place une de chaque côté du siège. Je devine que mon sexe s'offre à lui comme un joyau – un rubis luisant de désir. Je me demande combien de temps il compte attendre avant de venir jouer, mais, à peine quelques secondes plus tard, je sens son gland entre mes lèvres gonflées. Il donne un lent coup de reins et me pénètre aisément, se faisant doucement une place dans mon sexe encore un peu serré, jusqu'à me combler entièrement. Aucune autre partie de son corps n'entre en contact avec moi – je ne sens que l'intense et dure chaleur de son érection en moi. Après une courte pause, il commence à se reculer peu à peu, s'arrête juste avant de se retirer complètement, puis redonne un violent coup de boutoir qui m'arrache un cri de surprise. J'adore cette sensation de m'ouvrir progressivement à lui ; j'en veux encore. Heureusement, je n'ai pas longtemps à attendre : toujours sans toucher le reste de mon corps, il entame un lent va-et-vient qui m'évoque de puissantes vagues venant s'écraser sur le rivage. Je suis saisie par la vulnérabilité de ma posture, ainsi ligotée au siège, immobile, capable uniquement d'accepter ce que mon maître a décidé de m'offrir. Cette idée m'émeut plus profondément que jamais, même si j'éprouve toujours une certaine nervosité devant l'inconnu. Cependant, j'ai compris que cet élément de peur fait partie intégrante de notre jeu. Je sais que Dominic éprouve une intense excitation en me voyant accepter ainsi avec courage et confiance les délicieux sévices qu'il imagine pour moi. Je sais qu'il m'aime d'autant plus quand je prête mon corps à ses caprices et que j'encaisse sans broncher.

Il accélère le rythme à présent et me baise sans retenue, de plus en plus fort. Il doit se tenir quelque part pour pouvoir mettre une telle puissance dans ses mouvements. Soudain les pinces qui me meurtrissaient les tétons s'envolent et j'éprouve un merveilleux picotement de soulagement. Cette sensation se propage jusqu'au creux de mon ventre, où le sexe de Dominic m'atteint de l'intérieur. De temps en temps, son pubis vient taper contre mon clitoris et je contracte les fesses pour venir à sa rencontre, mais je devine qu'il ne se préoccupe guère de ce détail. Il continue de me baiser furieusement, et je suis complètement trempée, prête à m'abandonner à l'orgasme fulgurant dont les signes annonciateurs m'électrisent de la tête aux pieds. Puis, brutalement, Dominic se retire.

Me voilà seule dans l'obscurité rouge sombre qui règne derrière mes paupières, haletante, étrangement vide. *Où est-il… ? Pourquoi… ?* Je n'arrive plus à formuler de pensée cohérente. Je sens que Dominic me déplace sur le siège pour m'amener presque au bord, puis desserre une des cordes et tire sur mon harnais pour que je me redresse. Après nos ébats fougueux et trop brutalement interrompus, ce brusque mouvement me laisse un peu étourdie. Puis Dominic vient faire jouer son gland contre ma bouche, et je sens ma propre odeur sur son sexe. Obéissante, j'entrouvre les lèvres, et il pénètre lentement pour me laisser le temps de goûter pleinement cette saveur riche et acidulée. Je lèche et suce avec application, et devine que mes coups de langue l'excitent profondément. Mes tétons me brûlent toujours délicieusement, même si les pinces ont été retirées, et cela explique sans doute pourquoi mon sexe continue de palpiter et de se contracter comme si Dominic était toujours en moi.

Pourtant, c'est ma bouche qu'il possède à présent, et il plaque les deux mains à l'arrière de ma tête pour m'immobiliser, m'obligeant à accepter ses puissants va-et-vient. Je m'efforce de détendre la gorge et les mâchoires, mais, malgré ça, la douleur ne tarde pas à se faire sentir tant son érection est énorme. Je devine cependant que, malgré la force de ses coups de reins, il ménage mon confort. Rassurée, je m'abandonne entièrement au plaisir de le taquiner avec ma langue, faisant le tour de son gland lorsqu'il se retire puis le léchant sur toute la longueur lorsqu'il me pénètre de nouveau. Ses mouvements gagnent en ampleur et en puissance ; il me laisse parfois changer un peu de position et détendre la mâchoire, mais, par moments, il m'immobilise complètement et me force à encaisser. Il prend un tel plaisir à me baiser ainsi que l'excitation que j'en retire est au moins aussi forte que le désir de pouvoir refermer la bouche et me reposer enfin. Au bout d'un long moment, Dominic accélère le rythme de ses coups de boutoir, et son sexe semble grossir encore.

— Je vais jouir ! s'écrie-t-il d'une voix rauque. Prends tout, avale-moi…

Aussitôt, je sens les spasmes furieux qui l'agitent et la chaleur salée de son sperme sur ma langue. Tandis que Dominic pousse un grognement, je déglutis, et sa semence me brûle la gorge.

Un instant plus tard il se retire, haletant. Je suis moi-même hors d'haleine et, même si je porte toujours le masque qui m'aveugle, je devine l'expression de son visage, béat d'extase. J'éprouve une joie incroyable à savoir que c'est moi qui lui ai donné un tel plaisir.

— Tu as été parfaite, me dit-il d'une voix caressante qui m'électrise complètement. Je suis très, très content de toi. Tu m'as offert une expérience délectable, aussi je tiens à te récompenser dignement.

Je sens l'intense chaleur qui irradie de son corps lorsqu'il se penche sur moi. Je n'en peux plus d'attendre que sa peau touche la mienne – d'attendre l'orgasme dont il m'a privée tout à l'heure –, mais il semble prendre un malin plaisir à se contenter de m'effleurer alors qu'il défait les liens de mes poignets. Je remue doucement mes bras endoloris par cette longue contrainte, mais il n'est pas encore temps pour moi de retrouver toute ma liberté de mouvement. Dominic me pousse doucement à m'allonger sur le dos, puis m'attache de nouveau les mains, mais sous le siège, cette fois.

— Magnifique ! souffle-t-il en s'éloignant un peu.

Je l'imagine, debout à côté de moi, à m'observer, et l'idée qu'il voit mon sexe trempé de désir m'excite au plus haut point.

— Tes seins sont sublimes avec ce harnais, ma chérie. Je suis incapable de résister à une vision pareille, reprend-il avant de refermer ses lèvres sur mon téton gauche, encore hypersensible, et de le mordiller tout en pinçant le droit. Ah, les cordes te vont si bien… Je vois les traces roses que cela va laisser sur ta peau si tendre… Si tu savais combien ça m'excite !

Je gémis doucement. Je suis dans un tel état d'affolement que ces délicieuses caresses vont finir par me faire jouir, j'en suis presque certaine.

— Et maintenant, comme tu as été bien obéissante…

Il se lève et me laisse seule un instant. Je l'entends ouvrir la commode, déplacer des objets, puis revenir vers moi. Soudain quelque chose de doux et soyeux vient se loger à l'entrée de mon sexe, mais il ne s'agit pas de Dominic – je reconnais la surface bien huilée d'un *sex toy* en silicone. La tête du gode est plutôt mince et pénètre facilement, mais le diamètre s'élargit aussitôt et, très vite, je me trouve entièrement comblée.

— Maintenant, ta récompense…, murmure Dominic avec un sourire dans la voix.

Le jouet s'incurve profondément à l'intérieur de moi et, à l'extérieur, une espèce d'avancée vient appuyer directement contre mon clitoris, un peu comme un doigt. J'ai tellement envie de jouir que je commence à faire onduler mes hanches et à contracter les muscles pour animer le jouet et intensifier la caresse de sa petite excroissance.

— Non ! m'ordonne Dominic d'une voix sans appel. Ne bouge pas. Ne fais rien. Attends.

Je m'immobilise et tente de calmer ma respiration. J'ai l'impression que je vais mourir de frustration si mon corps en surchauffe n'obtient pas bientôt ce qu'il réclame.

J'ignore où est Dominic ou ce qu'il est en train de faire, mais, après une éternité, j'entends un ronronnement sourd et le *sex toy* commence à vibrer en moi. La double stimulation est exquise : le corps me masse de l'intérieur tandis que le fin doigt de silicone vient jouer pile là où c'est le plus sensible. Soudain, sans que je perçoive la cause de ce changement, le gode accélère et commence à battre plus fort en moi, ce qui va finir par me rendre dingue. *Oh, c'est trop bon ! C'est presque insupportable tellement c'est bon !* Ces sensations sont d'autant plus affolantes que je sais que Dominic me regarde et que c'est lui qui pilote la source de mon plaisir. Je halète bruyamment, perdue dans l'obscurité, les paupières crispées sous mon masque. Lorsque la cadence s'accélère encore, je cambre le dos et rejette la tête en arrière presque malgré moi. Cette machine est en train de réveiller une excitation profonde que mon corps semblait avoir gardée secrète jusque-là. Instinctivement, j'ouvre encore les cuisses pour mieux m'abandonner à la volupté que me procure ce nouveau jouet. Soudain je sursaute violemment et un cri m'échappe. Le *sex toy* a changé de mouvement – il ne se contente plus de vibrer en moi, il donne également des impulsions qui commencent contre mon clitoris et se propagent au plus profond de moi. *Oh, c'est incroyable ! Oh… je ne vais pas tenir longtemps.* Je gémis en rythme avec les divines taquineries de cet insolent jouet. J'ai l'impression que la zone érogène s'étend de plus en plus, comme une vague de chaleur, et je sens monter un orgasme qui promet d'être magnifique. *Oh, mon Dieu... je n'en peux plus ! C'est irrésistible...*

De nouveau, la cadence change et la petite excroissance de silicone se fait de plus en plus pressante, décrivant des cercles avec une rudesse affolante. *Oh oui ! Oh... !* Chaque impulsion me fait perdre la tête un peu plus. Cette chose ne s'arrêtera jamais – Dominic ne le permettra pas. Il va continuer à me torturer ainsi, poussant ce petit moteur jusqu'à un rythme infernal, au point de me rendre complètement ivre d'extase – et il va prendre un plaisir ineffable à me regarder jouir avec une telle force.

Le *sex toy* vibre et pulse de plus en plus violemment et, soudain, un orgasme fulgurant me secoue de sensations absolument indescriptibles, qui me parcourent comme de puissantes vagues et m'arrachent un cri d'émerveillement. Puis les spasmes refluent et je me détends, rassasiée. Le petit moteur continue de vibrer en moi tant que dure mon orgasme, puis finit par s'arrêter. Aussitôt, ce camarade de jeu affolant redevient un simple objet en silicone, lisse et doux. Il est tellement lubrifié par ma jouissance qu'il glisse aisément lorsque Dominic le retire.

Alors que je reprends peu à peu mon souffle, je me rends compte que Dominic me détache et me soulève, puis défait mon harnais de cordes avant de dénouer le masque qui m'aveugle. Je cille un instant, mais ma vision revient vite. Nous nous trouvons dans le boudoir, éclairé par la douce lumière d'une lampe. Je lève les yeux vers Dominic, qui me dévisage avec une tendresse infinie.

— Tu as été parfaite, murmure-t-il en me prenant la main et en la guidant vers son érection, encore plus énorme que tout à l'heure. Regarde ce que tu me fais.

— C'était… incroyable, dis-je d'une petite voix, incapable de réprimer un frisson à la vue de son excitation.

— Tu as aimé, hein ?

J'acquiesce.

Il m'entraîne vers le lit et m'allonge sur le dos. Puis il me caresse l'intérieur des cuisses et les ouvre doucement pour contempler mon sexe offert, rougi par les vigoureuses stimulations du gode.

— Oh, tu es si belle ! Quelle vue merveilleuse. J'ai envie de te faire l'amour.

Mon cœur se gonfle de bonheur à ces mots. Lors de mon initiation, cet été, Dominic ne laissait aucune place aux sentiments à l'intérieur du boudoir. C'est ce qui me blessait le plus – cette interdiction de lui manifester mon amour. J'adore les sommets d'extase vers lesquels il m'entraîne, mais ce que je préfère, ce sont encore les moments de tendresse où il me montre qu'il m'aime.

Il se positionne entre mes cuisses et dépose de petits baisers le long de mon ventre et sur mes seins avant de me lécher le bout des doigts. Puis il m'embrasse et, au moment où il glisse sa langue entre mes lèvres, il me pénètre avec une lenteur et une douceur absolument exquises. Mon sexe encore enfiévré l'accueille comme s'il s'agissait d'un baume apaisant. Moi qui redoutais un certain inconfort après les assauts que je viens de subir – tant de la part de Dominic que du vibromasseur –, je suis agréablement surprise par cette sensation grisante. C'est à croire que les plus fins plaisirs sont ceux qui suivent les plus furieuses étreintes. Avec un soupir de profonde sérénité, j'enlace Dominic, d'autant plus heureuse de pouvoir caresser sa peau veloutée qu'il ne m'avait pas encore permis de le toucher aujourd'hui. Je me délecte du parfum chaud et musqué de son corps et enfouis mon visage à la base de son cou pour mieux humer son odeur. Avec un gémissement de bonheur, je fais glisser mes mains le long de son dos et jusqu'à ses fesses rebondies et fermes. Je l'attire encore plus près, enivrée par la pression de son torse large et dur contre les douces rondeurs de mes seins. Nous nous embrassons passionnément tandis qu'il ondule des hanches. Mon clitoris a été tellement sollicité qu'il semble émettre des vibrations lentes et profondes, moins électriques qu'au début mais d'autant plus intenses, comme s'il était directement relié à mon vagin. L'orgasme qui se prépare promet d'être moins fulgurant que le premier mais encore plus satisfaisant.

Mon cœur s'ouvre à Dominic tandis que nous faisons l'amour simplement, sans cordes ni jouets, dans cette position aussi vieille que le monde, selon ce rythme ancestral. Je n'ai aucune idée du temps qui passe, plus rien n'existe autour de nous à part nos deux corps qui se fondent et nous entraînent dans une course passionnée. Enfin, haletants, la peau moite, nous atteignons un même orgasme et crions notre jouissance dans un même souffle.

— Je t'aime, Beth, murmure Dominic alors que nous sommes sur le point de nous endormir, blottis l'un contre l'autre.

— Moi aussi, je t'aime.

Aucun doute possible : c'est ça, le bonheur.

Chapitre 15

Le lendemain matin, nous faisons l'amour lentement, tendrement, avant de nous lever et, après une rapide douche, d'aller prendre le petit déjeuner dehors. Dominic m'emmène dans une sorte de *diner*, où nous commandons des œufs brouillés sur d'épaisses tranches de pain complet, des pancakes nappés de sirop d'érable et plusieurs tasses de café au lait bien fort. Nous prenons le temps de lire tranquillement les journaux avant d'aller faire une longue balade dans Hyde Park. Nous bavardons gaiement tout en profitant des derniers rayons du soleil d'automne, puis nous arrêtons pour acheter des gobelets de thé bien chaud et bien sucré, que nous buvons assis sur un banc. Blottis l'un contre l'autre pour lutter contre le vent, nous regardons le crépuscule tomber lentement.

— Je n'arrive pas à croire que cette journée touche déjà à sa fin. J'ai l'impression que l'on vient à peine de se lever, dis-je en appuyant ma joue contre la manche de sa veste en velours côtelé.

— Moi aussi, ajoute Dominic. C'est une des choses qui m'ont le plus déstabilisé quand j'ai débarqué en Grande-Bretagne pour la première fois : je ne comprenais pas comment les gens faisaient pour survivre à ces hivers aux journées si courtes.

Dominic a grandi dans divers pays du Sud-Est asiatique, où son père était diplomate, je n'ai donc aucun mal à imaginer que les changements de saisons que l'on connaît en Europe du Nord lui aient paru étranges. Je sirote mon thé et regarde des familles qui, ayant fini de jouer, s'emmitouflent soigneusement pour rentrer avant la nuit.

— À partir de demain, je vais avoir énormément de travail, reprend Dominic. Je ne sais pas si j'aurai beaucoup de temps à te consacrer cette semaine. C'est la dernière ligne droite pour ce fameux marché, mais, après, si tout se passe bien, je serai en route vers la liberté, ajoute-t-il en me regardant de ses doux yeux bruns dont la couleur m'évoque celle du chocolat. Alors, à moi le succès ! lance-t-il en riant. Je suis impatient de voir la tête d'Andrei. J'attendrai qu'on ait célébré la signature du contrat, puis, dès que j'aurai encaissé mes intérêts, je lui annoncerai que je compte enfin voler de mes propres ailes.

Cette idée semble tellement l'enchanter que je n'ose pas lui faire part de mon inquiétude. *Ne joue pas la provocation avec Andrei, c'est le meilleur moyen de t'attirer ses foudres, tu le sais!* Je me tais donc mais me promets de le rappeler à la prudence si besoin. Après tout, c'est Dominic qui m'a conseillé de ne pas froisser inutilement Andrei et de lui laisser croire qu'il est tout-puissant.

Tu peux parler, toi! Soudain, je repense à ce que je lui ai lancé en pleine figure vendredi, et un frisson me parcourt qui n'a rien à voir avec la fraîcheur de cette soirée automnale.

— Et toi? Tu en es où de ta mission pour Andrei? me demande Dominic.

— Je devrais avoir fini d'ici la fin de la semaine.

Si je ne me fais pas virer en arrivant demain matin.

— Il va sans doute essayer de te persuader de rester. Ne te laisse pas faire, me prévient Dominic d'un air un peu soucieux. Je connais Andrei, il adore collectionner les gens, en quelque sorte. En plus, il semble s'être pris d'affection pour toi… Sois prudente, OK?

— Crois-moi, il peut toujours essayer de me convaincre, il n'arrivera pas à me faire rester! dis-je en m'emportant un peu.

— Pourquoi? demande Dominic en scrutant mon expression. Il s'est passé quelque chose? Est-ce que tu t'es sentie menacée?

— Non, non! Pas du tout, il n'a rien fait de tel. C'est juste que l'ambiance à Albany ne me plaît pas trop, surtout quand Anna est dans les parages. Elle insiste pour me raconter qu'ils prennent leur pied, Andrei et elle, comme si j'avais envie de le savoir.

Je fais sciemment dévier la conversation – je ne vois pas bien l'intérêt d'expliquer à Dominic les tensions qui existent entre Andrei et moi. En quoi cela l'aiderait-il de savoir que son patron m'a fait des avances ? Ou que j'ai imaginé avoir couché avec lui par erreur ? Et que je n'ai toujours pas réussi à déterminer si oui ou non Andrei m'a droguée dans les catacombes ? Non, cela n'aiderait personne. Dominic a besoin de garder la tête froide pour les négociations à venir. Si je lui racontais ça, il risquerait de s'emporter contre Andrei et de tout faire capoter. J'ajoute donc :

— J'ai vraiment du mal à la cerner.

— Qui ça, Anna ?

Dominic hausse les épaules et regarde ailleurs mais, quand il repose les yeux sur moi, c'est avec une franchise absolue.

— C'est une fille intéressante, très talentueuse, douée dans son travail, ajoute-t-il. Elle aime vivre à fond. Tu sais, si tu lui lances un défi, elle le relèvera immédiatement. Par exemple, si tu lui paries qu'elle n'osera pas descendre une piste de ski, tu peux être sûre qu'elle va s'élancer avant que tu n'aies eu le temps de dire « ouf ». Elle n'a peur de rien et ne connaît pas le concept de prudence ou de retenue. Du coup, ça me paraît assez logique que sa présence chez Andrei ne passe pas inaperçue.

— Si tu m'annonçais qu'elle envisage de se reconvertir en chanteuse d'opéra, je te croirais volontiers, avec le coffre qu'elle a, dis-je d'une voix sèche.

Dominic éclate de rire.

— Cette fille est prête à tout, rien ne l'arrête. Je me demande si ce n'est pas ça qui attire Andrei, plus que sa beauté, ajoute-t-il d'une voix songeuse. Les belles femmes prêtes à coucher avec lui ne manquent pas, mais Anna n'a peur de rien. Il sait que, quoi qu'il lui demande, elle le fera et y prendra du plaisir.

Ces mots me font frissonner d'horreur. Est-ce qu'il me dit ça parce qu'il aimerait que je sois pareille ? Est-ce qu'il aimerait que je n'aie aucune limite, aucune inhibition ? Peut-être Anna est-elle la femme parfaite parce que, justement, elle n'en a pas ? Mais saurait-elle se soumettre ? Serait-elle capable de rester sagement allongée et de subir sans broncher la volonté de quelqu'un d'autre – et de réellement le désirer, qui plus est ? Cela ne me semble pas être dans sa nature, au contraire. Je l'imagine plutôt en corset de vinyle et talons aiguilles, un instrument de torture à la main… Mais qui sait ce qui se passe dans une chambre une fois la porte close, à part ceux qui s'y trouvent ?

— Tu es heureux, Dominic ? Avec moi, je veux dire ? demandé-je d'une petite voix.

Il me regarde un instant, interloqué, avant de répondre.

— Bien sûr ! Ce n'est pas l'impression que je donne ?

— Si, mais… Enfin, je voulais parler de notre vie sexuelle.

Il prend ma main libre et la porte à ses lèvres.

— J'adore notre vie sexuelle, Beth, affirme-t-il d'une voix ferme.

— Moi aussi, j'aime beaucoup ce que tu me fais, dis-je, un peu plus assurée.

Il se penche pour me murmurer à l'oreille.

— Je sais. Je t'ai vue jouir, au cas où tu l'aurais déjà oublié.

Je ris, mais les mots me manquent pour expliquer ce qui m'inquiète. Puis je me rappelle que nous nous sommes promis de baser notre relation sur la confiance et l'honnêteté, alors je me lance.

— C'est juste que je me demandais si… Enfin… À partir de maintenant, tu comptes seulement utiliser des cordes ?

Dominic me regarde droit dans les yeux, et je le contemple en retour, émerveillée. Je n'en reviens toujours pas que cet homme magnifique soit le mien.

— Est-ce que ça risque d'être source de problèmes ?

— Non, non. J'aime bien, mais… tout le temps ? Il y avait d'autres trucs avec lesquels on s'amusait bien, non ?

— À quoi tu penses, en particulier ?

— Eh bien…

Cela me gêne d'avouer tout ça, étant donné la façon dont les choses ont déraillé cet été, mais je ressens également le besoin d'exprimer mes désirs les plus profonds.

— J'aimais bien quand tu me donnais la fessée. Pas quand tu utilisais la cravache ou des trucs trop durs, mais… une certaine stimulation, je trouve ça plutôt excitant. Tu sais, le petit fouet avec les mèches en daim… Au début, tu y avais été très doucement, et j'avais l'impression que tu me chatouillais avec des plumes, et puis tu avais commencé à y mettre un peu plus de force… J'avais adoré ça.

Dominic détourne le regard et referme la main autour de la mienne, perdu dans ses pensées. Quand enfin il me fait face de nouveau, c'est avec une expression grave et sérieuse sur le visage.

— Beth, je te l'ai déjà dit : je me suis juré de ne plus jamais utiliser ce genre d'accessoires sur toi.

— Plus jamais ?

— Plus jamais. Pas après ce qui s'est passé.

— Tu veux dire que tu ne te fais pas confiance ?

Il garde le silence pendant un long moment, puis pousse un profond soupir.

— Il y a une partie de moi qui est… pourrie, comme un membre gangrené. Je veux m'en débarrasser avant que l'infection ne gagne du terrain, donc j'ai coupé l'irrigation sanguine du membre en question et j'attends qu'il tombe tout seul, en quelque sorte. Tu vois ce que je veux dire ?

— Oui. Enfin, je crois.

J'ai l'impression pourtant qu'il n'a pas totalement répondu à ma question et insiste.

— Mais… et toi ? Tu restes le même ?

— Euh… il me semble, répond-il, amusé. Pourquoi, je te parais différent ?

— Non, mais… Enfin, tu te définis toujours comme un dominateur, non ?

— J'en ai bien peur, admet-il dans un souffle. Ça m'excitera toujours de te voir céder à mes désirs et subir mes caprices jusqu'à atteindre des sommets d'extase…

Mon estomac se noue délicieusement à ces mots, mais j'ai l'étrange impression d'oublier quelque chose d'important – une question qui me tracasse depuis longtemps mais continue à esquiver mes tentatives pour la formuler.

Tant pis, je repousse ce problème et me blottis tout contre Dominic.

— Finis ton thé, j'aimerais te ramener à la maison et faire des folies de ton corps, si tu es d'accord.

— Oui, monsieur, dis-je dans un souffle.

Sur le chemin du retour, nous jouons à un petit jeu un peu idiot mais terriblement excitant : je dois me comporter comme l'esclave de Dominic et lui obéir au doigt et à l'œil. Si jamais je ne lui donne pas entière satisfaction, il m'inflige de menues punitions.

Par exemple, mon maître m'a ordonné de lui faire traverser la rue, mais, lorsque nous arrivons au passage piéton, le feu est encore vert pour les voitures. Nous devons donc attendre, et je suis réprimandée pour n'avoir pas mieux arrangé les choses. Dominic glisse une main transie de froid sous mon pull, et je fais de mon mieux pour réprimer un cri de surprise.

Cela commence sur une note joueuse, mais, le temps que nous arrivions dans le quartier de Mayfair, les choses prennent un tour plus sérieux. Je marche deux pas devant Dominic pour qu'il puisse me contempler mais reste à l'affût de ses moindres commandements. Il fait nuit noire à présent, et la ville a pris la teinte orangée des lampadaires. Alors que nous approchons de Randolph Gardens, Dominic m'ordonne brusquement de bifurquer en direction de Grosvenor Square. Je me demande ce qu'il a derrière la tête, mais j'obéis en silence. Un côté de la place est dominé par l'ambassade des États-Unis, un bâtiment moderne entouré de fortifications en béton armé, devant lequel patrouillent des militaires. Chaque fois que je passe par là, je frissonne en voyant les gardes équipés de fusils d'assaut. Ça me rappelle que des attaques terroristes ont eu lieu et auront peut-être encore lieu, même si j'espère de tout cœur que la paix de cette ville magnifique ne soit plus jamais dérangée.

— Stop ! lance Dominic dans mon dos.

Je m'arrête sur-le-champ. Nous sommes à la lisière du parc situé au centre de la place. Je distingue à peine les bancs qui longent la pelouse. Il n'y a plus personne à cette heure, à part un clochard endormi de l'autre côté de la place.

Dominic me dépasse et va s'asseoir sur le banc le plus proche.

— Viens là, m'ordonne-t-il, mais tourne-toi vers les jardins. Ne me regarde pas. Place-toi dos à moi, tout près.

Je m'exécute. Face à moi, l'obscurité est uniquement rompue par les taches de lumière orangée jetées ici et là par les lampadaires. Une fois que je suis en position, Dominic dit :

— Maintenant, soulève ta jupe à l'arrière et montre-moi tes fesses.

Je porte une courte jupe plissée avec des collants en laine noirs et des mocassins. Je me demande ce que Dominic a en tête. Va-t-il me donner la fessée ? Aurais-je commis une erreur sans le savoir ? Quoi qu'il en soit, j'obéis à ses ordres et, aussitôt, sens la caresse de l'air frais à travers les mailles. J'espère que personne ne me voit.

— Bien. Maintenant, baisse tes collants et ta culotte, mais juste à l'arrière. Je veux voir ton cul.

Je tressaille mais n'ose désobéir. La manœuvre n'est pas aisée, et il me faut un petit instant pour réussir à dénuder mes fesses et le haut de mes cuisses à l'arrière tout en gardant l'avant en place. J'espère vraiment que les gardes armés, de l'autre côté de la place, ne voient pas la blancheur de ma peau.

— Parfait. Viens t'asseoir sur mes genoux, aussi près de moi que possible. Descends tout doucement, en reculant les fesses au maximum.

Je cambre le dos et crispe les cuisses – la posture me rappelle certains des exercices de musculation que l'on nous faisait faire au lycée. La morsure de l'air frais me donne la chair de poule. Je descends tout doucement, sachant plus ou moins à quoi m'attendre, mais j'éprouve un léger choc en sentant son gland se presser entre mes fesses, tout près de mon anus.

— Mmm, c'est délicieux, murmure Dominic, mais je n'ai pas l'intention de t'initier à ces joies-là aujourd'hui. Cela demande un peu plus de doigté que la situation ne me permet. Tends le cul vers moi encore un peu plus, ajoute-t-il en me posant une main sur la hanche afin de me guider. Voilà, c'est ça, dit-il tandis que son sexe vient se loger entre mes lèvres. Bien, maintenant assieds-toi sur moi, tout doucement.

J'éprouve une drôle d'impression à descendre sur son membre, comme ça. Nos petits jeux m'ont excitée, certes, mais pas tout à fait assez pour lui permettre de me pénétrer d'un seul coup. Dominic semble apprécier la manœuvre, en tout cas – j'entends son souffle s'accélérer lorsque je force un peu puis remonte légèrement avant de pouvoir continuer. J'adore cette impression de l'avaler complètement, chaque centimètre me comble un peu plus profondément. Une fois que je suis bien assise sur ses genoux, Dominic rabat ma jupe, si bien que nous devons former un tableau tout à fait anodin.

— Bon, dit-il d'une voix enrouée de désir. Maintenant ne bouge plus, compris ? Écoute : quelqu'un approche.

J'acquiesce. Toute mon attention est concentrée sur le bonheur de sentir le sexe de Dominic vibrer en moi, dur et chaud.

Cependant, je tends l'oreille et perçois des bruits de pas rapides juste avant d'apercevoir un homme vêtu d'un long manteau noir qui marche dans notre direction. Il nous jette à peine un coup d'œil – nous ressemblons sans doute à n'importe quel petit couple installé sur un banc, la fille assise sur les genoux de son copain. Rien n'indique que sa verge est logée en moi jusqu'à la garde. L'inconnu disparaît et le bruit de ses pas s'estompe doucement. Alors Dominic glisse une main sous la ceinture de ma jupe puis, tout en rabattant le pan de ma veste sur son bras pour dissimuler son geste, passe les doigts sous l'élastique de ma culotte et commence à jouer avec mon clitoris.

— Ne bouge surtout pas, me souffle-t-il. Si tu désobéis, j'arrête tout.

Je n'ai évidemment aucune envie qu'il cesse ces excitantes taquineries qui complètent magnifiquement la rigide caresse de son érection tout au fond de moi. Je reste immobile malgré mon désir de remuer autour de lui pour créer une friction. En revanche, Dominic accélère les mouvements de son doigt et me stimule de plus en plus fort, si bien que j'ai le cœur qui bat la chamade et le souffle court. Je ne vais pas tenir longtemps s'il continue comme ça. Je trouve cette mise en scène terriblement excitante – l'air frais, les quelques passants qui traversent la place, les gardes armés qui ne se doutent absolument pas de la bagatelle qui se trame non loin d'eux… Deux hommes arrivent justement à notre hauteur.

— Bonsoir, les salue Dominic, de sorte qu'ils tournent la tête vers nous.

— Bonsoir, répond l'un d'eux, poliment.

Juste à ce moment-là, Dominic appuie fort sur mon clitoris et je ne peux retenir un petit cri de surprise.

— Belle soirée à vous, lancé-je d'une voix haut perchée et essoufflée.

Les deux hommes poursuivent leur chemin d'un pas tranquille ; ils n'ont visiblement rien remarqué.

— Oh, Dominic, tu vas me faire jouir, dis-je entre deux gémissements étouffés. Oh, c'est trop bon !

— Je pense qu'il ne serait pas raisonnable que l'on s'attarde trop sur l'apéritif, commente-t-il tout bas, sinon nous n'aurons plus assez faim pour le plat principal.

Sur ces sages paroles, il accentue ses caresses et commence à remuer les hanches pour faire jouer son énorme érection en moi. La combinaison des deux est enivrante, et je sens le plaisir monter à une vitesse folle.

— Oh oui, dis-je d'une voix traînante, c'est ça… juste là… Oh, oui, Dominic, s'il te plaît, ne t'arrête pas… continue !

Il décrit de petits cercles de plus en plus insistants et de plus en plus rapides autour de mon clitoris et, bientôt, un orgasme dévastateur me submerge. Je rejette la tête en arrière avec un cri, et tout mon corps se contracte avec force autour du sexe de Dominic. J'entends son souffle rauque se précipiter et, au même moment, sens sa semence chaude jaillir au fond de moi. Puis les spasmes refluent et je me détends contre lui, tête basse, repue.

— Tout va bien, mademoiselle ? demande une voix grave.

Je relève les yeux et aperçois un policier qui, non loin, nous observe d'un œil vif.

Je souris et tente de rassembler mes esprits.

— Oh, euh… Oui, oui, tout va bien, merci. Ne vous inquiétez pas pour moi.

— Je m'en occupe, monsieur l'agent, ajoute Dominic sur un ton solennel.

Il a retiré sa main de ma jupe et l'a posée sur le banc, innocemment.

L'officier nous examine un instant avant de reprendre :

— Si vous m'assurez que tout va bien, mademoiselle…

— Oui, oui, tout va très bien, merci.

Il marque une pause, puis nous salue d'un geste et s'éloigne d'un pas lent.

L'érection de Dominic est encore bien dure en moi.

— Viens ! dis-je en riant. Rentrons à la maison avant de complètement perdre la tête et de se faire arrêter pour attentat à la pudeur.

À peine avons-nous refermé la porte du boudoir que Dominic déchaîne une passion torride. Il m'embrasse avec fougue, explorant ma bouche de sa langue, et nous nous déshabillons avec des gestes fébriles. En un instant, nous ne portons plus que nos sous-vêtements, et l'érection qui tend à l'extrême le boxer de Dominic démontre l'intensité de son désir. Il incline la tête et dépose de fervents baisers dans mon cou et sur mes épaules avant de descendre lentement vers les rondeurs de mes seins, soulignés par mon soutien-gorge.

— Tu me rends dingue, Beth, murmure-t-il contre ma peau. Je ne pourrai jamais me rassasier de toi.

— Moi non plus, dis-je tandis que mon souffle s'accélère sous le feu de ses caresses. J'ai tellement faim de toi, de ton corps et de… (Je glisse la main sous le coton de son boxer et effleure son sexe dressé.)… ça.

Son pénis tressaille à mon contact, et je le caresse lentement tout en regardant une flamme lascive s'allumer dans les yeux de Dominic.

— Est-ce que tu veux jouer, ce soir ? me demande-t-il d'une voix rauque.

— Tu veux, toi ?

— Quand je te vois comme ça – quand je vois ton petit corps sublime tout excité pour le mien –, j'éprouve le besoin de t'entraîner vers de nouveaux plaisirs, de contrôler ta jouissance.

— Ça te rend heureux ?

Je referme la paume sur son sexe et en taquine le gland avec mon pouce. De l'autre main, je caresse son torse large et viril. Tout en moi réagit à la puissance masculine de ce corps magnifique. Face à lui, je me sens infiniment désirable et j'adore ça.

Soudain il me saisit les poignets et m'immobilise tout en me regardant droit dans les yeux.

— Ça me rend très heureux. Ça m'excite terriblement quand tu t'offres à moi, tu le sais. Rien ne me comble autant que de te voir soumettre ta volonté à la mienne et te plier à mes désirs.

— Je sais.

C'est un aspect de sa personnalité que j'ai non seulement accepté, mais aussi appris à aimer. J'ai compris que nous pouvions vivre nos fantasmes sans en être victimes. Nos jeux ne font pas de moi l'esclave de Dominic au quotidien – je ne me laisserais jamais entraîner dans ce genre de rapport de force. Je suis maîtresse de ma propre existence et, en tant que telle, je choisis de me soumettre quand j'en ai envie. L'horrible épisode que nous avons traversé dans le donjon de *L'Asile* est derrière nous, à présent, et j'ai de nouveau toute confiance en Dominic. Je sais qu'il ne m'imposera rien que je ne puisse encaisser. Je sais aussi qu'il a de nombreuses découvertes en réserve pour moi, et cette perspective m'électrise complètement.

— Va dans la chambre et enfile la tenue de ton choix, puis reviens ici, souffle-t-il d'une voix rauque.

— Oui... monsieur, dis-je en frissonnant.

Par ce mot, je lui montre que je suis entrée dans la danse – et dans mon rôle d'esclave. Je l'entends déglutir, puis, quand il reprend la parole, c'est sur le ton autoritaire de mon maître adoré.

— Allez. Je t'accorde très exactement cinq minutes. Si ta tenue me plaît, je te permettrai de jouir à ta guise.

Je me rends donc dans la chambre et ouvre l'armoire, d'où je sors un collier de cuir brun qui se ferme par une boucle et un harnais assorti, qui contraste joliment avec la blancheur de ma peau et souligne mes seins mais les laisse accessibles – de même que mon sexe. Pour compléter le tableau, je relève mes cheveux en une queue-de-cheval. L'ensemble est d'une grande simplicité, mais je suis sûre que mon maître appréciera. Devinant que mes cinq minutes touchent à leur fin, je retourne dans le vestibule, les yeux baissés en signe d'humilité. Je remarque néanmoins que mon maître a revêtu un long peignoir de coton, qui dissimule sa formidable érection mais m'en laisse deviner les contours. La perspective des plaisirs ainsi cachés m'étourdit de désir.

Je vais me poster devant lui, tête basse, et il marche d'un pas lent tout autour de moi pour examiner mon allure.

— Très joli, commente-t-il après un instant, faisant bondir mon cœur de joie à l'idée que je l'ai satisfait. Je pensais avoir envie de quelque chose d'élaboré, mais cette simplicité me plaît énormément. Tu pourrais incarner l'esclave d'un empereur ou d'un consul... Oui, voilà un scénario stimulant. Tu es une vilaine esclave qui a essayé de fuir mais s'est fait capturer. On t'a ramenée à ton maître, qui doit à présent te punir pour ta conduite. Il faut qu'il t'enseigne l'humilité et qu'il te rappelle que tu n'existes que pour le servir, lui. N'ai-je pas raison, esclave ?

— Si, monsieur, dis-je d'une voix contrite. Je ne tenterai plus jamais de prendre la fuite. Je vous présente toutes mes excuses. Cela ne se reproduira plus.

— En effet, j'y veillerai. Mais d'abord je dois te donner une bonne leçon. Relève la tête.

Je m'exécute, et mon regard se pose sur un objet que je n'avais encore jamais vu. Il s'agit d'un cadre en bois d'environ deux mètres de haut et muni d'anneaux espacés régulièrement. On dirait le genre de structure qui sert à la flagellation, et je réprime un frisson d'appréhension et d'excitation mêlées.

Est-ce qu'il compte me fouetter ? Il m'a pourtant juré qu'il ne le ferait plus.

À vrai dire, je l'espère autant que je le redoute. Cela signifierait que Dominic a enfin résolu ses problèmes et que nous pouvons réellement prendre un nouveau départ. Cela signifierait qu'il a retrouvé confiance en lui – et en moi. Pourtant, la vue de ce cadre me rappelle les souffrances que j'ai endurées ce jour-là, dans le donjon, et mes mains tremblent à ce souvenir. *Je pourrais supporter quelques coups, mais pas trop.*

— Qu'en penses-tu ? demande-t-il d'une voix aussi douce qu'inflexible.

— Je… je crois que j'ai peur, monsieur.

— Vraiment ? reprend-il, visiblement content de ma réponse. Pourquoi donc ?

— Parce que je pense que vous allez me faire mal, monsieur. Pour me punir.

— En effet, ma pauvre petite esclave, murmure-t-il en me caressant le visage du dos de la main. Je vais te punir et tu vas avoir mal, mais ça restera supportable, je te le promets. Regarde, ajoute-t-il en désignant une longue corde de soie rouge posée non loin. À ton avis, qu'est-ce que je vais faire de ça ?

— Vous allez m'attacher avec, monsieur.

— Parfaitement. Je vais te ligoter pour que tu ne puisses plus jamais t'enfuir. Va chercher la corde et apporte-la-moi.

J'obéis et lui tends le lourd rouleau, qu'il accepte avec un sourire. Ses iris sont presque noirs de désir, et je vibre tout entière à l'idée des jeux qui m'attendent.

— Penche-toi en avant et attrape tes chevilles, m'ordonne-t-il.

Je m'exécute, offrant mon cul à ses regards. Dominic déroule la corde et m'attache les poignets aux chevilles avant de reculer d'un pas pour examiner le résultat.

— Oh, oui, souffle-t-il d'un air satisfait. C'est parfait pour l'instant. Tu es tellement belle…

Il va se poster derrière moi et me caresse tour à tour les fesses et le dos, m'agrippant parfois les hanches au passage. Je me sens terriblement vulnérable, et une pointe de pudeur me fait craindre d'être dégoûtante à ses yeux – le cul tendu vers lui, les lèvres gonflées et luisantes d'excitation, impatientes de recevoir son sexe. Mais il pousse un soupir admiratif qui me rassure aussitôt. Il commence à me masser les fesses avec de plus en plus de force, les pinçant par moments. Mon souffle s'accélère et je me demande combien de temps je vais réussir à supporter cette position, mais les sensations que Dominic fait naître rayonnent dans tout mon corps et occupent mes pensées, surtout lorsqu'il passe une main entre mes cuisses et fait jouer ses doigts contre mon clitoris durci et mes lèvres soyeuses. Son contact me révèle à quel point je suis prête.

— Tu es excitée, petite esclave, remarque-t-il sur un ton sévère. Regardez-moi ça, cette coquine est toute trempée.

Tu crois peut-être que je vais te baiser, hein ? Que je vais te donner du plaisir ? demande-t-il avant d'éclater d'un rire rude. Peut-être bien…

Je sens quelque chose à l'entrée de mon sexe et devine qu'il s'agit de son gland. Dominic m'agrippe les fesses et les griffe légèrement par endroits, allumant de minuscules brasiers sous la surface de ma peau. En même temps, il fait glisser son gland le long de mes lèvres comme pour en collecter le nectar. Je meurs d'envie qu'il donne une impulsion et me pénètre enfin, et cette pensée se trahit par une flambée de désir qui me laisse pantelante et encore plus mouillée.

— Oh, ma chère petite esclave si têtue, lance-t-il d'une voix douce. Tu as envie que je te prenne comme une chienne, hein ?

— Oh oui, monsieur. S'il vous plaît, prenez-moi ! Prenez-moi sauvagement !

— Dis-moi ce que tu veux.

— Je veux sentir votre énorme queue, monsieur, je veux la sentir tout au fond. Je veux vous sentir aller et venir en moi, et aussi me lécher et me sucer, monsieur.

— Vilaine petite gourmande ! me réprimande-t-il avec une claque sur la fesse. Tu es mon esclave, je te rappelle, c'est moi qui donne les ordres, ici ! Tu voudrais que je te lèche et que je te suce ? demande-t-il, reprenant mes mots avec un plaisir évident. Je ne suis pas sûr d'en avoir envie, vois-tu. Ce serait plutôt à toi de lécher et de sucer… Oui, tout à l'heure, je vais t'obliger à ouvrir ta bouche de petite gourmande et je vais te prendre par là aussi.

— C'est avec un grand plaisir que je vous servirai, monsieur.

— Je n'en doute pas un instant.

— S'il vous plaît, monsieur, n'attendez pas trop longtemps pour me baiser, je vous prie.

— Tu attendras aussi longtemps que je le déciderai.

Je relève la tête pour soulager ma nuque et empêcher le sang de battre trop fort à mes tempes. Mon dos est donc presque plat, et Dominic y pose les mains tandis que, du gland, il continue de taquiner mes lèvres gonflées. Puis je le sens remonter et se presser contre mon anus, comme s'il avait l'intention d'y entrer. Une vague d'appréhension me parcourt. Je ne suis pas sûre d'être prête – pas encore. Je n'ai jamais ressenti le désir de me faire pénétrer à cet endroit-là, à vrai dire… *Mais il y a plein de gens qui le font, et Dominic ne me ferait pas mal… Il saurait faire en sorte que j'y prenne du plaisir…*

Je me demande s'il a choisi cet instant pour m'initier. La pression insistante de son sexe semble l'indiquer, mais, peut-être parce qu'il a senti mon dos se contracter et m'a entendue retenir mon souffle, il fait glisser son pénis plus bas. Puis, d'un vigoureux coup de reins, il me pénètre jusqu'au fond, m'arrachant un gémissement. Je ne m'attendais pas à une entrée en matière aussi brutale, et l'angle formé par nos deux corps accentue mes sensations de façon spectaculaire. Il se retire presque entièrement, les mains crispées sur mes hanches, et le coton de son peignoir m'effleure les jambes. Puis il plonge de nouveau avec une force redoublée.

Oh, mon Dieu, Dominic, c'est merveilleux...

La douleur le dispute au plaisir tandis qu'il me baise furieusement, mais j'aime plus que tout sentir son énorme érection me combler et m'électriser de l'intérieur. Chaque coup de boutoir m'arrache un cri, presque malgré moi. Heureusement que Dominic m'agrippe avec une poigne de fer. Sinon, la violence de ses assauts me ferait basculer en avant. Il accélère la cadence et, pendant plusieurs minutes, me besogne comme une bête.

Puis, alors que je le sens sur le point de jouir, il se retire et me laisse affolée et plus que jamais trempée d'excitation.

— Pas encore, m'avertit-il d'une voix ferme. Cependant, comme je suis un maître bon et juste, je ne vais pas t'infliger une entière frustration pendant que je prépare l'étape suivante de ta punition.

À ces mots, je sens quelque chose de frais et dur, d'un diamètre imposant, se presser en moi. Je contracte les muscles pour maintenir la chose en position.

— Voilà. Maintenant, patience, lance Dominic avant de s'éloigner en direction de la chambre.

Je suis toujours maintenue en position par la corde, debout dans le vestibule, avec un gros objet tout dur logé à l'intérieur de moi.

Sans doute un gode. Combien de temps va-t-il me laisser comme ça ?

Je commence à paniquer, puis me ressaisis aussitôt. Je suis consciente que ça fait partie de la punition ; Dominic sait stimuler mon imagination aussi bien que mes sens. Il prend un malin plaisir à titiller ma peur et, ainsi, à me contrôler. *Aie confiance.*

Effectivement, il revient au bout de quelques minutes seulement.

— C'est bien, je vois que tu n'as pas bougé. Très bien. Ma petite esclave a gagné le droit de se faire baiser autant qu'elle veut.

Il me retire le gode et dénoue la corde. Je me redresse, soulagée, et me masse les poignets, tandis que Dominic va se placer près du cadre en bois.

— Viens là, esclave.

J'obéis et, de nouveau, il me lie les poignets ensemble avant de faire passer la corde dans un des anneaux situés en haut de la structure. Il me force à lever les bras et m'attache haut et court, si bien que je dois presque me dresser sur la pointe des pieds. Puis il me caresse longuement le dos et les fesses et pousse un profond soupir, dans lequel je crois déceler une pointe de regret. *Si ça se trouve, il regrette de ne pas pouvoir sortir les fouets et les battoirs. Il imagine peut-être ma peau en train de rougir parce que le sang afflue à la surface, un peu plus à chaque coup. Il adorait ça, il me l'a dit.*

Non, il n'en fera rien, il me l'a promis. Il a limité ses fantasmes aux jeux de bondage et prend son plaisir de maître à limiter ma liberté de mouvement pour me rendre vulnérable.

— Tu es magnifique, souffle-t-il. Oh, Beth…

J'adore l'entendre dire mon nom pendant nos petites mises en scène. Dans ces moments-là, je ne suis plus son esclave, je redeviens moi-même. Il me contourne pour venir m'embrasser. J'aimerais l'enlacer en retour, mais mes liens m'en empêchent. Je me contente donc de lui rendre son baiser avec fougue, mais, très vite – trop vite –, il me prive de ce bonheur en inclinant la tête pour me lécher et me mordiller les tétons. En même temps, il glisse les doigts entre mes jambes et me titille le clitoris en décrivant de petits cercles d'une intensité délicieuse. J'aimerais le toucher et le caresser, mais cela aussi m'est interdit. Je ne peux que l'autoriser à me faire ce que bon lui semble.

Son excitation atteint des sommets, je le devine à la façon dont sa poitrine se soulève quand il respire et dont ses yeux se voilent. J'ai déjà vu ce regard un peu vitreux, mais quand ? Le souvenir m'échappe – les mains de Dominic m'empêchent de réfléchir. J'aimerais me laisser aller à apprécier pleinement les sensations qu'il me procure, mais ma posture m'interdit de me détendre. Je dois sans cesse remuer pour tenter de soulager mes muscles de plus en plus endoloris.

Complètement captivé par le scénario de l'esclave et de son maître, Dominic me caresse avec une certaine rudesse à présent, et son souffle se fait de plus en plus court. Soudain, il plonge les doigts en moi, d'abord deux, puis trois et, enfin, quatre, tout en appuyant le pouce contre mon clitoris. Je me concentre sur les vagues d'excitation que ses gestes provoquent en moi, mais, par instants, je perds de vue mon désir et ressens de la douleur à la place. Ses ongles me griffent légèrement et la pression de son pouce est trop violente pour un endroit aussi sensible.

Heureusement, il arrête et me détache. Je baisse les bras et les secoue pour chasser les fourmis qui me picotent les mains. Mais mon répit est de courte durée.

— Allonge-toi par terre, sur le ventre, m'ordonne Dominic.

J'obéis aussitôt et pose la joue contre le marbre froid, qui calme un peu l'excitation de mon sexe brûlant. Dominic sort de sa poche quelque chose qu'il pose au milieu de mon dos. On dirait une croix en cuir, avec une pièce de métal en son centre. *Qu'est-ce que c'est que ce truc ?*

Du coin de l'œil, je vois que Dominic ramasse la corde et la roule avec des gestes rapides et assurés. Puis il me prend un bras et me fait plier le coude au-dessus de ma tête, de sorte que ma main se trouve presque au niveau de ma nuque. Il fait la même chose de l'autre côté et attache mes poignets ensemble avant de faire passer la corde autour de la croix en cuir. Ensuite, il m'attrape un pied puis l'autre, ramène mes talons contre l'arrière de mes cuisses et m'attache les chevilles ensemble avant de refaire passer la corde autour de la croix. Il serre brutalement, et je n'ai d'autre choix que de cambrer le dos et de relever la tête.

Ainsi ligotée, je ressens une impression de vulnérabilité au moins aussi pénible que la douleur qui me brûle les muscles. J'ai par ailleurs du mal à respirer : dans la position où je suis, l'épais collier de cuir m'appuie sur la trachée.

Je n'aime pas ça du tout! pensé-je, prise de panique. Je tente de prendre un peu de recul pour voir si, une fois passé mon inconfort initial, je vais finir par éprouver du plaisir à être maintenue ainsi. Il m'est déjà arrivé de devoir surmonter une certaine dose de peur avant de pouvoir apprécier les exigences de Dominic, mais, cette fois, je n'arrive tout simplement pas à me détendre. Je le sens s'agenouiller entre mes cuisses et me soulever les hanches à deux mains. Puis, sans plus de préparation, il me pénètre brutalement, comme s'il avait mis tout son poids dans ce premier coup de reins.

Aussitôt, il commence à aller et venir de toute sa longueur, à un rythme effréné, avec toute la force dont il est capable.

Je commence à suffoquer, mon dos me fait souffrir, et j'ai l'impression que les muscles de mes bras et de mes jambes vont se déchirer tant ils sont tordus. Je ne vais pas pouvoir tenir très longtemps, mais pas parce que mon plaisir menace de me rattraper, cette fois. Je commence à avoir la tête qui tourne et ne parviens pas à me concentrer sur ce que je dois faire pour me sortir de cette situation. Les sauvages assauts de Dominic me secouent tout entière, et il ne me laisse pas le temps de récupérer. Je suis sans défense, réduite à l'état de femme-tronc. Pire, Dominic se met à tirer sur la corde tout en me baisant, et chaque impulsion me force à me cambrer un peu plus. La douleur est atroce et je n'arrive presque plus à respirer.

Pendant un instant je me demande si c'est ça que l'on ressent quand on se fait écarteler, puis la peur prend le dessus et efface les dernières traces de désir qui auraient pu subsister. Le rude traitement que m'inflige Dominic ne me procure plus le moindre plaisir.

Une seule pensée m'obsède : *il faut qu'il arrête.* J'ai l'impression que ma tête va exploser, ma vision se brouille, et j'ai peur de perdre connaissance si je ne stoppe pas Dominic dans son élan. J'ignore s'il compte continuer comme ça longtemps ou s'il est près de l'orgasme.

Dis le safeword *!*

Aussitôt, j'éprouve un profond soulagement. Je n'ai plus qu'à m'en souvenir, c'est…

— Rubis !

Mon cri n'est qu'un risible couinement, que Dominic ne remarque même pas. Je dois rassembler toutes mes forces pour hurler :

— Rubis, Dominic ! Rubis !

Cette fois, il m'entend. Aussitôt, il lâche la corde et se retire.

— Beth, ça va ? demande-t-il d'une voix inquiète.

— Arrête, s'il te plaît, je n'aime pas ça. Cette position ne me plaît pas du tout, dis-je d'une voix essoufflée et éraillée.

Dominic se hâte de me détacher et, quelques instants plus tard, je m'assieds et fais jouer les muscles de mes épaules, puis me masse les poignets et les chevilles. Je tousse encore un peu et Dominic, à côté de moi, cherche visiblement un moyen de m'aider.

— Qu'est-ce qui s'est passé ? J'avais l'impression que tu étais super excitée.

— Pas sur la fin. C'était trop. Trop extrême.

— Vraiment ? J'ai trop serré la corde ?

— Un peu trop, mais c'est surtout la position que j'ai trouvée humiliante. Je n'aime pas être entravée à ce point, comme réduite à néant…, expliqué-je avec une petite toux avant de poursuivre. Et puis j'ai besoin de pouvoir respirer normalement. Je ne veux plus jamais être privée d'oxygène, d'accord ? ajouté-je en levant les yeux vers lui. Merci d'avoir réagi quand j'ai dit le *safeword*.

— Ne dis pas de bêtises ! s'écrie-t-il brusquement. Évidemment que j'ai réagi ! Le contraire serait impardonnable. En revanche, je regrette que tu aies eu besoin d'en faire usage. C'était minable de ma part, conclut-il d'une voix grave, l'air peiné.

— Mais non, voyons, dis-je doucement. Tu as essayé quelque chose de nouveau, c'est tout. Tu ne pouvais pas savoir que ce serait trop pour moi. J'aime bien quand tu joues avec la corde, mais je ne veux pas être attachée tout le temps. Surtout, je n'aime pas être ligotée comme un animal. Au moins, maintenant, on le sait.

Dominic garde les yeux rivés au sol, comme si un terrible débat faisait rage dans sa tête.

— J'aurais dû m'en rendre compte, insiste-t-il. Je te connais, Beth, je sais ce que tu aimes, ce qui t'excite ou pas. Je me suis emporté et j'ai commencé à abuser de mon pouvoir, à t'imposer des choses alors que je savais que ça dépassait tes limites.

— Ça fait partie des risques quand on joue au maître et à l'esclave, dis-je d'une voix douce. On est prévenus, il suffit qu'on fasse attention, c'est tout. Après tout, c'est normal d'apprendre de ses erreurs. Et puis le *safeword* est là pour ça, non ? Il a fonctionné.

Je trouve un peu étrange de réconforter Dominic après l'expérience que je viens de vivre, mais je vois bien qu'il est profondément secoué. *Et la dernière fois que quelque chose de ce genre s'est produit, il a disparu. Je refuse de prendre le risque que ça se reproduise.*

— Je t'assure que tout va bien, Dominic, dis-je en le serrant dans mes bras, mais sans réussir à franchir la barrière qu'il a érigée autour de lui. Si nous allions nous coucher et faire ce qui nous vient naturellement ? On n'est pas obligés de jouer une mise en scène chaque fois…

Dominic m'embrasse puis me dévisage avec un sourire un peu triste.

— Tu as raison, allons nous coucher. En revanche, je ne me sens pas d'humeur à faire autre chose que dormir, ce soir. Désolé, ajoute-t-il en me prenant la main.

— Ce n'est pas grave, dis-je en l'embrassant dans le cou, respirant son parfum par la même occasion. S'il te plaît, ne te mine pas pour ça. Ça n'en vaut vraiment pas la peine.

Il me répond par un faible grognement, et je devine qu'il a l'esprit encombré par une foule de pensées contradictoires. Si seulement je savais lesquelles…

Chapitre 16

Ce lundi matin, c'est le cœur en émoi que j'approche d'Albany. Dominic et moi nous sommes quittés sur des baisers et de tendres paroles, mais les événements d'hier soir pèsent néanmoins entre nous.

J'avance sur Piccadilly, tellement perdue dans mes pensées que je ne vois même pas les piétons qui, comme moi, se rendent au travail.

Pourquoi est-ce si compliqué ? Qu'est-ce qui nous empêche de nous aimer, tout simplement ?

Cet homme que j'aime plus que tout au monde est affligé d'une lubie qui persiste à nous poser problème – je ne peux m'empêcher de trouver ça injuste. Je l'ai pourtant acceptée, j'ai même appris à aimer la dimension nouvelle qu'elle a introduite dans ma vie.

Je peux très bien me passer des fouets et autres, si c'est ce que Dominic veut – et même si mon imagination persiste à me narguer avec des fantasmes où il m'échauffe les fesses avec ces délicieuses mèches de daim. Mais qu'est-ce qui me garantit que son désir de pousser nos jeux à l'extrême ne va pas resurgir à la première occasion ? Pire : est-ce qu'il va se morfondre et douter de lui chaque fois que j'aurai besoin d'utiliser le safeword *?*

J'en suis encore à ruminer ces idées noires lorsque je traverse la cour d'Albany House. Je remarque la Bentley décapotable d'Andrei, ce qui veut dire qu'il est là. *Génial.* En plus, il m'a clairement indiqué qu'il attendait un rapport complet dès que possible.

Vivement que j'en aie fini avec cette mission ! Je ne sais pas combien de fois j'ai formulé cette idée depuis une semaine, mais, plus que jamais, je souhaite retourner travailler pour Mark et revenir au tranquille quotidien qui était le mien avant qu'Andrei Dubrovski fasse irruption dans ma vie et s'y attribue une telle importance. Tout était tellement plus simple quand il n'était pour moi qu'un nom sans visage, le patron de Dominic et rien de plus.

Lorsque j'entre dans le bureau, je trouve Marcia de retour à son poste. Elle m'accueille avec une joie exubérante, comme si elle revoyait sa plus chère amie après des décennies. C'est tout juste si elle ne pleure pas sur mon épaule. Une fois que j'ai réussi à me libérer de son étreinte, elle m'apprend que sa mère va beaucoup mieux et sera complètement rétablie en un rien de temps.

— C'est merveilleux, Marcia. Je suis ravie pour vous deux.

— C'est une adorable vieille chouette, vous savez. Elle me manquerait terriblement si elle s'en allait, reprend Marcia sur un ton affectueux. Espérons qu'elle reste parmi nous encore quelque temps.

Elle poursuit dans cette veine pendant un bon moment, si bien que je suis soulagée quand elle retourne à son écran en râlant dans sa barbe au sujet du désordre qu'Edward a réussi à mettre dans son système. Je m'empresse de rédiger le rapport qu'a exigé Andrei, mais ce dernier ne se montre pas.

Je finis par poser la question à Marcia tandis que nous déjeunons.

— Vous savez où se trouve Andrei ?

— Non, il est sorti très tôt – à pied. J'ignore complètement quels sont ses projets pour la journée. C'est toujours un peu flou quand il est sur le point de signer un gros contrat.

J'accueille la nouvelle avec gratitude. Je ne tiens pas à le croiser – à vrai dire, étant donné la façon dont s'est terminée notre dernière conversation, l'idée de me retrouver face à lui me terrifie. Je passe l'après-midi à photographier les œuvres que j'ai choisi d'exposer dans l'appartement, puis à tracer des croquis des différentes pièces pour pouvoir simuler diverses combinaisons. Cette tâche me demande une grande concentration mais m'amuse énormément – j'ai l'impression d'être une gamine devant le plus beau livre à gommettes du monde.

La journée touche à sa fin sans qu'Andrei donne signe de vie. En revanche, quand je regarde mes mails avant de partir, je trouve un message de Dominic dans ma boîte de réception.

« Merci, ma belle, j'ai passé un week-end magnifique en ta compagnie. Je suis désolé qu'il ne se soit pas terminé aussi bien qu'il avait commencé, mais je fais tout ce qui est en mon pouvoir pour régler mes problèmes, crois-moi. J'ai déjà bien progressé, mais pas autant que je l'espérais. Je te demande encore un peu de patience, mais je te promets qu'on y arrivera. Je n'aurai sans doute pas le temps de te voir beaucoup cette semaine, mais on pourrait s'enfuir loin tous les deux, une fois que tout ça sera fini. Qu'en penses-tu ? Rien que toi et moi… Je pourrai te montrer à quel point tu comptes à mes yeux.

En attendant de pouvoir te retrouver, je vais imaginer tous les délices qu'on pourra partager quand on sera enfin réunis…

D. »

L'idée d'une échappée romantique en compagnie de Dominic m'enthousiasme complètement. Je visualise aussitôt une plage ensoleillée, une chambre d'hôtel luxueuse et des heures devant nous pour jouer comme bon nous semble. En revanche, je me demande ce qu'il entend quand il parle de régler ses problèmes. J'espère qu'il ne va pas disparaître pendant des semaines, comme la dernière fois, mais son mail semble indiquer que nous nous reverrons dans quelques jours à peine ; je décide donc de ne pas m'inquiéter.

Je commence à rassembler mes affaires pour rejoindre Laura à la maison avant notre cours de boxe quand un nouveau message atterrit dans ma boîte de réception.

« Beth,

Désolé de ne pas avoir pu honorer la réunion prévue pour le compte rendu. Si vous pouvez me consacrer une heure, venez me rejoindre à mon club immédiatement. Marcia vous appellera un taxi. »

Je relis ces quelques lignes autoritaires à deux reprises avec une exaspération croissante. Il ne se donne même pas la peine de signer mais s'attend à ce que j'accoure au premier coup de sifflet. J'ai bien envie d'esquiver sa requête et de rentrer sans répondre. Sinon, je risque de manquer mon entraînement. *En même temps, tu seras débarrassée,* pensé-je avec un soupir. *Bientôt, il n'aura plus aucune raison de t'appeler ou de te donner des ordres.*

Je rédige une rapide réponse pour lui dire que j'arrive et demande à Marcia de s'occuper du taxi. Le temps que je prenne mon rapport et que je sorte d'Albany, la voiture m'attend déjà dans la cour. Aussitôt que je suis installée, le chauffeur démarre et s'insère dans l'intense circulation de Piccadilly. Londres s'illumine doucement tandis que la nuit tombe, et des passants se pressent devant les vitrines, les bras chargés de paquets. L'atmosphère annonce déjà Noël. Le taxi s'engage sur Piccadilly Circus, où nous avançons à une allure d'escargot. Nous finissons par quitter la place et empruntons Haymarket puis Pall Mall, mais notre progression reste pour le moins pénible. Le chauffeur s'arrête juste avant d'atteindre St James's Palace et stationne devant une immense demeure blanche d'allure Régence. Par les portes ouvertes je distingue un tapis rouge et un somptueux lustre de bronze qui brille de mille feux.

C'est ridicule. Si j'étais venue à pied, ça m'aurait pris cinq minutes.

— La course a déjà été réglée, mademoiselle, m'annonce le chauffeur.

— Merci, dis-je avant de descendre.

Je reste un instant immobile devant les marches du perron. Londres abonde en lieux de ce genre : fastueux, intimidants, qui semblent proclamer au monde que des privilèges inouïs attendent ceux qui ont l'honneur d'en franchir le seuil. *Oui, eh bien, aujourd'hui, ces portes s'ouvrent pour moi – même si je m'en passerais bien.* Une soirée bien tranquille chez moi avec Laura, voilà qui me séduirait beaucoup plus, à l'heure qu'il est. Je pousse un soupir et redresse les épaules avant de monter les marches.

Dans le vestibule se trouve un homme en queue-de-pie derrière un bureau de facture ancienne.

— Puis-je vous aider, madame ? demande-t-il avec un accent huppé.

— Je viens voir Andrei Dubrovski. Il m'attend.

Aussitôt, le visage de mon interlocuteur s'éclaire d'un sourire obséquieux. *Je devrais avoir l'habitude, depuis le temps.*

— Bien sûr, madame. Il est dans le salon bleu. Si vous voulez bien me suivre.

Nous empruntons un escalier majestueux, dominé par le portrait plus grand que nature d'un vieillard sourcilleux vêtu à la mode du XIXe siècle. Une fois à l'étage, nous longeons un couloir et, chaque fois que nous passons devant une porte ouverte, j'aperçois des pièces luxueuses, décorées de lustres de cristal, d'œuvres d'art magnifiques et de corniches dorées à la feuille, et meublées de fauteuils en cuir où des messieurs lisent le journal. Mon guide s'arrête soudain devant une porte fermée et frappe un coup sec. Un instant plus tard, le garde du corps d'Andrei vient nous ouvrir.

— Cette demoiselle vient voir M. Dubrovski, explique mon guide.

Le colosse me jette un regard froid et ne semble pas me reconnaître, même quand je lui souris gentiment. Puis, sur un hochement de tête, il me laisse entrer.

Le salon bleu porte bien son nom : les murs sont tendus de soie imprimée ton sur ton, un tapis persan marine et or recouvre presque entièrement le parquet et les fauteuils sont tapissés de damasquin turquoise. L'ensemble serait monotone s'il n'y avait, ici et là, des portraits de gentilshommes visiblement importants ayant vécu au cours des deux siècles derniers, ainsi qu'un vaste bureau en bois massif. Derrière celui-ci se tient Andrei, vêtu d'un costume noir à la coupe impeccable. Le téléphone à l'oreille, il me tourne le dos et parle russe à toute vitesse, regardant Pall Mall par la fenêtre. Je me garde bien de faire le moindre bruit et examine la pièce en détail en attendant qu'il ait fini. Cinq bonnes minutes plus tard, il range enfin son téléphone et me fait face.

— Beth, vous êtes là. C'est bien, dit-il, impassible.

Son visage buriné est aussi froid que lors de notre première rencontre. Je me rends compte avec un certain choc que l'homme que j'ai appris à connaître depuis est très différent de celui qui nous a accueillis dans sa villa en France il y a semble-t-il des siècles. J'ai découvert son côté humain en le voyant rire, manger, faire la fête – et débarquer dans la cuisine en peignoir après avoir fait l'amour à Anna. Mais cette facette a disparu. Andrei Dubrovski est redevenu le milliardaire tyrannique qui m'avait à peine saluée le premier jour. J'éprouve un certain regret à l'idée que notre relation va se terminer ainsi alors que, pendant un temps, nous avons presque été amis. *C'est sans doute pour ça que je me suis permis de lui parler comme je l'ai fait – parce que les barrières étaient tombées entre nous. Eh bien, elles sont de nouveau en place, et plus hautes que jamais.*

— Je vous ai apporté mon rapport, comme vous me l'avez demandé, dis-je en sortant le dossier de mon sac. J'y ai répertorié la collection qui se trouve à Albany, avec le descriptif de chaque œuvre et sa valeur marchande actuelle. Je vous fournirai le plan d'accrochage séparément, si cela vous convient.

— Bien, lance-t-il avec un bref coup d'œil au rapport. Je lirai ça plus tard. Je suis sûr que vous avez fait du bon travail et que tout est en ordre.

— Merci, dis-je d'une voix froide.

À vrai dire, l'atmosphère générale est tellement glaciale que j'éprouve l'envie d'enfiler des moufles et un cache-nez.

Andrei s'adresse en russe à son garde du corps, qui s'éclipse aussitôt.

— Asseyez-vous, lance-t-il en désignant le fauteuil situé en face de lui, de l'autre côté du bureau.

Le ton péremptoire de sa voix m'agace au plus haut point. *J'aimerais bien qu'il arrête de me donner des ordres à tout bout de champ. Je ne suis pas son esclave.*

Cette réflexion me fait sourire intérieurement. *Il m'arrive d'apprécier le rôle d'esclave, mais pas quand c'est Dubrovski qui commande. Certainement pas.*

Cela dit, il serait futile de ne pas obéir, aussi m'assieds-je sans discuter. Je m'attends à ce qu'il me déclare que personne n'a le droit de lui tenir tête comme je l'ai fait et que je suis virée. À vrai dire, j'espère presque que c'est ce qui va se passer.

Cela me permettrait de retourner travailler pour Mark, d'oublier toute cette folie et de vivre ma relation avec Dominic au grand jour.

Andrei s'installe à son tour derrière le bureau et m'observe un instant, les mains jointes devant lui.

— J'ai repensé à ce que vous m'avez dit, Beth, déclare-t-il enfin. Je suis profondément blessé que vous puissiez me croire capable de vous droguer – surtout pour abuser de vous.

— Je suis désolée, je retire mes accusations, dis-je aussitôt, convaincue par ses mots. Vous avez sans doute raison : j'avais trop bu, tout simplement. C'est l'explication la plus plausible.

— Je l'espère. Vous ne sembliez pas soûle au point de ne plus répondre de vos actes, mais j'imagine que vous n'avez guère l'habitude de faire des excès – contrairement aux Russes, ajoute-t-il avec un sourire. Enfin, vous étiez très clairement pompette – vous êtes littéralement tombée de sommeil.

— Vous voulez dire, quand vous m'avez trouvée dans les catacombes ?

— Oui, quand je vous ai trouvée.

Nous échangeons un long regard lourd de sens et, si l'expression d'Andrei demeure énigmatique, ses yeux bleus semblent lire en moi, comme si nous étions liés par une profonde connexion. Je suis terriblement tentée de lui poser la question qui me brûle les lèvres – avons-nous couché ensemble, oui ou non ? Mais je rejette cette hypothèse une fois de plus. *Non, c'était Dominic. C'est obligé.*

C'est alors que je me rends compte que je n'ai jamais demandé à Dominic pourquoi il m'avait abandonnée dans un recoin des catacombes, évanouie, en attendant qu'Andrei me retrouve. Pourquoi aurait-il fait une chose pareille ?

Soudain terrifiée à l'idée qu'Andrei me fasse une révélation susceptible de bouleverser mon univers, je me mets à parler à toute vitesse.

— Comme je vous le disais, j'ai préparé un plan avec la répartition des œuvres pour l'appartement. Souhaitez-vous le valider avant que j'organise l'accrochage ? Je pense que ça devrait vous plaire, mais, si vous voulez y apporter des changements, il suffit de…

— Non, non, allez-y, intervient Andrei. Je vous fais entièrement confiance.

Il se lève et marche d'un pas lent entre le bureau et la fenêtre, les mains dans le dos, les sourcils froncés – ce qui rend son visage encore plus sévère et intimidant.

— J'ai la très nette impression que vous éprouvez une sorte d'aversion pour moi, reprend-il. J'espérais que cela disparaîtrait une fois que vous seriez rassurée au sujet de cette histoire de drogue. Visiblement, c'était une erreur de ma part, et vous m'en voyez désolé. J'imagine que vous serez ravie de retourner travailler pour Mark une fois que vous aurez fini votre mission chez moi. D'ailleurs, en parlant de Mark, ajoute-t-il en se retournant vers moi, je dois me rendre à Saint-Pétersbourg à la fin de la semaine, et il va m'accompagner. Nous allons faire examiner le Fra Angelico par un expert au musée de l'Ermitage, et je me demandais si vous voudriez vous joindre à nous. Je peux vous organiser une visite privée du musée, je suis sûr que ça vous plairait beaucoup – et que ça vous rassurerait quant aux motivations qui sont les miennes.

Je le dévisage, bouche bée. *L'Ermitage ? Incroyable !* J'ai toujours rêvé de voir ce joyau. Ce musée figure tout en haut de la liste des lieux que je me suis promis de visiter un jour… *Mais non, c'est impossible. D'ici la fin de la semaine, le gros contrat de Dubrovski sera signé, Dominic pourra démissionner, et je serai à ses côtés. Andrei ne voudra plus de ma présence, à ce moment-là. Il ne voudra sans doute plus jamais me revoir…*

— Alors ? Vous êtes partante ?

— C'est très gentil, Andrei, mais…

Il me lance un regard complètement éberlué.

— Quoi ? Vous refusez ?

— Je ne peux tout simplement pas accepter. Ne me demandez pas pourquoi, je serais incapable de vous expliquer mes raisons, mais n'insistez pas. Cette offre est on ne peut plus alléchante, mais… je suis contrainte de la décliner.

Je me lève à mon tour et nous nous faisons face un instant. Puis Andrei pose les mains à plat sur le bureau et incline la tête, sans me quitter des yeux.

— Vous m'intriguez, gronde-t-il d'une voix sourde. Pourquoi rejetez-vous ce que j'ai à vous offrir ?

— Je vous l'ai dit : je ne peux pas vous expliquer pourquoi. En revanche, je sais pertinemment que si j'acceptais ce que vous voulez me donner, je ne vous intriguerais plus du tout. Vous vous rendriez compte que je ne suis qu'une fille banale qui n'a rien à faire dans votre univers. Ce que vous avez du mal à comprendre, c'est que je n'ai pas envie d'en faire partie. J'aimerais vraiment qu'on reste amis, Andrei, dis-je avec un sourire, et j'espère que vous serez satisfait de mon travail. Maintenant, si vous le voulez bien, je vais rentrer chez moi. L'accrochage devrait prendre deux jours, tout au plus. Au revoir, Andrei.

Il ne dit rien, mais je sens son regard dans mon dos tandis que je regagne la porte. La main sur la poignée, je me retourne et dis :

— Merci pour cette offre. Même si je ne peux l'accepter, je l'apprécie énormément.

Puis je sors.

Une fois dans la rue, j'appelle Dominic, mais il ne répond pas. Je décide de ne pas l'embêter avec un message – il est sans doute débordé et, dans quelques jours, je l'aurai pour moi toute seule.

J'arrive à la maison épuisée mais juste à temps pour me changer et me rendre à la boxe. En revanche, je vais sans doute devoir y aller seule – Laura n'est pas dans les parages. Effectivement, quand je ressors de ma chambre, je trouve un texto de sa part m'informant qu'elle est retenue au bureau. L'entraînement me fait un bien fou, mais la pauvre Laura, elle, ne rentre que peu avant 22 heures. Elle laisse tomber sa sacoche contre le mur et vient s'affaler à côté de moi sur le canapé.

— Salut, dis-je avec un sourire. J'ai fait des pâtes, si tu veux. Rien de bien élaboré – une bolognaise toute bête – mais tu peux finir le plat.

— Si c'est déjà prêt, c'est parfait, soupire-t-elle. Je suis crevée ! Tu as fait une bonne séance ? Sid était en forme ? Je suis dégoûtée d'avoir raté ça…

— Oh, ne t'en fais pas, ça arrive. Sid était fidèle à lui-même : un vrai tyran ! Mais c'est comme ça qu'on l'aime, dis-je avant de me lever. Tu sais quoi ? Va te mettre à l'aise pendant que je te fais réchauffer les pâtes, d'accord ?

Je me rends dans la cuisine et, un instant plus tard, elle m'y rejoint, vêtue d'un pantalon de pyjama à carreaux et d'un vieux tee-shirt tout doux, l'air un peu plus détendue.

— Ça sent bon, commente-t-elle avec un sourire. J'adore ta bolognaise.

— Merci. On dirait qu'un bon repas ne te ferait pas de mal.

— Tu m'étonnes ! Ce n'est pas la fête, au bureau, en ce moment. Ils paient bien, certes, mais il faut mériter son salaire. Mon cher patron m'a fait vérifier et re-vérifier une pile d'offres et de rapports jusqu'à ce que j'aie les fils qui se touchent. Et toi, ça va ? Je ne t'ai pas beaucoup vue, ces derniers temps. J'ai l'impression qu'on n'arrête pas de se croiser – que ce soit pour le travail ou le plaisir.

— Tout va bien de mon côté, dis-je en sortant le parmesan du frigo pour en râper une généreuse dose au-dessus de l'assiette de Laura. Dominic travaille beaucoup cette semaine, ça va nous donner l'occasion de passer un peu de temps ensemble, toi et moi. Il est complètement accaparé par un contrat important, mais, une fois que ce sera bouclé, il a parlé de m'emmener quelque part – juste un petit week-end tranquille en amoureux. C'est super, non ?

Comme Laura ne répond pas, je tourne la tête vers elle. Les yeux dans le vague, l'air un peu triste, elle entortille le bout de sa queue-de-cheval autour de ses doigts – un tic qui m'est désormais familier.

— Si, c'est génial… J'imagine que tu vas passer de plus en plus de temps avec Dominic, pas vrai ?

— Je l'espère, dis-je lentement.

Je vois où elle veut en venir : ce n'est pas le scénario que nous avions envisagé quand nous avons décidé d'emménager ensemble – deux jeunes célibataires au cœur de la capitale.

— Est-ce que je dois commencer à chercher une nouvelle colocataire ? demande Laura d'une petite voix.

— Oh, ma puce !

Je pose la râpe et le fromage pour aller lui faire un câlin, puis la regarde droit dans les yeux avant de poursuivre :

— On n'en est pas encore là, tu sais ! Je te le promets. Mais c'est vrai que j'ai envie de le voir aussi souvent que possible.

Je me sens tiraillée : je n'ai pas envie de faire de promesses en l'air, et puis j'adore passer du temps avec Laura et je tiens vraiment à préserver notre complicité. Je me rappelle soudain notre récent projet de voyage.

— Mais j'étais très sérieuse au sujet de ce week-end à New York, hein ! Il faut vraiment qu'on le fasse. Juste toi et moi, pas de Dominic entre nous. Promis, juré.

— Je suis vraiment super heureuse pour toi, tu sais, Beth, s'empresse-t-elle de dire. Je trouve génial que Dominic et toi preniez cette relation au sérieux, et je suis carrément emballée par cette idée de week-end à New York… C'est juste que, d'un point de vue purement égoïste, ça va me manquer de ne pas t'avoir dans les parages au quotidien.

— Oh, je suis désolée…

Ça me fait de la peine que ma meilleure amie se sente seule par ma faute alors que nous partageons le même appartement.

— Mais non, ne sois pas désolée, enfin ! s'écrie-t-elle en riant. Tu es follement amoureuse et tu as envie de passer chaque minute de ton temps libre avec ton chéri. Quoi de plus normal ? J'ai juste une requête…

— Dis-moi.

Je me sens tellement coupable que je donnerais n'importe quoi pour lui faire plaisir. Si seulement je pouvais claquer des doigts et lui trouver un copain aussi bien que Dominic !

— Je pourrai être demoiselle d'honneur au mariage ? lance-t-elle sur un ton malicieux.

Les joues en feu, je commence à bégayer.

— Détends-toi, je plaisante, reprend Laura. Bon, elles sont prêtes, ces pâtes ? Je meurs de faim, moi !

Chapitre 17

Je suis bien contente qu'Andrei ne soit pas là pour voir les ouvriers planter des clous dans ses panneaux de bois massif qui lui ont sans doute coûté une fortune. J'espère vraiment que je ne me suis pas trompée dans l'agencement des œuvres.

J'ai envoyé un mail à Mark avec des photos de mes plans, et il a approuvé mes choix, ce qui me rassure, mais je n'aurai vraiment l'esprit tranquille qu'une fois l'accrochage terminé.

— C'est parfait, dis-je lorsque les deux hommes redescendent de leur escabeau. Maintenant, il faudrait placer ce Stubbs là, pile au milieu des deux groupes formés par les croquis, vous voyez ?

Je leur indique l'emplacement et, à ce moment-là, mon téléphone vibre, m'annonçant que j'ai reçu un texto. C'est Dominic, qui m'écrit :

« Viens jouer dehors. »

Je laisse les ouvriers à leur tâche et sors de l'appartement mais ne vois personne sur le palier ni dans l'escalier de pierre aux rambardes en fer forgé. Je m'aventure le long du passage couvert, mais ne perçois pas le moindre mouvement. Il y a parfois des jardiniers à l'œuvre, mais pas aujourd'hui. Mon téléphone vibre de nouveau.

« Va au sous-sol. »

Je retourne vers le palier et emprunte l'escalier qui descend dans l'obscurité. Je ne vois toujours pas Dominic et progresse lentement, le temps que mes yeux s'habituent. J'atteins un corridor voûté qui semble courir sur toute la longueur de l'immeuble.

« Fais un quart de tour à gauche, de façon à te trouver face à l'aile principale, et avance. »

Je souris, me demandant où Dominic peut bien se cacher. Il a le don de pimenter les choses, et j'adore ça. Je suis ses indications et parcours toute la longueur du corridor. Je finis par sortir du bâtiment et, après avoir descendu quelques marches, je dois contourner la fenêtre en avancée d'un des appartements en rez-de-jardin. Alors que je me demande où aller, un nouveau texto arrive.

« Passe la porte noire qui se trouve devant toi. »

La porte en question semble mener à l'aile principale et s'ouvre sur un autre couloir, poussiéreux et à peine éclairé par une pauvre ampoule jaune.

— Dominic ? Tu es là ?

Je n'ai pas franchement peur, mais l'endroit n'est guère rassurant et sent le renfermé. Il y a des pièges à souris espacés régulièrement le long des murs, entre des portes peintes en noir avec des numéros dessus. J'aperçois une vieille armoire dont la porte mal fermée révèle des pots de peinture et des serpillières.

« Attends. »

Je m'arrête, curieuse de découvrir ce que Dominic me réserve. Soudain, une porte grince, toute proche, et une main surgit devant moi. Je pousse un hurlement de surprise et, avant même que j'aie eu le temps de comprendre ce qui m'arrive, je me retrouve attirée à l'intérieur d'une sorte de remise, plaquée contre le torse de Dominic, qui rit doucement à mon oreille. Je lui donne une petite tape et râle :

— Ah, c'est malin !

— Je t'ai fait peur ? demande-t-il en gloussant.

— À ton avis ? dis-je en regardant autour de moi. Comment est-ce que tu as découvert l'existence de ce trou à rats ?

— J'étais venu déposer quelque chose pour Andrei et je me suis dit que ce serait amusant de trouver un endroit discret où je pourrais t'embrasser tranquillement.

Joignant le geste à la parole, il se penche et me donne un long baiser fougueux qui apaise mon agacement.

— Mmm, tu es délicieuse, reprend-il. J'avais besoin de ce petit réconfort.

— Moi aussi !

Maintenant que ma frayeur est passée, je me sens prête à profiter au mieux de cette petite visite. Glissant les mains sous sa chemise, je lance d'une voix aguicheuse :

— Est-ce que, par hasard, tu aurais le temps de rester jouer un peu ?

— Oh, si seulement ! grogne Dominic. Rien ne me ferait plus plaisir – je n'en peux plus de ces négociations ! C'est l'affaire la plus complexe et la plus piégeuse que j'aie jamais connue. On est sur le fil du rasoir. Imagine : si on se plante, on va devoir verser 300 millions de livres sterling de dédommagements. Tu te doutes bien qu'Andrei serait absolument ravi de payer une somme pareille sans rien obtenir en retour. Il n'y a qu'Anna qui s'éclate comme une petite folle. Sérieusement, je suis persuadé que cette fille prend son pied dans des situations de ce genre. Je comprends pourquoi Andrei ne peut pas se passer de ses services – elle représente vraiment un atout non négligeable. Même les hommes d'affaires les plus arides et les plus endurcis finissent par lui manger dans la main.

Tout en l'écoutant, je lui caresse le torse et les flancs, puis demande :

— Tu ne peux pas rester cinq minutes ?

— Non, vraiment pas, je suis désolé. Je suis déjà en retard, mais c'était plus fort que moi, je ne pouvais pas repartir d'ici sans t'avoir vue. Mais tu sais quoi ? ajoute-t-il en m'observant avec une étincelle dans le regard. Cette histoire va me faire gagner beaucoup d'argent – une vraie petite fortune. Quand ce sera bouclé, j'aimerais te faire un beau cadeau, histoire de marquer le coup. Je pensais à une bague, par exemple…

Je retiens mon souffle. *Une bague?* À ces mots, mon esprit s'emballe malgré moi. *Une bague de fiançailles?* Mon cœur bat à tout rompre et mes mains se mettent à trembler. *Non, ce n'est pas ce qu'il a voulu dire. Ce n'est pas possible, c'est beaucoup trop tôt. Ça ne fait que quelques mois qu'on se connaît, et on a passé plusieurs semaines loin l'un de l'autre…*

Dominic ne dit rien pour calmer mon émoi, au contraire. Malgré la pénombre, je devine qu'il sourit.

— On n'est pas obligés de prendre une décision tout de suite, ajoute-t-il, s'amusant visiblement du trouble que me causent ses paroles équivoques. Mais réfléchis-y parce que, dès que j'en aurai fini avec ce contrat, je compte t'emmener faire les boutiques, d'accord?

— D'accord, dis-je dans un souffle. Ce serait super.

— J'ai envie de te gâter un peu, si ça ne t'ennuie pas.

— Non, bien sûr que ça ne m'ennuie pas.

Je rougis, heureuse malgré ma gêne, et passe les mains dans son dos large et musclé. Aussitôt, mes doigts rencontrent une aspérité – une longue boursouflure –, puis une autre, et encore une autre…

— Dominic, qu'est-ce qui t'est arrivé? demandé-je, soudain angoissée.

— Hein ? fait-il en me prenant les poignets pour ramener mes mains devant lui. De quoi est-ce que tu parles ? s'enquit-il d'une voix un peu sèche.

— Tu as le dos couvert de cicatrices qui n'étaient pas là dimanche ! Comment ça se fait ?

Il se raidit sans dire un mot. Je ne distingue pas bien ses yeux mais j'imagine sans mal qu'ils se sont assombris au point de devenir insondables.

La peur me noue le ventre. Il porte les traces d'une flagellation, comme en Croatie. Comment est-ce possible ?

— Dominic, dis-moi tout. Qui t'a fait ça ?

— Personne, réplique-t-il sur un ton sans appel.

L'atmosphère de douillette intimité qui régnait entre nous quelques minutes auparavant a complètement disparu.

— Sortons de là, je suis vraiment en retard, reprend Dominic en rangeant les pans de sa chemise dans son pantalon et en ouvrant la porte du réduit. Allez, viens, dit-il en passant devant.

— Dominic ! J'ai besoin de savoir qui t'a fouetté !

La peur me prête un ton accusateur. Je crois avoir compris : il a décidé de ne plus utiliser d'instruments de ce genre sur moi, mais ça ne veut pas dire qu'il y a entièrement renoncé. Je me rappelle ce qu'il m'a raconté cet été : il a découvert ce genre de sport à Oxford, où il avait rejoint une société secrète et avait été témoin de flagellations. Il n'était même pas question de sexe – les participants laissaient libre cours à leurs fantasmes de domination ou de punition, et en retiraient toute la satisfaction dont ils avaient besoin. C'est là que Dominic a appris à manipuler le fouet et à aiguiser ces instincts autoritaires qui sont devenus partie intégrante de son caractère. Aurait-il renoué avec ce genre de pratiques? *Pourtant, il est dominateur, pas soumis! Comment a-t-il pu se retrouver à subir la punition au lieu de l'infliger?*

— Qui c'était, Dominic?

Il fait volte-face et me toise d'un regard dur, le visage fermé.

— Je te l'ai dit: personne, alors arrête cet interrogatoire et fais-moi un peu confiance, lance-t-il avant de s'éloigner.

— C'était Vanessa?

C'est la première personne à laquelle je pense. Dominic et elle ont été amants, et c'est elle qui l'a initié à ce genre de jeux. Ils sont restés proches, et Vanessa est devenue dominatrice professionnelle. Je lui cours après, prise de panique. Pourquoi refuse-t-il de me fournir une explication? N'ai-je pas le droit de comprendre?

— Est-ce que tu as recommencé à jouer avec elle? Est-ce qu'elle se sert de toi pour affûter ses talents ou est-ce que vous maniez le fouet à tour de rôle?

Une fois sorti du passage, en contrebas de la cour, Dominic s'arrête brusquement et fait volte-face. Il est d'une beauté à couper le souffle dans son costume et sa cravate Hermès, les cheveux légèrement ébouriffés, mais sa mine orageuse ne présage rien de bon.

— Beth, arrête. Ne raconte pas n'importe quoi ! Vanessa est à l'étranger en ce moment. Ça fait des mois que je ne l'ai pas vue et, de toute façon, ces histoires appartiennent au passé. Tu le sais pertinemment. Alors pourquoi dis-tu ça ?

— Qu'est-ce que je suis censée croire ? Tu refuses de me dire pourquoi tu as le dos couvert de cicatrices !

— Je t'ai demandé de me faire confiance, gronde-t-il d'une voix menaçante. S'il te plaît, Beth, je t'assure que tu finiras par comprendre que tout ce que je fais, c'est dans notre intérêt à tous les deux.

À ces mots, mes yeux s'emplissent de larmes de colère et de frustration.

— J'aimerais bien te faire confiance, mais ça implique qu'on soit honnêtes, tous les deux, non ?

— Si.

— Ce n'est pas juste : moi, je suis franche avec toi alors que toi, tu me caches des choses.

— Beth, s'il te plaît, arrête ça tout de suite. Ce n'est vraiment pas le bon moment.

— Quand est-ce que ce sera le bon moment ? Je ne comprends pas pourquoi tu refuses de me parler. Mets-toi à ma place : tu refuses de toucher un petit fouet de rien du tout quand on est tous les deux mais tu as le dos lacéré ! Je te demande juste de m'expliquer…

Il fait un pas vers moi.

— Beth…, commence-t-il avant d'être interrompu par une voix suave.

— Tiens, tiens ! Salut, vous deux ! Qu'est-ce que vous fabriquez là ?

C'est Anna qui nous interpelle, debout dans le jardin juste au-dessus de nous. Elle s'accoude à la rambarde en fer forgé, et ses longs cheveux glissent le long de ses épaules comme pour inviter quelque prince à la rejoindre en haut de sa tour. Elle est superbe, comme toujours, dans un tailleur sombre dont la jupe, très courte, dévoile ses jambes fuselées.

— Je vous ai demandé de m'attendre devant l'entrée principale, Anna, lance Dominic d'une voix brusque.

— Je sais bien, mais, comme je ne vous voyais toujours pas revenir, j'ai décidé de venir à votre rencontre, rétorque-t-elle sur un ton enjôleur. Et puis j'ai entendu des cris en traversant la cour… Qu'est-ce qui vous prend de vous énerver contre Beth, comme ça ? Et pourquoi êtes-vous cachés là ?

Je lis l'exaspération sur les traits de Dominic et me laisse envahir par l'appréhension. Si elle nous a entendus, Anna a sans doute deviné qu'il y avait quelque chose entre Dominic et moi. Dans ce cas-là, que compte-t-elle faire de cette information ? Va-t-elle vendre la mèche à Andrei au cours d'une discussion sur l'oreiller ? Et comment va-t-il réagir ?

Oh, merde. Cette fois, c'est officiel, on a des ennuis. J'espère que Dominic va trouver quelque chose à répondre, et vite, mais il se contente de gravir les marches qui mènent au jardin pour rejoindre Anna.

— Pas la peine de s'impatienter, j'arrive. Beth, je suis sûr que nous aurons l'occasion de reparler de ce petit problème une autre fois, d'accord ?

Une fois arrivé à la hauteur d'Anna, il lui murmure quelque chose que je ne saisis pas.

Je lève la tête vers eux et les contemple, comme s'ils étaient sur scène et que je faisais simplement partie du public, invisible et anonyme. Ils forment indéniablement un couple magnifique, aussi bruns et élégants l'un que l'autre. S'il venait à quelqu'un l'idée de représenter le dieu et la déesse des affaires, Dominic et Anna feraient de parfaits modèles. Je ressens une jalousie insidieuse en aboutissant à ce constat : Anna et Dominic sont parfaitement assortis, et je semble bien fade en comparaison.

Peut-être que je suis faite pour sortir avec quelqu'un comme Andrei – quelqu'un de laid. J'exagère, Andrei n'est pas laid, et je ne suis pas si quelconque non plus. *Mais tu ne peux pas non plus rivaliser avec Anna.* Je m'efforce de chasser ces idées noires qui n'ont pas plus de fondement que d'utilité. Dominic m'aime pour ce que je suis, il me trouve belle, et c'est tout ce qui compte.

Anna se penche pour me saluer.

—Au revoir, Beth, peut-être à plus tard ! Je compte repasser ce soir, on se croisera peut-être. Ça me ferait très plaisir de papoter un peu.

Merci pour le tuyau, je vais partir tôt.

—Au revoir, Anna. Au revoir, Dominic.

Je lui jette un dernier coup d'œil, en espérant qu'Anna ne remarque pas mon trouble. Dieu seul sait ce qu'elle a surpris de notre conversation… Je les suis du regard tandis qu'ils s'éloignent et regagnent l'aile principale.

Je pousse un soupir et, le cœur lourd, regagne l'appartement d'Andrei. *Comment est-ce qu'on va faire pour se sortir de cette embrouille ? Et est-ce que Dominic m'a vraiment trahie ?*

Puis je me secoue et m'efforce de me concentrer sur mon travail.

À 18 heures, quand les ouvriers s'en vont, l'accrochage est déjà presque terminé. Maintenant que je vois les arrangements en vrai, je trouve le résultat magnifique, et cela me remonte le moral d'imaginer la satisfaction d'Andrei. Avec la majorité des tableaux en position, l'appartement ressemble enfin à un vrai foyer. Chaque pièce est un régal pour les yeux et l'imagination. Il ne reste plus que quelques cadres à placer, ainsi que le chef-d'œuvre qu'Andrei a réclamé pour sa salle de bains – sa *Joconde* à lui.

Le temps que je rassemble mes affaires, Marcia est déjà rentrée chez elle et Sri est sortie faire des courses. Je n'ai pas reçu de nouvelles de Dominic, mais j'essaie de ne pas m'en formaliser. Peut-être devrais-je lui accorder la confiance qu'il me demande. Pourtant il est évident qu'il me cache des choses – des secrets qu'il continue de taire – alors que j'aimerais tellement qu'il se confie à moi. Je crains qu'il ne refuse de me faire part de ses problèmes par souci de m'épargner, sans se rendre compte que, précisément, je pourrais l'aider – nous serions plus forts à deux, et je me sentirais utile, importante. Je voudrais pouvoir lui expliquer tout ça, mais notre dispute et la graine de soupçon qu'elle a semée m'ont pesé sur la conscience tout l'après-midi. Cet incident a même éclipsé l'étincelle de joie qu'avait fait naître la mystérieuse question de Dominic au sujet d'une hypothétique bague.

Après la scène de tout à l'heure, il n'a certainement plus envie de t'offrir de bague – encore moins une bague de fiançailles. Il était tellement fâché que tu le harcèles comme ça…

Pourtant, un bref instant, j'imagine ce que ce serait d'être mariée à Dominic. Je visualise tout de suite une cérémonie grandiose et romantique, au cours de laquelle le plus bel homme du monde promet de me chérir jusqu'à la fin de ses jours. Vêtue d'une magnifique robe blanche, et sous le regard ému de ma famille et de mes amis, je prête serment à mon tour. Là, mon imagination passe directement à la nuit de noces et aux merveilleuses surprises qui nous attendent – y compris quelques cadeaux coquins dont personne ne doit soupçonner l'existence en dehors de la suite nuptiale… de la lingerie fine, des rubans de soie, un masque blanc à paillettes et des menottes en cuir blanc avec une fourrure assortie. Ce serait l'entrée en matière de notre vie commune – une vie faite d'amour, de tendresse et de soutien mutuel… *Ce serait merveilleux ! Et s'il pensait à ça, lui aussi, quand il a parlé de m'offrir une bague ?*

Aussitôt, je me ressaisis et chasse ce tableau un peu niais.

— *Ça ne va pas, de fantasmer sur des trucs pareils alors que vous ne vous connaissez que depuis quelques mois ?*

— *Certes, mais il y a vraiment quelque chose de spécial, entre nous. Je n'avais jamais ressenti de lien aussi fort auparavant…*

— *Ah oui ? Alors explique-moi pourquoi il ressent le besoin d'aller se faire fouetter par quelqu'un d'autre. Et pourquoi il refuse de te dire de qui il s'agit, hein ?*

Une chose est sûre : l'incertitude va finir par me rendre folle. Je décide donc de ne pas me manifester jusqu'à la signature du contrat, mais d'exiger des explications dès que Dominic sera disponible. S'il veut vraiment poursuivre cette relation, il devra m'accorder ça.

Au moment où je passe la lanière de mon sac à main à mon épaule, j'entends la porte d'entrée s'ouvrir. Je sors dans le couloir, m'attendant à trouver Sri, de retour des courses, mais tombe nez à nez avec Anna. Ses cheveux luisent à la lumière du vestibule et ses yeux verts pétillent de cette lueur d'amusement qui semble ne jamais la quitter.

— Bonsoir, Beth ! Ça me fait plaisir que vous m'ayez attendue, lance-t-elle avec un sourire.

— À vrai dire, je m'apprêtais à partir.

Comme souvent, je suis tiraillée entre le désir de me montrer polie et le besoin de corriger une erreur. La vérité, c'est que j'espérais filer avant qu'Anna rentre. Et ça s'est joué à cinq minutes à peine. Je grimace intérieurement à cette idée et, en même temps, je me demande ce que Dominic a bien pu lui dire au sujet de ce qu'elle a entendu cet après-midi. Il faudra que je lui demande, histoire d'accorder mon mensonge au sien.

— Je dois vraiment rentrer, Anna, je suis désolée.

— Oh, allez, vous pouvez bien rester encore un peu, plaide-t-elle sur un ton enjôleur. Voici ce que je vous propose : on boit un petit verre de vin et vous me montrez les tableaux. J'aime déjà beaucoup ce que vous avez fait dans le vestibule. Ces gravures anciennes groupées au-dessus de la console, c'est ravissant.

— C'est vrai, ça vous plaît ? dis-je, flattée malgré moi.

— Oui, beaucoup. Venez, allons ouvrir une bouteille de l'excellent Gavi d'Andrei, puis vous me ferez faire le tour du propriétaire.

Elle s'éloigne d'un pas assuré et, après une seconde d'hésitation, je renonce à lutter. Cela ne va pas me tuer, après tout. Et puis je suis curieuse de connaître son avis sur mon travail ; elle semble avoir du goût pour les belles choses.

Je repose donc mon sac à main et la suis dans la cuisine, où elle nous sert à chacune un grand verre de blanc bien frais.

— Bon, dit-elle en m'en tendant un, allons admirer votre œuvre.

Nous déambulons d'une pièce à l'autre et, peu à peu, j'oublie ma jalousie et la froideur qu'Anna m'avait manifestée ces derniers temps. Ce soir, elle se montre très aimable et écoute mes explications avec attention, les ponctuant de remarques tout à fait pertinentes et de chaleureux compliments. J'en viens à sincèrement apprécier sa compagnie et en oublie de redouter d'éventuelles questions au sujet de Dominic.

Enfin, nous arrivons dans la chambre d'Andrei, où j'ai donné la place de choix à une grande nature morte hollandaise – un bouquet de roses rouges et de tulipes jaunes, dont les vives couleurs contrastent magnifiquement avec le vert profond des murs. En face, j'ai choisi d'accrocher une huile représentant un renard qui traverse en catimini un paysage mélancolique. L'animal est croqué sur le vif. La queue dressée, la tête tournée vers le spectateur, il montre les crocs comme pour défendre sa proie, tombée à ses pieds.

— Excellent choix ! s'écrie Anna avec un rire de gorge. Un renard, comme c'est bien vu ! Tout à fait adapté à ce cher M. Dubrovski, si rusé et parfois si… fatal. Je suis sûre que ça va beaucoup lui plaire. Il risque peut-être même de prendre ce tableau pour un miroir. Vous semblez vraiment bien le connaître, ajoute-t-elle en braquant sur moi ses yeux beaux verts.

— Pas aussi intimement que vous, dis-je avec un sourire.

Jusqu'à présent, cette soirée s'est déroulée de façon fort amicale.

— Peut-être pas, reprend-elle d'une voix traînante.

Elle va s'asseoir sur le duvet à motifs en cachemire. Le lit d'Andrei est une construction à baldaquin en chêne massif, mais sans rideaux, et j'entrevois soudain l'image d'Anna allongée nue sur ce lit, les poignets et les chevilles attachés à chacun des poteaux. Je secoue la tête pour chasser cette vision.

— Venez vous asseoir à côté de moi, murmure-t-elle en tapotant le matelas. J'ai quelque chose à vous demander.

Après un instant d'hésitation, je vais la rejoindre d'un pas lent. Je sens qu'elle va me parler de Dominic et, plus que jamais, je regrette de ne pas avoir eu le temps de le consulter pour savoir quoi répondre. Tant pis, je vais devoir faire de mon mieux pour esquiver les questions.

Anna esquisse un sourire à mon approche et, à la vue de ses lèvres carmin, je me dis soudain que j'aurais dû faire exécuter un portrait d'elle pour la chambre d'Andrei. *Oh, oui ! Un nu ! Ç'aurait été parfait... La maîtresse du roi, enfermée dans sa chambre, où lui seul peut se délecter à loisir de sa perfection.* Je me promets de demander à Mark s'il connaît un bon portraitiste à la recherche d'une commande.

J'imagine que n'importe quel artiste aimerait avoir la chance de peindre Anna nue.

— Venez plus près, murmure-t-elle lorsque je m'installe à côté d'elle. Non, vraiment, ne restez pas tout au bord comme ça, mettez-vous à l'aise. Voilà ! ajoute-t-elle avant de prendre une gorgée de vin tout en m'observant par-dessus le bord de son verre. On est bien, là, non ?

Je bois une gorgée à mon tour et me rends compte que mon propre verre est presque vide.

— Bon, Beth, je suis sûre que vous comprenez la nature de ma relation avec Andrei, n'est-ce pas ? reprend Anna d'une voix suave. Nous sommes amants ; nous partageons une grande intimité, et vous savez pourquoi ? Parce que nous nous correspondons parfaitement, physiquement. Vous voyez ce que je veux dire par là ?

— Oui, vous êtes en harmonie, en quelque sorte. La chimie des corps…

Ah, ouf ! Elle parle d'Andrei et pas de Dominic. Si elle a envie d'étaler leur vie sexuelle, grand bien lui fasse.

— Oui ! La chimie des corps, c'est ça. On adore le goût et l'odeur de l'autre, mais pas seulement. On se procure des sensations incomparables – un plaisir rare. Vous savez, quand un homme et une femme s'emboîtent parfaitement, comme s'ils étaient les deux moitiés d'un tout. Eh bien, c'est ce que je ressens quand Andrei me prend, conclut-elle en me dévisageant. Est-ce que vous me suivez, Beth ? Est-ce que vous avez déjà connu ça avec un homme ?

Soudain, je suis incapable de soutenir le regard de ces intenses yeux verts. Cette conversation prend une tournure très personnelle qui me met mal à l'aise, et je ne réponds pas.

— Enfin bref, poursuit-elle sur un ton plus léger, Andrei aime parfois introduire un peu de nouveauté dans sa vie. Je le sais et l'accepte volontiers. De mon côté, je me réserve pour lui, mais c'est uniquement parce que j'en ai décidé ainsi. Il reste libre de faire ce qu'il lui plaît, ajoute-t-elle en s'inclinant légèrement vers moi et en écarquillant ses grands yeux. Il a peut-être même suggéré que vous ayez une aventure, tous les deux, non ?

Ah, je vois où tu veux en venir : tu veux savoir s'il s'est passé quelque chose entre Andrei et moi. C'est donc pour ça que tu m'as sorti le grand jeu : vin blanc et compliments… Mais vous ne m'aurez pas aussi facilement, mademoiselle Poliakova.

— Non, pas du tout, dis-je d'une voix sèche.

J'ai soudain l'impression que ma langue a doublé de volume et que la pièce tangue autour de moi. Il faut que j'arrête de boire, le vin m'est monté à la tête. Il est temps que je rentre à la maison et que je mange quelque chose.

— Ne soyez pas gênée, insiste Anna avec un sourire. Si je vous demande ça, c'est uniquement parce qu'il m'a parlé de vous. Il m'a dit que vous l'intéressiez et qu'il aimerait en apprendre davantage sur votre nature. Je lui ai donc promis que je vous poserais la question.

— Ma nature ?

— Oui, confirme Anna, si proche à présent que je sens son parfum, puissant et épicé – qui me rappelle un peu Poison. Vous vous donnez un petit genre très correct, très *british*, avec vos petits tailleurs et vos bonnes manières, mais je devine le volcan qui bout sous cette surface bien lisse, Beth. Je vous ai observée, vous savez… Je l'ai bien vu dans vos mouvements, à votre bouche sensuelle et dans votre regard, que vous étiez une vraie passionnée. Vous vivez pleinement votre sexualité, n'est-ce pas ? Oui, je le sens. Vous adorez faire l'amour – et vous adonner à de petits jeux qui surprendraient beaucoup ceux qui croient vous connaître. Vous aimez les trucs franchement coquins, hein, Beth ?

Les paroles d'Anna résonnent sous mon crâne, si bien que j'ai la tête qui tourne. J'aimerais dire quelque chose, mais mon corps refuse de m'obéir.

— J'ai une proposition à vous faire, Beth. Vous n'êtes pas obligée de me donner une réponse tout de suite. Votre réaction instinctive sera peut-être de refuser, mais, si vous prenez le temps d'y réfléchir, vous verrez sans doute l'attrait de ce que j'ai à vous offrir. Voilà : j'aimerais que vous vous joigniez à Andrei et moi pour nous montrer quel genre de feu brûle en vous, ma belle, ajoute-t-elle dans un murmure qui passe sur ma peau comme une caresse. Andrei connaît bien des façons de témoigner son plaisir et sa satisfaction. Je suis sûre que vous apprécieriez énormément les avantages à la fois sensuels et matériels de ce petit arrangement. Croyez-moi, nous pourrions en retirer une extase incomparable, tous les trois. Andrei adorerait ça… et moi aussi.

À ces mots, Anna approche son visage du mien, comme pour m'embrasser. Recouvrant un semblant de contrôle, je me recule en criant :

— Non ! Je n'ai pas envie de ça. Ce n'est pas mon genre.

— Vous êtes sûre ? Vous ne seriez pas déçue, pourtant. Je peux vous le promettre. Et personne n'essaierait de vous ligoter ou de vous fouetter, même si j'aurais sans doute envie d'épicer un peu les choses en vous mettant un masque sur les yeux pour que vous ne sachiez pas qui, d'Andrei ou de moi, est en train de vous faire l'amour.

Je la dévisage, horrifiée. *Me ligoter ou me fouetter ? Comment sait-elle tout ça ?*

Anna se penche vers moi et, tout doucement, commence à me caresser le bras.

— Avec nous, il ne sera jamais question de donjons et de flagellations extrêmes. Vous n'aimez pas quand ça va trop loin, n'est-ce pas, Beth ? Vous avez failli renoncer à lui après cette histoire, n'est-ce pas ? Ça a bien failli vous séparer, mais je pense que vous lui avez pardonné, depuis.

Je reste bouche bée, l'estomac noué, la gorge sèche et le cœur en panique.

— Comment savez-vous ça ?

— À votre avis ? Parce que Dominic me l'a dit.

— Aujourd'hui ? Après que vous avez entendu notre conversation ?

J'essaie de réfléchir posément aux implications de ce qu'elle vient de me révéler, mais je n'arrive pas à saisir la portée de cette information. Tout ce que je comprends, c'est qu'Anna est au courant de choses que je n'ai jamais révélées à personne. *Des choses que seul Dominic sait.* J'arrache mon bras à ses caresses insidieuses.

— Non, pas aujourd'hui, répond-elle. Ça fait longtemps que je suis au courant. D'ailleurs, ces marques dans le dos de Dominic – celles qui vous ont tant mise en colère tout à l'heure…, ajoute-t-elle avant d'incliner la tête pour me lancer un regard cajoleur. Eh bien, je ne voudrais surtout pas envenimer la situation, mais je sais que vous aimeriez avoir une réponse à vos questions et que Dominic ne vous dira rien, donc… La personne qui lui a infligé ces marques, c'était moi. Je l'ai sévèrement puni, juste avant qu'on fasse l'amour, lui et moi.

— Non, dis-je dans un souffle rauque, prise d'une affreuse nausée. Ce n'est pas vrai.

— Regardez les choses en face, Beth. Qui d'autre que Dominic aurait pu me révéler vos penchants ? Qui d'autre aurait pu me raconter l'épisode du donjon et ce que ça a vous a coûté ? Comment est-ce que je saurais qu'il a des cicatrices dans le dos si je n'en étais pas responsable ? Écoutez votre cœur, Beth – au fond de vous, vous savez que Dominic et moi sommes amants.

Elle éclate de rire et ouvre les mains d'un air magnanime avant de reprendre.

— Ça ne m'ennuie pas qu'il s'amuse avec vous. Je dois admettre qu'il semble bien entiché, cette fois, mais ça lui passera sans doute – comme toujours. Il adore entraîner de jeunes innocentes dans des aventures follement romantiques où il gagne leur cœur par la tendresse tout en leur apprenant à se familiariser avec la morsure du fouet sur leur cul. Ce petit jeu l'excite follement. Vous allez voir, il ne va pas tarder à évoquer une histoire de bague, comme ça, en passant. Il aime bien placer ça très tôt dans la relation, comme ça, les pauvres filles lui mangent dans la main.

Je refuse d'en entendre davantage. Chacun de ses mots me brise le cœur. Je bondis et fais tomber mon verre, qui se renverse sur le tapis.

— C'est faux ! J'ai confiance en Dominic ! Je l'aime ! Il ne ferait jamais une chose pareille ! Il ne me traiterait pas comme ça ! Je ne vous crois pas. Je vais lui poser la question, et je suis sûre qu'il va me dire que ce ne sont que des mensonges.

— Évidemment, rétorque-t-elle en se levant avec souplesse. Et je sais déjà que vous lui ferez l'amour avec encore plus de fougue une fois qu'il vous aura convaincue de son innocence. Mais réfléchissez un instant, Beth. C'est la seule explication valable. Franchement, vous devriez me remercier, ajoute-t-elle avec un sourire mauvais et un regard de glace. Considérez que je vous ai sauvée de ses griffes. Il vous aurait utilisée pendant quelques mois avant de vous jeter, comme toutes les autres.

— Non ! Je refuse de vous écouter ! Vous êtes méprisable ! Vous racontez n'importe quoi, juste pour le plaisir de détruire quelque chose de magnifique. Je ne vous laisserai pas faire !

Je suis en proie à une rage folle mêlée de panique. L'esprit embrouillé, je sais seulement que je dois à tout prix m'éloigner d'Anna. Elle essaie d'empoisonner mon oreille et de répandre son venin dans mes veines. Il faut que je m'en aille. Je tourne les talons et me dirige vers la porte, mais la voix d'Anna me suit, froide et claire.

— Vous ne voulez pas savoir qui vous a fait l'amour dans les catacombes, Beth ?

Je m'immobilise aussitôt, ferme les yeux, puis respire profondément. Voilà donc le joker qu'elle gardait dans sa manche. D'un seul mot, elle peut me pourrir la vie. Évidemment, je doute de ses paroles, mais j'y ai aussi reconnu quelques vérités déplaisantes… Je lui fais face et croise son regard, qui luit d'une méchanceté ravie. J'ai soudain la certitude que, si je changeais d'avis et lui annonçais mon intention de les rejoindre au lit, Andrei et elle – si j'allais me pencher sur elle pour lui réclamer un baiser –, elle redeviendrait aussi douce qu'un chaton. *Elle est complètement instable. Cette incroyable beauté cache en fait la fêlure du vice.*

— OK, Anna, dis-je d'une voix calme et mesurée malgré la tempête de rage et d'horreur qui me fait trembler intérieurement. J'ai juste une question à vous poser : comment pourriez-vous savoir ce qui s'est passé dans les catacombes ? Vous n'étiez même pas là.

Elle me dévisage longuement, comme si elle savourait l'incertitude dans laquelle son silence me maintient.

— Vous êtes sûre ? demande-t-elle enfin.

Je la regarde, horrifiée à l'idée qu'elle ait pu voir ce qui s'est passé dans le cul-de-sac.

— Pauvre conne ! lance-t-elle dans un grand éclat de rire. Vous croyez sans doute que j'ai assisté à la scène… Mais qu'est-ce qui vous dit que ce n'est pas moi qui vous ai baisée ce soir-là, Beth ?

Incapable de rester en sa présence plus longtemps, je m'enfuis à toutes jambes, mais son rire cruel me poursuit jusque dans le couloir.

Chapitre 18

Je sors d'Albany et pars en courant le long de Piccadilly sans vraiment savoir où je suis ni où je vais. J'ai l'impression d'avoir passé ces quelques derniers jours sur le fil du rasoir, dans la crainte qu'un mot de trop ne fasse basculer mon univers dans le chaos. Je pensais apprendre cette révélation de la bouche de Dominic ou d'Andrei – j'étais loin de me douter que ce serait Anna qui me la ferait. Pourtant, ce soupçon atroce semble s'imposer comme une évidence.

Dominic et elle sont amants. Ça ne peut qu'être vrai. Elle sait des choses sur notre intimité que seul Dominic aurait pu lui révéler. Elle connaît l'existence de ses cicatrices. Elle était même au courant, pour la bague. *Comment serait-ce possible autrement ? Il faudrait qu'elle soit extralucide. Dominic a dû lui dire, c'est la seule explication possible. Et il ne raconterait pas ce genre de choses à quelqu'un dont il ne serait pas exceptionnellement proche…*

Je frissonne, aveuglée par les larmes qui me montent aux yeux quand je repense à l'autre déclaration d'Anna.

Et si c'était elle qui m'avait fait l'amour dans les catacombes ? Comment serait-ce possible ? Non, je n'arrive pas à l'envisager. Je n'aurais pas confondu le contact – le goût, la voix – d'une femme avec celui d'un homme. C'était bien un homme avec moi, ce soir-là, j'en suis persuadée. Je suis pourtant en proie à un terrible doute : et si je m'étais trompée ? Après tout, j'étais dans un état second... *Non... je refuse de le croire !* Tout en moi se rebelle à l'idée que je puisse avoir vécu une expérience pareille sans mon propre consentement. C'est bien trop malsain.

Malgré moi, une petite voix hurle sous mon crâne : *Mais alors comment sait-elle que tu as fait l'amour dans les catacombes, hein ? Elle a dû te voir. Ou alors Dominic lui a raconté ça aussi. Sauf si... sauf si c'était Andrei et que c'est lui qui en a parlé à Anna !*

Je m'arrête sur le trottoir et, crispant les paupières, me plaque les deux mains sur les oreilles pour faire taire toutes ces voix qui se disputent mon cerveau à coups d'accusations et de contre-accusations, de questions et de réponses, de liens logiques et illogiques. Je ne supporte plus ce vacarme insidieux, mais la douleur acérée qui gonfle dans ma poitrine est pire encore. J'ai l'impression de suffoquer sous une chape d'acier et dois faire un effort pour ravaler mes larmes. Je voudrais pouvoir appeler Dominic et lui réclamer la vérité, même si je dois lui hurler dessus pour me faire entendre. Sauf que je suis incapable d'émettre le moindre son ou de formuler la moindre pensée cohérente. J'ai juste envie de me rouler en boule pour pleurer en attendant de mourir et d'oublier enfin ce désastre infernal.

Mes forces m'abandonnent, et je crains de perdre connaissance dans l'obscurité froide des rues de Londres. Malgré les sanglots qui me secouent, je parviens à traverser le flot de piétons qui m'entoure et à aller m'adosser à une vitrine. Pendant un instant, je reste là, hébétée, puis une idée me vient.

Je sors mon téléphone et parviens tant bien que mal à lire les noms de mon carnet d'adresses jusqu'à trouver celui qui m'intéresse. Quelques secondes plus tard, j'entends la voix rassurante de James au bout du fil.

— Bonsoir, ma chérie ! Quel plaisir d'avoir de vos nouvelles ! Comment ça se passe chez Dubrovski ? Plus de cocktails explosifs, j'espère ?

J'essaie de parler, mais seul un sanglot étranglé m'échappe.

— Beth ? Tout va bien ? me demande aussitôt James d'une voix inquiète.

— N-n-non…

— Où êtes-vous ?

— À côté du métro Green Park. Oh, James, c'est horrible ! dis-je avant d'être réduite au silence par de gros sanglots.

— Ne bougez pas, j'arrive ! lance James avant de raccrocher.

Je me sens un peu mieux de savoir qu'il sera bientôt à mes côtés, mais les larmes ne cessent de rouler sur mes joues, et les badauds jettent des regards curieux à cette pauvre fille adossée à la vitrine d'un concessionnaire automobile, noyée dans son chagrin.

Malgré l'intense circulation de ce début de soirée, James est là en moins d'un quart d'heure et, aussitôt qu'il me prend dans ses bras, je me laisse aller contre lui, secouée de bruyants sanglots.

— Tout va bien, je suis là, souffle-t-il d'une voix douce. Venez, vous allez tout me raconter.

Il hèle un taxi et m'aide à m'installer. Je passe tout le trajet à pleurer, et James se garde bien de me demander quoi que ce soit. Il se contente de me passer des mouchoirs et de me serrer contre lui quand les sanglots se font trop violents.

Lorsque nous arrivons chez lui, je commence à me calmer. Mes accès de larmes s'espacent de plus en plus et je reprends peu à peu mon souffle. James me guide jusqu'à un canapé tendu de velours magenta et agrémenté de gros coussins en soie de couleur orange vif ou bleu canard. Puis il m'apporte un grand verre d'eau. Son compagnon, Erlend, ne semble pas être dans les parages.

Une fois que j'ai fini mon verre et que mon hoquet est passé, James me demande :

— Bon, et maintenant : thé brûlant ou gin tonic bien tassé ?

— Gin tonic, s'il vous plaît. Pour le thé, on verra après.

James se rend au bar, équipé d'un petit frigo rouge vif, et sort deux verres en cristal dans lesquels il verse deux généreuses mesures de gin, le contenu d'une petite canette de tonic, une rondelle de citron et deux glaçons. Il me tend un cocktail, puis s'installe dans le fauteuil en face de moi et croise les jambes dans un mouvement gracieux.

— Erlend rentre tard ce soir, nous avons l'appartement pour nous. Racontez-moi vos malheurs.

Je reprends donc le fil de tout ce qui s'est passé depuis la dernière fois que j'ai vu James, et termine par le récit de ce que m'a révélé Anna.

— Et vous croyez cette fille plutôt que Dominic ? me demande-t-il en haussant un sourcil. Après tout ce que vous avez traversé, tous les deux ?

— Je sais bien que ça peut paraître ridicule, dis-je d'une voix tremblante avant d'essuyer mes yeux bouffis et de me moucher. Mais je ne vois pas quoi penser d'autre. Je n'ai aucune confiance en elle, mais, en même temps, je ne peux m'empêcher de douter…

James se penche vers moi et m'examine par-dessus la monture de ses lunettes.

— Qu'est-ce qu'elle vous a apporté comme preuves, exactement ?

— Elle m'a parlé de choses que seul Dominic a pu lui confier, dis-je en me pelotonnant dans le canapé. Elle est au courant de nos petits jeux, et de la flagellation qui a failli nous séparer. Je ne vous ai même pas raconté les détails de cette histoire, pourtant elle les connaissait, elle. Et puis il y a ces cicatrices dans le dos de Dominic. Comment est-ce qu'elle pourrait connaître leur existence à moins de l'avoir vu nu ? Ces marques n'étaient pas là lundi matin quand j'ai quitté l'appartement de Dominic, donc elle a dû les lui infliger depuis… Et ce n'est pas tout : elle prétend que Dominic s'amuse souvent à ça – séduire des filles comme moi pour…

— Non, intervient James en levant les mains. Ça, ce n'est pas une preuve, reprend-il d'un air songeur. Elle a très bien pu inventer cette histoire pour envenimer la situation. C'est sans doute un mensonge gratuit, rien de plus.

— Mais elle savait qu'il avait parlé de m'offrir une bague !

— C'était peut-être un coup de chance, rétorque James. Réfléchissez une seconde : que Dominic ait mentionné une bague ou pas, ça n'aurait rien changé à ses insinuations. Elle voulait sûrement prendre les devants et semer la graine de la discorde, juste pour le plaisir de vous gâcher la fête le jour où Dominic vous ferait ce genre de cadeau.

Je pousse un profond soupir. Je suis épuisée d'avoir tant pleuré et ressassé ce triste épisode. Je ne sais plus du tout où j'en suis. La seule chose dont je sois sûre, c'est que ma relation avec Dominic vient de rencontrer un nouvel obstacle, peut-être insurmontable. James prend une gorgée de gin tonic et fronce les sourcils d'un air pensif.

— En fait, ce qui m'étonne, c'est qu'elle soit au courant d'autant de choses, notamment de l'épisode du donjon. Vous avez raison là-dessus, Dominic a dû se confier à un moment donné. C'est la seule explication possible, mais ça ne prouve en aucun cas qu'ils sont amants. Peut-être que Dominic a manqué de discrétion et a raconté à Anna des choses qu'il aurait mieux fait de garder pour lui. Ce ne serait pas très glorieux de sa part, mais ça n'en fait pas une tragédie pour autant.

— D'accord, mais comment sait-elle ce qui s'est passé dans les catacombes ?

— Elle vous a peut-être épiés – cette hypothèse n'est pas très plaisante, mais ça expliquerait bien des choses.

— Oui… sauf qu'elle a carrément insinué que c'était elle…, balbutié-je, gênée. Est-ce que c'est possible ?

— Oh oui, répond James en toute franchise. Vous ne seriez pas la première à vous laisser séduire par une femme en croyant avoir affaire à un homme.

— Non, ça me paraît vraiment peu probable, dis-je en secouant la tête. La taille, la carrure, le costume… Je suis sûre que c'était un homme.

— Je pense aussi, renchérit James. Ça ne s'improvise pas comme ça, vous savez. Pour incarner un homme de façon convaincante, une femme a besoin d'une certaine préparation. Il s'agit autant d'une question d'attitude que d'attributs physiques. Une fois qu'une femme a établi sa crédibilité en tant qu'homme, il suffit d'un gode bien réaliste, éventuellement muni d'une réserve d'eau chaude pour simuler une éjaculation… et le tour est joué.

Je frissonne à cette idée.

— Non, vraiment, ça m'étonnerait. Je planais complètement, mais quand même pas à ce point.

James suit du bout de l'index la monture de ses lunettes. J'ai l'impression que ça ne lui déplaît pas de jouer les détectives, et je lui suis reconnaissante de garder la tête sur les épaules alors que, moi, j'ai l'esprit tout embrouillé.

— Je suis d'accord, conclut-il après un instant de réflexion. Il aurait fallu qu'elle ait apporté tout un équipement, qu'elle ait trouvé le temps de se changer, de vous trouver, de vous séduire, puis de remettre ses vêtements de femme et de faire en sorte qu'Andrei vous secoure tout en rejoignant elle-même Dominic à l'entrée des catacombes. Et tout ça pour quoi ? Je veux dire, vous êtes ravissante, ma chérie, mais il aurait vraiment fallu qu'elle soit déterminée à vous entraîner là-dedans malgré vous. Non, ce n'est pas plausible. Je pense que nous pouvons au moins balayer cette histoire-là comme un mensonge strictement destiné à vous prendre la tête.

Je pousse un gros soupir. *Oh, Dieu merci !* Je n'aurais pas supporté l'idée de m'être fait berner à ce point. J'aurais eu l'impression d'avoir subi un viol, tout simplement. À vrai dire, en mon for intérieur, je n'y croyais pas vraiment, mais cela me rassure que James, fort de son expertise, me confirme qu'une telle tromperie aurait été techniquement infaisable ce soir-là.

— Si vous voulez mon avis, il faut absolument que vous parliez de tout ça avec Dominic, reprend-il en croisant les jambes et en faisant tinter les glaçons dans son verre. Il n'y a que lui qui puisse vous apporter les réponses dont vous avez besoin, que ce soit au sujet de ce qui s'est passé dans les catacombes, des lacérations dans son dos ou du fait qu'Anna en sache autant à votre sujet et prétende être sa maîtresse. Je vous assure que c'est à Dominic que vous devez parler, conclut-il en me regardant droit dans les yeux.

Après un bon dîner, James m'appelle un taxi et, tandis que nous roulons en direction de l'est, je sors mon téléphone de mon sac dans l'espoir d'y trouver un message de Dominic – en vain. Je regarde Londres défiler par la fenêtre, indécise. Dominic est sur le point de conclure ce fameux marché, d'une importance capitale pour son avenir – et peut-être pour le mien aussi. Serait-il raisonnable de l'appeler pour lui faire part de mes horribles soupçons alors qu'il est si près du but ? Ne serait-ce pas risquer de le déconcentrer au pire moment ? Et s'il était innocent et que mon interruption lui faisait perdre le contrat ? Je n'oserais plus jamais le regarder en face…

J'essaie de me raccrocher aux sages paroles de James, mais plus le taxi m'éloigne de lui, plus le doute revient m'assaillir. Je repense aux boursouflures dans le dos de Dominic… Je les ai senties sous mes mains, je n'ai donc pas rêvé, et il a bien fallu que quelqu'un manie le fouet qui les a causées. Cela me perturbe toujours autant qu'Anna soit au courant, mais j'essaie d'adopter la démarche sceptique de James et d'envisager toutes les explications possibles. Par exemple, peut-être que Dominic a dû changer de chemise devant elle, ou peut-être qu'il lui a simplement confié qu'il avait des marques dans le dos. Ce n'est pas impossible… *Ne tire pas de conclusions hâtives. Surtout, ne le condamne pas sans avoir entendu sa version des faits.*

Le conseil de James résonne encore à mes oreilles. Je vais parler à Dominic, mais, avant, je vais me calmer afin d'être à l'écoute de ses explications. Il ne faut pas que j'aborde cette conversation en partant du principe qu'il est coupable. « Prenez votre temps, m'a dit James avant que je monte dans le taxi. Essayez de surmonter vos émotions et de penser avec la tête, pas avec le cœur. N'oubliez pas cette question centrale : en qui avez-vous le plus confiance ? Dominic ou Anna ? »

Présenté comme ça, c'est presque facile, et pourtant… J'ai toutes les peines du monde à faire taire les horribles soupçons qui m'empoisonnent et menacent de tuer toute la joie, toute la confiance et tout l'amour que j'éprouve.

Je finis par décider d'envoyer un texto à Dominic.

« Appelle-moi quand tu pourras, une fois que le contrat sera signé. J'aimerais qu'on parle. B. »

Je scrute mon téléphone un moment, mais aucune réponse ne me parvient. Avec un soupir, je pose le front contre la vitre froide du taxi qui me ramène vers le cœur de Londres aux petites rues tortueuses.

D'ici la fin de la semaine, je serai fixée… pour le meilleur ou pour le pire.

Le lendemain, je décide de ne pas retourner chez Andrei. Je refuse d'y remettre les pieds tant que subsiste la possibilité de croiser Anna. Je ne veux plus jamais revoir cette fille. Il ne me reste plus qu'une dernière chose à régler avant d'être débarrassée d'Andrei et d'elle, une bonne fois pour toutes. À l'avenir, ce sera Mark qui s'occupera exclusivement de Dubrovski. Je ne me mêlerai plus du tout de ses affaires.

Je me dirige donc vers la galerie où j'ai aperçu le Fragonard. Celui-ci se trouve toujours en vitrine, et je passe un moment à admirer la jeune lectrice absorbée par son ouvrage. J'adore la façon dont on croit voir le sang affluer sous sa peau, comme si un souffle imperceptible l'animait. Le propriétaire porte une culotte de golf en tweed assortie – si l'on peut dire – à un pull en laine légèrement mité. Ses rares cheveux blancs forment toujours un rideau filasse autour du dôme brillant de son crâne chauve. Il me voit entrer mais ne semble pas me reconnaître.

Peut-être que le chagrin m'a défigurée, pensé-je avec amertume. Je suis épuisée par les émotions qui m'ont tant secouée hier et dont la douleur lancinante se fait encore sentir. J'ai tellement pleuré que je me suis réveillée avec les yeux rouges et bouffis. Évidemment, Dominic ne m'a pas donné signe de vie. Il semblerait que ce soit sa stratégie de prédilection chaque fois que nous rencontrons un obstacle : il prend la fuite et me fait attendre. *Même dans ces cas-là, il garde le contrôle de la situation.*

— Mademoiselle, puis-je vous aider ? demande le galeriste lorsque je m'approche.

— Oui, merci. Je suis ravie de constater que le Fragonard est encore en vitrine, dis-je en contemplant l'envers de la toile à travers le chevalet.

— Ah, mais les enchères n'auront lieu que dans quelques jours.

— Les enchères ?

— Oui, je le mets en vente aux enchères.

Pas de temps à perdre.

— Je l'achète, dis-je d'une voix pleine d'assurance.

Le bonhomme me couve d'un œil amusé.

— Voyons, mon enfant, il ne s'agit pas du genre de chose que l'on achète sur un coup de tête. Cette œuvre vaut une coquette somme, et j'ai bien l'intention d'en tirer un prix avantageux.

— Je sais ce qu'elle vaut et je suis prête à payer le prix du marché.

Il pousse un soupir irrité avant de lancer :

— Bon, assez joué comme ça, jeune fille. Allez donc vous amuser ailleurs. Personnellement, je n'accepte pas les billets de Monopoly.

— Ça, je m'en doute, dis-je en sortant la carte de crédit d'Andrei. Maintenant, écoutez-moi bien. Voici la somme que je vous propose…

Mark rit de bon cœur lorsque je lui raconte la scène autour d'une tasse d'Earl Grey, cet après-midi-là.

— Et qu'est-ce qu'il vous a répondu, ce vieux roublard ? demande-t-il en se calant dans son fauteuil, une lueur d'amusement dans les yeux.

— Il ne savait plus quoi dire. Il était complètement soufflé, le pauvre ! dis-je avec un éclat de rire en repensant à l'expression abasourdie du vieux grincheux. Évidemment, dès que j'ai mentionné votre nom et celui d'Andrei, il a compris que je ne plaisantais pas et tout s'est bien passé. Il était absolument ravi d'empocher une somme pareille sans rien devoir reverser à la salle des ventes.

— Et vous avez payé par carte ? reprend Mark, incrédule.

— Pas tout à fait. Il nous a fallu un petit moment pour appeler la banque et autoriser le transfert de fonds, mais, au final, la démarche n'était pas très compliquée. Quelques heures plus tard, le tableau était à moi.

— Vous voulez dire à Andrei.

— Oui, bien sûr, à Andrei.

Je souris à Mark, satisfaite. Nous sommes installés dans son salon, près d'un feu de cheminée qui ronfle allégrement, tandis qu'au-dehors la grisaille de cette froide journée d'automne se transforme peu à peu en nuit noire. Emmitouflé dans un gros pull en cachemire, avec une écharpe autour du cou et des mitaines, Mark a tiré son fauteuil aussi près du feu que possible. Cela ne m'étonne pas qu'il souffre du froid, après tout, il est plus fin que jamais. À vrai dire, sa maigreur m'inquiète un peu. *Il faut qu'il mange, le pauvre, il a besoin de reprendre des forces.*

— Et qu'est-ce que vous avez fait du tableau ? demande-t-il en tenant sa tasse de thé à deux mains.

— Je l'ai fait accrocher dans la salle de bains, comme Andrei le souhaitait. C'est une surprise ; j'espère que ça va lui plaire. À ma connaissance, il n'a pas remis les pieds dans l'appartement depuis que les œuvres sont en place. Je ne sais pas ce qu'il va en penser, mais j'avoue que je suis très contente du résultat.

— C'est une bonne chose, commente Mark. Il faut toujours vous fier à votre instinct et faire confiance à vos choix, dans ce métier.

— Enfin voilà… mission accomplie ! dis-je avec un soupir de soulagement. Le Fragonard était la pièce manquante au puzzle – mon dernier coup d'éclat. Maintenant qu'il est en place, je peux revenir travailler pour vous. C'est chouette, non ?

— Oui, c'est merveilleux, Beth, confirme Mark sur un ton pensif, les yeux baissés vers ses mocassins de cuir fauve, avant de reporter son regard sur moi. À vrai dire, j'ai plus que jamais besoin de votre aide. Si je vous ai demandé de venir aujourd'hui, c'est pour vous annoncer une mauvaise nouvelle, malheureusement. Vous avez sans doute deviné, en me voyant, que je ne suis pas au meilleur de ma forme. Cela faisait des mois que je ne me sentais pas dans mon assiette et, comme ça ne s'arrangeait pas – au contraire –, on m'a fait faire toutes sortes de tests. Au moins, à l'heure qu'il est, on sait à quoi on a affaire.

Je m'immobilise, le cœur serré par un sentiment d'effroi. *Oh, non ! Il est évident qu'il est malade. J'aurais dû m'en douter, ça fait un moment qu'il a piteuse mine.* Je m'en veux de ne pas l'avoir remarqué avant. J'étais tellement absorbée par les rebondissements de ma vie sentimentale que je n'ai pas fait attention à Mark. J'ai peur de la réponse, mais, néanmoins, je demande :

— Qu'est-ce que c'est ?

— Oh, un de ces trucs affreux dont le traitement promet des effets secondaires pires que la maladie elle-même, répond Mark en haussant les épaules. Je vais devoir me faire opérer, et puis c'est parti pour les rayons, et peut-être même pour la chimiothérapie. Apparemment, je devrais m'en sortir, mais vous savez comment sont les médecins : ils ne vous annoncent le pire que quand ils ne peuvent vraiment plus faire autrement. Enfin, pour l'instant, mes chances sont plutôt bonnes et le diagnostic pourrait être pire. On verra bien ce que ça donne…

Je suis accablée pour lui ; ça me fait mal au cœur de savoir qu'il va devoir affronter une telle épreuve. Il semble déjà tellement fragile…

— Qu'est-ce que je peux faire pour vous aider ? Est-ce que vous avez besoin que je reste avec vous ? Vous savez que vous pouvez tout me demander !

— Oui, je sais, reconnaît-il avec un sourire. Merci, Beth, vous êtes adorable, mais je me débrouille pour l'instant. Ma sœur va venir s'installer ici pour me conduire à l'hôpital et, d'une manière générale, m'épauler pendant la durée du traitement. En revanche, reprend-il après une courte pause, vous pouvez peut-être me rendre service.

— Bien sûr ! dis-je aussitôt. En quoi puis-je vous être utile ?

— Eh bien, je suis content que vous ayez terminé un peu plus tôt que prévu chez Dubrovski. Si vous acceptez, j'aimerais que vous repreniez l'essentiel de mes affaires – ce qui veut dire assumer la plupart des tâches qui m'incombent pour l'instant. Vous pourrez bien entendu me demander conseil si nécessaire, mais je ne serai pas toujours disponible. Jane vous apportera toute son aide, mais vous devrez endosser une bonne part des responsabilités. Est-ce que vous vous en sentez capable ?

— Absolument, dis-je, heureuse de pouvoir lui être utile pendant qu'il lutte contre la maladie. J'ai beaucoup appris à votre contact et je mettrai le plus grand soin à veiller sur vos affaires.

— Merci, Beth ! lance Mark avec un sourire. Votre salaire sera évidemment réévalué pour correspondre à vos nouvelles fonctions. En revanche, il reste un dernier détail qui ne va peut-être pas vous faire bondir de joie.

Je fronce légèrement les sourcils.

— De quoi s'agit-il ? Oh, et puis, ne vous inquiétez pas, vous savez que je suis prête à faire tout mon possible pour vous faciliter la vie.

Mark me lance un regard d'excuses avant de poursuivre.

— J'ai bien peur que vous ne soyez obligée d'accompagner Andrei à Saint-Pétersbourg pour l'expertise du Fra Angelico. On m'a formellement interdit d'entreprendre un tel voyage dans mon état actuel. Je n'ignore pas que c'est beaucoup vous demander, mais… vous croyez que vous pouvez faire ça pour moi ?

Je le dévisage un instant avant de balbutier :

— Bien sûr que oui… Ce n'est absolument pas un problème, voyons…

Pourtant, j'ai la gorge nouée à cette seule idée.

Et moi qui me croyais débarrassée…

Chapitre 19

Laura n'a aucun mal à deviner ma peine ce soir-là. Je n'envisage même pas de lui raconter ce qui s'est passé chez Andrei – ni le fait que Dominic a une fois de plus disparu dans la nature –, et me borne donc à lui parler de Mark.

— Oh, non ! Beth, c'est horrible ! Pauvre Mark... Pas étonnant que tu sois dans cet état.

La compassion de ma meilleure amie a raison de moi et, une minute plus tard, je sanglote dans ses bras.

— Il faut que tu sois forte pour Mark, et je sais que tu en seras capable, murmure-t-elle en me serrant contre elle. En attendant, tu peux pleurer autant que tu veux quand tu es avec moi. Et puis pense à ce qu'il t'a dit : les médecins sont optimistes, non ?

— Si, tu as raison, dis-je en séchant mes larmes. Il veut que j'aille à Saint-Pétersbourg à sa place, à la fin de la semaine.

— Ah, mais c'est plutôt une bonne nouvelle, ça, non ? Tu n'es jamais allée en Russie, c'est une opportunité exceptionnelle ! lance-t-elle.

Elle est mignonne – elle cherche vraiment à me remonter le moral, mais je ne peux m'empêcher de tempérer son enthousiasme.

— Oui, enfin, je vais accompagner Andrei, et on n'est pas en très bons termes.

— Ah bon ? Pourquoi ?

Je sonde son regard franc, et j'ai honte de ne pas lui dire toute la vérité. J'aimerais pourtant me confier à elle, mais je ne saurais même pas par où commencer. Et puis cela impliquerait de partager des choses que je ne suis pas encore prête à revisiter avec elle.

— Je ne sais pas trop, dis-je donc avec un haussement d'épaules. Ce doit être à cause de ce fameux contrat, mais il n'est pas à prendre avec des pincettes, en ce moment.

— Et Dominic ? Tu lui as parlé dernièrement ?

À ces mots, j'ai l'impression de recevoir une chape de plomb sur les épaules.

— Non. Lui aussi, il est super occupé par cette affaire.

— Oh, allez, ma belle ! Ne te laisse pas abattre ! lance Laura en fronçant les sourcils. Ça ne te ressemble pas, pourtant. Andrei joue les grincheux ? Qu'à cela ne tienne, tu auras le temps de le charmer pendant ce fameux voyage en Russie. Et puis, même si Dominic est très occupé, tu as le droit d'exiger qu'il te consacre un peu de temps. Non mais!

Elle me fait rire malgré moi. Tout a l'air si simple, avec elle.

— Je vais essayer.

— Tu vas faire mieux qu'essayer, tu vas y arriver! Je sais bien que la maladie de Mark est un mauvais coup du sort, mais, malheureusement, la vie, c'est aussi ça. Il ne faut pas que ça t'empêche d'avancer.

— Tu as raison, dis-je, réconfortée par ses paroles.

— Alors fonce, ma belle!

Les encouragements de Laura étaient exactement ce dont j'avais besoin. La situation avec Dominic me perturbe toujours, mais, au moins, j'ai pris la résolution d'exiger des explications de sa part lorsque l'on se reverra. Il me racontera sa version des faits, et s'il s'avère qu'il m'a menti ou qu'il m'a trompée, je repartirai la tête haute et refermerai ce chapitre de ma vie. Cela dit, même s'il est innocent, il va devoir répondre de ses actes.

J'espère de tout cœur qu'il ne couche pas avec Anna, non seulement parce que ce serait une insupportable trahison, mais en plus parce que cette fille est un vrai poison. Je ne comprends toujours pas pourquoi elle s'évertue à détruire ma relation avec Dominic alors qu'elle prétend être parfaitement heureuse avec Andrei. D'ailleurs, si elle couche avec Dominic, comment se fait-il qu'il s'amuse de la savoir avec Andrei ? J'essaie de trouver des explications plausibles à son comportement, mais bientôt je me perds dans des scénarios plus ou moins tordus.

Ne laisse pas ton imagination te jouer des tours, ma grande. Tiens-t'en aux faits et reste logique, comme James. C'est le seul moyen de te sortir de ce fichu pétrin.

Malgré mon agitation, j'arrive à m'endormir – pour être réveillée par un texto à 3 heures du matin. J'attrape mon téléphone et active l'écran. Des nouvelles de Dominic, enfin !

« Désolée, ma belle, ça a été de la folie, ces derniers jours. On y est encore mais on devrait avoir fini dans deux heures environ. Ça a l'air bien parti pour l'instant, croisons les doigts. J'irai dormir dès que ce sera fait, mais j'aimerais te voir ce soir, si tu veux bien. Je te tiens au courant. D. »

Presque aussitôt, un second message arrive.

« J'espère que je ne t'ai pas réveillée ! Je n'ai pas pensé que tu dormais sûrement. Fais de beaux rêves, princesse. À demain. »

Je lis ces messages une bonne centaine de fois. Dominic s'exprime tout à fait normalement, comme s'il n'avait rien à cacher, et l'instant que j'ai tant attendu approche à grands pas. Bientôt, Dominic sera débarrassé de cette encombrante affaire, sans parler d'Andrei. *Et d'Anna…*

Pourtant, l'appréhension l'emporte sur la joie. Ce soir, je saurai la vérité, qu'elle me plaise ou non.

Quand mon réveil sonne, j'ai les yeux tout secs et la tête lourde d'avoir trop peu dormi. Il m'a fallu plus d'une heure pour retrouver le sommeil après avoir reçu les nouvelles de Dominic. Il faudra que je pense à lui demander de ne plus m'envoyer de textos en pleine nuit, sauf en cas d'urgence. Lorsque je sors de la salle de bains après ma douche, un nouveau message m'attend.

« Ça y est ! Marché conclu, on a gagné ! Je rentre dormir. À plus tard, j'ai hâte. D. »

Bon, eh bien, voilà… Andrei a obtenu ce qu'il voulait, et Dominic est riche. Il peut commencer à réaliser ses rêves.

Sauf que, pour l'instant, je ne sais même pas si j'ai envie d'en faire partie.

Alors que je me rends chez Mark, je reçois un message d'Andrei me demandant de passer le voir à Albany. Il a dû rentrer à l'appartement après leur nuit de négociations et voir le fruit de mon labeur. Qu'il adore ou qu'il déteste, je serai bientôt fixée.

Quand même… ça m'étonnerait qu'il déteste, me dis-je en montant dans un bus en direction de Piccadilly. J'ai beau porter un manteau de laine, je frissonne. *Sauf s'il n'aime pas du tout le Fragonard. Je me suis peut-être complètement plantée, sur ce coup-là. On verra bien…*

Cela ne m'enchante vraiment pas d'avoir affaire à Andrei pendant la durée du traitement de Mark, mais il a bien compris que je ne me laissais pas faire. Je pense que nous devrions réussir à travailler ensemble aussi longtemps que nécessaire.

Je monte les marches du perron d'Albany alors que je pensais ne jamais y retourner, et emprunte une fois de plus le passage couvert en direction de l'appartement d'Andrei. Là, le garde du corps m'ouvre la porte et me laisse entrer, sans un mot ni un sourire. Je me rends dans le salon, heureuse de constater à quel point les tableaux transforment les pièces, leur conférant une personnalité et une âme.

Napoléon trône toujours là où je l'ai vu le premier jour, sauvage et belliqueux sur son puissant destrier. L'espace d'un instant, je regrette presque que ma petite lectrice ne se trouve pas sur le mur d'en face, comme je l'avais envisagé, mais je suis globalement satisfaite de mes choix. Pour adoucir la nature agressive du portrait, j'ai rassemblé des huiles impressionnistes représentant divers jardins dont les teintes vertes, orange, dorées et mauves apportent une sérénité bienvenue à la pièce.

Je suis occupée à juger de l'effet produit lorsque Andrei entre, les cheveux encore mouillés.

— Beth ! s'écrie-t-il en me voyant.

Un sourire rayonnant aux lèvres, il vient me serrer la main avec force et, avant même que j'aie eu le temps de réagir, m'embrasse sur les deux joues.

—Je tenais à vous remercier du fond du cœur, reprend-il. Je viens de prendre une douche avec la plus belle femme du monde !

Anna ? pensé-je un instant avant de comprendre ce qu'il veut dire.

—Le Fragonard…

—Elle est magnifique ! lance-t-il avec un regard presque chaleureux. Vous n'auriez pas pu faire de choix plus judicieux. Je l'adore !

—Vous m'en voyez ravie, dis-je, sincère.

—Est-ce qu'elle a coûté une fortune ? demande-t-il, soudain sérieux.

—Oui.

—Excellent ! s'exclame-t-il dans un grand éclat de rire. À compter d'aujourd'hui, nous pouvons tout nous permettre ou presque. Mark choisira quoi acheter et vous déciderez où exposer ses trouvailles, ajoute-t-il avant de marquer une pause, l'air pensif. Écoutez, Beth, je sais que les choses n'ont pas toujours été faciles entre nous, mais j'espère que nous pourrons continuer à travailler ensemble.

—Andrei, comme je vous l'ai dit l'autre jour, j'aimerais que nous restions amis, dis-je aussitôt. Mais justement : amis, et c'est tout.

— Je comprends très bien, Beth, et ça me convient parfaitement. Il serait déshonorant d'insister davantage.

Le sérieux de sa voix et de son expression me convainc qu'il dit vrai. Puis une autre question s'impose à moi.

— Andrei, est-ce que Mark vous a contacté récemment ?

— Non, pourquoi ?

— Alors asseyez-vous, j'ai une mauvaise nouvelle.

Nous nous installons dans le canapé, et Andrei m'écoute avec attention tandis que je lui explique la situation. Puis il bondit sur ses pieds et sort son téléphone de sa poche.

— Je vais lui trouver les meilleurs spécialistes au monde. Peu importe qu'il faille envoyer Mark à l'étranger si c'est là qu'ils se trouvent. Je m'en charge personnellement.

Je me lève à mon tour et lui pose une main sur le bras pour modérer son élan.

— Non, Andrei, s'il vous plaît, ne vous en mêlez pas. Pour l'instant, Mark s'occupe de tout, et je pense qu'il n'apprécierait pas qu'on intervienne. Si, à un moment donné, il a besoin de votre aide, je vous préviendrai aussitôt.

Andrei s'immobilise et me toise de ses yeux froids, puis son expression s'adoucit.

— « Non, Andrei », répète-t-il dans un murmure. Ça vous amuse de dire ça alors que personne d'autre n'ose, hein ?

Je soutiens son regard sans faiblir, et il finit par ciller.

— Bon, d'accord, mais vous me promettez de me tenir au courant si jamais vous pensez que je peux lui être utile.

Je suis désolé, Beth, je sais que vous tenez beaucoup à Mark. Moi aussi. C'est vraiment une terrible nouvelle.

Je revois Mark, si maigre, si affaibli et pourtant si courageux, traitant sa maladie par le mépris, au point de refuser de l'appeler par son nom. Je cligne des yeux pour tenter de retenir mes larmes. Je ne veux pas qu'Andrei me voie pleurer, mais c'est peine perdue.

— Ça va aller, Beth, ça va aller, murmure-t-il en me passant un bras sur les épaules.

— S'il y a bien une chose que toute la fortune du monde ne peut pas acheter, c'est la santé, dis-je d'une voix un peu tremblante.

Soudain, je me rappelle autre chose.

— Oh, et, Andrei, il semblerait que je vous accompagne à Saint-Pétersbourg, finalement. Enfin, si vous voulez toujours l'avis de l'expert de l'Ermitage au sujet du Fra Angelico.

— Ah ! fait-il, l'air surpris. Oui, bien sûr, Mark ne peut pas faire le déplacement. Eh bien, j'espère que vous retirerez quelque chose de ce voyage, ajoute-t-il avec un sourire, même si vous avez ma présence en horreur.

— Mais pas du tout ! protesté-je, gênée d'imaginer ce qu'il doit penser de moi. Je me suis montrée très grossière envers vous la dernière fois que nous nous sommes vus, et j'en suis vraiment désolée. Que diriez-vous de tout recommencer à zéro ? Après tout, nous allons devoir travailler ensemble.

— Rien ne me ferait plus plaisir, déclare Andrei. Et je suis très heureux d'apprendre que vous ne me détestez pas.

Nous échangeons un long regard et, de nouveau, je sens une sorte de courant électrique entre nous – une connexion intime. *Oh non ! Je n'ai vraiment pas besoin de ça !*

— Comment va Anna ? demandé-je d'une voix forte.

Si ça se trouve, elle est encore dans le lit d'Andrei après qu'ils ont célébré la signature du contrat à leur manière. J'aimerais ne plus jamais avoir affaire à elle, mais ça ne sera peut-être pas possible si je travaille en étroite collaboration avec Andrei. J'imagine mal ma réaction si, un jour, elle entre dans une pièce où je me trouve. *Ne t'inquiète pas pour ça, on saura faire face.*

— Anna ne fait plus partie de l'équipe, m'annonce Andrei sur un ton désinvolte. Nous avons décidé qu'il valait mieux qu'elle travaille pour quelqu'un d'autre.

Parce que, d'un point de vue éthique, ça ne se fait pas de coucher avec une employée ? Vous avez décidé de prendre votre relation au sérieux ? Cette idée me perturbe au plus haut point. Je ne tiens pas du tout à ce qu'Andrei épouse Anna, au contraire. *Et pourquoi ?* Cette question résonne dans ma tête, et j'y réponds aussitôt. *Parce que cette fille est une folle doublée d'une salope ! Elle va lui pourrir la vie, et ça m'ennuierait vraiment.*

Oui, voilà, c'est pour ça : je ne veux pas que les vicieuses manigances d'Anna se voient récompensées par l'amour d'Andrei. Ce ne serait pas juste. Cela dit, ce n'est pas mon problème.

— J'espère que vous serez très heureux ensemble, dis-je sur un ton enjoué.

— Quoi ? demande Andrei, l'air surpris. De quoi parlez-vous ?

— D'Anna et vous. Vous allez officialiser votre relation, n'est-ce pas ?

Le visage d'Andrei s'éclaire, et il part d'un rire franc.

— Non, Beth. Anna ne fait plus partie de ma vie, c'est fini – que ce soit au plan personnel ou professionnel. Ne vous en faites pas.

— Oh, je ne m'en faisais pas, rétorqué-je sur un ton un peu brusque.

Oh non, ça ne va pas recommencer ?!

— Pourquoi avez-vous rompu ?

— C'est une question à laquelle je préfère ne pas répondre pour l'instant, mais, croyez-moi, j'avais mes raisons.

— Pardon, je suis désolée, ça ne me regarde pas, dis-je aussitôt, les joues en feu.

— Il n'y a pas de mal, reprend-il sur un ton posé. Peut-être que je vous expliquerai un jour, mais pas maintenant.

Toujours un peu gênée, je tends la main vers mon sac.

— Bon, je ferais mieux d'y aller. Je suis vraiment ravie que mon travail vous plaise.

— Oui, c'est vraiment réussi. Je savais que je pouvais vous faire confiance.

— Vous me tenez au courant, pour Saint-Pétersbourg ?

— Oui, je demanderai à Marcia de vous envoyer toutes les informations nécessaires, confirme-t-il avec un sourire. À plus tard, Beth.

— À plus tard.

Je me dirige vers Belgravia, le cœur plus léger. Anna ne fait plus partie de l'équipe Dubrovski. Cette nouvelle illumine ma journée : moi qui craignais de croiser cette vipère, je ne risque plus rien. Je me demande ce qui a poussé Andrei à la congédier, lorsqu'une idée me vient. Si ça se trouve, c'est Anna qui est partie. Peut-être qu'elle a fait exactement ce dont me parlait Dominic et qu'elle a démissionné sitôt le marché conclu.

Cette idée en entraîne une autre. *Et si Dominic et elle avaient prévu de monter leur propre affaire ensemble, parce que cela ne leur suffisait plus d'être amants ?*

Cette horrible éventualité me laisse un goût amer dans la bouche, mais je me rappelle que, ce soir, je saurai tout.

Lorsque j'arrive chez Mark, celui-ci est en train de se reposer. Je me rends donc dans le bureau et commence à me familiariser avec ses affaires courantes. Je suis plongée dans un dossier de factures quand on frappe à la porte. C'est Gianna, la domestique de Mark, chargée d'un petit carton.

— Ce colis vient d'être livré à votre nom, mademoiselle.

— Merci, Gianna, dis-je en lui prenant le paquet des mains.

Une fois qu'elle est partie, je l'ouvre et y trouve une autre boîte, d'un vert foncé, accompagnée d'une carte frappée d'un « A » majuscule, sur laquelle je lis :

« Acceptez-les, cette fois, nom d'un chien ! Avec tous mes remerciements, A. »

Je soulève le couvercle et, comme je m'y attendais, découvre les splendides boucles d'oreilles en rubis que j'avais laissées dans la chambre d'amis d'Andrei le lendemain de la fête. J'ai comme l'impression que je n'arriverai pas à m'en débarrasser facilement. Je ris doucement en admirant la riche nuance des gemmes. *Qu'est-ce qui m'empêche de les accepter, après tout ? Si j'avais pris une commission sur l'acquisition du Fragonard, ç'aurait été une somme au moins équivalente à leur valeur... C'est donc justifié, non ?*

J'écris une note à Andrei pour le remercier avec gratitude et place l'enveloppe dans le courrier à poster en fin de journée. Puis je mets les boucles d'oreilles et me contemple dans le miroir. Voilà des bijoux dignes de ce nom. *Je vais les chérir comme la prunelle de mes yeux.*

Enfin, je me remets au travail, en essayant de ne pas trop penser à Dominic et à la conversation qui nous attend.

Chapitre 20

L'EXPRESSION DE SON VISAGE LORSQU'IL M'OUVRE LA porte de son appartement me fait culpabiliser. Il rayonne littéralement : ses yeux lancent des étincelles de joie et il vibre d'énergie. Je ne l'avais pas vu aussi heureux depuis bien longtemps.

Cette affaire devait vraiment lui peser, il semble avoir rajeuni depuis la dernière fois.

— Beth ! lance-t-il en m'embrassant avec fougue et en me prenant la main. C'est tellement bon de te revoir !

Il m'attire à l'intérieur et, aussitôt après avoir refermé la porte, il m'enlace et m'entraîne dans une espèce de polka un peu folle.

— C'est fini ! chantonne-t-il, ivre de joie. On est libres !

Il lance des cris de joie tout en me faisant tourner, et j'éclate de rire face à cette bonne humeur contagieuse. Enfin, il s'arrête et, hors d'haleine, nous nous laissons choir dans le canapé. Je parcours la pièce du regard – tout y est chic et masculin, dans des tons de noir et de beige. Je n'étais pas revenue chez lui depuis la veille de son départ. Nos rendez-vous galants ont eu lieu dans le boudoir que Dominic avait acquis tout spécialement pour en faire notre nid d'amour, situé deux étages plus haut dans une autre aile de l'immeuble.

Dominic me prend la main et plonge ses yeux dans les miens avec un sourire magnifique.

— Tu n'imagines même pas à quel point je suis heureux, Beth. On a signé le contrat, et ma commission a déjà été virée sur mon compte en banque. Demain, à la première heure, je démissionnerai, et on sera enfin libres. J'ai l'impression de revivre. C'est incroyable !

J'essaie de lui rendre son sourire, mais mes lèvres se tordent en un rictus gêné. C'est vraiment atroce : par ses révélations, Anna a réussi à empoisonner ce moment qui devrait être infiniment joyeux. *Étaient-ce des mensonges, ou la vérité ?*

— Qu'est-ce qui ne va pas, Beth ? demande Dominic, les sourcils froncés.

Incapable de parler, je baisse les yeux vers sa grande main douce et magnifique, posée sur la mienne. J'ai la gorge nouée. J'aimerais tellement croire que tout va bien et qu'Anna n'est qu'une emmerdeuse psychotique qui cherche à détruire notre bonheur… pourtant j'ai besoin d'entendre les réponses à mes questions pour retrouver la confiance que j'avais en Dominic. Les doutes qui m'assaillent me font horreur, mais, justement, Dominic est le seul qui puisse m'en débarrasser une bonne fois pour toutes.

— Beth ? insiste-t-il, le visage grave, l'air inquiet. Je vois bien que quelque chose te tracasse. Raconte-moi.

Pendant un instant, les mots se refusent à moi, puis je rassemble toutes mes forces et parviens à articuler :

— Et Anna ? Elle fait la fête, elle aussi ?

— Sans doute, je n'en sais rien, répond Dominic. On a ouvert le champagne ce matin une fois le contrat finalisé, puis je suis rentré me coucher. Quand je suis parti, elle était encore avec Andrei et le reste de l'équipe. Je ne les ai pas revus depuis. Pourquoi ?

— Qu'est-ce que tu lui as raconté, l'autre jour ? Après qu'elle nous a surpris ensemble à Albany ? Comment tu lui as expliqué la situation ?

Il baisse les yeux avec un soupir.

— Bon, d'accord. Je lui ai avoué, pour nous deux, admet-il. Je n'ai pas trouvé de mensonge convaincant.

Lorsque j'arrive à reprendre la parole, c'est d'une voix haut perchée et tendue qui ne me ressemble pas.

— Elle était surprise ?

— Non. C'est marrant : elle m'a dit qu'elle avait deviné pendant la soirée dans les catacombes. Elle nous a vus nous embrasser, au moment où on n'avait pas nos masques, tu te rappelles ? On les avait enlevés dans le donjon et on n'a pas pensé à les remettre tout de suite.

— Donc elle était au courant…

J'essaie d'intégrer cette information à tout ce que je sais déjà. *Est-ce qu'elle nous a espionnés toute la nuit ?* Je revois une scène, soudain : Anna me passe un bras autour des épaules et me montre son escarpin couvert de boue.

— Qu'est-ce qu'elle a dit d'autre ?

— Elle trouvait ça mignon – c'est du moins ce qu'elle m'a dit. Ce n'est jamais facile de savoir ce qu'elle pense vraiment. Il y a toujours un truc qui rôde sous la surface, avec elle. Parfois, quand elle rit, j'ai l'impression d'entendre un animal grogner. Elle fait partie de ces gens qui ressentent tout avec une passion et une intensité exacerbées. Ce n'est pas forcément un avantage, d'ailleurs…

Dominic s'interrompt, le regard dans le vague, comme perdu dans ses pensées.

Il imagine Anna – il la visualise mentalement alors que je suis là, à l'écouter.

Cela me met en colère. Je veux que cette peste sorte de nos vies, une bonne fois pour toutes. Mais, d'abord, je dois tirer au clair tous ces mystères qui nous pourrissent l'existence depuis quelques semaines. Je me tourne de manière à faire face à Dominic.

— Est-ce que tu lui as révélé les détails de notre histoire ? Est-ce que tu lui as parlé de nos jeux ? Est-ce que tu lui as raconté l'épisode du donjon de *L'Asile* et ses conséquences pour nous ?

— Non ! Bien sûr que non. Pourquoi est-ce que j'aurais fait une chose pareille ?

— C'est bizarre, pourtant : elle est au courant de tout.

— Non, ce n'est pas possible, réplique-t-il sur un ton vif.

— Dominic, je t'assure qu'elle sait tout. Elle m'a fait asseoir dans la chambre d'Andrei et m'a raconté notre propre histoire, à toi et moi.

Je sens que mon regard se fait accusateur malgré moi, mais je n'y peux rien. Il m'est très difficile de suivre les conseils de James et de garder mon calme. Dominic vient de nier avoir tout raconté à Anna alors qu'il est le seul à savoir ces choses-là.

— Et je peux te jurer que ce n'est pas moi qui lui ai révélé notre histoire, poursuis-je. Même à Laura je n'ai pas osé dire tout ce qui s'était passé entre nous. Je me suis confiée à James, certes, mais Anna connaissait des détails qu'il ignore complètement. Les seuls à être au courant de toute l'histoire, apparemment, c'est toi, moi et Anna. Mais tu persistes à dire que tu ne lui as rien raconté ?

Je vois passer un éclair de colère dans ses yeux sombres. Aurais-je dépassé les bornes ?

Tant pis, j'ai besoin de réponses.

— Alors, Dominic ?

Il a légèrement pâli mais me regarde avec franchise.

— Non, je ne lui ai rien dit de tout ça.

— Mais alors comment est-elle au courant ? demandé-je d'une voix de plus en plus aiguë.

— Mais j'en sais rien, putain ! s'énerve-t-il en se levant. Tu es sûre qu'elle n'a pas lancé des pistes au hasard et que tu en aurais conclu qu'elle savait tout ?

— Ne me prends pas pour une idiote ! Évidemment que j'en suis sûre. Et je me suis bien gardée de commenter ce qu'elle me balançait, je te signale.

— Je ne lui ai rien dit de tout ça, Beth, fais-moi confiance, répète Dominic d'une voix calme, sans me quitter des yeux.

Je cille, et il doit percevoir quelque chose dans mon expression car, aussitôt, il demande :

— Quoi ? Qu'est-ce qu'il y a ? Ce n'est pas tout, hein ? Tu as une autre raison de la croire, c'est ça ?

— Oui, finis-je par admettre. Elle est au courant de tes cicatrices dans le dos.

Dominic s'immobilise et me dévisage, l'air absolument éberlué. À cet instant, je comprends que sa surprise n'est pas feinte et j'en éprouve un immense soulagement.

— Elle est au courant de ça aussi ?

Incapable de tenir en place, je me lève à mon tour.

— Oui, elle a pris un malin plaisir à me révéler cette pépite, dis-je, incapable de dévoiler la suite.

Une drôle d'expression passe sur les traits de Dominic et il reprend, d'une voix étrange, presque métallique :

— Elle t'a raconté autre chose – un truc horrible qui a changé ce que tu ressens pour moi. Je me trompe ?

Les yeux brûlants de larmes, je m'écrie :

— Comment est-ce qu'elle sait toutes ces choses, Dominic ? Comment c'est possible ?

— Je te l'ai déjà, dit, Beth : je n'en ai aucune idée ! s'exclame-t-il, le regard perdu, comme un petit garçon. Qu'est-ce qu'elle t'a raconté d'autre ? S'il te plaît !

Je m'avance vers la fenêtre et m'appuie sur le rebord. En face, tout proche, se trouve l'appartement où j'ai passé quelques semaines l'été dernier, en arrivant à Londres. C'est depuis ce salon-là que j'ai aperçu Dominic pour la première fois. Une lampe y diffuse une lumière tamisée qui met en valeur les panneaux de laque argentée peints sur les murs, mais je ne vois nulle trace de Celia. Je crois que, si elle était là, je me précipiterais dans ses bras pour lui demander conseil. L'espace d'un instant, je regrette presque ma première nuit londonienne où, le cœur brisé par ma rupture avec Adam, j'étais loin de me douter des plaisirs et des tourments qui m'attendaient, tout proches. Si j'avais su, alors, ce que je sais maintenant, aurais-je regardé par la fenêtre ?

Ça dépend de ce qu'il va me dire...

Je me redresse et fais face à Dominic, qui se tient au beau milieu de la pièce. Mon cœur saigne quand je repense à l'humeur joyeuse avec laquelle il m'a accueillie et dont je l'ai si brutalement privé. Mais, en même temps, s'il ne trouve pas les mots pour me rassurer, comment pourrai-je lui faire confiance ?

D'une voix monotone, comme si je refusais d'y mettre la moindre émotion, je me lance :

— Anna prétend que vous êtes amants, et que c'est elle qui t'a fait ces marques en te fouettant sauvagement… avant que vous ne fassiez l'amour.

Dominic émet un petit bruit étranglé, les yeux écarquillés, puis il part d'un rire nerveux – tout sauf joyeux.

— Oh, non ! J'y crois pas ! Ne me dis pas que tu as gobé ces conneries, quand même ?!

Je le regarde en silence et devine qu'il s'énerve. Il écarte les bras, les paumes tournées vers le ciel en un geste de supplication.

— Non ! Beth ! C'est absurde, enfin !

Je secoue la tête, incapable d'échapper au cercle vicieux de ces questions sans réponses.

— Non, je ne la crois pas, mais… comment est-ce qu'elle sait tout ça ? Je ne comprends pas comment c'est possible !

Dominic s'avance vers moi et m'attrape les deux bras d'une poigne de fer. Je sens bien qu'il se retient de me secouer.

— Je ne suis pas son amant, Beth ! D'accord ? Une fois, il y a très longtemps, il a failli se passer quelque chose entre nous. Mais c'était purement physique et, quand j'ai commencé à mieux la connaître, mon attirance a fondu comme neige au soleil. Sa compagnie ne m'est pas désagréable tant qu'on garde une certaine distance – après tout, elle est plutôt drôle et extrêmement compétente. Mais je n'ai jamais vraiment réussi à la cerner, elle est trop bizarre, trop fuyante.

Franchement, Beth, cette fille est profondément instable, mais peu de gens s'en rendent compte parce qu'ils sont captivés par sa beauté. Ils ne voient que cette jolie surface ; la réalité les dérangerait trop. Je t'assure, Anna est une illusion d'optique. Si tu la regardes bien, le vernis s'écaille très vite et laisse deviner ses fêlures.

Tout en l'écoutant, je repense à ma conversation d'avant-hier avec Anna, à la façon dont son sourire enjôleur est soudain devenu carnassier et dont ses beaux yeux verts se sont mis à briller avec une hostilité destructrice. Je comprends ce que Dominic veut dire : c'est un peu comme croiser un ange, puis, au moment où celui-ci relève la tête, se rendre compte qu'il a en fait le visage d'un démon.

Pourtant, je ne dis rien. Dominic me supplie du regard avec une détermination farouche, puis il me lâche et va s'asseoir dans un fauteuil.

— OK, lance-t-il d'une voix morne. Je vais te raconter tout ce qui s'est passé entre Anna et moi.

Un frisson me glace les entrailles. *Oh, non ! Va-t-il me faire une confession ?* Je n'ai pas envie d'entendre une chose pareille, pourtant je serais bien incapable de lui demander de se taire. Il faut que je sache.

Je m'assieds donc à mon tour et attends qu'il commence son récit.

— Quand j'ai rencontré Anna, j'étais sous le charme, comme tout le monde. Je l'admets volontiers. Nous étions tous deux célibataires, et l'attirance a été immédiate. Un soir, après avoir signé un contrat important, nous sommes allés boire un verre ensemble. C'est le genre de situation qui peut très vite tourner la tête : on se sent fort, riche, puissant… sexy. Bref, nous étions tous les deux dans cet état-là et nous avons beaucoup bu.

— Et vous avez couché ensemble, dis-je d'une voix plate.

Dominic me lance un regard qui me réduit au silence.

— Non, nous n'avons pas couché ensemble. Je le regrette presque, avec le recul. S'il s'était passé quelque chose ce soir-là, on n'en serait peut-être pas là aujourd'hui. Non, l'alcool aidant, on a commencé à parler de sexe, et Anna m'a raconté des trucs franchement osés. Elle adore ça, probablement plus que quiconque. Elle donnait l'impression d'être prête à tout tenter, mais elle n'avait jamais joué le rôle de soumise. Je lui ai parlé de ce que j'aimais faire, et ça l'a beaucoup excitée. Elle était complètement fascinée et m'a demandé de l'initier.

— Tu devais être ravi, dis-je d'une voix neutre malgré la douleur intense que je ressens à chacun de ses mots.

Alors, comme ça, Anna voulait que Dominic devienne son maître ? Comment aurait-il pu résister ? J'imagine le corps magnifique de la jeune femme ligoté, son dos nu exposé à la morsure du fouet.

— Nous sommes allés à *L'Asile*, poursuit Dominic sans tenir compte de ma remarque. J'avais l'intention de l'emmener dans le donjon, mais…

Il s'interrompt, les yeux dans le vague.

— Mais quoi ?

— Quelque chose m'a coupé dans mon élan – quelque chose que j'ai deviné dans son regard. J'ai compris qu'elle était déséquilibrée et que je risquais de déchaîner quelque chose de franchement dangereux. Le donjon est un lieu où chacun explore la facette la plus sombre de son imagination et où les peurs deviennent réalité. Cependant, les initiés ne perdent jamais complètement pied. Par le biais du *safeword*, notamment, nous gardons toujours une porte ouverte sur le monde réel. On pourrait croire que nous nous abandonnons complètement à nos fantasmes, mais ce n'est pas le cas. Enfin, il y a des gens qui perdent cette aptitude à distinguer fiction et réalité, et qui cherchent à s'aventurer toujours plus loin, à repousser les limites de ce que l'être humain peut endurer – voire à les dépasser. Justement, j'ai compris qu'Anna appartenait à cette catégorie, et j'ai fait marche arrière. J'ai refusé d'ouvrir cette boîte de Pandore, ça m'a paru trop risqué.

Je me rends soudain compte que je retiens mon souffle. Je crois comprendre ce que m'explique Dominic. Il parle d'une voix calme et basse, à présent, et en voyant le sérieux sur son visage, je ressens une immense bouffée d'amour pour lui. Mon Dominic. Son côté obscur n'est finalement pas si noir. Il aime jouer le contrôle et la domination, mais, au fond, c'est un homme bon, compréhensif et aimant. Rien à voir avec une personnalité comme Anna.

— Tu as essayé de la préserver, en quelque sorte.

— Ça paraît bien noble, dit comme ça, tempère-t-il avec un haussement d'épaules. La vérité, c'est que mon désir pour elle s'est évanoui à ce moment-là. Il ne s'est rien passé du tout.

— Mais alors pourquoi elle m'a raconté tout ça ?

Visiblement mal à l'aise, Dominic s'humecte les lèvres avant de poursuivre.

— Je suis désolé, Beth, j'aurais dû te le dire depuis longtemps, mais, franchement, je n'y accordais pas beaucoup d'importance. En tout cas, je ne me doutais pas que ça aurait des conséquences sur notre relation.

Aussitôt, l'angoisse qu'il avait réussi à calmer se réveille et me tord l'estomac.

— De quoi tu parles ? Raconte-moi !

— OK, reprend-il avec un soupir. Voilà : Anna n'a jamais digéré le fait que je la repousse. Je pense sincèrement que c'était la première fois qu'elle voyait le désir s'éteindre dans le regard d'un homme et qu'elle a considéré ça comme un défi. Elle a passé des mois et des mois à me poursuivre de ses assiduités. Je n'avais jamais vu une femme se donner autant de mal pour me séduire. Évidemment, mes refus répétés ne faisaient qu'aiguiser sa détermination – ainsi que sa colère. À un moment, j'ai même envisagé de lui donner ce qu'elle voulait, qu'on en finisse. Mais c'était devenu impossible, je n'en avais tout simplement pas envie. Je ne la désirais pas, et elle le savait pertinemment. Un vrai cercle vicieux !

résume-t-il avec un sourire incrédule. Plus elle insistait, plus cela me repoussait, et plus cela l'excitait. J'espérais qu'elle finirait par se lasser, et j'ai bien failli y croire quand Andrei et elle ont commencé à coucher ensemble. Elle adorait jouer le rôle de l'aristocrate qui se laisse baiser par le rustre fortuné. Elle vient d'un milieu tout à fait respectable, mais n'a rien d'une duchesse, tu peux me croire. Andrei n'y a vu que du feu, en revanche. Il s'est laissé captiver par ses yeux verts et sa voix de sirène.

Je crains d'interrompre le fil de ses pensées, pourtant je ne peux m'empêcher de demander :

— Mais alors… elle avait renoncé à toi ?

— Pas vraiment, non, me répond Dominic avec un regard lourd de sens. Elle m'a avoué qu'elle couchait avec Andrei pour me rendre jaloux et que, si je ne lui donnais pas ce qu'elle voulait, elle trouverait un moyen pour qu'il me vire.

— Elle t'a menacé ?

— Oui, confirme-t-il en haussant les épaules. Évidemment, ça n'a servi à rien. Elle a beau être complètement folle, elle ne me fait pas peur. Je savais bien qu'Andrei ne me mettrait pas à la porte juste pour ses beaux yeux. Il ne répond aux ordres de personne.

— C'est donc pour ça que tu ne voulais pas que notre relation s'ébruite.

— Exactement. Je ne tenais pas à ce que la situation s'envenime. Si j'ai prévu de m'éloigner de Dubrovski, c'est aussi pour prendre mes distances avec Anna. J'étais si près du but, je ne voyais pas l'intérêt de jeter de l'huile sur le feu. C'est pour ça que j'ai préféré taire notre histoire.

La logique de ces explications contribue à me calmer. Après tout, j'ai vu de mes propres yeux le côté instable d'Anna.

— Mais, après la conversation qu'elle a surprise à Albany, tu t'es senti obligé de la mettre au courant.

— Oui. En même temps, elle avait compris depuis les catacombes, apparemment.

« Regardez mes pauvres chaussures ! », lance Anna en désignant ses escarpins boueux. Elle rejette la tête en arrière et manque de perdre l'équilibre, si bien que je dois la retenir. Je secoue la tête pour me défaire de ce souvenir.

— Ça explique bien des choses, d'ailleurs, reprend Dominic. Depuis cette fameuse soirée, Anna n'a pas arrêté de me raconter des trucs étranges à propos de toi.

Une peur glaciale me remonte l'échine et me prend à la gorge.

— Ah bon ? Quoi, par exemple ?

— Des trucs sur toi et Andrei.

— Quel genre de trucs ?

J'arrive à parler d'une voix posée, mais la culpabilité et la peur se livrent une lutte acharnée dans mon cœur. J'entends la question d'Anna résonner à mes oreilles. « Vous ne voulez pas savoir qui vous a fait l'amour dans les catacombes, Beth ? »

Oh, mon Dieu! Qu'est-ce qu'elle a bien pu lui dire? Je me rends soudain compte avec horreur qu'Anna ne s'est peut-être pas contentée de me mentir à moi.

Dominic me regarde droit dans les yeux avant de répondre.

— D'après elle, Andrei et toi sembliez vous rapprocher, et elle se demandait s'il ne s'intéressait pas à toi – et réciproquement. Je ne l'ai pas crue, évidemment, je savais bien qu'il s'agissait encore d'une de ses manigances pour me rendre jaloux, ajoute-t-il avec un petit rire bref. Elle a même poussé le vice jusqu'à prétendre qu'elle vous avait surpris en train de vous embrasser dans la cuisine.

Je rougis violemment, bouche bée. Voyant l'expression sur mon visage, Dominic fronce les sourcils, l'air incertain.

— C'était un mensonge de sa part, n'est-ce pas?

J'ai les joues en feu, ce qui doit me donner l'air terriblement coupable.

— On ne s'est pas embrassés, dis-je dans un bredouillement qui ne me convainc pas moi-même.

— « On ne s'est pas embrassés », répète Dominic. Tu as dit « on ».

— Mais c'est la vérité!

— Je m'attendais à ce que tu me dises que *tu* ne l'avais pas embrassé, pas à ce que tu utilises ce pronom-là.

— Qu'est-ce que ça change, enfin? Ce qui compte, c'est qu'on ne s'est pas embrassés ou, si tu préfères, que je ne l'ai pas embrassé.

— Mais tu as failli, c'est ça ? insiste Dominic, l'air à la fois peiné et furieux.

Et merde ! Comment je vais expliquer ça, moi ? Comment dire à Dominic que j'étais en train de repousser les avances d'Andrei quand celui-ci s'est tellement approché que je n'ai plus osé bouger ? Les choses sont parfaitement claires dans mon esprit, mais les mots se refusent à moi et, quoi que je dise après ce long silence, je parais coupable. Je me borne donc à répéter ma défense.

— On ne s'est pas embrassés. Andrei Dubrovski ne m'intéresse pas, je le jure sur ma vie.

Dominic se lève et, les mains dans les poches, commence à arpenter la pièce comme un avocat en plein tribunal.

— J'ai peut-être rejeté les allégations d'Anna un peu vite. Elle m'a dit que tu flirtais avec Andrei, et qu'il t'avait offert un bijou – une paire de boucles d'oreilles anciennes qui valent une petite fortune. C'est vrai ?

— Oui, mais j'ai essayé de les rendre…

— Vraiment ? demande-t-il en jetant un coup d'œil à mes oreilles.

Je vois son visage se crisper quand il aperçoit les rubis.

— Tu n'as pas dû trop insister, crache-t-il d'une voix pleine de mépris. Je n'arrive pas à croire que tu les portes justement ce soir ! Tu portes les boucles d'oreilles que t'a données Andrei pour venir me voir, moi, alors que je comptais justement t'offrir ça, ajoute-t-il en sortant de sa poche un petit boîtier marron à liséré d'or – un boîtier qui contient sans doute une bague. Ça ne t'aurait pas beaucoup impressionnée après le cadeau d'Andrei, pas vrai ? raille-t-il en lançant l'écrin sur le canapé d'un geste désinvolte.

Je saute sur mes pieds. *Comment est-ce qu'on en est arrivés là ?* Excédée, je laisse parler ma furie.

— Depuis quand est-ce qu'il est question de moi ? Et toi, hein ?

Du coin de l'œil, j'aperçois le boîtier, sur le canapé. Il est minuscule, et pourtant il semble contenir tous mes rêves désormais perdus. J'ai l'impression que la situation nous échappe, emportée par une avalanche de mots durs, de soupçons, de peur et de culpabilité.

— Il est question de toi depuis que j'ai découvert que tu t'amusais à embrasser Andrei Dubrovski et à accepter des cadeaux de sa main, réplique Dominic d'une voix glaciale, le visage fermé.

C'en est trop. Je hurle :

— Je ne l'ai pas embrassé ! Les boucles d'oreilles sont un geste de remerciement pour le travail accompli. Je les lui avais rendues, mais il me les a réexpédiées aujourd'hui. C'est pour ça que je les porte, je te signale ! Pas parce que j'en pince secrètement pour ton patron, putain !

Nous nous faisons face à présent, nous défiant du regard, tous deux essoufflés par notre rage et notre indignation.

Dominic crispe les poings si fort que les jointures de ses doigts blanchissent. Nous essayons de nous contenir, mais il devient de plus en plus difficile de garder la tête froide à mesure que nos secrets respectifs refont surface. Soudain je crains que ces révélations atroces n'en finissent jamais. Excédée, je me rebelle. *C'est moi qui ai peut-être été trompée, ici !*

— Comment Anna sait-elle que tu as des cicatrices dans le dos ? C'est tout ce que je te demande. Dis-moi !

Les lèvres serrées et les yeux brillants de colère, Dominic prend une grande inspiration avant de lancer d'une voix inflexible :

— Et moi, je veux que tu me jures qu'il ne s'est rien passé entre Dubrovski et toi. Jure-le-moi, Beth !

Je soutiens son regard, muette. *Allez, jure ! Tu n'as rien fait de mal, tu le sais, alors dis-lui.*

Mais le souvenir des catacombes me revient en mémoire. Je suis plaquée contre un mur de pierre froide, et un homme me prend sauvagement par-derrière – un homme dont je ne vois pas le visage. Il me murmure des choses à l'oreille, mais je n'entends pas distinctement le son de sa voix. Au fond de mon cœur, je me rends bien compte que Dominic n'a jamais vraiment confirmé qu'il s'agissait de lui. J'avais tellement envie que ce soit le cas que je m'en étais presque persuadée, mais je ne suis plus dupe. La vérité, c'est qu'il s'agissait peut-être d'Andrei.

Allez, jure, putain !

Je ne peux pas. Je suis incapable de jurer qu'il ne s'est rien passé, parce qu'il existe une chance infime pour que je me trompe.

Le visage de Dominic se décompose littéralement. Ses traits se crispent sous le coup de l'horreur et, dans ses yeux, je crois voir son amour pour moi voler en éclats.

— Beth, non…, murmure-t-il, la voix cassée. Beth, je t'en prie, jure-moi qu'il ne s'est rien passé entre toi et Dubrovski.

J'ouvre la bouche pour parler, mais je suis incapable d'émettre le moindre son.

— Oh, mon Dieu, non ! s'écrie Dominic en se cachant le visage dans les mains. Pas ça ! Pas lui ! Non, putain !

J'aimerais courir vers lui et le secouer pour le forcer à m'écouter. Je voudrais pouvoir tout lui déballer – toutes mes peurs, les inquiétudes qui me torturent depuis cette fameuse nuit –, mais je n'en fais rien. Je reste clouée sur place. Tout ce que j'arrive à dire, d'une voix que je reconnais à peine, c'est :

— Comment est-ce qu'elle est au courant que tu as des cicatrices dans le dos ?

— Je ne sais pas ! hurle-t-il, si fort que je sursaute.

Pourtant, je persiste – tout prétexte est bon pour empêcher Dominic de penser à Andrei et moi ensemble. Les scènes qu'il risque de s'imaginer me donnent la nausée.

— Est-ce que c'est elle qui les a causées ?

— Mais non ! Puisque je te dis que ce n'est pas elle !

— Alors c'est qui ?

— C'est moi, putain ! Tant pis, ça n'a plus aucune importance, de toute façon. Et merde !

Il s'approche de la table et y pose les deux mains, comme s'il ne tenait plus sur ses jambes.

Je n'en crois pas mes oreilles.

— C'est toi ?

Il relève la tête lentement, et l'éclat glacial de ses yeux me fait frémir.

— Oui. Je voulais me punir de t'avoir fait du mal. Après ce qui s'est passé dimanche – le fait que tu aies été obligée de recourir au *safeword* –, j'éprouvais le besoin de me flageller pour me faire passer le goût d'aller trop loin.

La mortification de la chair, pensé-je aussitôt, me demandant où j'ai entendu ces mots.

— Voilà, tu sais tout, reprend Dominic. Ce n'était pas Anna, c'était moi, avec mon fléau à lanières de cuir. J'essayais de me purifier, conclut-il en fermant les yeux. Vas-y, moque-toi.

— Est-ce que j'ai l'air de rire ? dis-je d'une voix douce.

Je me sens toute petite de savoir qu'il a ressenti le besoin de s'infliger une telle punition parce qu'il pensait m'avoir fait du mal.

— Dominic, tu n'as pas besoin de faire ça.

— Plus maintenant, tu as raison, rétorque-t-il avec amertume.

— Arrête, ce n'est pas ce que je voulais...

— Beth, s'il te plaît. Je t'ai dit la vérité. Je ne sais vraiment pas comment Anna est au courant, sincèrement. Je ne sais pas non plus d'où elle tient toutes ces informations sur nous deux – si ça se trouve, elle a raconté ça au hasard. Mais je peux te jurer que je suis innocent, alors que, toi, tu n'y arrives pas. Je n'ai pas besoin d'en savoir davantage.

— Dominic...

Ma voix se fait implorante à présent que ma colère s'est dissipée. Il m'a dit la vérité et j'aimerais en faire autant – tout lui raconter.

Il lève vers moi des yeux pleins d'espoir.

— Jure-moi qu'il ne s'est rien passé, Beth.

Allez ! Mais jure, putain !

Pourtant, incapable de mentir, je secoue lentement la tête.

— Et merde ! crache-t-il.

Puis il ajoute, inflexible :

— Sors d'ici. Va-t'en, s'il te plaît.

J'ouvre la bouche, mais il ne me laisse pas parler.

— Sors ! Je t'en supplie, Beth. Tout de suite, je ne supporte plus de te voir.

Comprenant qu'il est inutile d'insister, je me dirige vers la porte. Avant de partir, toutefois, je lance un dernier regard dans sa direction. Il est toujours appuyé à la table et en scrute la surface d'un air profondément abattu. J'aimerais pouvoir le rassurer et le consoler, mais j'ai l'impression qu'un univers nous sépare.

— Au revoir, Dominic, dis-je d'une voix douce. Tu sais où me trouver si jamais tu veux qu'on discute.

Il reste muet et immobile, ne m'accordant même pas un regard.

En partant, j'ai l'impression de refermer la porte sur tous mes rêves d'amour et d'avenir.

Non ! Tant que je crois en toi et en notre histoire, je me battrai pour te reconquérir, Dominic. Je te le promets.

Épilogue

NOTRE AVION DÉCOLLE SANS À-COUPS, SI BIEN QUE JE NE me rends pas tout de suite compte que nous avons quitté la piste. C'est un appareil d'un luxe incroyable, et je comprends que celui qui nous avait emmenés en France, Mark et moi, n'était qu'un modeste représentant de la flotte d'Andrei alors que celui-ci est son vaisseau-amiral, son Air Force One. Nous voilà donc en route pour la Russie.

Andrei m'a fait visiter les deux chambres du jet, décorées avec autant de goût que les suites présidentielles des meilleurs hôtels du monde. À présent nous sommes installés dans le salon de l'appareil et Andrei, assis dans un confortable fauteuil, déguste un café tout en examinant quelques clichés posés sur une table basse.

— Laquelle de ces photos préférez-vous, Beth ? demande-t-il en relevant la tête.

Je referme le magazine que je feuilletais et m'approche d'Andrei pour jeter un coup d'œil par-dessus son épaule. Toutes les images représentent des enfants d'environ dix ans dans une pièce égayée par des posters colorés, des jouets et des livres. Une photo représente les bambins assis sur de gros coussins, occupés à lire ou à s'amuser. Sur une autre, ils dévalent de petits toboggans en plastique ou portent de drôles de chapeaux en papier. Ailleurs encore, des artistes en herbe équipés de tabliers se concentrent sur leur œuvre, un pinceau dégoulinant à la main.

— J'aime bien celle-ci, ajoute Andrei en désignant un cliché de deux petits chérubins penchés sur un puzzle.

— À quoi vont servir ces photos ?

— À faire de la publicité pour un orphelinat que je finance, en Russie. On est toujours en quête de nouveaux donateurs et si, au passage, ces photos séduisent de potentiels parents adoptifs, c'est encore mieux. Le but est quand même de trouver un foyer aimant à ces gamins.

Je reporte mon attention sur Andrei et suis frappée de voir à quel point son expression s'attendrit quand il regarde ces photos. Il relève la tête et croise mon regard.

— Vous devriez venir visiter l'orphelinat avec moi, un de ces jours. Je suis sûr que vous adoreriez ces enfants. J'aimerais leur trouver une famille à tous, mais, pour le moment, c'est tout ce que je peux faire pour eux.

— Ils ont l'air heureux, dis-je d'une voix douce, étonnée de découvrir cet aspect de la personnalité d'Andrei. Et les locaux sont superbes.

— Oui, j'insiste beaucoup là-dessus. Il faut que tout soit propre, joyeux et bien équipé. Moi-même, je suis orphelin, vous savez, ajoute-t-il en me sondant de son regard bleu pâle. Je compatis avec ces enfants. Sauf que, moi, c'était à l'époque de l'Union soviétique. Ce n'était vraiment pas marrant, vous pouvez me croire. C'est pour ça que je tiens à ce qu'il y ait beaucoup de couleurs vives dans mon orphelinat. Ça fait du bien aux gamins, ça leur remonte le moral.

J'ai soudain pitié de lui. Pas étonnant qu'il se soit forgé une carapace pareille. Au moins, maintenant, il peut partager son succès avec ces bambins et faire en sorte que leur enfance soit moins rude que la sienne.

— Je suis d'accord, Andrei. La photo avec le puzzle est parfaite.

— Très bien, alors c'est décidé, lance-t-il avant de se caler dans son fauteuil.

Il prend un instant pour m'observer, et j'ai l'impression que ses yeux bleus perçants lisent en moi.

— Vous allez bien, Beth ? Vous me semblez un peu triste.

J'essaie de sourire, mais j'imagine que le résultat n'est guère convaincant.

— Oui, oui, je vais bien, je vous assure.

C'est un mensonge, évidemment. Je suis encore toute retournée après les événements de cette semaine. Dominic ne m'a pas donné de nouvelles et n'a pas daigné répondre au message que je lui ai envoyé.

« Il ne s'est rien passé avec Andrei. Je peux t'expliquer pourquoi je n'ai pas juré – j'aimerais qu'on se voie pour avoir une chance de tout te raconter. S'il te plaît, Dominic, ne donne pas à Anna la satisfaction de nous séparer. »

Clairement, ces quelques phrases n'ont pas réussi à l'émouvoir. Le seul moyen que j'ai trouvé pour supporter le chagrin qui me ronge, c'est de me réfugier dans une espèce de torpeur. Je n'arrive toujours pas à me faire à l'idée que tout est fini – ça me fait trop mal d'envisager une chose pareille. J'ai décidé que je me battrais, et il n'est pas question que je me laisse décourager.

— Décidément, ça a été une drôle de semaine, reprend Andrei d'un air pensif. J'ai à la fois beaucoup gagné et beaucoup perdu. Ce contrat m'a rapporté une coquette somme mais m'a coûté Dominic, un collègue que j'estimais beaucoup. J'aurais dû me douter que ça arriverait, ajoute-t-il en secouant la tête. J'ai été bête de ne pas me méfier.

— Vous voulez dire qu'il a démissionné ?

J'ai des papillons dans le ventre en entendant son prénom, mais c'est une torture que je ne regrette absolument pas.

— Oui, il croit qu'il peut me battre à mon propre jeu, répond Andrei en secouant la tête. Il va vite comprendre.

— Mais… vous n'êtes pas en colère, si ?

Je repense aux craintes de Dominic quant à la réaction d'Andrei.

— Oh, non, je n'irais pas jusqu'à parler de colère, soupire Andrei en fermant les yeux. Disons que je suis un peu las d'avoir un nouvel adversaire, une fois de plus.

— Je ne pense pas qu'il se pose en adversaire…

Andrei rouvre les yeux, et cela suffit à me faire taire.

— J'ai un dicton : « Qui n'est pas avec moi est contre moi. » C'est une règle d'or qui m'a bien servi. Ne vous en faites pas, je saurai me défendre contre Dominic.

— Pourtant, c'est auprès de vous qu'il a tout appris. Peut-être saura-t-il déjouer votre ruse.

— Ha ! s'esclaffe Andrei. J'aimerais bien voir ça ! Vraiment, ça m'amuserait beaucoup, mais j'en doute fort.

— Vous avez aussi perdu Anna, dis-je pour changer de sujet. Est-ce qu'elle compte entrer en concurrence avec vous, elle aussi ?

— Non, répond Andrei, laconique. Et je ne l'ai pas perdue, je l'ai mise à la porte.

— Vous m'aviez dit que vous me raconteriez pourquoi.

— Je ne me rappelle pas avoir dit ça, mais après tout…, concède Andrei avant de boire une gorgée de café. Si j'ai viré Anna, c'est parce que j'ai découvert qu'elle était en possession de drogues hallucinogènes et qu'elle m'en avait sans doute fait boire à mon insu. Cela expliquerait certaines expériences franchement extrêmes que j'ai eues lorsque nous faisions l'amour. Au début, je pensais que c'était l'effet de la vodka, mais je n'en suis plus si sûr.

Je suis soufflée, comme si j'avais reçu un coup de poing dans le ventre. Un souvenir me revient en mémoire avec une grande clarté. Nous nous trouvons dans les catacombes, près du bar, et Anna se retient à moi pour ne pas tomber. Elle me prend mon cocktail des mains et détourne mon attention en me montrant son escarpin et en désignant la piste de danse. Puis elle me rend mon verre.

« Vous ne voulez pas savoir qui vous a fait l'amour dans les catacombes, Beth ? »

J'ai compris ! C'est elle qui a mis de la drogue dans mon cocktail. Cela ne fait aucun doute. Une vague d'horreur et de soulagement mêlés me submerge.

— Qu'est-ce qu'il y a, Beth ? me demande Andrei.

— Vous vous souvenez quand je vous ai accusé de m'avoir droguée ? dis-je, les joues brûlantes d'excitation.

— Oui, bien sûr.

— En fait, vous n'étiez pas responsable, pas plus que le barman. C'était Anna ! Elle m'a pris mon verre des mains, à un moment, et elle a dû en profiter pour y glisser quelque chose !

— À vrai dire, je n'ai jamais compris pourquoi vous étiez persuadée d'avoir été droguée, intervient Andrei en fronçant les sourcils.

— Parce que… parce que je me suis soudain sentie toute bizarre, déconnectée de la réalité. Et puis j'ai perdu connaissance de façon tellement brusque… Puisque nous savons qu'Anna a joué à ce petit jeu-là avec vous, ça paraît logique, non ?

— Ce n'est pas tout à fait pareil. Elle se servait de ses drogues pour démultiplier mon plaisir et s'assurer que je reviendrais toujours vers elle. En revanche, je ne vois pas bien dans quel but elle vous aurait fait ça, à vous.

Je sonde son regard bleu, mais il demeure impassible, le visage neutre. *Demande-lui. C'est le moment. Demande-lui si vous avez fait l'amour dans les catacombes. Allez !*

— Je crois qu'elle était un peu jalouse de moi, dis-je enfin. Elle voulait semer la pagaille.

— Et elle a réussi ? Est-ce qu'il vous est arrivé quelque chose de déplaisant ?

Je prends le temps de chercher mes mots, de trouver le moyen le plus sûr d'apprendre ce que j'ai besoin de savoir.

— Eh bien, justement… je n'en suis pas bien sûre. Il se peut que j'aie halluciné des choses.

— Vous voulez dire des éléphants roses, des souris qui chantent et dansent la gigue sur des arcs-en-ciel ? demande Andrei en haussant les sourcils.

— Non… Quelque chose de plus intime que ça.

— Quelque chose que vous avez halluciné… ou que vous préféreriez avoir halluciné ? insiste-t-il dans un murmure.

— Andrei, vous m'avez trouvée dans un passage, non ?

— Oui.

— Est-ce que j'étais consciente ?

— Plus ou moins. Vous sembliez dormir à moitié, mais vous n'aviez pas l'air mal. Vous marmonniez quelque chose au sujet de Dominic, mais je ne distinguais pas bien vos paroles.

Aussitôt, je ressens un élan de joie mêlée de peine. Dominic venait sans doute de s'éloigner en entendant Andrei approcher ! Si je ne m'en souviens pas, c'est parce que j'étais déjà à moitié inconsciente.

Oh, Dominic, j'aurais pu te jurer mon innocence sans craindre de mentir ! J'aurais dû suivre mon instinct et te poser la question franchement dès le lendemain de la fête ! On aurait été fixés tout de suite, et rien de tout cela ne serait arrivé…

Je lutte contre l'envie de sortir mon téléphone sur-le-champ pour l'appeler et le rassurer. Ce n'est pas le moment, j'attendrai d'être seule pour tout lui expliquer tranquillement.

Andrei m'observe avec attention.

— Oubliez tout ça, Beth. C'est du passé. Ça n'a plus aucune importance. Anna est partie, ce qui est fait est fait. Je suis très heureux que vous m'accompagniez en Russie, ajoute-t-il avec un sourire. Je suis sûr que nous allons passer d'excellents moments, maintenant que Dominic et vous n'êtes plus ensemble.

— Comment est-ce que vous savez ça ? demandé-je d'une voix étranglée, sans réfléchir.

— Je mets un point d'honneur à tout savoir de la vie privée de mes employés. Croyez-moi, Beth, ce n'est pas une grosse perte, surtout depuis qu'il a fait l'erreur de quitter mon équipe.

— Vous avez sûrement reçu des informations erronées, fais-je remarquer sur un ton incertain. J'imagine que c'est Anna qui vous a raconté ça. Pourtant, vous-même ne lui faites plus confiance.

— Oh, voyons, Beth, souffle-t-il en se penchant vers moi, les yeux brillants. Fini de jouer.

Ces trois petits mots me glacent le sang. Je les ai déjà entendus. Dans les catacombes. Mon amant sans visage me les a chuchotés à l'oreille tandis que je le suppliais de me prendre. J'arrive à peine à respirer, j'ai la peau moite et le cœur qui bat la chamade. Toutes mes certitudes se brouillent et m'échappent de nouveau.

Andrei se cale au fond de son fauteuil, de nouveau impassible.

— Du calme, Beth. Détendez-vous, et je vous assure que ce voyage sera un vrai plaisir. Oubliez Dominic, il appartient au passé. Il est temps d'accueillir l'avenir.

J'essaie d'endiguer ma panique, mais les idées fusent dans ma tête. Seule une question se distingue et s'impose, tandis que le jet privé m'entraîne loin de tout ce qui m'est familier – de tout ce qui m'est cher – et vers une contrée inconnue, en compagnie de cet homme ô combien mystérieux.

Qu'est-ce que j'ai fait ?

CPI
AUBIN IMPRIMEUR

IMPRIM'VERT
Votre imprimeur agit pour l'environnement

Achevé d'imprimer en novembre 2013
N° d'impression 1311.0033
Dépôt légal, novembre 2013
Imprimé en France
81121089-2